Mark Edwards
Heimgesucht

EDITION M

Das Buch

Lucas Radcliffe mietet sich in einem einsam gelegenen Schriftsteller-Refugium in Wales ein, um an seinem neuen Buch zu arbeiten. Schnell zieht ihn die düstere Geschichte der Hausbesitzerin Julia in den Bann. Vor zwei Jahren ertrank ihr Mann im nahen Fluss, weil er die Tochter retten wollte. Aber Lilys Leiche wurde nie gefunden. In ihrer Verzweiflung glaubt Julia, dass sie noch lebt.

Fasziniert von Julia, will Lucas herausfinden, was wirklich passiert ist. Er recherchiert und findet im Dorf verstörende Erklärungen zwischen Fluch und Aberglauben. Doch er muss bald feststellen: Der wahre Abgrund ist noch lange nicht erreicht …

Der Autor

Mark Edwards ist ein Meister des psychologischen Thrillers. Er ist beeinflusst durch Autoren wie Stephen King, Ira Levin, Ruth Rendell, Ian McEwan, Val McDermid und Donna Tartt.

Zurzeit ist er hauptberuflich als Schriftsteller tätig. Davor hat er zum Beispiel Kundenbeschwerden bei einer Eisenbahngesellschaft angenommen, Englisch in Japan gelehrt und auch als Marketingdirektor gearbeitet.

Er lebt mit seiner Freundin, drei Kindern und einer Katze in den West Midlands.

MARK
EDWARDS

HEIM
GESUCHT

THRILLER

Aus dem Englischen von Astrid Becker

EDITION M

Die englische Ausgabe erschien 2018 unter dem Titel »The Retreat« bei
Thomas & Mercer, Seattle.

Deutsche Erstveröffentlichung bei
Edition M, Amazon Media EU S.à r.l.
38, avenue John F. Kennedy, L-1855 Luxembourg
März 2020

Die Übersetzung dieses Buches wurde durch Amazon Crossing ermöglicht.

Umschlaggestaltung: semper smile, München, www.sempersmile.de
Originaldesign: Mark Swan
Umschlagmotiv: © Aaron McCoy / Getty; © Anne Koch / Getty
Lektorat und Korrektorat: VLG Verlag & Agentur, Haar bei München,
www.vlg.de
Gedruckt durch:
Amazon Distribution GmbH, Amazonstraße 1, 04347 Leipzig /
Canon Deutschland Business Services GmbH, Ferdinand-Jühlke-Str. 7,
99095 Erfurt /
CPI books GmbH, Birkstraße 10, 25917 Leck

ISBN: 978-2-49670-120-3

www.edition-m-verlag.de

Hinweis des Autors

Dieser Roman spielt im Norden von Wales. Die Kleinstadt Beddmawr ist frei erfunden. Könnte man sie auf einer Landkarte finden, läge sie in der Nähe von Llangollen in Denbighshire.

Prolog

Am Fluss war es windig und matschig. Auf solchen Spaziergängen wünschte sich Lily einen Hund, dem sie Stöckchen werfen konnte. Großem Kater und Kleinem Kater hätte das allerdings gar nicht gefallen. Sie wollte einen niedlichen kleinen Hund haben, am liebsten einen Mops. Ganz in diesem Tagtraum versunken, lief sie vor Mum und Dad her. Sweety, so sollte er heißen. Sie würde ihm ein rosafarbenes Halsband umbinden, er würde Preise bei Hundeshows gewinnen, und Lily würde stolz lächelnd mit ihrem berühmten Hund im Fernsehen auftreten.

Lily war so tief in Gedanken, dass sie nicht bemerkte, wie ihre Eltern zurückblieben. Sie hörte einen Schrei und drehte sich um. Dad starrte in den Fluss. Sein Mund stand offen wie bei einem Fisch. Mum hatte die Hände in die Hüften gestemmt.

Sie stritten sich schon wieder.

Mum zeigte mit dem Finger auf Dad, dessen Gesicht rot angelaufen war. Lily bemerkte, dass er gar nicht aufs Wasser starrte, sondern aufs Ufer, wo etwas Silbernes lag.

Ihre Hoffnung, dass dieses Jahr besser werden würde als das letzte, löste sich in nichts auf. Wütend stapfte sie auf die Baumgruppe an der Flussbiegung zu. Hier musste sie ihre Eltern wenigstens nicht mehr sehen. Und sie konnten Lily auch nicht sehen. Sie hatte die

Nase voll von ihnen. Wie sie sich wünschte, verschwinden zu können, ein Vogel zu sein und einfach auf- und davonzufliegen!

Sie konnte auch in den Fluss springen und vor ihren Augen ertrinken. Mum konnte gar nicht schwimmen, Dad nur mittelmäßig. Sie würden sie nicht retten können, und es würde ihnen leidtun, es würde ihnen unendlich leidtun.

Sie stand dort und ballte die Fäuste, bis sie merkte, dass sie Großem Kater wehtat. Sie gab ihm einen Kuss und stapfte wütend weiter.

Und plötzlich kam sie zu einem Entschluss. Sie kletterte hinunter ins Ufergebüsch auf der anderen Seite des Wegs.

Sie sprang, als hätte sich jemand von hinten an sie herangeschlichen und Buh gerufen.

In der nächsten Sekunde merkte sie, dass sie einen schrecklichen Fehler gemacht hatte, und wünschte sich verzweifelt, die Zeit zurückdrehen zu können. Nur um ein, zwei Minuten. Sie stellte sich sogar vor, wie sich die Zeit rückwärts abspulte – sie zurück aufs Ufer schleuderte, in die Sicherheit von Mums und Dads Armen. Aber es war zu spät.

»Lily?«, hörte sie ihre Mutter rufen. »Lily, wo bist du?«

Aber sie konnte nicht antworten. Jemand steckte ihr einen Knebel in den Mund, hielt sie fest und trug sie fort vom Fluss. Mums Rufe wurden leiser und leiser.

Teil 1

Kapitel 1

Es war kurz nach fünf, als ich die Grenze nach Wales überquerte und die Dämmerung einsetzte. Aus einem schiefergrauen Himmel fiel sanfter Regen, aber das machte mir nichts aus. Denn als ich die nächste Hügelkuppe erreichte, kam das Tal in Sicht. Und es war atemberaubend schön.

Ich fuhr langsamer, um die ganze Szenerie auf mich wirken zu lassen. Die flachen Gipfel der Berwyn-Berge umrahmten eine grüne Welt: einen mit Schafen gesprenkelten Flickenteppich aus Feldern und Wiesen, malerische Bauernhäuser zwischen hügeligen Feldern, hier und da eine Baumgruppe. Durch das Tal schlängelte sich der Dee.

Das war meine Heimat.

Warum hatte ich so lange gezögert zurückzukommen?

Bei Dunkelheit würde ich das sicher anders sehen. Dann würde ich wahrscheinlich die nie erlöschenden Lichter Londons vermissen. Aber jetzt ließ ich das Fenster herunter und atmete die klare, kühle Luft ein. Hier würde ich endlich wieder schreiben, meine Stimme und Inspiration wiederfinden können. Wenn das geschah, würden all meine anderen Sorgen sich wie Schneeflocken auf der Wasseroberfläche des Dee auflösen.

Optimistisch gestimmt, fuhr ich den Hang hinunter ins Tal. Das Navi meines Qashqais führte mich durch die kleine Stadt Beddmawr hindurch – meine Heimatstadt, die mir allerdings gar nicht mehr vertraut war – und wieder hinaus aufs freie Land, eine kleine, schlammige Straße am Rande eines dichten Waldes entlang. Ich nahm einen falschen Abzweig und hätte den Qashqai fast auf einer Weide mit grasenden Schafen festgefahren. Mein Navi hatte den Geist aufgegeben. Es hatte aufgehört zu regnen, und so stieg ich aus dem Auto. Das Schriftstellerhaus musste ganz in der Nähe sein. Schließlich kletterte ich aufs Autodach. Den weißen Qashqai hatte ich von meinen ersten Tantiemen gekauft, und ich hätte wirklich pfleglicher mit ihm umgehen sollen. Und dann sah ich es – auf einem kleinen Hügel hinter der Weide.

Es war ein weiß gestrichenes Steinhaus mit einem spitzen Ziegeldach. Größer und imposanter, als ich es mir vorgestellt hatte. Eines von den Häusern, in denen es immer kalt war, egal wie viele Kamine man anzündete. Zu beiden Seiten dehnte sich der Wald aus, so weit ich blicken konnte.

Direkt über meinem Kopf flog ein Vogel auf. Ich erschrak so, dass ich fast das Gleichgewicht verlor. Nach einem weiteren Blick auf das Haus kletterte ich vom Autodach herunter. Um ein gruseliges Buch zu schreiben, war es ideal.

Eine lange Allee kahler Bäume führte auf das Haus zu, an dessen linker Seite eine große Scheune zu sehen war. Etwas versteckt hinter dem Haus stand ein kleines Cottage, das wie ein schüchternes Kind hinter dem Rockzipfel seiner Mutter hervorschaute.

Von Nahem war das Haus noch imposanter und solider. Es musste schon rund zweihundert Jahre hier stehen. Die einzigen Zeichen unserer Zeit waren eine Satellitenschüssel auf dem Dach und eine Plastikschaukel im Garten. Aus dem hohen Schornstein stieg Rauch. Eigentlich hätte ich mich gerne etwas umgesehen, aber ich war müde und hungrig. Außerdem würde ich dazu später mehr als genug Zeit haben.

Als ich meinen kleinen Koffer aus dem Auto holte, öffnete sich die Haustür. Eine Frau trat heraus, die frierend die Arme um sich schlang.

Sie war ungefähr so alt wie ich – Anfang bis Mitte vierzig –, mit langen kastanienbraunen Haaren und markanten Wangenknochen. Sie war mager und blass. Meine Mutter hätte gesagt, ein Windstoß hätte sie umpusten können. Trotzdem war sie attraktiv, in einer Bar hätte ich zweimal hingesehen. Sie trug Jeans, einen grünen Pullover und darüber eine Art Kaschmirüberhang. Ein Poncho? Sie rückte ihre dunkel gerahmte Brille zurecht, als sie auf mich zukam.

»Lucas?«, fragte sie. »Ich bin Julia.«

Ich schüttelte ihre überraschend kalte Hand. Obwohl mich ihr Lächeln willkommen hieß, schaffte sie es irgendwie, zugleich traurig auszusehen. Da war etwas in ihren grünen Augen, ein Widerhall von Schmerz, der mich stutzen ließ. Ich hielt ihre Hand einen Moment länger als üblich. Vielleicht spürte sie, dass ich sie genauer betrachtete, herauszufinden versuchte, was mit ihr los war. Auf alle Fälle wurde sie geschäftsmäßig und fragte, ob ich viel Gepäck hätte.

»Nur den einen Koffer«, antwortete ich. »Das Haus ist ja wirklich beeindruckend.« Dann nickte ich zur Schaukel hinüber, die sich sacht im Wind bewegte, als würde ein müdes Gespenst darauf hin und her schwingen. »Muss toll sein, an so einem wunderbaren Ort aufzuwachsen.«

Ich merkte sofort, dass meine Worte sie irgendwie verletzt hatten. Doch sie fing sich schnell und bat mich, ihr ins Haus zu folgen.

»Willkommen«, sagte sie, »in Nyth Bran. Im Refugium. Gleich vorweg: Wir duzen uns hier alle. Ist Ihnen … ist dir das recht?«

»Ja, klar. Ich bin Lucas.«

* * *

Ich folgte ihr in den weiß gestrichenen Flur, in dem Gemälde hingen, die man in dieser Qualität sonst nur in Galerien zu sehen bekam. Sie zeigten hiesige Landschaften, Berge und Reiter, verfallene Burgen und Felder mit wilden Narzissen.

Als ich sie eingehender betrachtete, sagte sie: »Nicht unbedingt mein Geschmack, aber ich dachte, den Gästen gefallen sie vielleicht. Rustikaler walisischer Charme.«

»Mir gefallen sie auf jeden Fall. Sie erinnern mich an mein Elternhaus.«

Sie hob die Augenbrauen. »Bist du von hier?«

»Ursprünglich. Ich bin in Beddmawr geboren, aber wir sind umgezogen, als ich sechs war. Bei uns zu Hause hingen auch solche Bilder.« Ich deutete auf das Narzissenfeld. »Ich bin sogar ziemlich sicher, dass meine Mutter das gleiche Bild hatte.«

Ob es jetzt wohl irgendwo in ihrer Villa in Südspanien hing?

»Und du?«, fragte ich. Sie hatte einen leichten nordenglischen Akzent. »Du klingst nicht walisisch.«

»Ich komme aus Manchester. Wir sind erst vor ein paar Jahren hergezogen.«

Wen meinte sie wohl mit »wir«? Auf der Internetseite des Refugiums war sie als alleinige Besitzerin angegeben.

»Komm mit in die Küche«, bat Julia. »Da ist es wärmer.«

Sie fragte mich, ob ich einen Kaffee wollte, und ich bejahte dankbar. Es war eine typische Landhausküche – groß, mit buttergelben Wänden und einem Steinboden. Die Fenster gingen auf den Garten vorm Haus hinaus. Ich stellte mich neben den warmen Aga-Herd und plauderte über meine Reise. Ich hatte seit Tagen mit niemandem gesprochen. Julia lächelte höflich, während sie darauf wartete, dass das Wasser im Kessel zu kochen begann, und machte ab und zu einen kurzen Kommentar.

Sie setzte die Brille ab. An ihrer Nasenwurzel hatte sie kleine Druckstellen davon.

Ein orangefarben getigerter Kater kam mit hoch erhobenem Schwanz in die Küche stolziert. Ich beugte mich hinunter und streichelte ihn.

»Das ist Chesney«, sagte sie. Der Kater rieb seinen Kopf schnurrend an meinen Fingerknöcheln.

»Er ist wunderschön. Dann … lebst du hier allein mit Chesney?«

Sie wandte sich ab und nahm den pfeifenden Kessel von der Herdplatte. Der Kater schien den Stimmungsumschwung zu spüren und trollte sich.

»Ja«, antwortete Julia nach so einer langen Pause, dass ich nicht mehr mit einer Antwort gerechnet hatte. »Nur wir beide. Und die anderen Gäste natürlich.«

Ich sah mich um wie ein Depp, als würden sich die Gäste in den Küchenschränken verstecken.

»Sie sind einen trinken gegangen«, sagte sie. »Es ist schon fast Tradition, wenn sie mit ihrer Arbeit fertig sind. Der Pub The Miners Arms ist drei Kilometer von hier.«

Sie reichte mir den Kaffee. »Du musst ein paar langweilige Formulare ausfüllen. Weißt du denn schon, wie lange du bleiben willst?«

»Kann ich das noch offenlassen? Auf alle Fälle nicht weniger als einen Monat.«

Ihre Augenbrauen schossen hoch. »Einen Monat?«

»Wenn das okay ist. Ich kann auch im Voraus zahlen.«

»Ja, natürlich ist das okay.«

»Ich muss unbedingt mit meinem blöden Buch fertig werden.«

Nicht nur fertig werden. Richtig beginnen. Aber das sagte ich ihr nicht.

Sie betrachtete mich von Kopf bis Fuß, als sähe sie mich das erste Mal. Schließlich lächelte sie. »Das ist absolut in Ordnung, Lucas. Du kannst so lange bleiben, wie du willst.«

* * *

Ich brauchte eine Weile für den Papierkram, machte Small Talk mit Julia und trank meinen Kaffee. Von draußen kroch die Dunkelheit in die Fenster.

Dann gingen wir nach oben. Im Gegensatz zur makellosen Einrichtung im Erdgeschoss war der Teppich auf der Treppe abgetreten und die Tapete löste sich an einigen Stellen von den Wänden. Man sah, dass jemand mit der Renovierung begonnen, sie dann aber aufgegeben hatte.

»Dein Zimmer ist das zweite auf der linken Seite«, sagte Julia hinter mir, als wir im ersten Stock ankamen. Ich war enttäuscht, nicht ganz oben zu wohnen, wollte mich aber nicht beschweren.

Als ich die Hand auf die Türklinke legte, schrie sie: »Das ist das falsche Zimmer!«

Meine Hand schnellte zurück, als würde die Klinke glühen. »Tut mir leid, ich dachte, du hättest gesagt …«

»Ich habe die dritte Tür gemeint. *Die dritte.* Zimmer Nummer sechs.«

Sie hielt die Hand auf die Brust gepresst, atmete schwer und hatte rote Flecken im Gesicht. Als sie meinen verunsicherten Blick bemerkte, zwang sie sich zu lächeln. »Tut mir leid, das Zimmer ist noch nicht aufgeräumt. Genau gesagt ist es schrecklich chaotisch.«

Sie schob sich an mir vorbei und öffnete die Tür zu Zimmer sechs.

Es war beeindruckend: aufgearbeitete Holzdielen, ein ordentlich gemachtes Doppelbett, ein Schrank und eine

Kommode. Aber das Beste war ein riesiger Schreibtisch vorm Fenster mit einem ergonomisch wirkenden Stuhl. Ich strich über das glatte Eichenholz der Tischplatte.

»Leider hast du kein eigenes Badezimmer«, sagte Julia. Die roten Flecken waren verschwunden und sie wirkte ruhiger. »Das Bad geht vom Flur ab.«

Als sie sich zu mir ans Fenster stellte, sahen wir unsere Spiegelbilder in der Scheibe. Draußen war es jetzt ganz dunkel. Keine Sterne, kein Mond. Bis auf ein paar vereinzelte Lichter in der Ferne war es, als hätte die Welt außerhalb des Hauses mit dem Sonnenuntergang aufgehört zu existieren.

»Ich zeige dir alles, wenn du ausgepackt hast. Du kannst entweder hier oder im Wohnzimmer oder im Cottage schreiben.«

»Super.«

Sie legte einen Zimmerschlüssel auf den Schreibtisch. »Du hast überall freien Zutritt. Außer … kann ich dich bitten, nicht in den Keller zu gehen? Das ist … gefährlich.«

»Ja, klar.«

»Die Treppe muss ausgebessert werden.«

»Kein Problem.« Was sollte ich auch im Keller? Ich setzte mich an den Schreibtisch. »Es ist wunderbar hier, Julia. Wie lange gibt es das Refugium denn schon?«

»Erst seit ein paar Monaten. Es ist auch noch nicht richtig in Betrieb. Ich weiß, dass viele Schriftstellerhäuser Gastautoren einladen und Schreibkurse und alles Mögliche anbieten. Irgendwann organisiere ich das alles. Aber im Moment ist es einfach nur ein ruhiges, abgeschiedenes Haus für Leute, die sich ganz auf ihre Arbeit konzentrieren wollen.«

»Und genau danach habe ich gesucht.« Ich wollte ihr nicht erzählen, dass ich noch einen anderen Grund gehabt hatte, ausgerechnet dieses Haus auszusuchen, das dem Ort meiner frühen Kindheit so nah war. »Schreibst du auch?«

»Ich? Nein!«

Beim Hinausgehen zögerte sie. »Ich will nicht neugierig sein, aber was für eine Art von Roman schreibst du eigentlich?«

»Horror.«

Und da war er, dieser leicht angewiderte Gesichtsausdruck. Eine Reaktion, an die ich mich gewöhnt hatte. »Und dies ist dein erstes Buch?«

»Nein, ich habe bergeweise Bücher geschrieben. Von denen sich die meisten null verkauft haben.«

»Die meisten?«

»Ähm, das letzte hat sich ganz gut verkauft. Es heißt ›Zuckerwerk‹.«

Sie sah mich ausdruckslos an. Ich musste wohl etwas enttäuscht gewirkt haben, denn sie sagte: »Sorry, ich mag das Genre nicht besonders. Ich habe zwei Bücher von Stephen King gelesen und mir fast in die Hose gemacht.«

Ich lächelte. Auch das kannte ich.

»Ich habe auch so schon genug Albträume.« Es war deutlich, dass sie diese Bemerkung sofort bereute, denn sie fügte schnell hinzu: »Ich lasse dich jetzt mal in Ruhe. Abendessen ist gegen acht, wenn die anderen aus dem Pub zurück sind.«

Sie schloss die Tür und ließ mich allein an meinem neuen Schreibtisch zurück. Ich starrte auf die Stelle, an der sie gestanden hatte. Sie war interessant. Eine Frau mit einem Geheimnis. Ich freute mich darauf, der Geschichte auf den Grund zu gehen.

Kapitel 2

Von unten kam Lärm: eine dröhnende Männerstimme, laute Schritte, das Knallen einer Tür. Die anderen Gäste waren aus dem Pub zurück.

Schriftstellerkollegen. Instinktiv sträubte sich alles in mir, aber sofort tadelte ich mich dafür. Ich war nicht nur hergekommen, um an meinem Buch zu arbeiten, sondern auch, weil ich Gesellschaft brauchte. Seit Priya nicht mehr da war, hatte ich zu viel Zeit alleine verbracht. Meine Vereinsamung ging so weit, dass ich immer mit der Nachbarskatze redete, wenn sie sich blicken ließ, und Sachen bei Amazon bestellte, nur um ein menschliches Gesicht zu sehen. Bestimmt war der Paketbote auch schon genervt von der Quasselstrippe aus Wohnung Nummer drei. Ich ging hinunter ins Esszimmer.

Um einen ovalen Tisch saßen drei Leute, ein Mann und zwei Frauen. Sie sahen mir erwartungsvoll entgegen.

Der Mann zur Linken musste Ende dreißig sein, hatte eine hohe Stirn und einen ordentlich getrimmten Bart. Ich kannte sein Gesicht, wusste aber nicht, woher. Eine junge blonde Frau mit hellen Wimpern und einem kleinen Mund saß ihm mehr oder weniger auf dem Schoß. Eine hübsche Frau von dem Typus, den man englische Rose nannte, aber nicht mein Typ.

Ihnen gegenüber saß eine Frau in ihren Fünfzigern mit einem teuer aussehenden Haarschnitt, die über ihr iPhone wischte.

Der Mann machte eine einladende Geste.

»Du bist also der Neue«, sagte er und streckte die Hand aus. »Max Lake. Dies ist Suzi Hastings.« Die junge Frau flüsterte ein »Hallo«.

»Ich bin Karen«, stellte die ältere Frau sich vor. »Karen Holden.«

Natürlich hatte ich schon von Max Lake gehört. Ungefähr vor zehn Jahren war er als Enfant terrible des Literaturbetriebs in aller Munde gewesen. Jetzt schien er allerdings den Großteil des Tages auf Twitter zu verbringen, wo er es schaffte, alle Ungerechtigkeiten der Welt auf sich zu beziehen. Suzis Name sagte mir nichts. Vielleicht schrieb sie ihr erstes Buch. Max und sie saßen so eng nebeneinander, dass sie sich fast berührten. Ich war mir sicher, dass Max kürzlich in einem Interview von seiner Frau gesprochen hatte – ja, er trug auch einen Ehering. Dann hätte es einen leicht skandalösen Anstrich gehabt, wenn die beiden etwas miteinander hatten.

Ich stellte mich vor und setzte mich.

»Lucas Radcliffe wie in L. J. Radcliffe?«, fragte Karen. »Himmel, ich habe dein Buch verschlungen.« Während ich mich bemühte, nicht allzu geschmeichelt auszusehen, fragte sie die anderen, ob sie es gelesen hatten. Hatten sie nicht. »Es handelt von verschwundenen Kindern und einem Monster, das sich von ihren Seelen ernährt. Herrlich gruselig. Ich habe es geliebt. Und es hat sich wie verrückt verkauft, stimmt's?«

»Ja, es geht ganz gut weg.« Ich sprach nicht gerne darüber. In mir zog sich alles zusammen.

»Ich habe gehört, dass es jetzt verfilmt werden soll. Mit Emma Watson?«

»Ja, vielleicht. Aber wahrscheinlich nicht mit Emma.«

Ich spürte, wie Max mich musterte.

»Ein Horror-Roman?«, fragte er. »Mein Agent liegt mir immer in den Ohren, dass ich etwas in der Art schreiben soll, einen Krimi oder einen Thriller. Zwischen meinen richtigen Büchern. Um die Rechnungen zu bezahlen.« Er kicherte. »Aber ich weiß nicht, ob ich mich so weit herablassen kann.«

Bevor ich etwas dazu sagen konnte, kam Julia mit einem Brotkorb und Butter herein. Auf dem Tisch standen zwei Flaschen Sprudelwasser. Sie eilte wieder hinaus und kehrte mit vier Tellern Gemüsesuppe zurück.

»Riecht köstlich«, sagte Max und goss sich Wasser ein.

»Gibt es auch Wein, Julia?«

Die anderen tauschten vielsagende Blicke.

»Tut mir leid«, antwortete Julia. »Hier gibt es keinen Alkohol.«

»Deswegen gehen wir ja jeden Abend in den Pub«, sagte Max. »Damit wir auf unsere Tagesration kommen.«

Kein Alkohol? Davon stand auf der Webseite nichts.

»Möchtest du vielleicht einen Kaffee?«, fragte sie.

Ich winkte ab und sagte, Wasser gehe schon in Ordnung. Meine Enttäuschung war mir wohl deutlich anzusehen, denn als Julia gegangen war, beugte sich Karen über den Tisch und flüsterte verschwörerisch: »Ich habe eine Flasche Gin in meinem Zimmer, falls du später einen Anfall kriegst.«

Während wir die Suppe aßen, fragte ich Karen und Suzi, an was für Büchern sie arbeiteten. Ich war versucht, Max dasselbe zu fragen, nur um sein aufgeblasenes Ego anzupiksen. Als hätte ich noch nie von ihm gehört.

»Ich schreibe auch Unterhaltungsliteratur«, sagte Karen mit einem Blick auf Max. »Krimis und Fantasy. Beides Serien.«

»Frauen, die mit milliardenschweren Werwölfen vögeln.« Max feixte. »Kaum zu glauben, aber sie haut jeden Monat ein Buch raus.«

»Im Selbstverlag?«, fragte ich Karen. Sie nickte begeistert.

»Ich kann es nicht aushalten, wenn Leute an meinen Büchern rumpfuschen.«

»Ein Lektor zum Beispiel«, sagte Max.

Sie ignorierte ihn. »Ich behalte gerne die Kontrolle. Und gegen das Geld habe ich auch nichts einzuwenden.«

Ich hatte das Gefühl, dass gleich ein grässlich langweiliger Streit über die Vor- und Nachteile von Selbstverlag gegenüber traditionellem Verlag ausbrechen würde, deswegen fragte ich Suzi, an was für einem Buch sie arbeitete.

»Ich schreibe meinen ersten Roman«, sagte sie mit sanfter Stimme. »Es ist eine Art Schelmenroman, der an einer Uni spielt …«

»Kein Werwolf weit und breit«, warf Max ein.

Karen fing meinen Blick auf. »Dafür wird reichlich gevögelt.«

»Max hilft mir dabei«, sagte Suzi. Sie wurde rot. »Beim Schreiben, meine ich.«

Karen kicherte. »Wenn du es sagst, Liebes.«

Julia kam Suzi zur Rettung. Sie servierte das Hauptgericht, eine Tarte mit Ziegenkäse, Kartoffeln und Salat. Ein paar Minuten lang aßen wir schweigend. Was sie gesagt hatte, war Suzi offensichtlich schrecklich peinlich. Karen schaute dauernd auf ihr Smartphone.

»Das WLAN ist hier ganz schrecklich«, erklärte sie. Max entschuldigte sich und ging zur Toilette. »Aber wahrscheinlich bin ich ja auch deswegen hergekommen. Abgeschiedenheit. Zeit, mich zu konzentrieren.«

»Vielleicht kannst du mir ja beibringen, wie man pro Monat ein Buch schreibt«, sagte ich seufzend. »Meine Abgabefrist läuft Mitte Mai ab und alles, was ich bisher geschrieben habe, ist … Mist. Es ist nicht gruselig. Es ist einfach nur langweilig. Ich muss noch mal von vorne anfangen.«

Karen zuckte die Achseln. »Nichts leichter als das. Dreitausend Wörter am Tag, jeden Tag. Dann bist du in einem Monat fertig.«

Das klang so machbar. Das Problem war nur, dass ich keine Geschichte im Kopf hatte. Nicht mal eine richtige Idee. Das war mir so peinlich, dass ich es niemandem erzählte. Es klang wie das Klischee von der leeren weißen Seite. Ich hatte eine Schreibblockade. Oder noch schlimmer: Ich war wie gelähmt. Bald wäre allen klar, dass mein Bestseller ein Glückstreffer war und ich eine Niete. Und ich würde in der Versenkung verschwinden, noch bevor das Wort von der Eintagsfliege kursierte.

Wie gesagt, es war das Problem der leeren weißen Seite. Aber es war *mein* Problem.

* * *

Eine Woche zuvor hatte ich meinen Agenten Jamie angerufen und ihm panisch erklärt, dass wir den Vorschuss zurückgeben mussten, weil ich ausgelaugt sei. Am Ende. Erledigt.

Er versuchte, mich zu beruhigen. »Du musst zurückgehen«, sagte er. »Zurück zur Quelle deiner Inspiration. Woher hattest du die Idee für ›Zuckerwerk‹?«

»Keine Ahnung. Aus einem Traum.«

Er stöhnte.

»Das war wirklich so. Eines Morgens bin ich aufgewacht und hatte das Bild von diesem Ungeheuer in meinem Kopf. Und von einer weinenden Frau, deren Tochter verschwunden war. Die Idee kam … aus meinem Unterbewusstsein.« Ich seufzte. »Es ist so frustrierend. Ich schreibe seit meiner Kindheit, und es ist mir immer leichtgefallen.«

»Dann musst du vielleicht noch weiter zurückgehen. Du musst dich wieder ins Schreiben verlieben. Finde den Funken, der das Feuer entfacht hat. Was auch immer das sein mag. Oder wo auch immer.«

Wo auch immer. Das ließ mich aufhorchen. »Zuckerwerk« spielte zwar an einem erfundenen Ort, aber der basierte auf dem Städtchen in Nordwales, in dem ich aufgewachsen war. Die menschenleere sattgrüne Landschaft, der ewige Regen. Die dunklen Wälder, die Hügel. Der Fluss, in dem ein Junge aus meiner Schule ertrunken war. Und die Langeweile – ein ganz wesentliches Element. Damals gab es nichts zu tun, also erfand ich etwas. Erst habe ich gezeichnet und Comics geschrieben, dann Kurzgeschichten. Ich habe Welten erfunden, um der Langeweile zu entkommen.

In London, wohin ich mit Anfang zwanzig gezogen war, gab es viel, was mich oberflächlich stimulierte, aber zu wenig, was meine Vorstellungskraft anregte. Ich brauchte Dunkelheit, aber ich lebte in einer Stadt, in der die Lichter nie erloschen.

Es war Zeit, in die Dunkelheit zurückzukehren.

»Was denkst du?«, fragte Jamie.

»Dass es Zeit ist, in meine Heimat zurückzukehren.«

* * *

Nach dem Abendessen gingen Max und Suzi nach oben, angeblich um an ihrem Buch zu arbeiten. Karen führte mich durchs Haus. Von Julia keine Spur.

»Die Zimmer sind alle nach walisischen Schriftstellern benannt«, erklärte mir Karen. »Das Esszimmer zum Beispiel nach Kate Roberts.«

Der Küche und dem Esszimmer gegenüber lag ein großzügiges Wohnzimmer, das Thomas-Zimmer, wahrscheinlich nach dem Dichter Dylan Thomas. Es war dunkel und gemütlich, mit Bücherregalen bis an die Decke und einer Leiter, die an dem obersten Brett befestigt war. Hinter einer kleinen

Waschküche lag noch ein großer Raum, das Follett-Zimmer, in dem Schreibtische und Stühle standen. Alles wirkte noch sehr provisorisch. Es war erst zur Hälfte gestrichen, und an den Fenstern hingen keine Vorhänge. In den meisten Zimmern gab es Kamine oder Holzöfen, sodass der Geruch von Holzfeuer durch das Haus zog. Ich fühlte mich in meine Kindheit versetzt – schläfrige Sonntagnachmittage, ein Schwarz-Weiß-Film im Fernsehen oder die Charts im Radio, der Finger schwebend über dem Aufnahmeknopf. Ich vermisste diese Tage nicht, aber bei der Erinnerung wurden Nostalgiehormone ausgeschüttet, das Gefühl, dass das Leben zu schnell vorüberging.

»Wie wär's mit einer Zigarette?«, fragte Karen.

»Warum nicht?« Ich rauchte selten und nur in Gesellschaft.

Wir gingen hinaus. Karen schien beim Auftreten Schmerzen zu haben. Sie reichte mir eine Zigarette. Sie schmeckte köstlich.

»Max ist ein schrecklicher Snob, was seine Bücher angeht«, sagte sie. »Und unglaublich narzisstisch. Aber er ist auch sehr unterhaltsam.«

»Das sieht Suzi offensichtlich genauso.«

»Schön für sie.« Sie senkte die Stimme. »Aber Suzi ist ganz schön schräg ... Sie hat mich gebeten, ein paar Seiten zu lesen. Ich bin wirklich mit allen Wassern gewaschen, ich schreibe auch selbst ziemlich harte Sachen. Aber ich war richtig verstört. Ein Paar, das sich mit Tierblut beschmiert und es dann als Gleitmittel benutzt. Widerlich. Und so eine schreckliche Szene mit einem toten Baby im Tiefkühlschrank.« Sie schüttelte sich.

»Wow!«

»Und was unseren literarischen Freund angeht: Neulich habe ich gehört, wie er sich am Telefon mit seiner Frau über Geld gestritten hat. Es ging darum, ob Max ihr letztes Geld in einem Schriftstellerhaus verplempern sollte. Ich würde sagen, er hat's im Moment nicht leicht.«

»Und er wird's noch schwerer haben, wenn seine Frau das mit Suzi rausfindet.« Ich runzelte die Stirn. »Manche Leute wissen einfach nicht zu schätzen, was sie haben.«

Karen hob eine Augenbraue.

Ich drückte die Zigarette aus und rief mir ins Gedächtnis, dass ich diese Frau gerade erst kennengelernt hatte. »Vergiss es. Ich bin kein Moralapostel.«

»Ich schon gar nicht. Weißt du eigentlich, dass dies hier vor hundert Jahren eine Schiefermine war?«

»Wirklich?«

Sie lächelte. »Du hörst dich an wie ich früher, wenn meine Mutter mir etwas aus ihrer Jugend erzählt hat.«

Als wir wieder hineingingen, kamen wir an einer geschlossenen Tür vorbei. Karen fing meinen Blick auf.

»Da geht's in den Keller.« Sie beugte sich zu mir und flüsterte mit Gruselstimme: »Da dürfen wir nicht runter.«

»Das hat Julia mir schon gesagt. Weil die Treppenstufen kaputt sind oder so.«

Karen sah sich um. »Ich habe gehört, dass ein Gast da mal runtergegangen ist. Julia muss komplett ausgeflippt sein und hat ihn hochkant rausgeworfen.«

»Im Ernst?«

»Im Ernst. Sie reagiert manchmal sehr heftig. Ich mag sie, aber ich möchte sie nicht auf dem falschen Fuß erwischen. Und? Hast du Lust auf einen kleinen Gin?«

Ich sah auf die Uhr. Es war erst Viertel nach neun. Aber ich musste diszipliniert sein, wenn ich dieses Buch irgendwann mal fertigkriegen wollte. Deswegen wünschte ich Karen eine gute Nacht und ging in mein Zimmer.

Oben im Flur blieb ich vor der zweiten Tür stehen. Mir fiel auf, dass sie nicht nummeriert war. An der Treppe lag Zimmer Nummer fünf, dann kam dieses Zimmer, dann folgte Nummer sechs, also meines. Es war still im Haus, deswegen hörte ich, dass aus dem nummernlosen Zimmer leise Geräusche kamen, als liefe ein Radio auf niedrigster Lautstärke. Ich sah mich verstohlen um und drückte das Ohr an die gestrichene Holztür.

Eine weibliche Stimme sang ein Lied, sanft und melodiös. Ich konnte die Worte nicht verstehen, aber es klang wie ein Kinderlied oder ein Abzählreim.

Ich verlagerte mein Gewicht von einem Bein aufs andere. Die Dielen knarzten. Das Lied brach sofort ab. Ich eilte schuldbewusst in mein Zimmer und kam mir wie ein Spanner vor, den man auf frischer Tat ertappt hatte.

Kapitel 3

Am nächsten Morgen wachte ich sehr früh auf. Es war lange her, dass ich so gut geschlafen hatte. Vielleicht lag es an der Landluft, vielleicht auch an dem nüchternen Abend. Nachdem ich im Badezimmer am Ende des Flurs geduscht hatte, öffnete ich meinen Laptop. Normalerweise verbrachte ich morgens eine Stunde auf Facebook und Twitter, las die Schlagzeilen und beantwortete Mails von meinen Lesern. Aber gestern Abend hatte ich den Zettel mit dem WLAN-Passwort in den Papierkorb geworfen. Der Plan war, mich abzuschotten. Keine sozialen Medien, keine Mails, kein Internet – bis ich fertig war mit dem Buch. Wenn jemand etwas von mir wollte, sollte er mich anrufen.

Ich öffnete mein Dokument und starrte eine ganze Weile auf den blinkenden Cursor. Es war zu früh. Ich brauchte Koffein.

In der Küche stand eine Kanne Kaffee. Daneben lagen Croissants auf einem Teller mit einem Zettel: »Bitte nehmt euch«. Es war niemand da, abgesehen von einem alten Mann im Garten mit grauen Haaren und roten Wangen. Er kratzte getrocknete Grasklumpen von den Messern eines Rasenmähers und fummelte kopfschüttelnd an dem Gerät herum.

Als er mich bemerkte, hob er die Hand zum Gruß. Dann zeigte er auf meinen Kaffeebecher und sah mich fragend an.

Ich wollte es mir nicht gleich mit den Einheimischen verderben, also schenkte ich ihm einen Becher Kaffee ein und brachte ihn hinaus.

»Danke«, sagte er. »Sie sind bestimmt einer von Julias Schriftstellern, oder?«

»Ja, genau. Ich bin Lucas.«

Er streckte die Hand aus. »Rhodri Wallace.« Er nickte zum Haus hinüber. »Julia ist ein wunderbares Mädchen. Hoffentlich klappt das mit ihrem Schriftstellerhaus nach all dem, was sie durchgemacht hat.«

»Was sie durchgemacht hat?«

»Sie wissen nichts davon? Tja, ist nicht meine Aufgabe, es Ihnen zu erzählen.«

Er dankte mir für den Kaffee und wandte sich wieder dem Rasenmäher zu.

Ich wollte gerade gehen, als mir das Singen in der letzten Nacht wieder einfiel. »Gibt es hier ein Kind?«, fragte ich. »Ein kleines Mädchen?«

Sein Gesicht verfinsterte sich. »Warum wollen Sie das wissen?«

»Ich habe mich nur gefragt, für wen die Schaukel ist.«

Er sah zu dem Spielgerät hinüber. Im Tageslicht erkannte ich, wie rostig es war. Die Schaukel war offensichtlich seit Langem nicht mehr in Benutzung.

»Die muss ich endlich mal in den Müll werfen«, sagte Rhodri nur und wandte sich ab. Unsere Unterhaltung war beendet.

* * *

Ich frühstückte. Ich hätte wieder in mein Zimmer gehen und mich zwingen sollen zu schreiben, doch ich war komplett uninspiriert. Außerdem war ich ja auch hergekommen, um den Ort meiner frühen Kindheit wiederzuentdecken. Der Tag war hell und klar. Ein Spaziergang würde mir bestimmt auf die Sprünge helfen.

Als ich an die kleine Straße am Ende der Allee kam, warf ich eine Münze und ging nach links. Trotz des hellen Sonnenscheins war es so kalt, dass ich die Hände in den Taschen vergrub, den Kopf einzog und nicht auf den Weg achtete. Ich überquerte ein Feld und lief auf einen Wald zu. Schneeglöckchen sprossen aus der Erde, die ersten Vorboten des Frühlings. In den Bäumen sangen Vögel. Es war so friedlich hier.

Warum fühlte ich mich dann so beklommen?

Als ich den Wald betrat, kam mir eine Frau mit einem Cockerspaniel entgegen. Während ich ihren Gruß erwiderte, weckte der Anblick des Hundes an der Leine eine Erinnerung, an die ich nicht denken wollte.

Ich ging eine Stunde weiter, ohne mir den Weg einzuprägen oder imaginäre Brotkrumen hinter mich zu streuen. Obwohl ich mir dumm vorkam in meinen Leinenschuhen, war ich entschlossen weiterzugehen. Ich war völlig in Gedanken – aber es war nicht das Buch, das mich beschäftigte, sondern Priya.

Wir hatten uns mit Anfang zwanzig kennengelernt. Vor Kurzem hatte ein DJ im Radio behauptet, es wäre das zwanzigste Jubiläum von Radioheads »OK Computer«. Das hatte mich erschüttert. Ich konnte einfach nicht glauben, dass Priya und ich das Album schon vor zwei Jahrzehnten gekauft haben sollten. Wie oft wir es seitdem gehört hatten! Als sie »Karma Police« spielten, musste ich das Radio abstellen. Es tat zu weh.

Zu jener Zeit arbeitete ich in einem Büro und sie in einem Buchladen. Ich war einer ihrer besten Kunden, und so war es nur eine Frage der Zeit, bis Priya und ich ins Gespräch kamen. Sie war klug und schön. Witzig und sexy und weise. Launisch und verrückt und ruhelos. Sie hatte schimmerndes schwarzes Haar und kleine Leberflecken. Ich liebte es, die Punkte mit dem Finger zu verbinden, wenn wir im Bett lagen.

Ich sagte ihr, dass ich den Ehrgeiz hätte, irgendwann nur vom Schreiben zu leben, und von Anfang an, noch bevor wir zusammenzogen, unterstützte und ermutigte sie mich. Als ich meinen ersten Buchvertrag unterzeichnete, war sie ebenso begeistert wie ich, vielleicht sogar noch begeisterter. Sie tröstete mich, als mein Buch floppte. Sie sprach mir Mut zu und riet mir zu Geduld. Ich sollte nach und nach eine Leserschaft aufbauen – einen Leser nach dem anderen. Sie beruhigte mich, als mich mein Verleger fallen ließ. Sie feierte mit mir, als ich den nächsten Vertrag unterschrieb, auch wenn der Vorschuss lächerlich war. Sie ermunterte mich weiterzumachen.

Wenn sie nicht gewesen wäre, hätte ich längst aufgegeben. Mein Ziel war es, dass sie eines Tages stolz auf mich sein sollte; ich wollte ihr beweisen, dass ihr Vertrauen in mich gerechtfertigt war. Wie oft habe ich mir ausgemalt, wie es wäre, wenn ich Erfolg hätte. Der Buchladen, in dem sie arbeitete, ging irgendwann pleite, und sie musste in einem Büro jobben. Sie verabscheute die Arbeit unter Leuten, mit denen sie nichts teilte. Ich würde sie retten, würde uns retten.

Doch als es endlich soweit war, war es zu spät. Sie war nicht mehr da.

Ich stolperte, und der Adrenalinschub brachte mich aus der emotionalen Grube, in der ich mich gesuhlt hatte. Ich stand auf einer Lichtung, vor mir ein Pfad, hinter mir drei. Ich hatte keine Ahnung, woher ich gekommen war. Ich suchte nach Fußabdrücken, aber da ich meistens auf den Grasstreifen neben den eigentlichen Wegen gelaufen war, um die Pfützen zu umgehen, konnte ich keine entdecken.

Ich hatte mich verlaufen. Als ich mein Telefon rausnahm, um mir meinen Standpunkt auf Google Maps anzusehen, hatte ich keinen Empfang. Aus der Ferne hörte ich ab und an ein vorüberfahrendes Auto. Ich beschloss, in diese Richtung zu gehen.

Ich kam an einem stehenden Teich vorbei. Von einem Ast hing ein Plastikbeutel mit Hundekot. Etwas weiter wurden die Bäume spärlicher und der Weg wurde breiter. Ein paar Minuten später kam ich an eine große Lichtung mit hochstehenden Gräsern.

Mitten auf der überwucherten Lichtung stand eine baufällige Steinhütte. Als ich näher heranging, sah ich, dass die Fenster eingeschlagen waren. Ich zog die morsche Eingangstür auf und spähte hinein. Ein ranziger Geruch schlug mir entgegen. Der Boden war von Abfall übersät, ansonsten war sie leer. Ich ging hinein und versuchte, nicht durch die Nase einzuatmen.

Zwischen dem Müll – rostigen Dosen, zerknüllten Zigarettenpackungen, Pornomagazinen mit feuchten Seiten – lag etwas Pelziges. Erst hielt ich es für eine tote Ratte, aber es war ein Plüschtier. Es sah sehr mitgenommen aus. Sein verklumptes Fell war von Schimmel überzogen. Es starrte mich aus seinen glasigen Augen an, bis ich wegsehen musste.

Als ich hinausging, überkam mich das Gefühl, das Schicksal habe mich hergeschickt. Denn auf einmal fühlte ich mich inspiriert und hatte es eilig, an meinen Schreibtisch zu kommen. Ein Impuls, den ich lange nicht gehabt hatte.

Dabei wusste ich immer noch nicht, wo ich war. Irgendwo im Westen hörte ich ab und an ein Auto, lauter als zuvor. Ich kämpfte mich durch das Unterholz, bis ich an einen befestigten Forstweg gelangte. Da ich mir ziemlich sicher war, dass das Refugium im Westen lag, lief ich in diese Richtung.

Fünf Minuten später hörte ich hinter mir ein Auto. Ich wandte mich um und sah ein Taxi. Das mussten mir die Götter geschickt haben. Ich hielt es an.

Der Fahrer kurbelte das Fenster runter. »Taxi gefällig?«

* * *

Im Taxi war es warm und roch nach Lufterfrischer. Der chemische Duft war mir nach dem Gestank der zugemüllten Hütte fast willkommen.

»Was tun Sie hier draußen?«, fragte der Fahrer mit einem starken walisischen Akzent. Er war ungefähr in meinem Alter. Seine braunen Haare wurden bereits dünn.

Ich erklärte ihm, dass ich mich auf einem Spaziergang verirrt hatte.

Er lachte. »Das kommt hier ziemlich oft vor. Diese Wälder sind trügerisch. Es sieht überall gleich aus, jedenfalls für Leute, die nicht von hier sind.«

»Ich bin von hier«, sagte ich. »Oder war es einmal.«

»Verwandtenbesuch?«

»Nein, ich wohne in Nyth Bran, in diesem Schriftstellerhaus. Wissen Sie, wo es ist?«

»Natürlich weiß ich, wo es ist.«

Wir fuhren los. Er hielt das Steuer lässig mit einer Hand und drehte sich immer wieder zu mir um. Ich hätte ihm am liebsten gesagt, dass er nach vorne gucken sollte.

»Dann sind Sie also Schriftsteller?«, fragte er. »Was für Bücher schreiben Sie denn?«

»Horror.«

»Wirklich? Dann ist das wohl Gruselrecherche, sich im Wald zu verlaufen, was?«

»So ähnlich.«

Wir kamen an einem überfahrenen Dachs im Straßengraben vorbei.

»Mein Vater liest ununterbrochen«, erzählte er. »Aber er hat mir das Gen nicht vererbt. Er nervt mich damit. Vielleicht sollte ich mal was von Ihnen lesen. Ich liebe Horrorfilme. Je blutrünstiger, desto besser.«

»Ich kann Ihnen eins schicken«, sagte ich. »Aber nur, wenn Sie versprechen, es zu lesen.«

»Das wäre klasse.« Ein totes Kaninchen lag am Straßenrand. »Dann wohnen Sie also bei Julia Marsh? Ich fand es merkwürdig, dass sie nicht weggezogen ist. Nach dem, was passiert ist.«

»Was ist denn passiert?«

Er warf mir einen kurzen Blick durch den Rückspiegel zu. »Das wissen Sie nicht? Damals war es ganz groß in den Nachrichten.«

Ich wartete.

»Ihr Mann … Er ist im Dee ertrunken. Michael. War wirklich ein netter Typ.«

»Mein Gott!« Kein Wunder, dass Julia so rastlos wirkte. »Wann war das?«

Er dachte nach. »Vor zwei Jahren? Schrecklich. Aber das war nicht mal das Schlimmste.«

Er sagte nichts mehr, sodass ich gezwungen war nachzufragen.

»Was war denn das Schlimmste?«

»Ihre kleine Tochter. Sie ist *verschwunden.*«

Ich starrte ihn an.

»Vermutlich ist sie auch ertrunken, aber man hat ihre Leiche nie gefunden. Sie haben lange nach ihr gesucht. Mit Tauchern und allem. Ganz schrecklich. Die Leute sind alle zum Fluss runter. Die Strömung muss sie mitgerissen haben, bis in den Bala.«

Das war der See, in den der Dee mündete.

»Wir sind da«, sagte der Fahrer.

Ich war so verwirrt, dass ich einen kurzen Moment dachte, wir wären am Bala-See angekommen. Dabei waren wir am Anfang der Allee, die nach Nyth Bran führte.

»Kann ich Sie hier rauslassen oder soll ich Sie bis vors Haus fahren?«

»Nein, hier geht in Ordnung.«

Ich stieg aus und gab ihm einen Zehnpfundschein. Ich sagte ihm, er solle den Rest behalten, schließlich habe er mich vor einem langen Rückweg bewahrt.

Er nickte und gab mir seine Karte. *Olly Jones, Taxi- und Chauffeurservice. Kurzfahrten & Langstrecke.*

Ich war schon fast ausgestiegen, da sagte er: »Die Leute erzählen sich, dass auf dem Haus ein Fluch liegt.«

»Was?«

»Abergläubischer Unsinn. Es hat mit der Witwe zu tun.«

Mit der *Witwe*? Meinte er Julia?

»Vergessen Sie's. Wie gesagt, es ist alles Quatsch.« Er ließ den Motor an. »Auch wenn Sie wahrscheinlich überrascht wären, wie viele Leute hier an so was glauben.«

Kapitel 4

Ich brach meinen Vorsatz, hier nicht ins Internet zu gehen. Sowie ich in meinem Zimmer war, fischte ich den Zettel mit dem WLAN-Passwort aus dem Papierkorb. Dann gab ich »Julia Marsh Fluss Dee« bei Google ein. Ein Link zu einem Artikel vom 8. Januar 2015 stand an erster Stelle.

> Nach Neujahrstragödie: Mädchen bleibt verschwunden

Die Polizei von Nordwales hat die Suche im Dee und im Bala-See nach der vermutlich am Neujahrstag ertrunkenen achtjährigen Lily Marsh eingestellt. Lily war mit ihren Eltern am 1. Januar am Dee in der Nähe von Beddmawr in Denbighshire spazieren gegangen. Ihr Vater, Michael Marsh, ertrank bei dem Versuch, seine Tochter zu retten. Nach Angabe der Polizei Nordwales war Lily ihren Eltern vorausgelaufen. Als ihre Eltern ihr Stofftier im Fluss treiben sahen, sprang Mr Marsh hinein. Seine Frau, Julia Marsh (40), wählte den Notruf, doch Mr Marsh konnte nur noch leblos geborgen werden. Die Suche nach Lily blieb erfolglos.

> An dem Einsatz waren Taucher von Polizei, Feuerwehr und Flussrettung beteiligt. Nach flächendeckender Suche im Fluss und im sechs Kilometer langen Bala-See musste die Operation abgebrochen werden. Ein Sprecher der Polizei von Nordwales sagte: »Die Suche musste gestern abgeschlossen werden, aber die Ermittlungen in dem Fall dauern an.«
>
> Michael Marsh war IT-Manager und erst vor Kurzem mit seiner Familie von Manchester nach Nordwales gezogen. Lily besuchte die Grundschule St. Peter. Lehrerin Anna Rowland sagte dieser Zeitung: »Die ganze Gemeinde steht unter Schock. Wir beten für Lily.« Die Bestattung von Mr Marsh findet heute statt.

Arme Julia! Ich erinnerte mich daran, wie sie geschrien hatte: »Nicht das Zimmer!« Das nummernlose Zimmer neben meinem musste Lilys gewesen sein. Mir schoss ein Gedanke durch den Kopf: Julia war die Mutter eines verschwundenen Kindes. Was, wenn sie herausfand, wovon »Zuckerwerk« handelte? Würde sie mich rauswerfen?

Es war nicht das erste Mal in meinem Leben, dass ich in die Dunkelheit meiner eigenen Geschichten gezogen wurde. Denn auch in »Zuckerwerk« spielte ein Fluss eine Hauptrolle. Ein Fluss, der Eltern ihre Kinder stahl.

In meinem Roman wurden die Kinder von einem übernatürlichen Wesen entführt, einem Monster, das im Wald lebte und sich von den Kinderseelen ernährte. Daher auch der Titel: Dem Monster schmecken Kinderseelen wie gezuckertes Obst, manchmal auch wie Bonbons. Beim Fressen zischt es »Zzzzzuckerwerk«.

Durch den Wald führt ein Fluss, und in einer Szene zerrt das Ungeheuer ein kleines Mädchen ins Wasser. Heldin des Romans ist eine Kommissarin, die im Fall von sechs verschwundenen Kindern aus einer kleinen Stadt im Norden Englands ermittelt. Am Ende des Buchs taucht sie in den Fluss und tauscht ihre Seele gegen die der Kinder, die durch ihr Opfer erlöst werden und in den Himmel kommen. »Schmeckt so bitter«, stöhnt das Monster, verschluckt sich an der Seele der Heldin und erstickt. Doch weil die Kommissarin ihre Seele opfert und stirbt, bleibt das Schicksal der Kinder für immer ein Rätsel.

Kein Buch, das Julia sich auf den Nachttisch gelegt hätte.

* * *

Ich zwang mich, nicht mehr an Lily Marsh zu denken und arbeitete intensiv an der Idee, die mir beim Verlassen der Hütte gekommen war. Als ich wieder auftauchte, war ich überrascht, dass es schon fünf war. Seit Langem hatte ich mich nicht mehr so in meine Arbeit vertieft. Es fühlte sich gut an.

Kurz darauf klopfte es an der Tür. Es war Karen.

»Wir gehen zum Pub. Hast du Lust mitzukommen?«

Hatte ich.

The Miners Arms lag an der Hauptstraße nach Beddmawr. Es war eine urige walisische Kneipe mit loderndem Kaminfeuer, rostigen Hufeisen an der Wand und schäumendem Bier aus dem Zapfhahn.

»Die erste Runde geht auf mich«, sagte ich.

Ein paar alte Männer saßen an der Bar, und zwei Typen spielten in der Ecke Darts. Sie hoben die Köpfe, als wir eintraten, verloren aber sofort wieder das Interesse. Sie hatten sich wohl an Schriftsteller gewöhnt. Während ich am Tresen auf die Bestellung wartete, fiel mir ein Bild von einer rot gekleideten

Frau ins Auge. Das Gesicht der Frau lag im Schatten kahler Bäume. Sie streckte dem Betrachter eine knochige Hand entgegen, als wollte sie ihn ins Bild zerren. Ich fröstelte.

Ich brachte die Getränke an den Tisch. Karen war so fröhlich wie am Vortag, aber Max und Suzi würdigten sich kaum eines Blicks. Max kippte sein dunkles Bier hinunter und verkündete, er gehe an den Quiz-Automaten. Dort hämmerte er fluchend auf die Knöpfe ein.

»Was ist denn mit dem los?«, fragte Karen. »Hat er ein paar Follower auf Twitter verloren?«

Darüber musste Suzi lachen. Mir fiel auf, wie jung sie war. Dreiundzwanzig vielleicht? Ich konnte mich kaum noch daran erinnern, wie ich mich in ihrem Alter gefühlt hatte. Aber ich wusste noch, dass ich damals unsicher war und gleichzeitig das Gefühl hatte, die Weisheit mit Löffeln gefressen zu haben.

»Ach, es ist nichts weiter«, bemerkte Suzi und warf mir einen Blick zu.

Karen war das nicht entgangen. »Wie wär's, wenn Lucas sich auch an einen Automaten verzieht, damit wir uns von Frau zu Frau unterhalten können?«

Suzi starrte in ihr Weinglas. »Nein, ist schon okay. Aber ihr müsst mir versprechen, es für euch zu behalten, ja?«

Wir versprachen es.

»Ich weiß, dass ihr denkt, Max und ich hätten was miteinander. Stimmt aber nicht. Schließlich ist er verheiratet … und ich würde das einer anderen Frau nicht antun. Ich kann Ehebrecher nicht leiden. Meine Mutter hat meinen Vater betrogen, und unsere Familie ist fast daran kaputtgegangen. Es widert mich einfach nur an.«

»Kann ich nachvollziehen«, sagte Karen.

»Außerdem stehe ich nicht auf ihn. Er ist viel zu …«

»Eingebildet?«, fragte Karen.

»Nein, er ist zu klein.«

Karen lachte.

»Aber er hilft mir bei meinem Buch. Er hat richtig gute Ideen. Klar bläst er sich dabei auf wie der letzte Macho, aber mit seiner Hilfe komme ich gut weiter. Ich habe ihm immer wieder gesagt, wie dankbar ich ihm dafür bin. Und ich glaube, er hat es in den falschen Hals gekriegt.«

Suzi trank einen großen Schluck Wein und schielte hinüber zu Max. In der Kneipe war es mittlerweile voll und laut. Der Spielautomat gurgelte und piepte wie ein durchgedrehter Roboter. Max konnte uns nicht hören.

»Wir sind gestern nach dem Abendessen in mein Zimmer gegangen. Um über mein Buch zu sprechen. Wir haben eine Sexszene diskutiert, an der ich gerade arbeite.«

Karen hob eine Augenbraue. »Verstehe.«

»Max steigerte sich richtig rein. Er faselte irgendwas darüber, dass Sex die unmittelbarste Erfahrung ist, die man als Mensch machen kann, dass man beim Sex sein innerstes Selbst ausleben kann. So hat er das wirklich genannt …« Sie räusperte sich. An ihrem Hals erschienen rosafarbene Flecken. »Dann habe ich gemerkt, dass er sich, hm, da richtig reingesteigert hat. Deswegen habe ich gesagt, ich wäre müde und wolle schlafen.«

»Und dann hat er dich angemacht?«

»Nein, im Gegenteil. Er ist aufgestanden und hat mir Gute Nacht gewünscht. Ich habe mich ins Bett gelegt, noch ein bisschen gelesen und bin dann eingeschlafen.«

»Okay«, sagte Karen und warf mir einen fragenden Blick zu. Ich zuckte die Achseln.

Suzi trank den Wein aus und drehte das Glas am Stiel herum. »Ein oder zwei Stunden später bin ich wach geworden. Irgendwer kam in mein Zimmer.«

Karen hörte gebannt zu.

»Die Tür quietschte, und ich habe einen leichten Schlaf. Ich bin hochgeschreckt und habe gefragt, wer da ist. Die Tür ging sofort wieder zu, und ich hörte, wie sich Schritte im Flur entfernten. Danach konnte ich … nicht mehr einschlafen.«

»Und du glaubst, dass es Max war?«

Sie nickte. »Klar, wer sonst? Einer von euch wohl kaum.«

»Ich war's jedenfalls nicht«, sagte ich.

»Ich auch nicht«, sagte Karen. »Und Julia würde so was bestimmt nicht tun. Ist ja wohl ziemlich klar. Max hat eure Diskussion über diese Sexszene erregt. Er hatte Lust, dein ›innerstes Selbst‹ zu erkunden.«

»Igitt!«

»Und wie hat sich der kleine Mann verteidigt?«, fragte Karen. Max schlug immer noch auf die Quizknöpfe ein. Ein paar Männer standen um ihn herum. Es sah nach einem guten Spiel aus.

»Ich habe ihn nicht zur Rede gestellt. War mir zu peinlich. Aber ich habe ihm gesagt, dass ich heute allein arbeiten will. Ohne seine Hilfe. Seitdem ist er sauer auf mich. Bitte sagt nichts. Heute Abend schließe ich die Tür ab … Er hat mir ja nichts getan.«

»Hm«, machte Karen.

»Außerdem tut er mir auch leid«, fuhr Suzi fort. »Ich glaube, dass er Probleme mit seiner Frau hat.« Das hatte Karen ja auch schon vermutet. »Und sein letztes Buch lief überhaupt nicht.«

»Kein Grund, sich nachts ins Zimmer einer jungen Frau zu schleichen«, meinte Karen und warf einen wütenden Blick in Max' Richtung.

»Mann, hätte ich bloß nichts gesagt! Bitte stellt ihn nicht zur Rede.« Sie stand auf. »Ich brauche noch was zu trinken.«

Als sie zur Bar ging, sagte ich zu Karen: »Willst du mit ihm reden?«

»Ich weiß nicht. Und wenn Suzi nicht aufgewacht wäre? Was hätte er dann gemacht? Hätte er sie vergewaltigt? Oder ihr eingeflüstert, dass er ihr im Buchgeschäft hilft, wenn sie ein bisschen nett zu ihm ist? Auf alle Fälle werde ich ein wachsames Auge auf ihn haben.«

* * *

Als wir ins Refugium zurückkamen, war es dunkel. Julia stand vor dem Haus und klapperte mit einem Fressnapf. »Chesney«, rief sie. »Chesney!«

»Hat er sich verdünnisiert?«, fragte ich. Ich musste so dringend zur Toilette, dass ich vorausgeeilt war.

Sie seufzte. »Das macht er dauernd. Manchmal ist er nur ein paar Stunden weg, manchmal aber auch einen ganzen Tag. Das macht mich ganz krank.«

Ich wunderte mich nicht über ihre Ängstlichkeit. War Chesney Lilys Haustier gewesen? Michael und Lily waren tot – der Kater war das letzte Verbindungsglied zu ihnen. Der Kater und das Haus.

Julia setzte die Brille auf. Dann nahm sie sie wieder ab.

»Hier gibt es wahrscheinlich immer wieder was Neues für ihn zu entdecken«, sagte ich. »Und viele Mäuse.«

»Eigentlich schon. Nur dass er ein fauler Dickwanst ist. Er bringt nie Mäuse oder Vögel ins Haus. Ich habe keine Ahnung, wo er sich rumtreibt.«

Die anderen kamen dazu. Julia stellte den Napf vor der Tür auf den Boden.

»Er kommt bestimmt zurück«, meinte sie. »Das macht er immer.«

Sie blickte in die Ferne, auf den dunklen Horizont. Es war nicht schwer, ihre Gedanken zu lesen. Der Kater kam immer wieder. Aber das hätte sie tausendmal gegen einen einzigen Moment mit ihrer Tochter getauscht. Sollte ich ihr sagen, dass ich es wusste? Fast hätte ich es getan, aber sie drehte sich um, bevor ich die richtigen Worte fand, und der Augenblick ging vorüber.

Kapitel 5

Ich konnte nicht aufhören, daran zu denken, was Lily zugestoßen sein mochte.

Wenn ich kein Buch über verschwundene Kinder geschrieben und meine Vorstellungskraft nicht zum Makabren tendiert hätte, dann hätte ich mich wahrscheinlich mit dem Offensichtlichen zufriedengegeben. Lily war ertrunken, und aus irgendeinem Grund hatte die Polizei ihre Leiche nicht finden können. Wahrscheinlich hätte ich es nicht als rätselhaft empfunden. Aber nachdem ich am nächsten Morgen vergeblich versucht hatte, etwas zu schreiben, gab ich es auf und folgte meinem Bedürfnis, mir die Stelle anzusehen, an der Michael Marsh ertrunken war. An der auch Lily Marsh zuletzt gesehen worden war.

Neben dem Zeitungsartikel, den ich am Vortag gelesen hatte, war eine Karte von der Unglücksstelle abgedruckt. Ich übertrug sie in mein Notizbuch und ging hinaus.

Auf dem Weg zum Dee versuchte ich, mich selbst davon zu überzeugen, dass ich kein Katastrophentourist war, der aus Sensationslust zum Schauplatz der Tragödie pilgerte. Ich sagte mir mehrfach, dass ich umkehren, dass ich »nach Hause« gehen sollte, um weiter an dem Buch zu arbeiten. Aber meine Beine wollten mir einfach nicht gehorchen. Sie trugen mich bis zu einem matschigen Weg an der Flussbiegung.

Sowie ich auf dem Weg stand, blitzte ein Bild in mir auf. Genau von dieser Stelle. Ein Kieselstein, der über das Wasser tanzt. Ein Erwachsener, der nach mir ruft. Ich blieb wie angewurzelt stehen.

Es musste eine Kindheitserinnerung sein. Das ergab Sinn. Bestimmt war ich mal mit meinen Eltern hier gewesen. Wahrscheinlich sogar öfter. Aber wie so viele Erinnerungen aus den frühen Jahren meiner Kindheit in Wales versteckte auch diese sich an einem dunklen, unzugänglichen Ort.

Ich sah auf die Karte in meinem Notizbuch. Ja, genau hier musste es passiert sein.

Es hatte angefangen zu regnen. Eisige Nadelstiche piksten mich im Nacken. Der Fluss war angeschwollen und schäumte wie ein tollwütiger Hund. Es war leicht zu erkennen, wie jemand in der reißenden Strömung ertrinken konnte. Selbst der stärkste Schwimmer hätte hier zu kämpfen. Ein Kind hatte keine Chance.

Vorsichtig kletterte ich die Böschung zu ein paar Felsbrocken am Ufer hinunter. Ich nahm einen Stein und warf ihn ins Wasser. Er versank sofort.

Ich schloss die Augen und stellte mir einen Mann vor, der verzweifelt gegen den Sog der Strudel ankämpft.

Dann kraxelte ich wieder hoch und sah mich um. Was konnte Lily sonst zugestoßen sein, wenn sie nicht ertrunken war? Ich drehte mich langsam um mich selbst und ließ die Landschaft auf mich wirken. Den Fluss konnte sie jedenfalls nicht durchquert haben, das stand fest.

Die Straße war nicht weit von hier. Hatte dort jemand gewartet? Jemand, der die Gelegenheit ergriff, als er das Mädchen sah? Ich stellte es mir vor: Er packte sie, schleuderte ihren Stoffkater ins Wasser, damit die Eltern annahmen, sie wäre in den Fluss gefallen, und zerrte sie in seinen Wagen.

Aber warum hatte sie nicht geschrien? Und hätte dieser Jemand genug Zeit gehabt, bevor Michael und Julia hier ankamen? Es wäre zu riskant gewesen.

Nein. Von den Polizisten, mit denen ich bei der Recherche für »Zuckerwerk« gesprochen hatte, wusste ich, dass die offensichtlichste Erklärung fast immer die richtige war. Lily war in den Fluss gefallen und ertrunken. Tragisch. Aber höchstwahrscheinlich weniger grauenvoll als das Schicksal, das sie erwartet hätte, wenn sie doch entführt worden wäre.

Während ich da stand und ins Wasser starrte, spürte ich, wie sich meine Nackenhaare aufstellten, als beobachtete mich jemand. Ich drehte mich um und blinzelte ins Gebüsch. Aber da war nichts – nur das leichte Trommeln der Regentropfen auf den Blättern der Bäume und ein leichter Wind, der durchs Unterholz fuhr. Es war nur meine Fantasie. Meine blühende Fantasie.

Der Regen wurde stärker, dicke Tropfen fielen auf die aufgeschlagenen Seiten meines Notizbuchs. Ich machte mich auf den Rückweg.

* * *

Die Tür des Cottage hinter dem Haupthaus war geöffnet. Musik klang heraus. Neugierig ging ich hinein und fand Karen vor, die in einem gemütlichen kleinen Zimmer, das nach Bertrand Russell benannt war, arbeitete. Die Musik kam aus dem Radio. Als sie mich bemerkte, klappte sie ihren Laptop zu.

»Lucas! Warum arbeitest du nicht? Böser Junge!«

Ich schloss die Tür hinter mir. »Hast du Suzi heute schon gesehen? Weißt du, ob Max noch mal was probiert hat?«

Sie stellte das Radio leiser. »Nein. Aber ich habe gehört, wie er sich am Telefon mit seiner Frau gestritten hat. Mal wieder. Er hat ihr mitgeteilt, dass er noch zwei Wochen hierbleibt.« Sie machte eine Pause. »Du schreibst doch Horror-Bücher, stimmt's?«

»Ja, stimmt.«

»Dann wird dir das hier gefallen: Gestern Nacht hat es gespukt.«

»Wirklich?« Ich zog einen Stuhl heran.

»Es war gegen Mitternacht, und ich konnte nicht schlafen. Also bin ich runtergegangen, um mir eine Kleinigkeit zu essen zu machen.« Sie lächelte. »Sag jetzt nichts.«

»Mache ich doch gar nicht. Klingt doch lecker.«

»Liegt an der Landluft. Hier habe ich immer Appetit. Jedenfalls habe ich mir ein Käsebrot gemacht, auch wenn ich natürlich weiß, dass man so spät am Abend keinen Käse essen sollte, aber der Cheddar hat so köstlich gerochen, dass ich nicht widerstehen konnte. Und dann hörte ich plötzlich einen Knall im Flur. Ich habe mich wahnsinnig erschrocken.«

Ich stellte es mir vor. Karen, die gerade in ihr Käsebrot beißen wollte, mit offenem Mund erstarrt.

»Ich bin in den Flur gegangen, um nachzusehen.« Sie schüttelte den Kopf. »Mit dem Käsemesser in der Hand. Habe mir vorgemacht, ich wäre mutig. Und dann war es dieser verdammte Kater!«

»Super, dass er wieder da ist.«

»Super? Ich hätte fast einen Herzanfall gekriegt. Nur wegen des blöden Viehs. Jedenfalls ist er ins Wohnzimmer geschossen und ich hinterher. Miez, miez, miez und so weiter. Dann bin ich in die Küche zurück. Und jetzt kommt das Unheimliche: Mein Brot war weg.«

Ich lachte. »Wirklich?«

»Ja! Der Teller war da, die Krümel auch. Aber kein Käsebrot.«

»Hattest du was getrunken?«

»Vielleicht ein oder zwei kleine Gläser Gin. Und ein paar Züge von meinem Joint.«

»Du warst stoned?«

»Schockiert dich das? Ich rauche aus medizinischen Gründen.«

Ich muss zweifelnd ausgesehen haben, denn sie sagte: »Nein, im Ernst, ich habe schweres Rheuma, besonders in den Fingern, wenn ich den ganzen Tag getippt habe. In den Knien auch. Gras hilft dagegen.«

»Oh, tut mir leid.«

Sie überhörte meine Entschuldigung. »Ich war vielleicht ein bisschen high. Aber nicht so, dass ich das mit dem Käsebrot halluziniert hätte. Und ich habe es auch nicht selbst gegessen und dann gleich wieder vergessen, falls du das jetzt denkst. Dafür hat mein Magen zu laut gegrummelt.«

»Hm.« Ich gab mir Mühe, nicht allzu skeptisch zu klingen. »Und was hast du dann gemacht?«

»Ich habe mir noch ein Brot geschmiert.«

Ich lachte, aber Karen lächelte nicht mal.

»Also, was denkst du?«, fragte sie mich, »könnte das ein Geist gewesen sein?«

»Ich habe noch nie gehört, dass ein Geist jemandem das Abendessen gestohlen hätte.«

»Tja, wahrscheinlich nicht.«

»Oder der Kater hat's gestohlen«, sagte ich. »Und hat das Brot unter einen Schrank gezerrt.«

Oder du hast zu viel Gras geraucht, dachte ich, *und hast es doch gegessen.*

»Dieser verdammte Kater«, sagte sie.

Karen starrte wieder auf ihren Laptop, und ich sah mich im Cottage um. Es gab eine winzige Küche, in der man sich Tee kochen konnte, ein kleines Wohnzimmer und eine Toilette. Quer über die Treppe, die nach oben führte, war eine Kette gespannt.

Da ich dringend an die Arbeit musste, verließ ich das Cottage. Ich winkte Karen zu, aber sie bemerkte es nicht. Wahrscheinlich dachte sie über ihr verschwundenes Käsebrot nach.

* * *

»Und? Wie läuft es so?«, fragte mich Julia später am Nachmittag, als ich runterging, um mir einen Kaffee zu machen. Sie stand am gusseisernen Aga-Herd, weil es dort am wärmsten war. Chesney lag auf der Arbeitsfläche daneben. Ich war kurz davor, ihr die Geschichte vom Kater und dem Käsebrot zu erzählen, doch dann fiel mir ein, dass Julia es sicherlich nicht schätzte, wenn ihre Gäste in ihren Zimmern Gras rauchten. Wenn sie keinen Alkohol erlaubte, kamen Drogen wohl noch weniger infrage, auch nicht für medizinische Zwecke.

»Tja, gestern lief es gut, aber heute habe ich nichts geschafft. Ich versuche immer, nicht daran zu denken, wie der Sand durch das Stundenglas rieselt.«

»Früher oder später kommst du bestimmt rein.«

Sie schob sich eine Strähne ihrer langen kastanienbraunen Haare hinters Ohr. Seit ich das mit Lily herausgefunden hatte, fiel es mir schwer, sie nicht allzu mitleidig anzusehen. Es war deutlich, dass sie nicht mit mir reden wollte, aber ich hatte keine Lust, so schnell in mein stilles Zimmer zurückzugehen. Außerdem ... mochte ich Julia. Ich wusste so gut wie nichts über sie – abgesehen von dem, was ich im Internet gelesen hatte –, und ich wollte mehr über sie erfahren.

»Ich wollte mir gerade einen Kaffee machen«, sagte ich. »Willst du auch einen?«

»Ich trinke keinen Kaffee. Nur Kräutertee. Langweilig, ich weiß.« Sie deutete mit dem Kopf auf ein Regal voller Teeschachteln. Kamille, Rooibos, Zitronenverbene und was nicht alles. Kein Alkohol, kein Koffein. Ob sie wohl immer so clean gelebt hatte?

»Wie gefällt es dir denn hier im Refugium?«

»Gut. Wenn es auch etwas merkwürdig ist, wieder in meiner alten Heimat zu sein. Vielleicht kommt mein walisischer Akzent ja auch zurück.«

Sie lächelte. »Wie gesagt, bald gibt es hier Gesprächsrunden, ein Aufenthaltsstipendium, Diskussionsgruppen. Wenn sich der normale Betrieb eingespielt hat.«

»Gute Idee, auch wenn ich Kritik von Kollegen nicht ausstehen kann. Mir langt es schon, die Rezensionen auf Amazon durchzulesen.« Der Kessel pfiff, und ich nahm ihn vom Feuer. »Was hat dich eigentlich dazu gebracht, ein Schriftstellerhaus zu eröffnen.«

»Geld.«

»Immer ein guter Grund.«

»Der beste. Eigentlich hatte ich an ein Bed and Breakfast gedacht, aber dann hat mir eine Freundin, die in einem Verlag arbeitet, hierzu geraten. Sie meinte, die Nachfrage wäre groß, und außerdem würde ich interessante Leute kennenlernen.«

»Du hast Freunde in der Buchbranche?«

»Ich habe früher als Illustratorin gearbeitet. Kinderbücher. Kennst du den Jackdaw-Verlag? Für den habe ich viel gezeichnet.«

Ich stand mit dem Rücken zu ihr und goss Milch in meinen Kaffee. »Früher? Warum hast du aufgehört?«

Ich hatte gehofft, das Gespräch auf ihren Mann und ihre Tochter lenken zu können, aber sie antwortete nicht. Als ich mich umdrehte, sah sie mir in die Augen und sagte: »Ich habe dich gegoogelt.«

»Oh!«

»Du hast mir gar nicht erzählt, dass du einen Bestseller geschrieben hast. Er soll verfilmt werden?«

Ich setzte mein bescheidenes Gesicht auf. »Hoffentlich. Er schmort schon eine Weile in einer Vorhölle namens Projektentwicklung.«

Es wäre leicht gewesen, die Scharade weiterzuspielen und so zu tun, als wüsste ich nichts über sie. Obwohl es schmerzhaft für sie sein konnte, wenn ich ihre Geschichte ansprach, wollte ich ehrlich sein. Und eine bessere Chance würde sich mir nicht bieten.

»Ich muss dir etwas gestehen.«

»Oh!«

»Ich weiß … was dir zugestoßen ist. Das von deinem Mann und deiner Tochter.«

Sie hatte gerade den Becher an die Lippen gesetzt. Ihre Hand erstarrte, und als sie den Becher absetzte, klirrte er auf der Tischplatte. Ich wünschte sofort, ich hätte nichts gesagt.

»Bist du deshalb hergekommen?«

»Nein, natürlich nicht. Ich habe es erst gestern …«

»Aber du schreibst doch über verschwundene Kinder, stimmt's? Recherchierst du für den nächsten Band? Und in dem wird meine Tochter dann von einem verdammten *Monster* gefressen?«

Sie schoss mir einen vernichtenden Blick zu und verließ die Küche. Ich blieb fassungslos zurück. Selbst der Kater schien mich vorwurfsvoll anzusehen. Wie konnte sie nur so schnell umschalten? Eben noch war sie ganz ruhig gewesen – und in der nächsten Sekunde wutentbrannt.

Nach kurzem Zögern folgte ich ihr ins Wohnzimmer – ins Thomas-Zimmer, wie mir wieder einfiel. Sie stand am Bücherschrank, atmete schwer und machte ein finsteres Gesicht.

»Julia, ich schwöre dir, dass ich bis gestern nichts davon wusste. Ein Taxifahrer hat es mir erzählt.«

Sie hatte mir den Rücken zugewandt und sah in den wolkenverhangenen Himmel hinaus. »Und dann? Was hast du dann getan? Mich gegoogelt?«

Ich schwieg.

Sie drehte sich um. »Du kannst dir nicht vorstellen, wie viele Journalisten hier waren, tagelang, wochenlang. Und alle haben sie so betroffen getan, um mich zum Reden zu bringen. Es hat Monate gedauert, bis der Spuk vorbei war. Und jetzt kommt einer, der sich darauf spezialisiert hat, über verschwundene Kinder zu schreiben …«

»Ich habe mich nicht darauf spezialisiert.«

»Ich hätte das Refugium nicht eröffnen dürfen. Ich bin noch nicht soweit.«

Sie verstummte und schlug die Hände vors Gesicht. Ich wusste nicht, was ich sagen oder tun sollte. Irgendwann brachte ich heraus: »Julia, ich schwöre, dass mein neues Buch nichts mit vermissten Kindern zu tun hat. Ich habe nicht vor, über dich und deine Familie zu schreiben. Du tust mir einfach wahnsinnig leid, das ist alles.«

Sie verzog das Gesicht, als würde ihr schon bei meinem Anblick übel.

»Wenn du willst, dass ich gehe, dann gehe ich.«

»Ja, ich glaube, das wäre das Beste.«

»Okay.« Jetzt ging es mir auch schlecht, aber was sollte ich machen? »Auf der Stelle?«

Sie sah durch mich hindurch. »Über Nacht kannst du noch bleiben. Aber ich möchte, dass du morgen früh abreist.«

Kapitel 6

Ich träumte, dass ich ertrank. Ich war im Klammergriff starker Hände, die mich auf den Grund des Flusses zogen. Unter mir wallten Haare wie Farnwedel hin und her. Ich schluckte schwarzes Dreckwasser. Da war ein Gesang, gedämpft und sanft. Ein Mädchen sang am Grund des Flusses, das Lied klang süß, aber die Melodie war irgendwie falsch.

Ich wachte japsend auf – aber das Singen hielt an. Ich lag da, noch halb im Traum, und lauschte der Melodie. Ich kniff mich. Ich war definitiv wach.

Ich stand auf und presste mein Ohr an die Wand des Zimmers, zu dem Julia mir den Zutritt verboten hatte. Lilys Zimmer. Von dort kam der Gesang. Jetzt, in der Stille der Nacht, war er gut zu hören, aber die Worte konnte ich trotzdem nicht verstehen. Schließlich wurde es mir klar. Es war kein englisches Lied.

Ich hatte kein Walisisch mehr gesprochen oder gehört, seit ich fünf gewesen war, aber die ersten Worte erkannte ich. *Un, dau, tri.* Eins, zwei, drei.

Was hatte ein Mädchen mitten in der Nacht in Lilys Zimmer zu suchen?

Ich wollte gerade hinübergehen, als ich begriff, dass das nur Julia sein konnte. Es hörte sich zwar nach einem Kind an, aber vielleicht war es doch eine Frau. Oder es war eine Aufnahme ... Ja, das musste es sein. Vielleicht war Julia nebenan und hörte sich eine Aufnahme von ihrer Tochter an. Es war vielleicht etwas ungewöhnlich, aber Menschen gehen unterschiedlich mit Trauer um.

Das Lied brach ab. Ich wartete darauf, dass Julia das Zimmer verließ, aber es war vollkommen still.

Schließlich legte ich mich wieder ins Bett und zog die Bettdecke bis unters Kinn. Ich hatte eine rationale Erklärung gefunden, aber aus irgendeinem Grund flößte mir der Gesang Angst ein. Dann lag ich stundenlang wach. Die Melodie geisterte mir endlos durch den Kopf, grub sich immer tiefer in meine Hirnwindungen, bis ich einen hypnotischen Zustand erreichte, in dem ich kaum noch zwischen Realität und Einbildung unterscheiden konnte. Ich sah mich aus dem Bett aufstehen und zur Wand gehen, die warm und pulsierend war, als wäre sie aus Fleisch und Blut, als wäre das Haus lebendig. Ich grub meine Nägel in die Tapete und riss sie in Fetzen von der Wand. Die Melodie kreiste quälend in meinem Kopf. Blut tropfte von meinen Fingerkuppen und rann an der Wand hinab. Das Haus bebte, als würde es weinen.

* * *

Ich brauchte nicht lange, um meine Sachen zu packen. Ich fühlte mich zwar schuldig, dass ich recherchiert hatte, was mit Julias Tochter passiert war. Ja, ich hatte ihre Privatsphäre missachtet, aber sonst hatte ich mir nichts vorzuwerfen. Sicher war es nur ein dummer Zufall, dass ich über das Thema geschrieben hatte, das Julia am meisten verletzte.

Ich gähnte, erschöpft von der verstörenden Nacht und dem Traum, den ich nicht abschütteln konnte. Als ich mich umsah, um zu überprüfen, ob ich auch nichts vergessen hatte, konnte ich nicht umhin, die Wand zu mustern, ob sie nicht doch blutete. Vielleicht war es ein Segen, dass ich abreiste. Bei Tagesanbruch hatte der Traum eine besonders irritierende Wendung genommen: Das Haus weinte – und es klang wie Priya.

Als ich meine Zimmertür öffnete, kam Karen gerade die Treppe herunter.

Sie entdeckte meinen Koffer. »Was ist denn jetzt los?«

»Ich reise ab.«

»Was? Warum?«

Ich spürte, dass sie mich mit endlosen Fragen löchern würde, wenn ich nicht ehrlich war. Also bat ich sie in mein Zimmer, bot ihr einen Stuhl an und erklärte ihr alles.

»Die Ärmste!«, sagte sie. »Das wusste ich nicht.«

»Hast du es damals nicht in den Nachrichten gesehen?«

»Nein. Ich habe in Italien gelebt. Wie grauenhaft! Ich habe keine Kinder, aber ich kann mir vorstellen … Trotzdem ist es nicht richtig, dass sie dich rauswirft. Du bist ja nicht hergekommen, weil ihre Tochter verschwunden ist, oder?«

»Natürlich nicht!«

Sie stand auf. »Ich spreche mal mit ihr. Vielleicht kann ich ihr klarmachen, dass du einer von den Guten bist, und kein ekelhafter Voyeur mit einem Hang zu toten Kindern.«

Sie war so schnell draußen, dass mir keine Zeit zum Protestieren blieb. Ich saß dort wie ein Schuljunge, dessen Mutter bei der Direktorin ein gutes Wort für ihn einlegt.

Fünf Minuten später stand Julia auf dem Flur vor meinem Zimmer.

»Können wir uns kurz unterhalten?«

»Klar. Komm rein.«

Sie schloss die Tür hinter sich. Sie hatte die Haare zum Pferdeschwanz zusammengebunden. Mit ihrem frischen, ungeschminkten Gesicht und in einem formlosen Pullover und Leggings sah sie jünger aus, als sie war. Aber sie hatte dunkle Ringe unter den Augen und ihre Haut war blass, fast durchscheinend. Sie war schrecklich dünn, als hätte die Trauer das Fleisch von ihren Knochen geschmolzen.

»Ich schwöre, dass ich nichts über Lily wusste, bevor ich hergekommen bin, Julia. Es ist reiner Zufall, dass ich ein Buch über … über verschwundene Kinder geschrieben habe. Ich würde nicht im Traum daran denken, so etwas auszuschlachten …«

Sie unterbrach meinen hilflosen Wortschwall. »Lucas.«

»Entschuldigung.«

»Ich bin diejenige, die sich entschuldigen sollte. Ich habe überreagiert. Wenn du willst, kannst du bleiben.«

»Ich würde sehr gerne bleiben.«

»Gut. Dann ist das geregelt. Wir tun einfach so, als wäre nichts gewesen.«

Als sie hinausging, fragte ich: »Willst du darüber sprechen? Über Lily und Michael?«

Sie betrachtete einen Fleck auf dem Teppich. »Lieber nicht.«

»Das kann ich verstehen. Ich weiß, wie schmerzhaft so was sein kann.« Sie sah mich neugierig an und ich fügte hinzu: »Ich habe auch jemanden verloren, den ich geliebt habe. Es ist unerträglich, daran zu denken, geschweige denn, darüber zu reden. Und du hast gleich zwei Familienmitglieder verloren …«

Sie schüttelte den Kopf. »Nein, nur Michael. Lily ist verschwunden, aber sie ist nicht tot. Ich bin mir absolut sicher.«

»Oh!«

»Alle halten sie für tot«, sagte sie entnervt. »Die Polizei, die Leute hier, meine Freundinnen und Freunde. Aber …« Sie setzte sich aufs Bett. »Okay, ich erzähle es dir. Aber nur, wenn du mir versprichst, dass du es nicht für dein Buch verwendest.«

»Beim Leben meiner Mutter.«

»Okay.« Sie sah zum Fenster hinaus. »Es war vor zwei Jahren, am Neujahrstag …«

* * *

Der Pfad am Ufer war glitschig. Der Matsch sog sich an Julias Gummistiefeln fest. Sie kam ins Rutschen, verlor das Gleichgewicht und ruderte wild mit den Armen. Michael packte sie am Arm und hielt sie fest.

»Vorsichtig.«

»Alles in Ordnung.« Sie schüttelte seine Hand ab und zog fröstelnd den Mantel enger um sich. Dann rief sie Lily zu: »Geh nicht so weit vor. Bleib da, wo ich dich sehen kann!«

Lily war ihnen ein gutes Stück voraus. Sie war acht Jahre alt und dünn wie eine Bohnenstange. Sie hatte den Mantel, den sie zu Weihnachten bekommen hatte, nicht zugeknöpft, sodass er ihr lose von den knochigen Schultern hing. Außerdem hatte sie sich geweigert, eine Mütze und Handschuhe anzuziehen. Ihr wäre nie kalt. Und das stimmte: Lily war ein Heizkörper in Person, das war schon immer so gewesen. In eisigen Winternächten, wenn die Kälte durch die zugigen Fenster drang, kletterte Julia manchmal zu Lilys ins Bett und kuschelte sich an ihre mollig warme Tochter.

Lily hielt Großen Kater in den Armen, ihr Plüschtier seit Babyzeiten. Sie ging voraus und war jetzt an der Stelle, wo der Pfad durch einen kleinen Wald an der Biegung des Flusses führte. Ab und an drehte sie sich mit einem unergründlichen Gesichtsausdruck nach ihren Eltern um. Sie hatte sie den ganzen Tag so aufmerksam angesehen, als wollte sie ihre Gedanken lesen.

Wahrscheinlich, weil sie dem Frieden zwischen ihren Eltern nicht traute.

Julia wollte gerade noch einmal nach ihr rufen, aber Michael sagte: »Lass sie. Sie ist doch ganz zufrieden.«

»Ich weiß. Aber ich will nicht, dass sie alleine in den Wald geht.«

»Mach dir keine Sorgen. Es ist doch nichts dabei.«

Er nahm sie in die Arme und zog sie an sich. Er roch nach dem Alkohol der letzten Nacht, und sein Kuss war kurz. Aber alles war besser als die Durststrecke, die sie hinter sich hatten.

Julia lief vorsichtig den abfallenden Pfad hinab. Sie warf einen Blick auf den Fluss, der nach dem letzten Regen Hochwasser führte. Die Strömung war hier reißend, und an der Biegung schäumten Wellen. Touristen kamen von Beddmawr zum Wildwasser-Rafting hierher. Trotz allem wusste sie plötzlich, was sie sich fürs neue Jahr vornehmen wollte: Sie würde ihre alte Angst überwinden und schwimmen lernen.

Lily näherte sich dem Wäldchen an der Senke des Wegs. Julia drehte sich zu Michael um, weil sie ihm etwas sagen wollte – und sah, wie er blitzschnell etwas in die Jackentasche gleiten ließ.

»Was war das?«

»Nichts.«

Sie ging auf ihn zu. »Los! Zeig's mir.«

»Mensch, Julia, lass mich.« Er versuchte, an ihr vorbeizugehen, aber sie trat ihm so abrupt in den Weg, dass er ins Schlittern kam und sich an ihr festhalten musste. Obwohl er versuchte, sie daran zu hindern, fasste sie in die Tasche seiner Fleecejacke.

Sein Flachmann. Der Beweis.

Das gebrochene Versprechen.

»Gegen die Kälte«, sagte er bescheuerterweise. Er hätte sich entschuldigen, es hätte ihm peinlich sein müssen, aber in seinem Blick lag Trotz. Er sah aus wie Lily, wenn Julia ihr sagte, sie solle ihre Hausaufgaben machen oder ihr Zimmer aufräumen. Ich habe nicht einen Mann und ein Kind, *dachte sie.* Ich habe zwei Kinder.

Sie schleuderte den Flachmann Richtung Fluss. Er prallte auf einen Stein direkt am Ufer. Sie sahen es beide.

»Wenn du ihn dir holst, war's das«, sagte sie.

»Hatte ich gar nicht vor.« Aber sie sah seinen Blick, sah das Verlangen.

»Ich gehe zu Lily«, sagte sie. »Wir reden darüber, wenn wir zu Hause sind.«

Das letzte Stück des Pfads war so steil, dass sie mehr oder weniger hinunterschlitterte und erst am Wäldchen zum Stehen kam. Kahle Äste, verrottetes Laub, überall Pfützen.

Aber keine Spur von Lily.

Sie eilte mit klopfendem Herzen durch die Baumgruppe hindurch. Michael war nur ein paar Schritte hinter ihr, als Julia wieder nach Lily rief.

Keine Antwort. Die Vernunft sagte ihr, dass Lily hinter dem Wäldchen wäre, aber Vernunft kam nicht gegen den eisigen Strudel in ihrem Bauch an.

»Lily!«, rief sie wieder und versuchte, nicht hysterisch zu klingen. »Wenn wir nach Hause kommen, mache ich uns heiße Schokolade.«

Und du kannst so lange YouTube gucken, wie du willst, *fügte sie in Gedanken hinzu.*

Julia hatte das Wäldchen hinter sich gelassen. Sie war sicher, dass der Himmel in den paar Minuten, in denen sie das Gehölz durchquert hatte, dunkler geworden war, dass die Regenwolken niedriger hingen. Vor ihr stieg der Weg an, steil, aber nicht mehr ganz so schlammig. Ihr drehte sich fast der Magen um.

Wo war sie? Wo, zum Teufel, war Lily?

Julia rannte den kleinen Hügel hoch, von dem aus man den Fluss überblicken konnte. Das Wasser schäumte, die Wellen brachen sich am Ufer. Und dann sah sie es. Ihr Herz setzte ein paar Schläge aus.

Großer Kater wurde durch die Strudel gewirbelt.

»Michael!«

Ein schriller Schrei. Sie raste zu ihm, packte ihn am Arm und zeigte auf das schwarz-weiße Plüschtier im Fluss. Er entdeckte es sofort. Sie sahen sich an, Mutter und Vater, bevor er über ein paar Felsbrocken zum Ufer hinuntersprang und sich dabei die Jacke vom Leib riss. Er zögerte nur eine Sekunde, rief noch einmal nach Lily – und in der Sekunde zog die Strömung Großen Kater in die Tiefe.

Michael sprang in den Fluss. Julia hatte keine Ahnung, wie tief das Wasser dort war. Ihr Mann wurde verschluckt, als hätte es ihn nie gegeben. Vielleicht vergingen nur ein paar Sekunden, bevor sein Kopf wieder auftauchte, aber es erschien ihr wie eine Ewigkeit. Sie lief am Ufer auf und ab, rang die Hände und suchte den grauen Fluss nach Lily ab. Wenn Lily auch nur die geringste Überlebenschance gehabt hätte, wenn Julia hinterhergesprungen wäre, hätte sie es sofort getan. Aber sie war nutzlos. Hilflos.

»Ich kann sie nirgends sehen«, schrie Michael. Die Panik in seiner Stimme war ein Echo ihrer eigenen. Er wurde in den Strudeln herumgewirbelt. Die Wellen schlugen immer wieder über ihm zusammen.

»Such weiter!«

Als er das nächste Mal auftauchte, keuchte er heftig. Das eiskalte Wasser quetschte ihm die Luft aus der Lunge, und seine Stimme war schwach, als er wieder nach Lily rief. Er warf Julia einen verzweifelten Blick zu, und sie wusste sofort, was er vorhatte. Er wollte aufgeben.

Sie musste irgendetwas tun.

»Da drüben«, schrie sie, und zeigte in die Mitte des Flusses. »Da ist irgendwas!«

Er machte ein paar ausholende Schwimmzüge gegen die Strömung, in die Richtung, die sie ihm gewiesen hatte. Er ging unter, kam wieder hoch, holte japsend Luft und wurde wie ein Papierschiffchen im Wasser hin und her geschleudert. Er war jetzt vier oder fünf Meter vom Ufer entfernt und kämpfte mit aller

Kraft gegen den Fluss an, der ihn in den Tod zu reißen drohte. In ihrer Panik sah Julia Bilder von Ungeheuern, die Michael an den Knöcheln packten und in die Tiefe zogen. Lily war schon da unten, in der tödlichen Umarmung eines Flussmonsters.

Michael verließen die Kräfte, sie erkannte es an seinem Gesicht, an seinen schwerfällig werdenden Bewegungen. Die schäumenden Fluten trugen ihn weiter hinaus. Es kam Julia gar nicht in den Sinn, dass er ertrinken könnte. Weil sie nicht schwimmen konnte, hatte sie übertriebene Vorstellungen von seinen Fähigkeiten. Sie wollte nur, dass er nicht aufgab, dass er Lily fand. Erst als er kehrtmachte und auf das Ufer zuschwamm, fiel ihr ein, dass sie ihr Handy mitgenommen hatte. Sie drückte den Notruf mit zitterndem Finger und schrie hinein. Die ruhige Stimme am anderen Ende der Leitung kam nicht gegen ihre Hysterie an.

Als sie wieder aufsah, war Michael verschwunden. Julia schoss ans Ufer hinunter, kletterte auf die Felsen und wartete darauf, dass Michael wieder auftauchte, versuchte verzweifelt, nicht den Verstand zu verlieren. Immer und immer wieder suchte sie den Fluss ab. Wo war er? Es war eiskalt, aber sie spürte die Kälte ebenso wenig wie die Tränen, die ihr über die Wangen liefen.

Sie spürte gar nichts mehr.

* * *

Im Zimmer war es still, als sie geendet hatte. Die Wucht des Erzählten war ungeheuer. Ich zermarterte mir den Kopf nach den richtigen Worten. Bloß keine Floskeln.

Sollte ich ihr meine Geschichte erzählen? Sie hätte gespürt, dass ich genau wusste, wie es sich anfühlte, wenn ein geliebter Mensch aus der Welt gerissen wurde. Wenn man durch einen Fußtritt des Schicksals alles verlor.

»Ich hätte nicht damit drohen sollen, dich rauszuwerfen«, sagte Julia in das Schweigen hinein. »Aber du kannst dir bestimmt vorstellen, dass die Wunde noch längst nicht verheilt ist. Noch lange nicht.«

Ich fragte mich, ob sie wusste, dass ich sie in der vergangenen Nacht gehört hatte. Wahrscheinlich hatte sie nicht daran gedacht, dass ich im Nebenzimmer schlief, wahrscheinlich war es wie ein Zwang. Sie musste die Nächte in Lilys Zimmer verbringen und mit ihrer verschwundenen Tochter kommunizieren. Es war wie eine Droge für sie.

Beim Sprechen knetete sich Julia nervös die Hände. Sie schien die Haarsträhne, die ihr übers Auge fiel, gar nicht zu bemerken. »Die Leute sagen immer, dass die Zeit alle Wunden heilt. Dass man irgendwann darüber wegkommt. Aber für mich ist jeder Tag wie in dem Film ›Und täglich grüßt das Murmeltier‹. Ich wache auf und vermisse Lily. Hundertmal am Tag stelle ich mir vor, wie sie durch die Tür kommt. Hundertmal am Tag mache ich mir Vorwürfe, dass ich sie nicht im Auge behalten habe. Ich verfluche meine Eltern, weil sie mich nicht zum Schwimmunterricht gezwungen haben. Immer dasselbe, tagein, tagaus. Und wenn ich mich schlafen lege, vermisse ich Lily.«

Ich wusste nicht, was ich dazu sagen sollte.

Jetzt strich sie sich doch die Haare aus der Stirn. »Natürlich gibt es auch Momente, in denen ich es fast vergesse. Aber dann steigt Panik in mir auf, ein vages Gefühl, dass da irgendwas ist, worüber ich mir Sorgen machen sollte. Und dann fällt es mir wieder ein und ich habe schreckliche Schuldgefühle, weil ich es vergessen habe. Wenn auch nur für einen Moment.«

»Oh, Julia.«

Ich hätte ihr gerne meine Hand auf den Arm gelegt, hätte gerne irgendwas getan, um ihr mein Mitgefühl zu zeigen und sie zu trösten.

Aber ich saß rum wie der letzte Blödmann.

»Bestimmt denkst du, ich sollte loslassen«, sagte sie in mein niederschmetterndes Schweigen hinein. »Deine Tochter ist ertrunken. Mach weiter. Sie kommt nicht zurück.«

»Nein, das denke ich nicht …«

Julia stand auf und ging zum Fenster. Weißer Dunst hatte sich über die Bäume gelegt und sie in gespensterhafte Silhouetten verwandelt. Julia starrte in die Ferne, als erwartete sie, dass Lily aus dem Nebel auftauchte. Ihre kleine Tochter, auferstanden von den Toten.

»Was sagt die Polizei?«, fragte ich. »Die hat doch alles nach ihr abgesucht.« Laut dem, was mir der Taxifahrer Olly erzählt und was ich im Internet gelesen hatte, musste der Fluss von Polizisten und Suchtrupps gewimmelt haben. Aber Julias Miene ließ auf eine andere Geschichte schließen.

»Sie haben die Suche viel zu schnell aufgegeben«, sagte sie. »Angeblich wird noch ermittelt, aber ich habe seit über einem Jahr nichts mehr von ihnen gehört. Niemand arbeitet aktiv an dem Fall. Sie haben die Untersuchung nach ein paar Wochen eingestellt, weil sie überzeugt waren, dass sie ertrunken ist.«

»Aber du bist überzeugt, dass sie nicht ertrunken ist?«

Sie sah mich direkt an. »Dann hätten sie ihre Leiche gefunden. Ganz bestimmt.«

»Nicht unbedingt«, wandte ich ein.

»Es ist doch absolut unwahrscheinlich, dass die Strömung sie so schnell mitgerissen hat, wenn Großer Kater noch da war.«

»Und was glaubst du?«

»Sie ist entführt worden«, sagte sie, ohne zu zögern. »Jemand hat hinter den Bäumen auf sie gewartet. Vielleicht hat er uns auf dem Uferweg gesehen und die Gelegenheit genutzt. Vielleicht ist er uns vorher schon gefolgt. Wir haben ihm die Gelegenheit gegeben, weil wir so weit hinter ihr zurückgeblieben sind und nicht auf sie aufgepasst haben.«

In ihren Gedanken war sie wieder am Fluss. Stellte sie sich vor, wie alles gewesen wäre, wenn es anders gekommen wäre? Wenn diese Verkettung unglücklicher Umstände irgendwo durchbrochen worden wäre?

»Ich glaube, dass uns jemand gefolgt ist«, meinte sie dann.

»Warum?«

»Na ja … Dass ausgerechnet an dem Tag einer dort gelauert und eine blitzschnelle Entscheidung getroffen hat, als wir vorbeigekommen sind, das ist einfach zu unwahrscheinlich. Und nicht nur das: Ich hatte in den Tagen vor Lilys Verschwinden dieses Gefühl … dass wir beobachtet wurden.«

»Wie kommst du darauf?«

»Hm … Kennst du das nicht? Dieses Gefühl, beobachtet zu werden, aber wenn du dich umdrehst, ist da niemand?«

Ich nickte. Natürlich kannte ich das.

»Ich habe das immer noch. Ständig. Ich glaube, Lily im Augenwinkel zu sehen. Sie steht einfach nur da und beobachtet mich. Aber wenn ich mich umdrehe – egal, wie schnell ich mich umdrehe –, ist da niemand.«

Das war mir mit Priya auch oft so gegangen.

»Was hat die Polizei sonst noch getan?«, fragte ich. »Außer dass sie den Fluss abgesucht hat?«

»Ich weiß es nicht genau. Natürlich haben die Beamten die Wälder durchkämmt. Ohne Erfolg. Sie haben ein paar Männer vernommen, die als Sexualverbrecher vorbestraft waren. Es gab Zeugenaufrufe. Sie haben die Aufzeichnungen der Straßenkameras ausgewertet. Aber ich hatte die ganze Zeit den Eindruck, dass sie einfach nur ihre Liste abgearbeitet haben, weil sie es für Zeitverschwendung hielten. Weil Lily ihrer Meinung nach irgendwo im Fluss war.«

»Hast du mal daran gedacht, einen Privatdetektiv einzuschalten?«

»Ich hatte es vor …« Sie seufzte. »Aber ich bin pleite. Ein paar Leute haben Geld für die Suche nach Lily gesammelt, aber es ist nicht viel zusammengekommen. Die Öffentlichkeit hat der Polizei geglaubt. Außerdem ist ungefähr zur selben Zeit ein vierjähriges Mädchen in London verschwunden. Vielleicht erinnerst du dich daran. Violet irgendwas. Ihr Vater war Politiker, und deswegen war der Fall für die Medien viel interessanter. Sie haben Lily schnell vergessen. Aber ich weiß es genau, Lucas. Sie ist da irgendwo, und ich gebe die Hoffnung nicht auf. Sie ist das Einzige, was mich über Wasser hält.« Sie seufzte wieder. »Aber ich habe deine Zeit zu lange in Anspruch genommen. Ich muss Frühstück machen. Die anderen fragen sich bestimmt schon, was los ist.«

Sie verließ das Zimmer, ohne mich noch einmal anzusehen.

Ich ging zum Fenster. Der Nebel lichtete sich langsam, die Welt kam wieder zum Vorschein. In der Ferne zog sich der Fluss träge durch die Landschaft.

Hatte Julia recht? War Lily irgendwo da draußen?

Kapitel 7

Lily – 2014

»Chesney! Chesneeeey!«

Wo war dieser dumme Kater?

Lily stand an der Hintertür und rief nach ihm, bis sie nicht mehr wusste, was ihre eigene Stimme war und was das Echo. Sie liebte Echos. Vor zwei Jahren, als sie noch klein gewesen war, hatte Daddy sie gezwungen, mit ihm auf den Snowdon zu gehen. Es war langweilig gewesen. Außer dem Café auf dem Gipfel, wo sie zur Belohnung eine riesige heiße Schokolade mit Sahne und bunten Streuseln bekommen hatte. Und noch besser war das Echo gewesen, als sie oben auf dem Berg Hallo gerufen hatte. Ihr Hallo war aus allen Richtungen zurückgekommen.

Aber Chesney – dieser blöde kuschelige Monsterkater – hörte weder auf ihre Stimme noch auf ihr Echo.

Lily warf einen Blick über die Schulter zum Haus. Mum arbeitete am Computer und Dad war in seinem Arbeitszimmer. Sie durfte zwar nur bis zum Gartenzaun gehen – obwohl sie kein Baby mehr war –, aber sie musste Chesney finden.

Sie zog ihre Turnschuhe an und lief zum Cottage. Es war abgeschlossen. Und wie sollte Chesney da überhaupt reingekommen sein?

Laut nach ihm rufend, suchte sie den Garten ab. Langsam machte sie sich richtige Sorgen. Megan hatte ihr erzählt, dass ihre Katze von einem Auto überfahren worden war, weil sie mitten auf der Straße eingeschlafen war. So was konnte nur auf dem Land passieren, wo nur ab und zu ein Auto vorbeikam. Und dann dachten die Katzen, sie könnten sich überall einrollen und schlafen. Lily wusste natürlich, dass Chesney nicht so dumm war. Er war ein ganz besonderer Kater, wahrscheinlich der beste und schlauste Kater der ganzen Welt. Sie liebte ihn. Er schlief jede Nacht am Fußende ihres Bettes, und es machte ihr nichts aus, dass er sich oft quer über ihre Beine legte, sodass sie sich kaum noch bewegen konnte. Es machte ihr auch nichts aus, dass ihre Bettdecke voll mit Katzenhaaren und diesen Pünktchen war, von denen Mum behauptete, es wäre ekelhafter Flohdreck.

Manchmal dachte sie, Chesney wäre ihr bester Freund. Sie mochte Megan, aber Chesney war der Einzige, mit dem sie sprechen konnte, wenn Mum und Dad sich stritten.

Was jetzt fast jeden Tag passierte. Sie hörte sie abends, wenn sie eigentlich schlafen sollte, sich aber unter der Bettdecke ihre liebsten YouTuber ansah. Meistens schrie Mum. Was Dad sagte, konnte sie nicht verstehen. Er grummelte mit seiner dunklen Stimme vor sich hin. Mum brüllte irgendwas über Saufen und dass bald Schluss wäre. Und oft auch den Namen einer Frau, mit der Dad zusammenarbeitete. Als Lily ihn einmal gefragt hatte, wer diese Lana wäre, war er kreidebleich geworden und hatte gesagt, nur so eine Kollegin.

Megans Mum und Dad hatten sich auch andauernd gestritten. Als Megan noch klein gewesen war, hatten sie sich scheiden lassen. Ihr Vater lebte jetzt ganz allein in irgendeiner Stadt, und Megan sah ihn nur ganz selten. Der einzige Mann in der Familie war Megans Großvater.

Wenn Lily darüber nachdachte, dass sich ihre Eltern scheiden lassen könnten, wurde ihr so eiskalt, dass sie Chesney an sich drücken musste, um nicht zu weinen.

Jetzt war Lily am Gartenzaun angekommen. Keine Spur von Chesney. Hinter dem Zaun war eine große Wiese, wo es im letzten Sommer ganz viele Pusteblumen und Brennnesseln gegeben hatte.

Dad hatte ihr erzählt, dass es da überall Kaninchenbaue gab, aber Lily hatte noch nie einen gesehen. Vielleicht lauerte Chesney vor einem Bau und wartete darauf, dass ein kleines Kaninchen aus dem Loch gehoppelt kam. Aber Lily glaubte nicht, dass ihr Kater es töten würde. Er brachte nie irgendwelche ekligen toten Tiere ins Haus, wahrscheinlich weil er wusste, dass Mum ausflippen würde. Aber bestimmt beobachtete er sie gerne.

Lily sah sich um, ob auch keine Erwachsenen da waren, und kletterte über den niedrigen Zaun auf die Wiese hinüber.

Ihr war gar nicht aufgefallen, wie neblig es war. Erst als sie sich weiter vom Haus entfernte, merkte sie, dass der Nebel wie eine riesige tiefe Wolke im Wald hing. Die Bäume waren weiß und sahen gruselig aus. Der Nebel musste kalt sein, wenn man ihn anfasste. Sie würde auf keinen Fall alleine in den Wald gehen, und schon gar nicht, wenn es so neblig war.

Die Witwe hätte sie schnappen können. Auch wenn Lily nicht glaubte …

»Lily!«

Sie hätte sich vor Schreck fast in die Hose gemacht.

»Lily, wo bist du?« Die Stimme ihrer Mum klang jetzt fast panisch, aber Lily lief trotzdem nicht zu ihr. Wenn Mum sich jetzt richtig Sorgen machte, wäre sie total erleichtert, wenn Lily wiederauftauchte. Und dann bekäme sie vielleicht eine Süßigkeit. Vielleicht hätte Mum Schuldgefühle, weil sie gearbeitet hatte, und Lily könnte sie endlich überreden, ihr Heelys zu kaufen. Alle hatten solche Schuhe, nur sie nicht.

Sie machte sich ganz klein und rührte sich nicht. Die Stimme ihrer Mum wurde leiser, sie suchte woanders nach ihr. Lily stand auf. Irgendwie war es doch gemein. Außerdem würde Mum wütend auf sie sein. Als sie auf den Zaun zulief, sah sie aus dem Augenwinkel eine Bewegung. Chesney? *Sie wirbelte herum.*

Eine Gestalt verschwand im Wald. Und wurde vom Nebel verschluckt.

Zu groß für Chesney.

Lily schoss los, kletterte blitzschnell über den Zaun und ratschte mit dem Finger über eine zersplitterte Latte. Ein großer Splitter grub sich in ihr Fleisch, und ihr Finger blutete. Es tat so doll weh, dass sie zu weinen begann.

Durch ihre Tränen hindurch warf sie einen Blick zurück in den Wald. Nichts. Hatte sie sich das nur eingebildet?

Die Witwe. Die ihren riesigen dunklen Mund öffnete, um nach Lily zu rufen.

Sie rannte quer durch den Garten und rief: »Mum! Mummy!«

Den Kater hatte sie ganz vergessen.

Kapitel 8

Julia konnte es sich vielleicht nicht leisten, einen Privatdetektiv anzuheuern, aber ich konnte es. »Zuckerwerk« verkaufte sich so gut, dass es mir hohe Einnahmen bescherte, und ich wusste nicht so recht, wohin mit meinem Geld.

Was würde sie davon halten? Würde sie es übergriffig finden? Ich wollte sie nicht verärgern – schließlich hatte sie mich schon einmal fast rausgeschmissen. Ein paar Nachforschungen konnten trotzdem nicht schaden. Schließlich würde ich ihr auch nur davon erzählen, wenn etwas dabei herauskäme.

Jedenfalls sagte ich mir das.

Während meiner Recherchen für »Zuckerwerk« hatte ich mich mit einem Privatdetektiv namens Edward Rooney angefreundet. Er war kurz groß in den Medien gewesen, weil er an einem gruseligen Fall gearbeitet hatte, in dem es um rumänische Kriminelle und den Handel mit Babys ging. So war ich auch auf ihn aufmerksam geworden. Ich hatte ihn gefragt, wie er vorging, wenn er nach einer vermissten Person suchte. Er war ein freundlicher Typ, der noch schwer mit den Nachwirkungen des Falls zu kämpfen hatte, aber er wollte mir gerne helfen. Gegen ein Honorar.

Julia sollte das Gespräch nicht mit anhören, deswegen ging ich mit meinem Handy in den hintersten Teil des Gartens.

Edwards Assistentin Sophie stellte mich zu ihm durch.

»Lucas!«, rief er. »Hey, der berühmte Autor L. J. Radcliffe persönlich.«

»Na ja, berühmt …«

»Mann, sei nicht so bescheiden. Im Ernst, dein Buch ist echt spitze. Warum rufst du an?«

Ich erklärte ihm, dass ich einer Freundin helfen wollte. Dann erzählte ich ihm ausführlich, was ich über Lilys Verschwinden und die nachfolgenden Ermittlungen wusste.

»Es sieht so aus, als hätte die Polizei Lily aufgegeben. Julia glaubt nicht, dass alles getan wurde, um sie zu finden. Aber sie kann es sich nicht leisten, jemanden auf die Suche nach dem Mädchen anzusetzen und deswegen habe ich ihr meine Hilfe angeboten.«

Ich räusperte mich. Es war eine Notlüge.

Stille am Ende der Leitung. Dann sagte er: »Willst du dein Geld wirklich zum Fenster rauswerfen?«

»Wie meinst du das?«

»Du kannst davon ausgehen, dass die Polizei immer alle Möglichkeiten ausschöpft, wenn ein Kind verschwindet. Noch dazu, wenn die Eltern freundliche, respektable Bürger sind. Ich kann mir nicht vorstellen, dass ein Detektiv mehr rausfinden könnte als die Polizei. Es würde nur alles wieder aufwirbeln. Deine Freundin hätte wieder Hoffnung.«

Ich dachte darüber nach. »Sie wüsste dann wenigstens, dass die Polizei alle Spuren verfolgt hat, und könnte endlich Ruhe …«

Er seufzte. »Okay. Du lässt nicht locker, stimmt's?«

»Stimmt. Geht irgendwie nicht.«

»Na gut. Nur habe ich im Moment wahnsinnig viel zu tun, also kann ich jetzt nicht nach Wales gurken. Aber eine Kollegin arbeitet in Telford, an der Grenze zu Wales. Ich schicke dir ihre Nummer.«

»Okay«, sagte ich enttäuscht.

Eine Minute später kam Edwards WhatsApp-Nachricht.

Als ich an dem Haus hochsah, fiel mir mein beklemmender Traum der letzten Nacht wieder ein, die blutenden Wände, das Gefühl, das Haus wäre lebendig. Ich hätte in meinem Zimmer sitzen und arbeiten sollen. Das Problem war nur, dass ich es jetzt wirklich wissen wollte. Ich wollte wissen, was Lily widerfahren war – und nicht nur, weil mich alles Rätselhafte magisch anzog. Ich malte mir in allen Einzelheiten aus, wie ich das Kind finden und zu Julia zurückbringen würde, stellte mir ihre Tränen und ihre Freude vor. Obwohl meine Chancen eins zu tausend standen, waren diese Bilder so lebhaft, dass ich nicht anders konnte, als etwas zu unternehmen.

Ich wählte die Nummer, die Edward mir geschickt hatte.

* * *

Zara Sullivan hatte anscheinend nichts zu tun. Sie schlug vor, mich zwei Stunden später in Beddmawr zu treffen. Während unseres Telefonats suchte sie auf TripAdvisor ein Lokal namens Rhiannon's Café aus und sagte, sie wäre um eins dort.

»Ich bin die mit der roten Baseballkappe«, sagte sie. Dann legte sie auf.

Ich starrte mein Handy an. Das sollte eine Detektivin sein? Oder spielte Edward mir einen Streich?

Ich kam fünf Minuten zu spät. Es war ein Café, in das ich nicht von alleine gegangen wäre, kitschig eingerichtet und schummerig beleuchtet. Es gab vor allem Tee und Scones, und die Zielgruppe war deutlich über sechzig. An den Wänden hingen Gemälde von Bergarbeitern, die in die Grube einfuhren und Frauen mit Babys auf den Armen, die ihnen nachwinkten.

Und dazwischen das Bild, das mir im Pub aufgefallen war. Das von der Frau in Rot zwischen den kahlen Bäumen.

In der Ecke saß eine Frau mit einer roten Baseballkappe vor einer Kanne Tee. Als ich auf sie zuging, nahm sie die Kappe ab und schüttelte die Haare, die blond und strähnig waren und ein mondförmiges Gesicht einrahmten. Schwer zu sagen, wie alt sie war – irgendwas zwischen dreißig und vierzig, obwohl sie eine von diesen schwarzen Daunenjacken trug, die im Moment bei Teenagern beliebt waren. Sie sah wirklich nicht wie eine Privatdetektivin aus, aber ich hatte oft genug gehört, ich sähe mit meinen roten Haaren und meinem »freundlichen Gesicht« nicht wie ein Horrorautor aus.

»Ich habe mir Ihr Buch auf dem Weg angehört«, sagte sie. »Jedenfalls eine Stunde lang. Nicht schlecht.«

»Ähm … danke.«

»Je mehr Sie schreiben, desto besser werden Sie bestimmt.« Sie hob die Hand, um die Kellnerin heranzuwinken, eine rüstige Frau um die Siebzig. Ich bestellte Kaffee.

»Also, meine Konditionen sind folgende«, sagte Zara, ohne Zeit zu verlieren. Ihr Stundenhonorar war relativ hoch, aber noch in einem vertretbaren Rahmen. »Ich könnte natürlich jeden Tag von Telford herfahren, aber es wäre leichter, wenn ich hier übernachten würde. Falls Sie bereit sind, dafür zu zahlen. Ich lasse mich am liebsten ganz auf meine Fälle ein und mache mich mit dem Ort und den Leuten vertraut.«

»In Ordnung.«

»Zufällig kenne ich hier einen ziemlich scharfen Typen.«

»Aha …«

»Er ist nicht nur scharf, er arbeitet auch bei der Polizei in Wrexham.« Das war die nächstgelegene größere Stadt, in der die Ermittlungen in Lilys Fall durchgeführt worden waren. »Er könnte nützlich sein.« Sie grinste und schlürfte ihren Tee. »Nehmen Sie sich einen Welsh Cake. Die sind superlecker.«

Sie zog ein Notizbuch aus ihrer Kuriertasche. »Okay. Erzählen Sie mir alles, was Sie wissen.«

»Bevor ich anfange: Es gibt eine Bedingung. Ich will nicht, dass Julia Marsh herausfindet, dass ich Sie angeheuert habe. Ich erzähle es ihr, wenn Sie wirklich etwas finden, aber ich will nicht, dass sie sich Hoffnungen macht. Sie müssen also diskret ermitteln.«

»Diskretion ist mein Mittelname.« Sie hatte den Stift gezückt und sah mich fragend an.

Im Café war viel Betrieb, was mir sehr recht war, denn das Stimmengewirr überlagerte unser Gespräch. Sie schrieb alles mit, dann klappte sie das Notizbuch zu. »Okay. Ich rufe Sie morgen an und berichte Ihnen, was für Fortschritte ich gemacht habe.« Sie streckte die Hand aus. Sie war klebrig von den kleinen walisischen Pfannkuchen. »Dann finden wir mal raus, was mit der kleinen Lily passiert ist.«

* * *

Am Nachmittag arbeitete ich an meinem Roman. Er handelte von einem Vater, der daran glaubt, dass das Ende der Welt bevorsteht. Er versteckt sich mit seiner Frau und seiner Tochter in einer Hütte im Wald. Der Witz daran ist, dass der Weltuntergang tatsächlich kommt. Die Erde wird von einer Seuche heimgesucht, die die Überlebenden in hungrige Monster verwandelt. (Ich vermied es, sie Zombies zu nennen.) Und ein paar von ihnen waren dabei, die Familie im Wald zu umzingeln …

Nach dem Abendessen sah ich mich im Thomas-Zimmer nach Lesestoff um. Julias Bibliothek war beeindruckend – vor allem was Klassiker und zeitgenössische Literatur anging. Hier und da versteckte sich auch ein Krimi. Auf dem obersten

Regalbrett standen Bücher mit bunten Rücken, die mich neugierig machten.

Ich kletterte auf die Leiter und sah, dass sie aus dem Jackdaw-Verlag waren, für den Julia gearbeitet hatte. Ich zog ein Buch heraus, das den Titel »Zwölf kleine Ungeheuer« trug. Und tatsächlich: *Illustrationen von Julia Marsh.* Ihre kleinen Ungeheuer waren bunt und unwiderstehlich. Ich war begeistert. Julia hatte wirklich Talent. Dass sie diese Arbeit aufgegeben hatte, machte ihre tragische Lebenssituation noch schlimmer.

Auf demselben Regalbrett ragte ein Buch mit einem zerfledderten Rücken hervor. Ich zog es heraus – es war eine illustrierte Ausgabe der Gedichtsammlung »Der Eul' und die Miezekatz« von Edward Lear. Das Buch war so alt, dass ich mich fragte, ob Julia es als Kind geschenkt bekommen hatte. Aber das Vorsatzblatt, auf dem vielleicht eine Widmung gestanden hatte, war herausgerissen worden.

Als ich darin blätterte, flatterte ein Foto auf den Boden. Ich stieg von der Leiter und sah es mir an. Es war ein Polaroidfoto eines steifen Paars in den Vierzigern: ein hagerer großer Mann und eine etwas kleinere Frau. Obwohl Haarschnitt und Kleidung der beiden offensichtlich aus den späten Siebzigern oder den frühen Achtzigern stammten, erinnerte es mich an das Gemälde »American Gothic«. Ich hätte gern gewusst, wo das Bild aufgenommen worden war, aber der Hintergrund war zu dunkel und verschwommen. »Was hast du denn da?«

Max und Suzi waren hereingekommen. Sie hatten sich offensichtlich wieder versöhnt. Ich steckte das Polaroid ins Buch zurück und schob es in die erstbeste Lücke.

»Nichts weiter.«

Max musterte den Bücherschrank. »Wenn wir hier irgendwo an der richtigen Stelle drücken, dreht sich das Ganze bestimmt und gibt einen Geheimgang frei«, meinte Max. »Das würde zum Haus passen.«

»Wie in ›Fünf Freunde‹«, sagte Suzi.

»Nein, viel unheimlicher«, erwiderte Max. »Wie etwas aus Lucas' Büchern.«

Sie setzten sich aufs Sofa, ich ließ mich auf dem Armstuhl gegenüber nieder. »Jemand hat mir erzählt, dass auf dem Haus ein Fluch liegt.« Ich wiederholte, was der Taxifahrer gesagt hatte.

Max' Augen leuchteten. »Wie aufregend! Ich liebe solche Geschichten. Volksmärchen von heute. Ein Freund von mir kommt aus Hastings, wo Aleister Crowley gelebt hat. Er soll die Stadt mit einem Bann belegt haben: Man kann sie nicht verlassen, wenn man kein Steinchen vom Strand mitnimmt. Ist natürlich Unsinn, aber es ist unterhaltsam.«

»Wo ist Karen?«, fragte ich.

»Ich glaube, sie raucht einen Joint in ihrem Zimmer«, antwortete Max.

»Wollen wir sie besuchen?«, fragte Suzi.

»Gute Idee. Was meinst du, Lucas? Vielleicht gibt sie uns was ab.«

Es war unglaublich bescheuert, aber ich nickte. »Warum nicht?«

Oben angekommen, klopfte Max an Karens Tür. Mir war es peinlich, weil wir uns wie unartige Schüler aufführten, die im Schlafsaal rumspionierten.

Aber ich hatte nicht mit Karens Reaktion gerechnet. »Lass mich in Ruhe!«, schrie sie mit ängstlicher Stimme.

Max und ich tauschten einen besorgten Blick.

»Karen?«, fragte ich durch die Tür hindurch. »Ich bin's, Lucas. Alles in Ordnung?«

Ich hörte Schritte, dann drehte sich der Schlüssel im Schloss. Karen steckte den Kopf aus der Tür und warf prüfende Blicke nach rechts und links den Flur hinunter. »Kommt rein«, zischte sie.

Sie wich zurück und setzte sich mit geballten Fäusten ans Fußende ihres Betts. Das Fenster war geöffnet, aber im Zimmer roch es trotzdem nach Cannabis. Ihre Pupillen waren groß und dunkel wie Teiche bei Nacht.

»Tür zu«, sagte sie. »Und schließt ab.«

Suzi setzte sich neben sie. »Was ist los?«

»Irgendwer hat versucht, in mein Zimmer zu kommen.«

Automatisch sah ich Max an.

»Hey! Ich war's nicht!«, rief er.

»Wir waren die ganze Zeit zusammen«, bestätigte Suzi.

»Karen«, sagte Max. »Bist du sicher, dass du dir das nicht einbildest? Was rauchst du da eigentlich?« Auf ihrem Nachttisch lag eine kleine Plastiktüte. Max nahm sie und hielt sie gegen das Licht, als könnte er so einschätzen, wie stark das Zeug war.

Karen starrte vor sich hin. »Jemand hat was durch die Tür geflüstert.«

»Wirklich? Was denn?«

»*Du bist hier nicht willkommen.*«

Wir sahen uns an.

»Ein Mann oder eine Frau?«, fragte ich, weil mir der Gesang aus der letzten Nacht wieder einfiel.

Aber Karen war in einer Art Schockzustand und fixierte die Tür. Ihr Gesicht war bleich wie der Mond, der durchs Fenster schien.

»Mir ist schlecht.« Sie rannte hinaus, den Flur hinunter zum Badezimmer.

»Sie ist stoned, nichts weiter«, sagte Max. »Auf einem schlechten Trip oder wie man das nennt.«

»*Ich* war nicht high, als jemand versucht hat, in *mein* Zimmer zu kommen.« Suzi war fast so bleich geworden wie Karen.

»Ich hab dir ja gesagt, dass ich's nicht gewesen bin«, versicherte Max. Einen Moment sah er besorgt aus, dann lachte er. »Es ist der Fluch. Der Geist des toten Bergarbeiters. ›Huuuu!‹«

»Mann, lass das, Max.« Aber Suzi musste wider Willen lachen.

»Und du bist's nicht gewesen?«, fragte Max. Ich war so in meinen Gedanken versunken, dass ich einen Moment brauchte, um zu begreifen, dass er mich meinte. »Vielleicht führst du ja eine Art von Spukexperiment durch.«

»Ich war unten mit euch, falls ihr euch noch erinnert.«

»Hm, auf alle Fälle ist es aufregend.«

Wir verließen Karens Zimmer. Max ging runter, doch Suzi wollte sich erst noch vergewissern, dass es Karen wieder besser ging.

Ich verschwand in meinem Zimmer. Die wahrscheinlichste Erklärung war, dass Karen zu viel Gras geraucht und sich das eingebildet hatte – ausgelöst durch Suzis Erlebnis. Und dass Max log. Er war in Suzis Zimmer eingedrungen und leugnete es jetzt einfach. Für alles gab es eine ganz rationale Erklärung.

Warum lag ich dann im Bett und konnte wieder nicht einschlafen, während ich mir ausmalte, wie jemand auf der anderen Seite der Tür stand und versuchte, in mein Zimmer zu kommen? *Du bist hier nicht willkommen.*

Irgendwann schlief ich dann doch ein. Die Worte hallten in meinem Kopf wider.

Kapitel 9

Beim Frühstück war die Stimmung gedämpft. Karen schien der Vorfall der letzten Nacht peinlich zu sein. Sie sah immer noch etwas grün um die Nasenspitze aus. Max tippte wie wild auf sein Smartphone ein; er stritt sich auf Twitter mit irgendwem, der einen schlechten Witz über Depressionen gemacht hatte. Suzi war nicht heruntergekommen, entweder sie schlief noch oder sie arbeitete schon.

Ich trug mein Geschirr in die Küche, wo Julia gerade die Spülmaschine einräumte. Der Kater strich ihr um die Knöchel.

Es war wieder kalt, Raureif funkelte auf dem Rasen. Rhodri reparierte eine Stelle im Zaun, die der Sturm der letzten Woche umgerissen hatte.

»Gehört der zum Inventar?«, fragte ich Julia und deutete mit dem Kopf auf Rhodri.

»Bitte? Ach so, meinst du, ob er hier schon gearbeitet hat, bevor wir eingezogen sind? Möglicherweise. Jedenfalls hat er sich Michael gleich nach unserem Einzug vorgestellt. Damals hat Michael gesagt, wir würden seine Hilfe nicht brauchen, denn er war wild entschlossen, alles selbst zu machen. Genau das hatte ihn an dem Haus gereizt, als wir hierhergezogen sind.« Ihre Augen leuchteten.

Rhodri muss gespürt haben, dass wir ihn beobachteten. Er drehte sich um und grüßte uns.

»Was für Leute waren die Vorbesitzer?«, fragte ich, weil mir das Polaroid wieder einfiel.

»Ich habe keine Ahnung. Eine alte Frau hat hier gewohnt, die das Haus einer Kinderstiftung vererbt hat. Wir haben es auf einer Auktion von der Stiftung ersteigert.«

Als ich wieder in mein Zimmer ging, klingelte mein Handy. Zara war dran.

»Ich habe mich gestern Nacht mit dem scharfen Typen getroffen.« Ich nahm an, mit dem von der Polizei. Hoffentlich setzte sie keine Kondome auf die Spesenliste. »Er hat mir ein paar interessante Sachen erzählt. Sehr interessante, genau gesagt.«

* * *

Wir hatten uns darauf geeinigt, uns am Fluss zu treffen, an der Stelle, an der Lily verschwunden war. Zara saß auf einem umgefallenen Baumstamm, rauchte eine Zigarette und blickte auf das Wasser. Die Büsche auf dem gegenüberliegenden Ufer waren im Nebel kaum zu erkennen.

»Mein Freund von der Polizei erinnert sich sehr genau an den Fall«, begann Zara. Sie drückte die Zigarette aus und steckte den Stummel in eine Plastiktüte. »Er hat bestätigt, was Sie mir erzählt haben. Anfangs sind sie davon ausgegangen, dass sie in den Fluss gefallen war. Sie haben eine Menge Geld für die Suche ausgegeben. Hubschrauber, Froschmänner, das ganze Programm. Ohne Erfolg.«

»Das weiß ich alles«, sagte ich.

»Aber was wissen Sie über Wasserleichen?«, fragte sie. »Haben Sie nicht ein Buch darüber geschrieben? Ich nehme an, Sie haben vorher recherchiert.«

Ich wich ihrem Blick aus. »Na ja …«

»Aha! Also, mein Freund hat es mir erklärt. Bei Ertrunkenen wird die Luft in der Lunge vom Wasser verdrängt. Deshalb sinken sie. Sie bleiben eine Weile unter Wasser. Und wenn die Leichen nicht aufgefressen werden, produzieren die Bakterien und Enzyme in Brust und Bauch Gase. Methangas, Kohlendioxid und noch eins, auf dessen Namen ich gerade nicht komme.«

»Und das Gas gibt ihnen Auftrieb.«

»Genau.« Sie holte einen Mars-Riegel aus ihrer Jackentasche und wickelte ihn aus. »Wollen Sie auch was?«

»Mir ist der Appetit vergangen.«

Sie schnaubte und sang einen Kinderreim vor sich hin. »›Ein Mars am Tag ist gleich Krankheit und Plag …‹ Wo war ich? Ach ja. Lily Marsh wurde nicht an die Oberfläche getrieben. Die Polizei ging davon aus, dass sie früher oder später an der Oberfläche des Bala-Sees auftauchen würde. Und darauf haben sie alle gewartet. Aber Lily ist nicht aufgetaucht.«

Ich starrte sie an.

»Also, in dem See leben keine Monster. In diesen Wäldern übrigens auch nicht, Mr Radcliffe. Wenn sie noch unter Wasser ist, muss sie jemand mit einem Gewicht beschwert haben. Das würde allerdings nicht zu einem mutmaßlichen Tod durch Ertrinken passen. Oder sie ist irgendwo unter Wasser hängengeblieben.«

»*Mutmaßlicher* Tod durch Ertrinken?«

»Genau. Wenn sie beschwert worden ist, war es Mord. Aber dann hätte man ihren Leichnam irgendwo auf dem Grund finden müssen.«

Zwei Sumpfhühner flogen vorüber.

»Als Lilys Leichnam nicht an der Oberfläche auftauchte, hat sich die Polizei auf die Mutter konzentriert.«

Ich war schockiert. »Auf Julia?«

»Mm-hm. Denken Sie mal drüber nach. Es gibt keine Zeugen außer Mrs Marsh. Es gibt nur ihre Version der Geschichte. Mein Freund hat gesagt, ihre Verzweiflung hätte echt ausgesehen, aber es hätte auch sein können, dass sie versuchte, einen Unfall zu vertuschen.«

»Was für einen Unfall?«

Die Welt um uns herum war auf eine fast unheimliche Art still. Auf dem Baum über uns zwitscherte ein Vogel. Das Wasser rauschte um die Flussbiegung. Aber ansonsten war alles ruhig.

Zara zerknüllte die Verpackung von ihrem Mars und stopfte sie in die Tasche ihrer Daunenjacke. »Julia hat bei der Vernehmung ausgesagt, dass der Haussegen schon eine Weile schief hing. Sie konnte nicht anders, denn sie hatte direkt vor Weihnachten einen Riesenstreit mit Michael im Supermarkt gehabt, genau gesagt, im Gang mit dem Alkohol. Ein Zeuge, der sich später bei der Polizei meldete, sagte, Julia hätte Michael angeschrien. Es ging um die Anzahl der Flaschen, die er in den Einkaufswagen gelegt hatte. Irgendwas über ein gebrochenes Versprechen und dass er Weihnachten vergessen konnte. Und Lily hat alles mitbekommen.«

Ich dachte an Julias Alkoholverbot im Refugium. Also war Michael tatsächlich Alkoholiker gewesen.

»Bei der Autopsie hat der Pathologe einen sehr hohen Alkoholgehalt in Mr Marshs Blut festgestellt. Er hatte am Neujahrstag getrunken. Hier die Theorie: Die beiden hatten wieder so eine heftige Auseinandersetzung. Und dann hat Julia ihn in den Fluss gestoßen.«

Ich dachte darüber nach. »Möglich wäre es. Aber was ist mit Lily?«

»Eine Möglichkeit wäre, dass Julia Lily auch in den Fluss gestoßen hat, weil sie die einzige Zeugin war.«

»Das ist ja haarsträubend!«

»Oder sie wollte, dass alle drei sterben. Doppelmord und Selbstmord. Und als sie an der Reihe war, hat sie der Mut verlassen. Oder wie wäre es hiermit: Julia hat ihren Göttergatten reingeschubst und Lily ist hinterhergesprungen, um ihn zu retten. Julia kann nicht schwimmen. Sie konnte nichts tun, um ihrer Tochter zu helfen.«

Der Vogel über uns hatte aufgehört zu zwitschern.

»Aber das beantwortet nicht die Frage, was mit Lilys Leichnam geschehen ist.«

Zara zuckte die Achseln. »Da wissen sie bei der Polizei eben auch nicht weiter. Sie haben die Wälder mit Leichenhunden abgesucht. Denn wenn Lily nicht ertrunken ist, hätte Julia sie töten und irgendwo vergraben können. Sie haben sogar ihr Haus durchsucht.«

»Dann wusste Julia also, dass sie verdächtigt wurde?«

»Wahrscheinlich haben sie die übliche Floskel benutzt, dass sie alle Spuren verfolgen müssen. Auf alle Fälle haben sie nichts Belastendes gefunden, und Julias Aussagen waren absolut schlüssig. Also sind sie zum Ausgangspunkt zurückgekehrt. Weil es am wahrscheinlichsten ist, dass alles genau so passiert ist, wie Julia es beschrieben hat. Und dass Lilys Leichnam sich irgendwo am Grund des Bala-Sees verhakt hat.«

Ich ließ das alles auf mich wirken. War es möglich, dass Julia ihren Mann und ihre Tochter umgebracht hatte? Nein, ich war mir sicher, dass ihre Verzweiflung echt war – und auch nicht aus Schuldgefühlen entsprang. Wenn sie nicht die beste Schauspielerin der Welt war – und eine Psychopathin dazu –, dann wusste sie wirklich nicht, was ihrer Tochter zugestoßen war.

»Also haben Sie im Grunde nichts Neues rausgefunden«, sagte ich.

»Ich habe getan, worum sie mich gebeten haben. Ich habe überprüft, ob die Polizei alle Register gezogen hat. Vielleicht wird es eines der Rätsel bleiben, die nie gelöst werden. Wie die *Mary Celeste*, von der auch niemand weiß, warum sie ohne Besatzung auf dem Atlantik getrieben ist. Oder wie diese Ufo-Bekloppten, die sich von den Klippen von Beachy Head gestürzt haben.«

Ich sah sie ausdruckslos an.

»Was soll ich jetzt tun?«, fragte sie unbeeindruckt.

»Hat die Polizei Sexualstraftäter vernommen? Pädophile?«

»Ja, klar. So viele gibt es hier nicht, aber sie haben alle vorgeladen, ihre Alibis überprüft und ihre Wohnungen durchsucht. *Nada.*«

»Vielleicht haben sie nicht gründlich genug gesucht. Wenn sie noch auf diese Theorie fixiert waren, dass Julia die Täterin oder dass es ein Unfall war.«

Sie zuckte die Achseln. »Vielleicht. Soll ich weitermachen?«

»Ja.«

Sie stand auf. »Dann mache ich weiter.«

Wir gingen zur Straße, wo Zaras Auto stand. Der Nebel hatte sich gelichtet. Die Sonne badete die Landschaft im weichen Licht des Frühlingsbeginns. Zara blieb staunend stehen. Dann sah sie mich an.

»Sie kommen ursprünglich aus dieser Gegend? Ich bin neugierig. Sie kennen diese Frau doch kaum, oder habe ich das falsch verstanden? Warum wollen sie ihr helfen?«

Ihre Direktheit überraschte mich. »Sie tut mir leid.«

»Mehr ist es nicht?«

Wir hatten Zaras Auto erreicht, einen zehn Jahre alten Honda, der mit Fast-Food-Schachteln und Verpackungen von Süßigkeiten zugemüllt war.

»Ich weiß nicht, worauf Sie hinauswollen.«

»Auf nichts. Nur dass …« Sie lachte. »Tut mir leid, ich weiß, dass ich manchmal zu direkt bin. Aber ich habe mir Fotos von Julia Marsh angesehen. Sie sieht gut aus.«

»Und Sie unterstellen mir, dass ich ihr helfe, um sie ins Bett zu kriegen?«

Sie schloss das Auto auf. »Hey, ich wollte Sie nicht beleidigen. Aber es gibt ja diesen Typ von Mann, der einer Frau in Not einfach nicht widerstehen kann. Sie wissen schon, der Typ mit Blut in den Adern und einem Schwanz zwischen den Beinen.« Sie stieg kichernd ins Auto.

»Ich gucke mal, was ich über die einschlägig Vorbestraften aus der Gegend rausfinden kann. Ich rufe Sie morgen wieder an.«

Ich sah ihr nach und fragte mich, ob sie recht hatte. Vielleicht hatte ich wirklich Hintergedanken. Julia war tatsächlich attraktiv – trotz ihres Schmerzes, aber nicht deswegen. Außerdem war ich gar nicht scharf auf sie.

Dennoch fühlte ich mich nicht wohl in meiner Haut, als ich zum Schriftstellerhaus zurückkehrte. Also beschloss ich, Zara noch vierundzwanzig Stunden zu geben. Wenn sie nichts Interessantes rausfand – und das war wohl am wahrscheinlichsten –, würde ich die Sache an den Nagel hängen und mich auf mein Buch konzentrieren.

Kapitel 10

Julia unterhielt sich mit Rhodri. Er zeigte ihr die Reparaturarbeiten am Gartenzaun. Dann sammelte er sein Werkzeug ein und brachte es hinüber zum Schuppen. Julia winkte mir zu. Sie trug ein altes Top, hatte die Haare zurückgebunden, Gartenhandschuhe übergestreift und die Brille aufgesetzt.

Sie sah schön aus.

Mann! Ja, sie war attraktiv, aber ich war nicht scharf auf sie. Es war Zaras Schuld. Sie hatte mir das eingeflüstert.

»Hast du einen Spaziergang gemacht?«, fragte sie.

Ich hatte das schreckliche Gefühl, dass sie meine Gedanken lesen konnte. Verlegen antwortete ich: »Ja, ich versuche, meine grauen Zellen auf Trab zu bringen.«

»Wo warst du?«

Ich zögerte.

»Ist schon in Ordnung«, sagte sie. »Ich kann das Wort ›Fluss‹ hören, ohne jedes Mal einen Nervenzusammenbruch zu kriegen.«

Rhodri kam zu uns und begrüßte mich mit einem Nicken. »Wunderbarer Tag. Julia hat mir erzählt, dass Sie von hier stammen. Wie heißen Ihre Eltern?«

»Carol und David Radcliffe.«

»Wirklich? David Radcliffe, der Anwalt?«

»Genau. Kannten Sie ihn?«

»Ich kenne hier jeden«, sagte er, offensichtlich eingeschnappt. »Die beiden habe ich seit Urzeiten nicht mehr gesehen. Was machen sie denn so?«

»Sie leben in Spanien von ihrer Rente.«

Er pfiff. »Tja, manchen gefällt es da. Grüßen Sie sie von mir, ja?« Er wandte sich an Julia. »Was haben Sie da drüben vor?« Er deutete auf ein Blumenbeet.

»Vor allem Unkraut jäten. Ich habe überlegt, die Pfingstrosen dahin zu verpflanzen.«

»Was? Das können Sie nicht machen!« Er tat, als wollte sie Benzin aufs Beet gießen und es anzünden.

»Warum nicht?«

»Das bringt Pech«, antwortete er. »Wenn Sie Pfingstrosen umpflanzen, kommt der Specht und pickt Ihnen beide Augen aus.«

Julia lachte, aber Rhodri meinte es ernst. »Machen Sie es bitte nicht, Julia.«

»Na gut.«

Er nickte zufrieden und ging wieder zum Schuppen zurück.

Julia und ich sahen uns amüsiert an. »Na ja, die Pfingstrosen sehen da drüben ja auch ganz gut aus.«

»Ich hätte ihm wahrscheinlich sagen sollen, dass mein Vater verstorben ist«, sagte ich.

»Oh! Das tut mir leid. Erst vor Kurzem?« Irgendwie signalisierte ich offensichtlich, dass ich es noch nicht überwunden hatte. »Ich verstehe, wenn du nicht drüber sprechen willst.«

»Nein, ist schon in Ordnung. Angeblich hilft es ja, darüber zu reden. Es ist auch schon fünf Jahre her. Bauchspeicheldrüsenkrebs. Er ist drei Wochen nach der Diagnose gestorben.«

»Wie schrecklich.«

Ich schrappte mit der Fußspitze über den Boden. »Bei dieser Art von Krebs gibt es meist keine Symptome, bis es zu spät ist. Das Gute war, dass er nicht lange gelitten hat.«

»Wie geht es deiner Mutter?«, fragte Julia.

»Gut. Sie lebt in Spanien, deswegen sehen wir uns nicht so oft. Aber es geht ihr wirklich gut. Sie ist eine von den Frauen, die einfach weitermachen, egal, was für Zumutungen das Leben für sie bereithält. Sie war schon immer so.«

Es war offensichtlich, dass Julia an die Zumutungen dachte, die das Leben für sie bereitgehalten hatte. Und wie sie damit umging. Ich wollte gerade das Thema wechseln, als Karen mit dem Laptop unterm Arm herauskam und auf uns zusteuerte.

»Ich will ein bisschen im Cottage arbeiten«, sagte sie.

Wir tauschten ein paar Höflichkeiten über das Wetter, dann sagte Karen. »Ich habe vorhin den neuen Gast gesehen. Dann sind wir jetzt also zu fünft.«

Julia sah sie verblüfft an. »Den neuen Gast?«

»Ja. Ich war schon um sechs wach, und als ich runtergegangen bin, um mir einen Kaffee zu machen, saß sie im Esszimmer.«

»Wir haben keinen neuen Gast«, erwiderte Julia. »Ihr seid zu viert: Lucas, Max, Suzi und du.«

Karen öffnete den Mund. Dann schloss sie ihn wieder.

»Bist du sicher?«, fragte ich. »Und es war eine Frau?«

»Ja, ich glaube schon. Sie hatte mir den Rücken zugekehrt, und ich habe auch nur kurz ins Zimmer geschaut.«

»Das musst du dir eingebildet haben«, meinte Julia.

Karen machte das sichtlich zu schaffen. »Merkwürdig. Ich war mir ganz sicher.«

»Vielleicht hast du Suzi gesehen«, sagte ich.

»Nein, ich bin ziemlich sicher, dass sie noch im Bett war.« Sie kaute an einem Fingernagel. »Dann war ich wahrscheinlich noch ein bisschen …«

Sie unterbrach sich, aber Julia lachte.

»Stoned? So naiv bin ich auch wieder nicht, Karen. Man riecht es ja in deinem Zimmer. Ich wollte dich sowieso bitten, draußen zu rauchen. Tut mir leid, aber so sind die Regeln im Haus. Auch wenn ich jetzt wieder die Spielverderberin bin.«

»Nein, mir tut es leid.« Karen wand sich. »Jetzt komme ich mir wie eine unartige Schülerin vor, die beim Rauchen am offenen Fenster erwischt wurde. Ich gehe mal arbeiten.« Sie ging zum Cottage hinüber.

»Das hat mir gerade noch gefehlt«, sagte Julia. »Leute, die sich Gespenster einbilden. Ihr solltet alle die Hände vom Gras lassen.« Sie streifte sich wieder die Gartenhandschuhe über. »Ich mache hier mal weiter.«

Ich hätte Karen gerne verteidigt, aber Julia kniete schon vor dem Beet. Sie zog eine kleine Unkrautgabel durch die Erde, packte die vertrockneten Gräser büschelweise und zog sie aus der Erde. Eine Haarsträhne fiel ihr übers Gesicht und sie schob sie mit dem dreckigen Handschuh zurück, bevor sie sich wieder über das Beet hermachte.

Sie fing meinen Blick auf. Ich sah schnell weg. Es war mir peinlich. Ich hatte mir vorgestellt, wie sie die Handschuhe ablegte und mich zu sich ins Gras zog.

Ich ging mit rotem Kopf zum Haus zurück. Es war an sich ja nichts Verwerfliches daran, dass ich Julia attraktiv fand oder dass ich solche Fantasien hatte.

Das nicht. Aber es fühlte sich an wie ein Betrug.

* * *

»Was hast du heute vor?«

»Nichts Besonderes. Ich will mir ein paar Notizen zu meinem neuen Buch machen.«

*»›*Zuckerwerk‹? *Klingt gut.«*

Priya gab mir einen Abschiedskuss und sagte noch irgendwas, aber ich hörte ihr nicht zu. Ich grübelte. Meine Idee für das Buch war nicht tragfähig, und ich war kurz davor, alles aufzugeben, das Buchprojekt und mein ganzes sogenanntes Schriftstellerdasein. Auch heute fiel mir mal wieder nichts ein, ich starrte auf die leere Seite, und schon eine halbe Stunde, nachdem Priya das Haus verlassen hatte, schaltete ich den Fernseher an. Ich rechtfertigte das damit, dass Fernsehen mir oft kreative Impulse gab.

Ich sah mir eine Sendung an, in der Leute sich über ihre Nachbarn beschwerten, als das Telefon klingelte. Es war Priyas Chefin von der Versicherungsgesellschaft.

»Wie geht es Priya?«, fragte sie. »Sie muss anrufen, wenn sie krank ist. So sind die Vorschriften.«

»Aber sie ist schon vor …«, ich sah auf die Uhr, »drei Stunden zur Arbeit aufgebrochen.«

Als ich aufgelegt hatte, rief ich sie auf ihrem Handy an, wurde aber gleich zur Voicemail weitergeleitet. Ich schrieb ihr eine WhatsApp, dass sie mich sofort anrufen sollte, dann versuchte ich es wieder per Telefon. Der Stein in meinem Magen wurde mit jeder Sekunde schwerer.

Sie fuhr immer mit dem Rad zur Arbeit. Ich hatte sie schon tausendmal gewarnt, dass die Straßen in London gefährlich waren und voller durchgeknallter Typen, die ihre Wut an irgendwem auslassen wollten. Aber sie hatte immer nur gelacht.

»Aber das ist das Aufregendste am ganzen Tag!«

Früher hätte ich sie sofort zur Rede gestellt: »Was? Besser als zu mir nach Hause zu kommen?« Aber ich kannte die Antwort. Ich wusste, dass sie sich davor fürchtete, abends zu dem mürrischen Verlierer zurückzukehren, der mal ihr Freund gewesen war. Sie kam immer später zurück und ging immer öfter mit ihren Kollegen was trinken. Und sie legte sich immer früher ins Bett. Unser Sexleben war ins Koma gefallen. Es war meine Schuld, aber ich konnte nichts dagegen tun. Ich suhlte mich in Selbstmitleid und schaffte es nicht, wieder aufzutauchen. Ich konnte die Kraft nicht aufbringen.

Doch nach meinen vergeblichen Versuchen, Priya zu erreichen, schockten mich Angstwellen wie Stromstöße von einem Defibrillator ins Leben zurück.

Ich kannte Priyas Strecke zur Arbeit. Durch den Park und ein Labyrinth von engen Nebenstraßen, dann über die Themse und in das wahnsinnige Gewühl der Straßen von Nord-London. Ich rief die Polizei und die Krankenhäuser an. Überall sagte man mir das Gleiche: Ich solle mir keine Sorgen machen, es wären ja erst ein paar Stunden vergangen.

Aber ich wusste es. Ich wusste, dass etwas Schreckliches passiert war.

Ich war schon fast aus der Tür, als mir etwas einfiel. Priyas iPhone. Ich kannte ihr Passwort, öffnete auf meinem Handy die App Mein iPhone suchen *und loggte mich als sie ein. Auf dem Display erschien ein pulsierender blauer Punkt, der ihr Smartphone auf einer kleinen Straße zwischen Clapham und Battersea verortete. Der Punkt bewegte sich nicht.*

Am Elephant-and-Castle-Kreisel verursachte ich fast einen Unfall, indem ich unvermittelt die Spur wechselte. Ich raste auf den blauen Punkt zu. Lautes Hupen. Eine Frau zeigte mir den Stinkefinger. Als ich um den Clapham Common Park herumfuhr, sah ich noch einmal auf den Stadtplan und bog dann in eine der breiten, baumbestandenen Straßen, auf denen Priya und ich so oft spazieren gegangen waren. Irgendwann hatten wir hier ein Haus kaufen und eine Familie gründen wollen. Sobald ich ein Bestsellerautor war und wir genug Geld hatten.

Schließlich hatte ich die Stelle erreicht, an der der blaue Punkt pulsierte. Kein Zeichen von Priya, kein Zeichen von ihrem Handy. Auf einer Seite der Straße stand ein schäbiges Mehrfamilienhaus, auf der anderen heruntergekommene kleine Häuser und eine vor Jahren geschlossene Reinigung. Ein kleines Stück weiter führte die

Straße unter einer Eisenbahnbrücke voller Graffiti durch. Der Gehweg war eine einzige Müllkippe. Die Gentrifizierung war hier definitiv noch nicht angekommen.

Ich öffnete die App und drückte auf »Ton abspielen«. Im selben Augenblick fuhr ein Auto vorbei, doch als es vorüber war, hörte ich es. Eine leise Melodie kurz vor der Brücke.

Als Erstes sah ich das iPhone. Es lag zwischen zwei Abfallcontainern links neben dem Müllhaufen. Ich ging langsam darauf zu, und dann entdeckte ich einen Vorderreifen hinter den Containern. Die Sonne war herausgekommen, aber ich spürte sie nicht. Ich dachte, dass mir nie wieder warm werden würde.

Priya lehnte verborgen hinter den Containern neben ihrem Rad gegen die Backsteinwand. Ihr Gesicht war voller Blut, und ihr linkes Bein war in einem schrecklichen Winkel unter ihrem Körper verdreht. Später – nachdem jemand mein Schreien gehört und die Polizei gerufen hatte, nachdem der Krankenwagen kam und sie sie mitnahmen – erklärte mir eine freundliche junge Polizistin, dass es nur Fahrerflucht gewesen sein konnte. Wer auch immer sie angefahren hatte, musste angehalten und sie hinter die Container gezerrt haben.

»Wir finden den Täter«, sagte sie, als würde das alles wiedergutmachen. Als würden wir alle, die wir Priya liebten – ihre Mum und ihr Dad, ihre Schwester, ihre beste Freundin, ihre Onkel und Tanten, ihre Cousinen und Cousins und ich natürlich –, uns dadurch besser fühlen. Als gäbe es so was wie Gerechtigkeit.

Kapitel 11

Ich wachte verkatert auf.

Ich war am Vorabend betrunken in mein Zimmer zurückgekommen. Am Nachmittag hatte ich nicht arbeiten können und war allein ins Miners Arms gegangen. Rhodri war da, mit dem ich mich über meinen Vater unterhielt und darüber, dass ich dessen praktische Veranlagung nicht geerbt hatte, was Rhodri total komisch zu finden schien. Meine Erinnerung an das ganze Gespräch war zwar nur sehr schemenhaft, doch ich wusste noch, dass ich ihm auch von Priya erzählt hatte und dabei erst wütend und dann sentimental geworden war. Bei dem Gedanken daran wurde mir jetzt noch übler und ich versuchte, die verschwommenen Bilder der letzten Nacht zu verdrängen.

Irgendwann schleppte ich mich unter die Dusche. Etwas erfrischt holte ich mir einen starken Kaffee aus der Küche. Ich musste unbedingt schreiben. Am Vortag hatte ich keinen einzigen Satz zustande gebracht. Die Zeit lief mir davon.

Ich öffnete den Laptop. Meine Rohfassung erschien auf dem Bildschirm. Wie immer begann ich damit, die letzten Abschnitte zu lesen.

> Auf der Suche nach dem richtigen Kind gingen die Männer von Haus zu Haus. Ein Junge oder ein Mädchen, das man nicht allzu sehr vermissen würde. Sie durchsuchten das Land, bis sie das Kind gefunden hatten. Es war der einzige Weg, ihre Kinder zu schützen. Das Mädchen weinte so lange, bis sie keine Tränen mehr hatte, bis sie ein ausgetrockneter Brunnen war. Außer ihr weinte niemand. Niemandem machte es etwas aus – nur einem Mann, der sie in seine starken Arme schloss und seine Lippen flüsternd in ihre Haare drückte. Er flüsterte, dass …

Die Stelle endete abrupt, mitten im Satz. Ich las sie noch einmal. Ich war mehr als verwirrt, weil ich mich absolut nicht daran erinnerte, diese Sätze geschrieben zu haben. Vielleicht nach dem Kneipenbesuch? Durch den Nebel meines Katers hatte ich eine undeutliche Erinnerung daran, dass ich mich noch mal an den Laptop gesetzt hatte, aber ich war mir sicher, dass ich da nur kurz meine Nachrichten auf Facebook und meine E-Mails angesehen hatte.

An dem Buch hatte ich ganz bestimmt nicht mehr gearbeitet. Es klang auch nicht wie etwas von mir. Die Stimme war anders. Und es passte nicht in den Roman.

Ich war offensichtlich ein schlechter Schriftsteller, wenn ich betrunken war.

Verkatert zu sein half auch nicht. Ich versuchte, an meiner Geschichte zu arbeiten, aber es hatte keinen Sinn. Nachdem ich dreimal am selben Satz gescheitert war, gab ich es auf und legte mich wieder ins Bett.

* * *

Das Klingeln meines Telefons weckte mich. Draußen war es dunkel, und ich brauchte einen Moment, um zu mir zu kommen. Und um zu begreifen, dass ich den ganzen Tag verschlafen hatte. Ich angelte mir das Telefon. Es war halb sieben.

»Lucas?« Es war Zara, und sie flüsterte. »Können wir uns treffen?«

»Ja, klar. Haben Sie was rausgefunden?«

»Sage ich Ihnen gleich.«

Eine halbe Stunde später betrat ich das Miners Arms. Ein paar Leute hoben die Augenbrauen, als wollten sie sagen: »Du schon wieder?« O Gott, hoffentlich hatte ich gestern nichts schrecklich Peinliches gesagt oder getan.

»Lucas! Wir sind hier drüben.«

Max, Suzi und Karen. Verdammt, ich hatte vergessen, dass sie auch hier sein mussten. Und hinten in der Ecke saß Zara.

Max stand auf und fing mich ab. »Was willst du trinken? Wir haben uns schon gewundert, wo du warst. Ordentlich gearbeitet?«

»So ähnlich.«

»Wir unterhalten uns gerade über die ganzen merkwürdigen Vorfälle im Haus. Karen hat einen toten Spatz in ihrem Zimmer gefunden und ist komplett ausgeflippt. Natürlich war es der blöde Kater, aber sie hört nicht auf rumzulabern, dass es ein schlechtes Omen ist.« Er rollte mit den Augen. »Egal, was trinkst du? Ein großes Bier?«

Aus dem Augenwinkel sah ich, wie Zara uns beobachtete.

»Sorry, Kumpel«, sagte ich. Ich sprach schleppend. Verdammt, wie viel hatte ich gestern Nacht getrunken? »Ich, ähm, ich treffe mich mit einer alten Freundin. Aus meiner Kindheit.«

Max sah sich um. »Ah, okay. Stimmt, du bist ja von hier.« Er feixte. »Wahrscheinlich bist du deswegen so komisch.«

»Hä?«

Er klopfte mir auf die Schulter. »Mann, war nur ein Scherz.«

Ich spürte, dass er mir hinterhersah, als ich mich um die Tische herum auf Zara zuschlängelte. Sie saß vornübergebeugt vor einem Bier, die Kappe so tief ins Gesicht gezogen, dass sie die Augenbrauen berührte.

»Sie sehen mitgenommen aus«, sagte sie.

»Danke.«

»Gern geschehen. Sie trinken nichts?«

Ich stöhnte.

»Ah.« Sie zerfledderte den Bierdeckel und setzte ein paarmal zum Sprechen an. Anscheinend wusste sie nicht, wie sie anfangen sollte.

»Haben Sie was rausgefunden?«, fragte ich. »Über Lily?«

»Irgendwie schon. Gerüchte, die hier im Ort kursieren.« Sie sah sich nach allen Seiten um, dann rückte sie näher an den Tisch, als hätte sie Angst, dass uns jemand zuhören könnte. »Eine der Grundregeln in meinem Job ist: Wenn man etwas über einen Ort herausfinden will, sollte man mit den Bibliothekaren reden. Nicht weil sie so viele Bücher gelesen haben oder irgendwas von diesem alten Stuss – sorry! –, sondern weil sie die Einheimischen kennen. Und sie kriegen mit, was die Leute ausleihen und worüber getuschelt wird.«

»Hört sich vernünftig an.« Ich rieb mir die Stirn. Ich hätte vorher eine Schmerztablette nehmen sollen.

»Also bin ich in die Bücherei. Aber das Personal besteht aus lauter jungen Bibliothekarinnen, und keine konnte mir viel über die Stadt erzählen. Na ja, um es kurz zu machen: Ich habe rausgefunden, dass der Bibliothekar, der Ewigkeiten da gearbeitet hat, vor zwei Jahren in Rente gegangen ist. Eine alte Tante mit einem Stapel Krimis auf dem Arm hat mir den Tipp gegeben, dass er fast immer im Schachklub ist.«

Ich nickte, damit sie weitererzählte.

* * *

Der Schachklub von Beddmawr war in einem großen viktorianischen Haus am Fluss ansässig. Zara stand eine Weile auf der Brücke und sah wie hypnotisiert auf das strudelnd vorbeirauschende Wasser. Ein Spinner paddelte in einem Kajak unter der Brücke hindurch. Zara erschauerte. Keine zehn Pferde konnten sie zu so etwas kriegen. Sie holte sich ihre Nervenkitzel zwischen den Laken.

Sie betrat den Schachklub.

Malcolm Jones saß an einem Schachtisch und trank Tee. Der Stuhl ihm gegenüber war frei. Sie machte eine fragende Geste.

»Nur zu«, sagte er.

Er hatte volles weißes Haar und hellwache Augen und sprach mit dem wunderbar trällernden Akzent der Gegend. Sein Tweedjackett war so alt, dass es schon wieder in Mode gekommen war.

Er stellte die Spielfiguren auf.

»Oh! Ich wollte Ihnen eigentlich nur ein paar Fragen stellen«, sagte sie.

»Wir können uns während des Spiels unterhalten.«

»Aber ich habe jahrelang nicht mehr gespielt.«

»Es fällt Ihnen bestimmt wieder ein. Bereit?«

»Na gut.«

Malcolm bewegte den ersten Bauern. »Worüber wollten Sie denn mit mir sprechen?«

Sie fragte ihn, ob er sich an Lily Marsh und an den Tod ihres Vaters beim Rettungsversuch erinnerte.

»Ja, natürlich erinnere ich mich. Tragisch. Sie haben das Mädchen nie gefunden, stimmt's? Soweit ich weiß, soll sie ebenfalls ertrunken sein.«

»Wahrscheinlich. Die einzige andere Erklärung ist die, dass sie entführt wurde. Ich weiß, dass die Polizei alle registrierten Sexualstraftäter aus der Gegend vernommen hat …«

Malcom bewegte den Läufer. Bildete sie sich das nur ein, oder zitterte seine Hand, als er die Figur anhob? Vielleicht, denn er sagte ruhig: »Und Sie fragen sich, welche unbekannten Täter es noch geben könnte. Und weil ich vierzig Jahre Bibliothekar war, müsste ich die Gerüchte kennen. Das haben Sie sich gedacht, oder?«

»Können Sie Gedanken lesen?«

»Sie suchen in einer falschen Richtung.«

Zara hatte gerade einen Bauern bewegen wollen. Ja, ein paar Regeln waren ihr wieder eingefallen, aber wie bewegte man die Pferde – nein, die Springer – noch mal? Jetzt wartete sie darauf, dass Malcolm fortfuhr.

»Manche glauben, dass sie von der Witwe entführt wurde.«

Sie sah ihn fragend an. »Wovon reden Sie?«

»Hat Ihnen denn noch keiner was von unserer Hexe erzählt?«

»Nein. Und ich bin auch nicht von hier.«

»Tja. Die Leute sprechen auch nicht mehr so viel von ihr. Oder nur hinter vorgehaltener Hand.« Er deutete auf das Schachbrett. Sie war am Zug. Sie bewegte die Königin. Er kassierte sie ein.

»Kein guter Zug.«

»Was ist mit dieser Witwe?«

»Ach ja. Wie gesagt, die Leute reden nicht mehr so viel über sie. Nur die Kleinen. In unserer Kinderabteilung haben wir bemerkenswert viele Bücher über Hexen. Die Kinder malen sie auch oft – meistens mit einer schwarzen Katze und mit einem großen Zauberkessel. Oder vor ihrer Hütte in einem kahlen Wald.«

Zara begriff nicht, in welchem Zusammenhang das zu Lilys Fall stehen sollte. »Hexen waren kluge Frauen, die sich nicht von Männern unterdrücken ließen. Frauen, die nicht den gängigen Normen entsprachen. Das haben wir in der Schule gelernt. Ich nehme an, dass hier auch viele ertränkt wurden.«

»Überraschenderweise nicht. Es gab hier in Wales nur wenige Hexenprozesse. Ein paar in Flintshire. Aber die meisten fanden drüben in England statt.« Er räusperte sich. »Ich weiß nicht, wann

die Legende von der Roten Witwe entstanden ist. Das erste Mal wird sie im frühen neunzehnten Jahrhundert erwähnt. Sie können das Dokument in der Bibliothek einsehen, wenn Sie Interesse haben. Es ist faszinierend. Der Legende nach …«

»Malcolm! Stellen Sie mich Ihrer jungen Freundin vor?«

Ein etwa siebzig Jahre alter Mann mit kahlem Kopf und düsterem Blick beugte sich über ihren Spieltisch. Beim Lächeln entblößte er schiefe Zähne.

Malcolm zog die Schultern angespannt hoch. Er trank einen Schluck Tee, dann sagte er: »Dies ist Zara …«

»Sullivan.« Sie bereute sofort, dass sie ihren Nachnamen genannt hatte. Was natürlich lächerlich war. Aber sie kam sich vor wie ein Schulmädchen, das eine wichtige Regel missachtet hat. Sprich nie mit Fremden. Sag ihnen nie, wie du heißt.

»Wir sind mitten in einem Spiel«, erklärte Malcolm.

»Umso besser.« Er griff an Malcolm vorbei und bewegte dessen Königin. »Schachmatt.«

»Verdammt!«, sagte Zara.

»Du hättest ihr eine Chance geben sollen, Malcolm«, meinte er und wandte sich an Zara. »Würde es Ihnen was ausmachen, wenn ich jetzt gegen Malcolm spiele? Darauf habe ich mich schon den ganzen Nachmittag gefreut.«

»Nein, natürlich nicht.«

Sie stand widerstrebend auf und gab Malcolm ihre Visitenkarte. Sie bemerkte, dass der Mann zusah, wie Malcolm sie in die Tasche seines alten Tweedjacketts steckte.

»Vielleicht können wir noch mal wann anders spielen«, schlug sie zum Abschied vor.

Beim Hinausgehen warf sie einen Blick über die Schulter. Der Glatzkopf sah ihr nach. Und Malcolm war so weiß geworden wie die Milch, die er in seinen kalten Tee gegossen hatte.

Kapitel 12

»Ja, und?«, fragte ich, nachdem sie ihre Geschichte beendet hatte. »Hat Ihnen Malcolm Jones irgendwas Brauchbares erzählt?«

»Er wollte mir noch mehr über die Rote Witwe erzählen, als uns der Typ mit den schiefen Zähnen unterbrochen hat.«

»Zara, es kann sein, dass ich heute etwas schwer von Kapee bin. Aber ich verstehe absolut nicht, was diese Ammenmärchen mit Lily zu tun haben könnten.«

Sie sah mich etwas verunsichert an. »Ich weiß es auch nicht. Mich hat hellhörig gemacht, wie er gesagt hat: ›Sie suchen in einer falschen Richtung.‹ Nachdem ich ihn nach Gerüchten über weitere mögliche Sexualstraftäter gefragt habe. Und als der Glatzkopf dazugekommen ist, hat er komplett dichtgemacht.«

Wir schwiegen. Meine Kopfschmerzen waren noch stärker geworden. Es fiel mir schwer, mich zu konzentrieren.

»Und was haben Sie als Nächstes vor?«

»Ich will mich noch einmal mit Malcolm Jones unterhalten. Ich bin sicher, dass er irgendetwas weiß. Vielleicht wollte er mir das nicht direkt sagen, sondern lieber verpackt in einer alten Geschichte. Das machen die Leute manchmal.«

Vorne im Pub standen meine Kollegen auf. Ich merkte erst jetzt, was für einen Riesenhunger ich hatte. Bei dem Gedanken ans Abendessen im Refugium knurrte mir der Magen.

Was Malcolm Jones anging, war ich skeptisch. Und ich war enttäuscht, dass Zara nichts Konkretes herausgefunden hatte. Trotzdem war es die Sache wert, ihr noch einen Tag zu geben, bevor ich mich damit abfand, dass Lily verschwunden war.

»Ich rufe Sie morgen wieder an«, sagte ich.

Ich bahnte mir einen Weg zu meinen Kollegen. An der Bar fiel mir das Gemälde auf, das ich bei meinem ersten Besuch gesehen hatte. Das mit der Frau in Rot, die den Betrachter zu sich in den Wald winkt. War sie das? Die Rote Witwe? Als ich das Bild betrachtete, hatte ich das merkwürdige Gefühl, in den Wald hineingezogen zu werden. Es wurde kalt, und ich war sicher, dass die Frau mir etwas in einer anderen Sprache zuflüsterte. Ich machte einen Schritt auf sie zu und hob die Hand, um sie zu berühren. Und ich war überzeugt, dass sie sich zurückzog, dass sie hinter die Bäume glitt, die sich schützend vor sie stellten …

»Lucas?«

Ich zuckte zusammen.

»Alles in Ordnung?«, fragte Karen. Sie folgte meinem Blick und musterte das Bild, das mir jetzt ganz normal erschien. Nichts bewegte sich, niemand flüsterte. »Bist du ein Fan von Volkskunst? Wir brechen jetzt auf. Zeit fürs Abendessen im Refugium.«

Die Bäume hoben sich als schwarze Silhouetten vor einem blutunterlaufenen, lilafarbenen Himmel ab. Wie auf dem Gemälde. Der Winter verlor seine Kraft. Ein paar Schritte vor uns unterhielten sich Max und Suzi angeregt.

»Wie geht es dir?«, fragte ich.

»Nicht gut, um ehrlich zu sein.«

Ich wartete.

»Ich weiß, dass ich mir Sachen eingebildet habe, weil ich Gras geraucht habe, und dass es alles Quatsch ist, aber ich fühle mich irgendwie in meinem Zimmer nicht mehr wohl. Letzte Nacht habe ich gar nicht geschlafen. Ich habe mir die Decke über den Kopf gezogen wie ein verängstigtes Kind, weil ich sicher war, dass jemand vor der Tür lauerte.«

Ich hätte ihr gerne von dem merkwürdigen Gesang erzählt, aber es hätte sie nur noch mehr verschreckt. Außerdem war ich sicher, dass Julia in ihrer Trauer für ihre Tochter gesungen hatte. Aber Karen würde sich kaum mit einer so einfachen Erklärung zufriedengeben. Ich wollte nicht, dass sie zusammenpackte und abreiste, denn eigentlich war sie die einzige meiner Kollegen, mit der ich zurechtkam.

»Manchmal«, fuhr sie fort, »spüre ich genau, dass jemand in meinem Zimmer gewesen ist. Irgendwas ist nicht mehr da, wo es vorher war. Oder es hängt ein merkwürdiger Geruch in der Luft.«

»Was für ein Geruch?«

»Es hört sich blöd an, aber es riecht … nach Angst. So ein säuerlicher Schweißgeruch. Vielleicht ist es mein eigener. Vielleicht rieche ich meine eigene Angst.«

»Das hört sich plausibel an.«

Sie lachte. »Ich sollte echt weniger Gras rauchen!«

»Vielleicht wenigstens so lange, bis du wieder zu Hause bist.«

Sie seufzte und rieb sich nervös die Hände. »Aber was, wenn es nicht am Gras liegt? Wenn es im Haus wirklich spukt. Irgendwie hoffe ich das ja. Ich fände es toll, wenn eines Abends beim Essen ein Geist erscheinen würde. Eine Frau in Weiß, die durch die Wand schwebt.«

Ich hatte einen Flashback aus meinem Traum: Blutrinnsale auf der Wand. Ich erschauerte, aber Karen schien es nicht zu bemerken.

»Denn wenn ein Geist erschiene«, sagte sie, »hieße das, dass ich nicht verrückt werde.«

* * *

Als wir das Haus betraten, war uns sofort klar, dass irgendetwas nicht stimmte.

Normalerweise roch es um diese Zeit nach Essen, verlockende Gerüche nach Fleisch oder Käse und Gewürzen und Kräutern drangen aus der Küche. Aber das Haus war dunkel und Julia nirgends zu sehen.

Max stampfte genervt in die Küche und machte das Licht an. »Was hat das zu bedeuten?«

Er starrte den Aga-Herd an, als wollte er das Essen herbeizaubern. Im Spülbecken lagen etwas Geschirr und Besteck. Ein leicht süßlicher Geruch hing in der Luft, aber Julia hatte definitiv noch nicht mit Kochen begonnen.

»Wo ist sie? Ich sterbe vor Hunger. Wenn ich gewusst hätte, dass es hier kein Essen gibt, hätte ich mir was in der Kneipe bestellt.«

Max gehörte anscheinend zu den Leuten, die ausrasteten, wenn ihr Blutzuckerspiegel sank.

»Nur mit der Ruhe«, sagte ich. »Irgendwas muss passiert sein.«

»Hoffentlich ist ihr nichts zugestoßen«, meinte Suzi.

Julias Zimmer war im obersten Stockwerk. Suzi und Karen gingen hinauf, um nach ihr zu sehen.

»Vielleicht gibt es an diesem gottverlassenen Ort wenigstens einen Pizza-Bringdienst«, sagte Max.

Ich war nicht in der Stimmung, ihn bei Laune zu halten. »Geht's noch? Kannst du nur an dich denken?«

»Was? Wir bezahlen schließlich dafür. Mahlzeiten sind inklusive. So steht es im Vertrag …«

»Mann, halt jetzt den Mund. Julia könnte etwas zugestoßen sein. Dann guckst du ziemlich doof aus der Wäsche.«

Er knurrte. »Wahrscheinlich ist sie ausgegangen.«

Vielleicht lag es daran, dass ich mir Sorgen um Julia machte, vielleicht aber auch daran, dass mein Kopf hämmerte. Jedenfalls fuhr ich ihn an: »Und wo wir schon beim Thema Arschloch sind, was ist eigentlich zwischen Suzi und dir? Es ist ja nicht zu übersehen, dass du scharf auf sie bist.«

Er war sprachlos.

»Du bist doch verheiratet, oder etwa nicht? Liebst du deine Frau? Vielleicht solltest du das, was du hast, etwas mehr wertschätzen.«

Max stand noch mit offenem Mund da, als Karen und Suzi die Treppe runterkamen. »Oben ist sie nicht«, erklärte Suzi.

»In ihrem Zimmer herrscht ein schreckliches Durcheinander«, sagte Karen leise.

»Hat einer von euch ihre Mobilnummer?«, fragte ich.

Wir sahen uns an. Auf der Webseite war nur die Festnetznummer des Refugiums angegeben.

»Ich habe sie auch nicht gesehen, als ich in den Pub aufgebrochen bin«, erklärte ich.

»Ich auch nicht«, sagte Karen.

Ich ging zum Fenster an der Eingangstür und spähte hinaus in die Dunkelheit. Julias Auto stand am üblichen Platz. Aber als ich rausging und um die Ecke schaute, fiel mir etwas auf. »Im Cottage brennt Licht.«

»Sieht aus, als würden Kerzen brennen«, stellte Suzi fest.

Sie hatte recht. Schwaches gelbes Licht flackerte hinter einem Fenster im Erdgeschoss.

»Gehen wir«, sagte Max.

Ich hielt ihn zurück. »Du bleibst hier. Das fehlt mir gerade noch, dass du da jetzt reinplatzt und dich über deinen leeren Magen beschwerst. Eine von den Frauen sollte hinübergehen.«

»Wie sexistisch«, protestierte Max.

»Schnauze, Max!«, blaffte Karen. Sie war blass geworden und sah Suzi an. »Ich weiß nicht, ob ich mich traue. Es ist unheimlich. Vielleicht ist sie tot? Damit könnte ich überhaupt nicht umgehen.«

»Tot? Wie kommst du denn …« Ich seufzte. »Gut. Ich gehe.«

Karens Worte klangen in meinem Kopf nach, als ich durch den Garten ging. Warum glaubte sie nur, dass Julia tot sein könnte? Was für ein Unsinn. Aber als ich am Cottage ankam, wappnete ich mich für den Fall, dass mir ein schrecklicher Anblick bevorstand. In meinem geschwächten und aufgeputschten Zustand stellte ich mir vor, dass Julia sich das Leben genommen hatte, weil sie den Verlust ihrer Tochter nicht länger hatte ertragen können. Ich würde sie von einem Balken baumelnd oder zusammengesackt neben einer leeren Tablettenpackung vorfinden.

Wie sollte ich den Anblick einer weiteren Toten ertragen? Den Anblick der leblosen Julia.

»Julia?«, rief ich, als ich das Cottage betrat. »Bist du hier?«

Keine Antwort.

Unter der geschlossenen Tür zum kleinen Esszimmer drang etwas Licht hervor. Ich klopfte leise an und rief noch einmal. Immer noch keine Antwort.

Ich ging hinein.

Im Zimmer war es fast dunkel. Julia saß am Esstisch vor einem mit Kerzen besteckten Kuchen. Sie sah nicht auf, als ich eintrat, sondern starrte weiter in die Flammen. Im Kerzenschimmer erkannte ich die Tränenspuren auf ihren Wangen.

»Julia«, flüsterte ich. »Was ist los?«

»Sie war hier«, sagte Julia.

»Wer?«

Sie hob das Gesicht. »Lily.«

Ich wusste nicht, was ich sagen sollte. Ich zog einen Stuhl unter dem Tisch hervor. Er schrappte schrill über den Steinboden. Im Zimmer herrschte eisige Kälte, aber Julia schien es nicht zu bemerken.

»Sie hat heute Geburtstag«, sagte sie. »Ihren elften. Und sie hatte sich so auf diesen Geburtstag gefreut, weil wir ihr versprochen haben, dass sie sich elf Ohrlöcher stechen lassen darf.«

Ich zählte elf Kerzen auf dem runden Kuchen. Julia hatte die rosafarbene Glasur mit Lilys Namen in weißem Zuckerguss verziert.

»Sie mochte schon seit einigen Jahren kein Rosa mehr«, sagte Julia. »Aber wenn ich etwas Rosafarbenes sehe, muss ich immer an sie denken.«

»Wie meinst du das? Dass sie hier gewesen ist.«

Sie hatte ihren Blick wieder dem Kuchen zugewandt. Die kleinen Flammen reflektierten in ihren Augen. »Ich habe den Kuchen hierhergebracht, weil ich … ungestört sein wollte. Nur sie und ich. Ich wollte die Kerzen anzünden, ›Happy Birthday‹ singen und den Kuchen anschneiden. Einfach ein bisschen Zeit mit ihr verbringen.«

Ich nickte.

»Nachdem ich die Kerzen angezündet hatte, merkte ich, dass ich das Messer vergessen hatte. Hier gibt es keins, also musste ich noch mal zurück. Und als ich wiederkam, waren die Kerzen ausgeblasen.« Sie sah mich an. Es lag eine unglaubliche Sehnsucht in ihrem Blick. Sehnsucht danach, dass es wahr war. Und danach, dass ich ihr glaubte. Aber mein erster Gedanke war, dass es der Wind gewesen sein musste.

Sie las meine Gedanken. »Hier gibt es keinen Wind, nicht einmal Zugluft. Sie ist hier gewesen. Sie ist gekommen, um ihre Kerzen auszupusten.«

»Sprichst du jetzt …« Ich brachte es kaum über mich, den Satz zu beenden. »… von ihrem Geist?«

Es war, als hätte ich sie geschlagen.

»Sie ist nicht tot!«

Ihr Schmerz traf mich wie ein Schlag. Und dann begann sie laut zu schluchzen. Ihr ganzer Körper bebte, sie rang die Hände und stieß schluchzend hervor: »Sie lebt, ich weiß, dass sie lebt!«

Ich nahm sie instinktiv in die Arme, aus dem Bedürfnis heraus, sie zu trösten. Zuerst war sie so steif, dass ich sie fast wieder losgelassen hätte, aber dann löste sich ihre Anspannung und sie überließ sich meiner Umarmung. Das Beben ihrer Schultern ließ nach, als sie ihr Gesicht gegen meine Brust presste. Ich strich ihr sanft über den Rücken und ließ sie einfach weinen.

Als sie schließlich den Kopf hob, war mein Pullover ganz nass.

»Tut mir leid«, sagte sie.

»Du brauchst dich nicht zu entschuldigen«, sagte ich.

Sie holte ein Taschentuch hervor, schnäuzte sich und wischte sich mit dem Handrücken über das Gesicht. »O Gott, ich bin so ein Wrack! So ein schreckliches Wrack. Was musst du bloß von mir denken.«

»Ich denke, dass du eine Mutter bist, die ihre Tochter verzweifelt vermisst«, sagte ich.

Sie atmete tief durch und sammelte sich. Ihr war das Ganze jetzt peinlich. Sie ging zum Waschbecken in der Küche und klatschte sich kaltes Wasser ins Gesicht.

Als sie sich wieder gesetzt hatte, sagte sie: »Wahrscheinlich war es doch die Zugluft. Oder … Manchmal gehen Kerzen doch auch von alleine aus …?«

»Ich glaube schon.«

Ehrlich gesagt, war das unwahrscheinlich. Die wahrscheinlichste Erklärung war die, dass Julia sich nur eingebildet hatte, die Kerzen angezündet zu haben. Mir passierte so etwas andauernd. Und Julia war emotional so mitgenommen, dass sie für Verwirrung und Vergesslichkeit noch anfälliger sein musste.

»Willst du die Kerzen jetzt auspusten und ›Happy Birthday‹ singen?«

»Ja … Ja, das ist gut.«

Ich stand auf, weil ich hinausgehen wollte.

Sie griff nach meiner Hand. »Bleib bitte, Lucas. Es ist zu traurig, wenn ich ganz alleine singe.« Sie lachte nervös.

Und dann sangen wir zusammen. »Happy birthday, liebe Lily, happy birthday to you …«

Danach blies Julia die Kerzen aus, schnitt drei Stücke vom Kuchen ab und forderte mich auf, ihn zu probieren.

»Mmm … köstlich.«

Sie rührte ihr Stück nicht an, und auch das dritte Stück, das sie auf das gegenüberliegende Gedeck gelegt hatte, blieb natürlich unberührt. Lilys Stück.

Ich wartete darauf, dass Julia auf das Singen in Lilys Zimmer zu sprechen kam. Ich wollte das Thema nicht anschneiden, weil es mir in dieser Situation übergriffig erschien.

»O nein! Ich habe kein Essen gemacht! Die beklagen sich bestimmt schon, stimmt's?«, fragte sie plötzlich. »Was mache ich jetzt bloß so schnell?«

»Gib ihnen doch Kuchen.«

Darüber musste sie lachen.

»Wie wäre es, wenn ich in die Stadt fahre und uns was besorge.«

»Das wäre super. Danke, Lucas.«

»Kommst du auch wieder mit ins Haus?«

»Nein, ich bleibe noch ein bisschen hier.«

»Okay.«

Ich ging rückwärts aus dem Zimmer, weil ich meinen Blick nicht von dem Geburtstagskuchen und den ausgeblasenen Kerzen reißen konnte. Mir kam wieder in den Sinn, was Karen vorher gesagt hatte. Dass es in ihrem Zimmer ein paarmal so merkwürdig gerochen hatte und dass es im Haus auch spuken konnte. Aber nichts auf der Welt – auch noch so viele unerklärliche Vorkommnisse nicht – würde mich dazu bringen, an Gespenster zu glauben. Ich glaubte nicht, dass Lily gekommen war, um die Kerzen auszupusten. Das war Unsinn. Julia musste vergessen haben, dass sie sie nicht angezündet hatte. Es war die einzige vernünftige Erklärung.

Kapitel 13

Lily – 2014

Es war ihr bester Geburtstag überhaupt. Auf ihrer Glückwunschkarte stand: Wer hätte das gedacht? Lily ist schon acht! *Mum und Dad hatten ihr das schönste Geschenk aller Zeiten gemacht: ein neues Fahrrad. Auf ihrem jetzigen hatte sie Radfahren gelernt. Da hatten sie noch in dem alten Haus gewohnt, und Dad hatte es ihr beigebracht. Er war neben ihr hergelaufen, bis sie das Gleichgewicht halten konnte. Es war eine ihrer schönsten Erinnerungen.*

Sie waren im Park in der Stadt. Lily hielt das Rad am Sattel und staunte es seit einer kleinen Ewigkeit an. Es war grün – ihre Lieblingsfarbe –, und vom Lenker flatterten Papierschlangen. Auf einem kleinen Geschenkanhänger stand: Herzlichen Glückwunsch zum Geburtstag, liebe Lily. In Liebe, deine Mum und dein Dad. *Es war so toll!*

»Und? Willst du auch damit fahren?«, fragte Mum.

»Klar.«

»Dann mal los.«

Mum machte sich Sorgen, ob der Sattel nicht zu hoch war und prüfte jetzt schon zum dritten Mal die Bremsen. Dad verdrehte die Augen. Das war so typisch! Sie stritten sich über alles, selbst heute, am wichtigsten Tag des Jahres. In der letzten Zeit hatte es keinen großen Krach wegen Dads Trinken gegeben, aber sie machten dauernd Kommentare übereinander. Schnipp, schnapp, *wie zwei kämpfende Scheren. Sowie Mum ihm den Rücken zuwandte, verdrehte Dad die Augen. Und Mum sagte, Dad wäre aggressiv, und sie benutzte noch ein anderes Wort, das Lily nicht kannte.*

Aber sie liebten sich immer noch. Ganz bestimmt.

Auf alle Fälle liebten ihre Mum und ihr Dad sie. Heute Morgen waren sie zusammen mit ihren Karten und den anderen Geschenken in Lilys Zimmer gekommen. Dad hatte sie in den Arm genommen und ihr gesagt, wie glücklich sie ihn machte, und sie seine Prinzessin genannt. Es war irgendwie peinlich und außerdem hatte er nicht gut gerochen, nach vergammelten Kartoffeln oder so, aber es war trotzdem schön gewesen.

»Fahr doch mal eine Runde um den Park«, schlug Mum vor. »Von hier aus können wir dich überall sehen.«

Lily kletterte aufs Rad. Es war ungewohnt groß, und der Sattel bohrte sich in ihren Hintern, aber wenn sie sich auf die Zehenspitzen stellte, kam sie mit den Füßen auf den Boden. Es war kalt, und Mum hatte sie wieder damit genervt, dass sie sich Handschuhe anziehen sollte, aber sie hatte sogar ihren Mantel wieder ausgezogen. Ihr war nie kalt. Sie schwitzte unter dem Helm, aber den durfte sie hundertprozentig nicht absetzen.

»Danke!«, rief sie lachend und steckte die Zunge in die neue Zahnlücke. Ihr war gerade ein Schneidezahn ausgefallen.

Dann fuhr Lily ein bisschen wackelig los. Nach ein paar Metern wäre sie fast umgefallen, aber bald sauste sie den Weg entlang. Das Rad war leicht und schnell. Sie liebte es! Hinter der ersten Kurve wurde sie noch schneller.

Als sie an Mum und Dad vorbeiflitzte, rief sie ihnen zu, dass sie noch eine Runde fahren wollte.

Jetzt, wo sie es draufhatte, ließ sie ihren Gedanken freien Lauf, wie immer beim Radfahren. Ihr fiel ein, wie sie vor zwei Wochen auf der Wiese hinter dem Haus nach Chesney gesucht hatte. Sie hatte den Kater irgendwann auf ihrem Bett gefunden – im Tiefschlaf. Aber in derselben Nacht hatte sie einen schlimmen Traum gehabt. Sie war vor einer Hexe durch den Wald geflohen, die dauernd ihren Namen rief.

»Ich will nur probieren, wie du schmeckst, kleine Lily. Nur ein ganz kleiner Bissen.«

Als sie Megan am nächsten Tag von der Gestalt im Nebel erzählt hatte, hatte Megan gesagt, dass es vielleicht die Witwe gewesen wäre, aber dann hatte sich Charlotte eingemischt, die Lauteste in ihrer Klasse, und gesagt, bestimmt wäre es ein Fremder gewesen.

»Ein Fremder?«, hatte Lily gefragt.

»Genau. Du weißt schon …« Und dann hatte sie auf das Plakat an der Wand gezeigt, auf dem ein kleiner dunkelgrauer Transporter abgebildet war. Darunter stand: PASS AUF. SEI WACHSAM. GEH NIE MIT EINEM FREMDEN MIT.

»Ein Fremder, der unser Haus beobachtet?«

Lily fröstelte. Sie wusste nicht, was Fremde eigentlich von Kindern wollten. Sie wusste nur, dass sie Kinder mitnahmen und irgendwelche schlimmen Sachen mit ihnen machten. Sie hatte keine Ahnung, was das war. Irgendwas Böses. Aber mehr wusste sie nicht.

»Mach dir nichts draus«, hatte Charlotte gesagt. »Solange du nicht mit Fremden redest, können sie dir auch nichts tun.«

Ein Eichhörnchen flitzte vor ihr über den Weg. Instinktiv riss sie den Lenker nach links, holperte über den Rasen und krachte gegen einen Baumstumpf.

Sie hatte sich nicht wehgetan, oder nur ein bisschen, aber sie lag benommen auf dem Rasen. Wie eine Comicfigur mit Sternchen um den Kopf.

Und dann fiel ein Schatten auf sie. Der Schatten eines Mannes. Er hatte eine Glatze, und seine Zähne waren krumm und schief.

»Alles klar bei dir?«, fragte er.

Sie lag angsterstarrt auf dem Boden. Ein Fremder. Ein Fremder, der sie zum Sprechen bringen wollte. Er streckte die Hand aus, um sie hochzuziehen, aber sie rührte sich nicht.

Er ging neben ihr in die Hocke, sodass sie in seine haarigen Nasenlöcher sah.

»Wie heißt du?«, fragte er.

Sie rührte sich nicht, und sie sagte auch nichts. Wo waren Mum und Dad? Was machten sie bloß? Warum ließen sie sie mit diesem Fremden allein?

Er grapschte mit seinen fetten Fingern nach dem Geschenkanhänger.

»Lily«, sagte er dann. »Das ist aber ein schöner Name.«

In dem Moment hörte sie Mum nach ihr rufen. Und dann waren ihre Eltern endlich da und sahen sie besorgt an.

»Ich glaube, sie hat sich nichts getan«, sagte der Fremde. »Scheint nur eine kleine Beule zu sein.«

»Danke«, sagte Mum aus irgendeinem Grund, und dann ging der Fremde weg. Mum machte ihr übliches Theater und half ihr beim Aufstehen. Dad hob das Rad an und drehte das Vorderrad. Es lief ganz rund. Sie hatte keine Acht reingefahren.

Sie waren so beschäftigt, dass sie nicht sahen, wie sich der Fremde umdrehte und ihr zuzwinkerte.

Kapitel 14

Meine Eltern waren vor zehn Jahren nach Spanien gezogen, kurz nachdem sie in Rente gegangen waren. Sie wohnten in einer weiß getünchten Villa in Alicante, einen kurzen Spaziergang vom Mittelmeer entfernt. Meine Mutter lud mich dauernd ein. Ich sollte mal ein bisschen Sonne abkriegen, sagte sie, ich hätte ja schließlich keinen Bürojob und könne jederzeit kommen. Ich dachte auch oft daran. Aber das Ding war, dass das trübe englische Wetter gut zur Stimmung meiner Bücher passte. Außerdem machte mich Hitze träge.

Seit der Bestattung meines Vaters war ich nur einmal dort gewesen. Als meine Mutter mir mitgeteilt hatte, dass die Einäscherung in Spanien stattfinden würde, war ich bestürzt gewesen. Aber sie sagte, er wäre dort am glücklichsten gewesen. Dad hatte bestimmt, dass seine Asche über dem Mittelmeer verstreut werden sollte. Das konnte ich verstehen, auch wenn das bedeutete, dass die Trauerfeier schlecht besucht war. Außer den engsten Angehörigen waren nur ein paar ihrer dortigen Freunde gekommen. Was mich nicht besonders überraschte, war, dass meine Mutter in Spanien bleiben wollte. »Was soll ich denn in England? Da regnet es doch nur. Ich bleibe hier. Und wenn ich mich nicht mehr um mich selbst kümmern kann, springe ich von einer Klippe.«

So war sie, meine Mum.

Wir unterhielten uns meistens über Skype. Sie entsprach dem Stereotyp von Leuten über siebzig überhaupt nicht: Sie konnte bestens mit der neuen Technologie umgehen. Sie hatte eine Gruppe auf Facebook eröffnet, die sich um Basteln, Stricken und Sticken drehte, und sie war auf Twitter und Instagram, wo sie ständig Fotos ihrer neuesten Kreationen hochlud.

In der letzten Nacht hatte ich vorm Einschlafen lange an Lily und Julia gedacht. Und an das, was Zara mir über die Legende von der Roten Witwe erzählt hatte. Als ich jetzt im Tageslicht Skype auf dem Laptop öffnete, sah ich, dass Mum online war. Ich drückte auf den Anrufbutton, und sofort erschien Mums gebräuntes Gesicht auf dem Bildschirm.

»Lucas! Wenn man vom Teufel spricht! Ich habe eben gerade mit Jean über dich geredet.« Jean war ihre Nachbarin. »Sie will wissen, wann dein nächstes Buch rauskommt. Sie hat ›Zuckerwerk‹ verschlungen, auch wenn sie Zustände gekriegt hat.«

»Hast du es denn mittlerweile gelesen?«

Meine Mutter war mein größter Fan. Aber »Zuckerwerk« war direkt nach Dads Tod erschienen, und da hatte sie gesagt, dass sie erst mal nichts lesen könne, was dunkler war als die Bücher von Jilly Cooper.

»Mache ich bald. Du siehst blass aus. Isst du genug?«

»Ja, Mum.«

Sie machte sich immer Sorgen um mich, vor allem seit Priyas Tod. »Wo bist du? Das ist doch nicht deine Wohnung.«

»Ich bin in Beddmawr.«

Ihr Gesichtsausdruck war unbezahlbar. »Das ist nicht dein Ernst.«

»Genauer gesagt, etwas außerhalb von Beddmawr. In einem Haus namens Nyth Bran.«

»Wo die Mine war?«

»Ja, genau. Es ist jetzt ein Schriftstellerhaus. Ich will hier versuchen, mein Buch fertigzubringen. Wobei die Betonung auf ›versuchen‹ liegt.«

Ich dachte, es würde ihr gefallen, dass ich an meinen Geburtsort zurückgekehrt war. Vor allem, weil sie in Beddmawr aufgewachsen war. Aber sie runzelte die Stirn. »Ich wusste nicht, dass du da je wieder hinwolltest.«

»Warum nicht?«

Irgendwie schien sie das Thema nervös zu machen, und das war bei ihr ungewöhnlich. Sie wirkte plötzlich älter. Ich konnte mir vorstellen, wie sie in zehn Jahren aussehen würde. »Du warst noch so klein, als wir aus Beddmawr weggezogen sind. Ich habe nicht gedacht, dass du dich daran erinnerst. Jedenfalls nicht richtig. Sobald wir in Birmingham waren, existierte Beddmawr für dich überhaupt nicht mehr.«

»Das ist ja gerade der Punkt. Ich erinnere mich kaum noch daran. Ab und an blitzt eine vage Erinnerung auf, mehr nicht.«

Sie trank einen Schluck Wasser. »Das ist ganz normal. Ich erinnere mich auch nicht mehr an die ersten sechs oder sieben Jahre meines Lebens. Und Beddmawr ist nun wirklich kein denkwürdiger Ort.«

Ich brachte unsere Unterhaltung auf das, was mich interessierte. »Hier gibt es einen Typ, einen Handwerker, der sich an dich erinnert. Rhodri Wallace.«

»Wallace? Sagt mir nichts. Aber es ist auch schon so lange her. Und ich hatte damals alle Hände voll mit dir zu tun. Du warst so ein schwieriges Kind! Habe ich dir schon mal erzählt, dass du jede Nacht in unser Bett gekommen bist? Bis du fünf warst?«

»Höchstens tausendmal.«

»Ich war immer erschöpft. Es ist ein Wunder, dass ich mich überhaupt an irgendetwas aus der Zeit erinnere. Es ist alles ganz verschwommen.« Sie trank noch einen großen Schluck Wasser. »Mein Gott, wenn du wüsstest, wie heiß es hier ist! Komm her, das hier wäre auch ein großartiges Schriftstellerhaus, und dabei kannst du deinen Vitamin-D-Speicher auffüllen.«

Bildete ich mir das ein, oder wechselte sie absichtlich das Thema? Wenn ich es mir recht überlegte, erwähnte sie ihre Heimatstadt eigentlich nie. Abgesehen von den Gemälden von Wales, die sie auch in Spanien aufgehängt hatte, und von ihrem leichten Akzent, schien sie nichts an ihre Heimat zu binden. Warum war mir das bloß nie aufgefallen?

Ich wollte das Thema gerade ansprechen, da sagte sie: »Ich frage mich manchmal, ob man das kleine Mädchen je gefunden hat.«

Verblüfft fragte ich nach: »Welches kleine Mädchen?«

»Ich kann mich nicht an ihren Namen erinnern. Es war vor zwei Jahren in den Nachrichten. Die Polizei ist davon ausgegangen, dass sie in den Dee gefallen sein muss.«

»Lily Marsh.«

Jetzt sah sie überrascht aus. »Du hast also auch davon gehört.«

Ich senkte die Stimme, damit Julia es nicht zufällig hörte. »Ja. Und nein, sie wurde nicht gefunden.«

Mum schüttelte den Kopf. »Schrecklich. Und unfassbar, dass es noch einmal passiert ist.«

»Was?«

Die Verbindung wurde schlecht, das Bild war plötzlich verpixelt. Ich hätte meine Mutter am liebsten durch den Bildschirm gezogen.

»Du warst zu klein, als dass du dich heute daran erinnern könntest. Als wir noch dort gewohnt haben, ist in Beddmawr ein kleines Mädchen verschwunden.«

»Wann genau?«

»Kurz bevor wir weggezogen sind. Vielleicht 1980.«

Ich kritzelte die Jahreszahl auf die Schreibtischunterlage.

»Ganz schrecklich«, sagte sie. »Sie haben die Kleine nie gefunden. Und den Täter auch nicht.« Das Bild wurde noch schlechter.

»Wie hieß sie?«

»Das weiß ich nicht mehr. Aber ich bin sicher, dass sie in diesem Kinderheim gelebt hat …«

Das Bild von meiner Mutter mit halb geöffnetem Mund fror auf dem Monitor ein.

»Mum, kannst du mich noch hören?«

»Verbindung unterbrochen« erschien auf dem Bildschirm. Ich versuchte, die Verbindung wiederherzustellen, aber es funktionierte nicht. Das Internet in der Villa meiner Mutter war wirklich unzuverlässig.

Ich tippte »Vermisstes Kind Beddmawr 1980« bei Google ein. Kein Resultat, wahrscheinlich weil Zeitungen damals noch nicht online waren. Meiner Erfahrung nach waren die Artikel selbst in den kostenpflichtigen Online-Archiven der Zeitungen mit normalen Suchmaschinen schlecht zu finden.

Trotzdem musste es möglich sein, an die Informationen heranzukommen.

Ich rief Zara an und wurde zur Voicemail weitergeleitet, also bat ich sie um einen Rückruf. Dann fragte ich mich, ob ich mich nicht einfach nur ablenkte. Was für einen Zusammenhang sollte es schon zwischen dem Verschwinden eines Mädchens vor dreißig Jahren und Lily geben? Wenn es hier einen Entführer oder Serienmörder gab, wäre bestimmt nicht so viel Zeit zwischen den Taten vergangen.

Trotzdem hatte ich ein ungutes Gefühl. Es dauerte eine Weile, bevor mir klar wurde, woran das lag. Ich hatte ein Buch über entführte Kinder geschrieben – und die Landschaft ähnelte der Beddmawrs auf gespenstische Weise. 1980 war ich sechs gewesen. Die Erwachsenen hatten sich mit Sicherheit über den Fall unterhalten. Auch in der Vorschule mussten wir darüber gesprochen haben. Selbst wenn ich mich nicht daran erinnerte – in meinem Unbewussten musste sich das Verschwinden des Mädchens eingenistet haben, um schließlich in meinem Roman hochgespült zu werden.

All das trug aber nichts zur Untersuchung dessen, was Lily zugestoßen sein mochte, bei. Nachdem ich mit Julia »Happy Birthday« gesungen hatte, wollte ich ihr mehr denn je helfen. Bisher hatte ich überhaupt nichts herausgefunden.

Eigentlich waren bislang alle Nachforschungen ins Leere gelaufen. Und wenn Zara mich nicht bald mit bahnbrechenden Nachrichten anrief, dann war es wahrscheinlich Zeit, zur offensichtlichen Lösung zurückzukehren.

Lily war ertrunken. Ende der Geschichte.

* * *

Am Nachmittag arbeitete ich an meinem Roman und verlor mich ganz in der Welt, die ich schuf. Aber es war hartes Brot. Das Schreien ertrinkender Kinder brach immer wieder in meine Gedankenwelt, hallte im Text wider und zog die neue Geschichte mit sich in die Tiefe. Meine fiktive Familie hatte sich in eine Hütte in den Wäldern zurückgezogen und wurde von Monstern umzingelt. Eine junge Frau war zu ihr gestoßen und versuchte, sie zur Flucht zu überreden.

Immer wieder las ich die eine Szene, an deren Entstehung ich keine Erinnerung hatte und in der Leute auf der Suche nach einem Kind die Häuser abklapperten. War das ein Geistesblitz im Rausch gewesen? Ich versuchte nach Kräften, mich zu erinnern, aber alles, was dabei herauskam, war Erschöpfung.

Zwischendurch guckte ich auf mein Handy. Zara schrieb nicht und sie meldete sich auch nicht auf meine Anrufe hin.

Um vier sah ich Karen im Garten auf- und abgehen. Sie hatte mir den Rücken zugewandt und gestikulierte, als unterhielte sie sich mit jemandem. Wahrscheinlich telefonierte sie mittels eines Ohrhörers. Oder sie las sich laut einen Dialog aus ihrem Buch vor. Ich kannte einige Schriftsteller, die das hilfreich fanden, wenn sie nicht weiterwussten. Sie wirkte sehr aufgeregt. Diesmal hatte ich beschlossen, nicht in den Pub mitzugehen. Ich hatte genug von Max, und ich wollte bloß nichts trinken. In meinem fortgeschrittenen Alter von zweiundvierzig fühlte ich mich nach einem Trinkgelage tagelang mies, und der Blackout von meinem Saufabend beunruhigte mich. Meine Katerstimmung hatte mich fest im Griff.

Um sieben ging ich zum Abendessen hinunter. Max und Suzi unterhielten sich angeregt.

»Wo ist Karen?«, fragte ich.

Max ignorierte mich. Wahrscheinlich grollte er mir, weil ich ihn tags zuvor so angefahren hatte, bevor ich zu Julia und ihrem Geburtstagskuchen ins Cottage gegangen war.

»Wir haben sie nicht gesehen«, antwortete Suzi.

Julia brachte zwei Flaschen Mineralwasser. Sie lächelte mich an und sagte: »Karen fühlt sich nicht wohl und wollte früh ins Bett gehen.«

Nach dem Abendessen arbeitete ich noch ein bisschen, dann legte ich mich ins Bett.

Aber ich konnte wieder nicht einschlafen. Ich wunderte mich darüber, dass Zara mich weder angerufen hatte, noch ans Telefon ging. Dann drehten sich meine Gedanken in meinem Kopf – an Julia und an Lily und an mein Buch. Wie Wäsche im Trockner.

Ich schlief erst gegen eins ein.

Und wurde sofort darauf von einem Schrei geweckt.

Kapitel 15

Ich sprang aus dem Bett und streifte meine Hose über. Der Schrei war von oben gekommen.

Mein erster Gedanke war, dass Julia etwas Schreckliches zugestoßen sein musste. Ich nahm zwei Stufen auf einmal. Entsetzliche Bilder standen mir vor Augen:

Priya mit zerschrammtem, blutüberströmtem Gesicht.

Lily mit rudernden Armen in den Strudeln des Dee.

Meine Zimmerwand mit dem herunterrinnenden Blut.

Julia stand im Nachthemd im Flur. Die Haare standen ihr in alle Richtungen vom Kopf ab.

»Was ist?«, fragte ich keuchend. »Ich habe einen Schrei gehört …«

Sie sah mich entgeistert an. Ich musste auch ziemlich wild aussehen. »Ich war's nicht«, sagte sie. »Der Schrei kam aus Karens Zimmer.«

Suzis Tür öffnete sich, und sie trat in einem rosafarbenen seidenen Schlafanzug auf den Flur. Eine Sekunde später steckte Max den Kopf aus der Tür, sah uns alle dort versammelt und zog sofort den Kopf wieder ein. Suzi wurde rot.

Julia klopfte leise an Karens Tür. »Karen? Alles okay?«

Ein schriller Schrei, auf den ein Knall folgte. Dann lautes Kreischen, erst panisch, dann wütend.

Die Tür war nicht abgeschlossen. Julia ging hinein, Suzi und ich folgten ihr.

Karens Schrank stand offen und sie war fast darin verschwunden. »Wo bist du? Verdammt, wo bist du?«, brüllte sie und pfefferte eine Hose quer durchs Zimmer, gefolgt von einem schwarzen Schuh. Karen beugte sich jetzt weit in den Schrank hinein, als hätte sie Narnia entdeckt, aber die Tür zum magischen Königreich wäre ihr vor der Nase zugeknallt worden.

Julia nahm Karens Arm, aber Karen schüttelte ihre Hand ab, wühlte weiter und schleuderte Sachen hinter sich. Wie ein rasender Poltergeist. Ein Kleiderbügel schoss einen Zentimeter an meinem Ohr vorbei.

»Tut doch was!«, forderte Suzi.

»Karen«, sagte ich unbeholfen, »was ist los? Wonach suchst du?«

Sie schien es gar nicht zu hören. Ich legte ihr die Hand auf die Schulter. Sie erstarrte, drehte sich langsam um und sah mich mit wilden Augen an. Ihr Körper war starr, als fürchtete sie sich vorm Atmen, und sie umklammerte den Mantel, den sie gerade durchs Zimmer werfen wollte, so fest, dass ihre Fingerknöchel weiß hervortraten.

»Sie war hier drinnen«, flüsterte sie. »Ich habe sie gehört.«

»Was hat sie gesagt?«, fragte ich.

Karen reagierte nicht. Aber wenigstens hörte sie auf, ihre Anziehsachen aus dem Schrank zu zerren.

»Wie wär's, wenn du dich hinsetzt?«

Sie ließ zu, dass ich sie zum Bett führte. Sie hüllte sich in die Quiltdecke und schlang die Arme um sich. Ihr Atem ging schnell.

»Sie war da drinnen«, flüsterte Karen kaum hörbar.

»Im Schrank?«

Karen klammerte sich an meinen Arm. Ihre Pupillen waren so groß, dass man in ihnen hätte ertrinken können. Ihre Fingernägel gruben sich in meinen Unterarm.

»Oder in der Decke. Oder unterm Bett.« Sie schnellte hoch, aber ich zog sie wieder aufs Bett.

»Soll ich nachsehen?«

Sie nickte. Ich ging auf die Knie und kroch umständlich und geräuschvoll unters Bett.

»Hier ist niemand.«

»Bist du sicher?«

»Absolut.«

Ich setzte mich wieder zu ihr und klopfte den Staub von meinen nackten Armen. Ich konnte zwar nichts Böses sehen, aber ich konnte es spüren. Irgendetwas. Irgendjemanden. Anwesend, unsichtbar, lauernd. Ich hatte das sichere Gefühl, beobachtet zu werden. Ich empfand dasselbe wie in meinem Traum: Das Haus lebte und atmete und wartete.

»Ich will kurz mit Julia reden, okay?« Karen starrte mich an, als würde ich eine unbekannte Sprache sprechen.

Ich machte Julia ein Zeichen, mit rauszukommen. Suzi folgte ihr. Wir standen flüsternd im Flur.

»Vielleicht ist sie auf einem Horrortrip?«, begann ich.

»Von Cannabis? Gibt's das überhaupt?«

»Keine Ahnung. Ich habe gehört, dass die Leute manchmal alles Mögliche ins Cannabis mischen. LSD zum Beispiel. Aber ich bin nicht gerade ein Experte auf dem Gebiet.«

»Vielleicht ist es eine Panikattacke«, meinte Julia.

»Sie sieht aus, als hätte sie Todesangst«, sagte Suzi. »Wie in der Nacht, als sie die Stimme gehört hat.«

»Worüber redest du?«, fragte Julia. »Was für eine Stimme?«

»Wir sollten einen Krankenwagen rufen«, schlug ich vor und ignorierte Julias verärgerten Blick.

»Gut, ich gehe telefonieren«, sagte Suzi.

Karen stöhnte auf. Julia eilte wieder hinein. Ich stand alleine auf dem Flur, als Max im Bademantel aus Suzis Zimmer kam. »Was ist los?«, fragte er. »Demonstriert Karen mal wieder, warum man keine Drogen nehmen sollte?«

»Bist du wirklich so ein Arschloch oder tust du nur so?«

Er zuckte die Achseln. »Bla, bla, bla. Ich gehe ins Bett.«

»In dein eigenes?«

»Wir haben gearbeitet. Außerdem geht dich das überhaupt nichts an.«

Womit er natürlich recht hatte. Aber er ging mir entsetzlich auf die Nerven. Ich war erleichtert, als er sich gähnend und seinen Kopf kratzend entfernte.

»Lucas, kommst du bitte?«, rief Julia gedämpft.

Karen lag auf dem Bett. Sie hatte die Quiltdecke bis ans Kinn hochgezogen. Ihre Angst schien nachgelassen zu haben, aber ihr Blick war so leer, als hätte sie ihren Verstand verloren.

»Sie hat irgendwas gesagt«, flüsterte Julia. »Aber es ergibt alles keinen Sinn.«

»Was hat sie denn gesagt?«

»Irgendwer war in der Zimmerdecke und hat ihr irgendwas zugeraunt.«

»In der Decke oder an der Decke?« *An* der Decke war wohl eine relativ häufige Drogenhalluzination. Jedenfalls hatte ich es ein paarmal in Filmen gesehen.

»Sie hat ›in‹ gesagt.«

Ich beugte mich über Karen. »Was hat sie gesagt, Karen?«

Sie zog die Patchworkdecke bis zur Nasenwurzel hoch. »*Du bist hier nicht willkommen.*«

»Dasselbe wie beim letzten Mal.«

»Beim letzten Mal?«, fragte Julia.

»Es ist schon einmal passiert«, erklärte ich. »Vor zwei Tagen.«

»Es war ein Mädchen«, flüsterte Karen.

»Ein Mädchen?« Julia war blass geworden.

»Hat sie noch was anderes gesagt?«, hakte ich nach. Aber ich wollte Karen nicht bedrängen, um keinen weiteren Anfall auszulösen. Wie lange würde der Krankenwagen brauchen? In der Stadt gab es kein Krankenhaus, also musste er wahrscheinlich aus Wrexham kommen.

Karen schüttelte den Kopf und fixierte mich mit aufgerissenen Augen.

»Nur ›Du bist hier nicht willkommen‹?«, fragte ich.

Karen nickte, ihr fielen die Augen zu. Doch dann flatterten ihre Lider und sie sagte: »Sie hat gesungen.«

Julia rückte näher an Karen heran. »Sie hat gesungen? Was denn?«

Karen schloss die Augen. Im Zimmer war es still, so still, dass ich meinte, unsere Herzen klopfen zu hören. Karens klopfte am lautesten.

»Das habe ich nicht verstanden«, antwortete Karen.

»Weil sie in einer anderen Sprache gesungen hat?«, fragte ich.

Julia wirbelte zu mir herum und starrte mich an. Und dann hörten wir von oben ein Geräusch.

Bumm. Bumm.

Karen zog die Decke über den Kopf. Julia sah aus, als würde sie in Ohnmacht fallen. Wir starrten hoch. An einigen Stellen hatte der Putz Risse, und in den Zimmerecken hatten sich Spinnweben angesammelt.

Es polterte noch einmal.

»Was ist hier drüber?«, fragte ich.

»Der Dachboden«, sagte Julia.

»Ist er ausgebaut? Gibt es da oben ein Zimmer?«

»Nein, er ist nur eine Art Rumpelkammer.«

Ich ging in den Flur, schnappte mir einen herumstehenden Stuhl, stellte ihn unter die Klappe zum Dachboden und kletterte darauf.

Julia kam aus Karens Zimmer. »Was machst du da?«

»Ich will mich vergewissern, dass da oben niemand ist. Vielleicht beruhigen wir uns dann alle wieder.«

Ich öffnete die Luke. Sie krachte herunter und wirbelte eine Staubwolke auf.

Ich zog an der Metallleiter, die total verstaubt war und sich kaum auseinanderziehen ließ. Aber schließlich gelang es mir, sie runterzuziehen.

»Gibt es da irgendwo Licht?«, fragte ich.

»Nein. Warte mal.« Sie holte ihr Handy aus ihrem Zimmer, schaltete die Taschenlampe an und reichte es mir hoch.

Ich steckte den Kopf durch die Luke. Im Licht von Julias Handy erkannte ich einen Stapel Kisten, ein paar Farbeimer und einen Wassertank.

»Siehst du was?«, fragte Julia.

»Nein, nur einen Stapel alter Kisten.«

Ich hievte mich auf den Dachboden und leuchtete ihn mit der Taschenlampe aus. Er war wie eine Höhle und viel größer, als ich erwartet hatte. Ich ging auf die Knie und spähte in die Dunkelheit. Es roch nach Schweiß, aber vielleicht war es mein eigener. Ein kalter Luftzug streifte mein Gesicht. Vielleicht gab es irgendwo ein Loch im Dach.

Ich kroch weiter hinein.

»Oh, Scheiße!«, rief ich.

Julia sog scharf die Luft ein. »Was ist los?«

»Sorry. Ich habe mich auf irgendwas Widerlichem abgestützt.« Ich richtete den Strahl der Taschenlampe darauf und hätte mich fast übergeben. Es war eine Mäusefalle. Unter dem Schnappverschluss war eine halb verweste Ratte einquetscht. Ich musste vorsichtig sein. Vielleicht gab es auch gespannte Fallen.

Ich kroch weiter, bis ich glaubte, ungefähr über Karens Zimmer zu sein. Von woher wir das Poltern gehört hatten. Hier standen noch ein paar Kisten und dahinter der Wassertank. Der Luftzug war hier stärker. Ich legte den Kopf in den Nacken, um den losen Dachziegel oder was immer es war zu suchen.

Ich hob den Kopf in die kalte Luft.

Irgendetwas streifte mein Gesicht, etwas Trockenes, Lederiges. Ich schrie auf, warf mich auf den Boden, zog den Kopf ein und rollte mich zu einem Ball zusammen. Irgendetwas würde mich gleich packen, irgendetwas, an das ich nicht glaubte. Das nicht existieren konnte. Ein Gespenst. Ein Monster, das in der Ecke lauerte und *Zzzzzuckerwerk!* zischte. Dort in der Dunkelheit bewegte sich etwas. Eine finstere Gestalt, die den Kopf hob und mir ihr Gesicht zuwandte.

Priyas blutiges Gesicht.

Priyas blicklose Augen.

Ich verbarg meinen Kopf unter den Armen und flüsterte: »Es ist nicht real, es ist nicht real, es ist nicht real.«

»Lucas? Was ist los?«, rief Julia von unten.

Vorsichtig richtete ich den Strahl der Taschenlampe in die Ecke. Da war nichts.

Natürlich war da nichts.

Dann suchte ich das Dach ab. Julia steckte den Kopf durch die Luke. »Was ist passiert?«, fragte sie.

Ich lachte. Mir war bewusst, dass mein Lachen hysterisch klang, wenn nicht sogar verrückt. Aber Julia sah mich mit großen, verängstigten Augen an, also kniete ich mich hin und leuchtete ins Gebälk.

Ein Schatten huschte über uns hinweg.

»Hier gibt's Fledermäuse«, sagte ich.

* * *

Julia und ich saßen am Küchentisch, vor uns zwei Becher Tee. Die Sanitäter waren gekommen und gegangen, ohne Karen mitzunehmen. Sie hatte sich beruhigt und war eingeschlafen, und die Sanitäter hatten gesagt, sie wäre in ihrem Bett besser aufgehoben als im Krankenhaus.

»Vielleicht sollte sie nach Hause fahren und mit ihrem Arzt reden«, hatte einer von ihnen vorgeschlagen. »Und passen Sie auf, dass sie nichts mehr raucht.«

»Sie hatte mich gebeten, ihr ein anderes Zimmer zu geben«, sagte Julia jetzt. »Aber es ist irgendwie untergegangen.«

»Ich glaube nicht, dass es etwas geändert hätte. Vielleicht hätte sie die Fledermäuse in einem anderen Zimmer nicht gehört, aber stattdessen …« Ich zuckte die Achseln.

»Glaubst du, sie erholt sich schnell wieder?«

»Keine Ahnung. Hoffentlich. Wie der Sanitäter gesagt hat: Sie muss etwas anderes gegen ihr Rheuma finden. Und sie sollte das Cannabis untersuchen lassen. Vielleicht ist es gestreckt worden. Vielleicht ist es auch nur richtig starker Stoff. Ich habe gehört, dass sich das Dope, das heute im Umlauf ist, nicht mit dem vergleichen lässt, das ich als Student geraucht habe.«

Jenseits der Küchenfenster war es dunkel. Julia hatte die Haare zurückgebunden und trug einen schwarzen Pullover, dessen Ärmel ihr bis auf die Handrücken fielen. Der Aga verbreitete eine wohlige Wärme in der Küche. Chesney saß laut schnurrend zu unseren Füßen.

»Also, du glaubst, sie hat die Fledermäuse gehört und zur selben Zeit hat das Gras angefangen zu wirken? Und dann hat sie sich das alles eingebildet?«, fragte Julia.

»Ja, wahrscheinlich.«

»Aber was sie gehört hat …«

»›Du bist hier nicht willkommen‹? Vielleicht fühlt sie sich so. Vielleicht hat es etwas mit ihrem Status zu tun. Autoren wie Max fühlen sich Schriftstellern, die ihre Bücher im Eigenverlag rausbringen, meilenweit überlegen. Er hat so viele arrogante und schreckliche Bemerkungen über Karens Romane gemacht. Sie gibt sich selbstbewusst, aber jede Autorin und jeder Autor wird ständig von Selbstzweifeln und Unsicherheit geplagt.«

»Was ist mit dem Singen?«, fragte sie und musterte mich misstrauisch. »Du scheinst irgendwas darüber zu wissen.«

Ich schwieg. Ich hatte angenommen, dass Julia in Lilys Zimmer gesungen hatte. Aber jetzt …

»Ich habe auch jemanden singen hören.«

»Was? Wo?«

»Im Zimmer neben meinem. Von dem ich annehme, dass es Lilys war.«

»Es *ist* Lilys.«

»Oh … Natürlich. Entschuldigung.« Ich trank von meinem Tee. Er war fast kalt. »Ich habe zweimal jemanden singen gehört. Ich dachte, du wärst es gewesen.«

Sie starrte mich an. Es war nicht das erste Mal, dass sie blass wurde, aber so blass wie jetzt hatte ich sie noch nie gesehen.

»Seit deiner Ankunft war ich kein einziges Mal in Lilys Zimmer«, sagte sie. »Und schon gar nicht, um zu singen.«

Sie stand auf und stellte sich an den warmen Aga. »Was war das für ein Lied? Du hast vorhin was von einer fremden Sprache gesagt.«

»Ich bin ziemlich sicher, dass es Walisisch war. Ich habe nur die ersten Worte verstanden: *Un, dau, tri.*«

»Und die Melodie? Kannst du dich an sie erinnern?«

Allerdings. Es war eine einfache Melodie, die sich in mein Gehirn eingegraben hatte. Ich überwand die Peinlichkeit und summte sie vor.

Julia machte große Augen. Dann sang sie das Lied mit einer klaren und melodiösen Stimme.

Un, dau, tri
Mn yn dal y pry
Pry wedi marw
Mam yn crio'n arw.

»Ja, das ist ein altes walisisches Lied«, sagte sie. »Lily hat es in der Schule gelernt, als wir hierhergezogen sind. Sie hat es andauernd gesungen. Die Übersetzung hat sie auch mit nach Hause gebracht.«

»Und?«

»Eins, zwei, drei. Mama hat eine Fliege gefangen. Die Fliege ist tot, Mama weint in höchster Not … Es geht um eine Frau, die ein Kind verliert.«

»Oh, mein Gott!«

»Genauer gesagt, geht es um eine Fehlgeburt. Mama hat eine Fliege gefangen bedeutet, dass sie schwanger ist. Aber … die Bedeutung spielt keine Rolle, sondern dass ihr beide es gehört habt, Karen und du.« Julia starrte in den Raum zwischen uns, wo die Staubpartikel im Licht der Küchenlampe tanzten. Mit zitternden Fingern strich sie sich eine Haarsträhne aus der Stirn. »Dann ist Lily vielleicht doch tot. Dann habt ihr ihren Geist gehört.«

Ich stand jetzt auch auf. »Nein, es muss eine rationale Erklärung geben.«

»Weil Lily nicht tot ist.«

»Und weil es keine Geister gibt.«

Ich war Julia jetzt so nah, dass ich die roten Äderchen in ihren Augäpfeln sah und die trockenen Stellen auf ihren Lippen. Sie war müde und ausgelaugt. Immer noch schön – aber voller Schmerz, gefangen zwischen dem Bedürfnis zu trauern und der Weigerung, es zu tun. Gefangen in einem verzweifelten Schwebezustand.

Die rationale Erklärung war, dass ich von Anfang an recht gehabt hatte. Julia hatte gesungen, aber entweder erinnerte sie sich nicht mehr daran oder sie wollte es nicht zugeben. Wahrscheinlich Ersteres. Und ich würde sie bestimmt nicht damit konfrontieren.

»Lass mich nachdenken«, sagte ich und spielte auf Zeit. »Vielleicht war ich es selbst. Ich bin hier auch zur Vorschule gegangen. Bestimmt habe ich das Lied da gelernt, und es ist irgendwo tief in meinem Unterbewussten vergraben.«

Sie sah mich skeptisch an.

»Nein, wirklich.« Ich erinnerte mich an die Unterhaltung mit meiner Mutter, wobei ich jetzt natürlich nicht in die Einzelheiten gehen wollte. »Ich schlafe schlecht und habe seltsame Träume. Vielleicht habe ich das Lied im Traum gehört. Und seitdem singe ich es ununterbrochen, unter der Dusche zum Beispiel. Vielleicht hat Karen das gehört, und als sie auf dem Horrortrip war, hat sie sich eingebildet, das Lied zu hören.«

»So eine Art Gruppen-Halluzination?«

»Eher eine Art Kettenreaktion.«

Sie dachte darüber nach. »Ich weiß nicht …«

»Jedenfalls wahrscheinlicher als ein Geist«, meinte ich. »Es gibt immer eine rationale Erklärung. Und diese hört sich plausibel an.«

Ich wartete. Vielleicht würde sie es mir ja abnehmen. Schließlich nickte sie.

»Ich rede morgen früh mit Karen darüber«, sagte sie.

Kapitel 16

Lily – 2014

Megans Haus war klein, aber gemütlich. Sie hatte einen schwarzen Labrador, der Barney hieß und toll war, aber seine Fürze waren widerlich und brachten Lily und Megan zum Kreischen.

»Ich gehe mit ihm zum Tierarzt, wenn er nicht damit aufhört«, sagte Megans Mum, die immer schön aussah und sich klasse anzog. Sie war locker und wusste alles über YouTube, und in der Küche hörte sie Radio und sang oft mit.

Sie hatte Lily und Megan gerade eiskalte Cola ins vordere Zimmer gebracht, wo die beiden ein Videospiel auf Megans Xbox spielten.

Sowie Megans Mum das Zimmer verlassen hatte, hatte Megan gefragt: »Danny hat mir ein neues Spiel geliehen. Hast du Lust, es zu spielen?«

Danny war ein Junge aus ihrer Klasse. Er gab immer damit an, dass er Call of Duty *spielte und sich mit seinem älteren Bruder widerliche Sachen im Internet ansah. »Was für ein Spiel?«*

Megan flüsterte: »Ein gruseliges. Mum hat es mir verboten. Wenn wir sie kommen hören, müssen wir sofort aufhören.«

Lily rutschte unbehaglich auf dem Teppich hin und her, während Megan das Spiel lud. Vorm Kamin ächzte der Hund. Lily wappnete sich gegen den Gestank.

Es war der erste Tag ihrer Sommerferien, der besten sechs Wochen im Jahr, und Lily und Megan hatten sich verabredet. Dad hatte Lily vorher abgesetzt und sie ermahnt, lieb zu sein. »Geh nicht alleine raus«, hatte er sie gewarnt.

»Mache ich nicht, Daddy. Und nicht mit Fremden sprechen, stimmt's?«

»Machen Sie sich keine Sorgen, Mr Marsh«, hatte Megan gesagt. »Wir spielen im Garten. Ich habe eine ganze Packung Wasserbomben.«

Nachdem sie sich mit den Wasserbomben beworfen hatten und ihre Badeanzüge in der Sonne getrocknet waren, gingen sie ins Haus und taten das, von dem Mum behauptete, Lily würde es andauernd tun, dabei war doch gar nichts dabei: Sie starrten auf einen Bildschirm, wie Mum das nannte. Das war richtig ungerecht, denn Mum und Dad sahen dauernd auf ihre Handys, statt sich zu unterhalten.

Megan sagte mit einer Gruselstimme: »Bist du bereit? Das ist richtig unheimlich.«

Lily sah ein großes Haus in einem kahlen Winterwald.

»Sieht irgendwie wie euer Haus aus«, meinte Megan. »Mitten im Wald.«

»Stimmt ja gar nicht.«

Die Musik machte Lily Angst, und sie hielt die Luft an, als das Mädchen auf dem Bildschirm ins Haus ging.

»Was ist denn da drinnen?«

Megan flüsterte: »Die Blutige Mary.«

»O Gott! Das halte ich nicht aus!«

Megan lachte. »Du bist wirklich noch ein Baby.«

»Halt den Mund! Das stimmt überhaupt nicht.«

Das Mädchen schlich durch leere Flure und in dunkle Zimmer hinein, die mit Möbeln vollgestellt waren. Megan sagte: »Wenn Mary dich erwischt, nimmt sie dich mit in ihre Welt.«

Lily schluckte. »Was ist in ihrer Welt?«

Megan feixte. »Es ist unheimlich. Die Zeit geht rückwärts. Und manche Leute haben Reißverschlüsse, wo ihr Mund ist, und schwarze Löcher, wo die Augen sind. Und du kommst nie wieder zu deiner Mum und deinem Dad zurück.«

»Ich will das nicht spielen«, sagte Lily.

»Du bist so ein Angsthase!«

Megan konzentrierte sich mit aufgerissenen Augen auf das Spiel. Plötzlich sprang irgendwer aus der Dunkelheit auf das Mädchen zu. Die Blutige Mary. Beide Mädchen kreischten auf.

Vom Flur hörten sie Schritte. Megan hechtete zur Xbox und schaltete sie ab, kurz bevor sich die Tür öffnete.

»Was ist los?«, fragte Megans Mum.

»Gar nichts. Barney hat gefurzt. Super eklig.«

Der Hund sah sie von unten an, als wüsste er, dass er zu Unrecht beschuldigt worden war.

Megans Mum rief: »Los, raus hier, du schrecklicher Köter! Ab in den Garten!«

Lily hatte Schuldgefühle. Armer Barney!

Megan wartete, bis sie hörte, wie sich die Tür zum Garten öffnete. Dann fragte sie: »Hast du das mit der Blutigen Mary schon mal gemacht? Dieses Ding, wo du dich vor den Spiegel stellst und dreimal laut ihren Namen sagst.«

»Vergiss es.«

»Komm, das machen wir jetzt.«

Lily war eiskalt.

»Nun komm schon, sei keine Spielverderberin.«

»Megan! Ich will so was nicht machen!«

Megan sah Lily so wütend an, dass Lily Angst bekam, dass sie nicht mehr ihre Freundin sein wollte.

Sie wollte gerade sagen, dass sie es machen würde. Aber Megan lachte sie aus und sagte: »Das habe ich mir ausgedacht. Weiß doch jeder, dass es die Blutige Mary gar nicht gibt.« Sie machte eine Pause. »Aber die Rote Witwe schon.«

Lilys kurze Erleichterung verflog. »Wieso?«

Megans Stimme wurde ganz leise. »Die Witwe. Die gibt es wirklich. Ich habe gehört, wie mein Granddad über sie geredet hat.«

»Die gibt es genauso wenig wie die Blutige Mary.«

»Doch. Mein Granddad sagt, dass sie sich seit Ewigkeiten hier in der Gegend herumtreibt. Sie lebt einfach immer weiter. Sie ist … wie heißt das noch mal?«

»Unsterblich?«

»Genau. So nennt man das. Weißt du, dass sie Kinder frisst? Weil, das Blut von Kindern macht sie … unsterblich.«

Lily starrte ihre Freundin an. Gleich würde sie wieder lachen und rufen: »Reingefallen!« Aber Megan sah sie todernst und sogar etwas ängstlich an. Jetzt bekam Lily auch Angst, dabei wusste sie eigentlich, dass es die Witwe nicht gab.

Sie waren eine Weile still. Lily wollte in den Garten gehen, in die Sonne, mit dem Hund spielen und das alles vergessen. Die blöde Witwe und die Blutige Mary und das unheimliche Videospiel. Sie wollte nach Hause zu ihrer Mum und mit Chesney schmusen.

Dann gingen sie wirklich wieder hinaus und kletterten ins Baumhaus. Barney rannte laut bellend um den Baum herum. Sie bewarfen ihn mit Wasserbomben, und er jagte japsend herum und wurde klatschnass. Trotzdem kam er immer wieder zurück und wollte mehr. Es machte einen Riesenspaß. Und Lily vergaß das ganze gruselige Zeug.

»Essen kommen! Hände waschen!«, rief Megans Mum. »Granddad ist da.«

Die Mädchen wuschen sich in dem kleinen Badezimmer gleich neben der Gartentür die Hände und gingen in die Küche. Das Essen stand schon auf dem Tisch. Es gab Sandwiches, Gurke in Scheiben und Kartoffelchips, dazu Orangensaft in großen Gläsern. Lily hatte gar nicht gemerkt, wie hungrig sie war. Megans großer Bruder Jake saß schon und nahm sich gierig von den Chips. Jake war vierzehn, aber wenn sie Megan glaubte, war er im Inneren erst fünf. Kurz nachdem sie sich mit Megan angefreundet hatte, war Megan auf ein Mädchen losgegangen, weil sie ihren Bruder zurückgeblieben genannt hatte. Als Lily sah, wie Megan ihren Bruder verteidigte, wünschte sie sich wieder einen Bruder oder eine Schwester. Aber wie sollte das gehen, wenn ihre Eltern sich nicht mehr mochten?

»Haut rein«, sagte Megans Mutter.

Lily nahm sich von allem – nur von den Chips nicht, weil Jake sie schon angefasst hatte. Das konnte sie überhaupt nicht leiden.

»Granddad!«, rief Megan plötzlich.

Megan sprang ihrem Großvater auf den Arm. Er gab Megan einen Kuss und wirbelte sie lachend in der Luft herum. Dann sah er Lily und setzte Megan ab.

»Hallo«, begrüßte er sie.

Lily starrte ihn an. Sie erkannte ihn sofort. Es war der Mann, der ihr hatte aufhelfen wollen, als sie vom Rad gefallen war. Der kahle, untersetzte Mann mit den schiefen Zähnen.

Der Fremde.

Kapitel 17

Karen stand neben ihrem Koffer vor der Tür des Refugiums. Zum ersten Mal seit Monaten schien die Sonne. Ein warmer Wind wehte. Endlich war der Frühling gekommen.

»Bist du sicher, dass du nicht bleiben willst?«, fragte ich sie.

»Ausgeschlossen. Nicht nach dem, was letzte Nacht passiert ist.« Sie ließ den Kopf hängen. »Es ist mir wahnsinnig peinlich.«

»Das muss dir nicht peinlich sein. Und? Was willst du jetzt machen?«

Sie zuckte die Schultern. »Nichts weiter. Zu meinem Arzt gehen und das Gras ins Klo werfen. Mein verdammtes Buch zu Ende schreiben. Vielleicht ist das Landleben nichts für mich. Ich brauche Leute um mich herum. Hier ist es nachts viel zu still, und mein Hirn ist viel zu laut.«

»Kann ich verstehen.«

Ein Taxi kam langsam auf uns zu. Es war derselbe Fahrer, der mich mitgenommen hatte, als ich mich im Wald verlaufen hatte. Olly, ja, so hieß er. Er stieg aus, hievte Karens Gepäck in den Kofferraum und nickte mir zu. »Alles klar?«

»Hat Julia mit dir über gestern Nacht gesprochen?«, fragte ich Karen.

»Sie wollte es gerne. Sie hat mich gefragt, ob du so ein komisches Lied gesungen hast. Mit einer Fliege.«

»Und was hast du gesagt?«

»Dass ich mich nicht daran erinnern kann. Aber ich habe es auch nicht ausgeschlossen.«

Das war gut.

»Wir sollten in die Gänge kommen, wenn Sie Ihren Zug erreichen wollen«, sagte Olly. Ich umarmte Karen und sah dem abfahrenden Taxi nach. Wenn kein anderer Gast dazukam, waren wir nur noch zu dritt: die Turteltauben und ich. Die beiden beschäftigten mich auch. Es war nicht mal eine Woche her, dass Suzi schrecklich wütend auf Max gewesen war, und jetzt lud sie ihn in ihr Zimmer ein? Was war passiert? Hatte er sie rumgekriegt? Oder war ihr Protest nur Theater gewesen?

Andererseits ging es mich überhaupt nichts an. Darauf hatte Max mich ja auch schon hingewiesen.

Julia stand wie so oft am Aga und telefonierte. Als sie das Gespräch beendete, seufzte sie.

»Das war der Tierschutzbund. Ich wollte wissen, was ich mit den Fledermäusen machen soll. Die haben sich gewundert und gesagt, dass Fledermäuse im Dachboden in dieser Jahreszeit sehr selten sind. Aber wenn sie ein Nest gebaut haben, und danach sieht es ja aus, muss man sie in Ruhe lassen. Sie stehen unter Naturschutz.« Ein zaghaftes Lächeln. »Ehrlich gesagt finde ich es ganz schon, dass sie da oben wohnen. Irgendwie cool, ihnen ein Zuhause geben zu können.«

Sie trommelte mit den Fingern auf die Arbeitsplatte.

»Hast du noch andere Geräusche aus Lilys Zimmer gehört?«

»Nein.« Ich sah, wie sie sich auf die Unterlippe biss. Ihr Gesicht zuckte, und sie stand sichtlich unter Strom.

»Hast du eigentlich eine Therapie gemacht, nachdem Lily verschwunden ist? Es wäre bestimmt …«

»Die Polizei hat mir die Nummer einer Psychologin gegeben, die auf Trauer spezialisiert ist«, sagte sie ärgerlich. »Dabei gibt es keinen Beweis, dass Lily tot ist.«

»Aber …«

»Ich weiß. Ja, Michael ist tot, und ich hätte wirklich mit dieser Psychologin darüber sprechen sollen. Aber ich habe es nicht über mich gebracht. Weil es dann auch um Lily gegangen wäre, und die Psychologin mich dazu gedrängt hätte, ihren Tod anzunehmen. Deswegen bin ich gar nicht erst hingegangen.«

Ich nickte, auch wenn ich anderer Meinung über Therapeuten war. Meiner hatte mir vor allem zugehört und mich erzählen lassen. Aber ich verstand natürlich, dass es bei ihr komplizierter war. Sie konnte Michaels Schicksal nicht von Lilys trennen. Lilys Verschwinden hatte Julia die Möglichkeit genommen, den Tod ihres Mannes aufzuarbeiten.

»Komm mal mit, bitte«, sagte sie.

Kurz darauf standen wir vor Lilys Zimmer. Julia bat mich hinein. Sowie sie die Schwelle überschritten hatte, ging ihr Atem schwer. Sie presste eine Hand auf die Brust, und ich konnte mir vorstellen, wie ihr Herz unter ihrer Handfläche hämmerte. Sie biss die Zähne zusammen, als hätte sie körperliche Schmerzen.

»Alles ist genauso wie an dem Tag, an dem sie verschwunden ist.«

Es war ein typisches Mädchenzimmer. Zurückgezogene rosafarbene Vorhänge, die das Morgenlicht hereinließen. Ein Bett mit einer lila-weißen Überdecke und vielen kleinen Kissen. Eine Kommode, auf der Modeschmuck herumlag. Auf einem Regal standen Bücher von Roald Dahl und David Walliams, dazu ein Buch mit Volkssagen. An den Wänden hingen ein Kalender von Taylor Swift von 2014 und Plakate von anderen jungen Stars, die ich nicht kannte.

»Die meisten von denen sind YouTuber«, sagte Julia. »Michael hat sich immer darüber beschwert, wie viel Zeit sie mit diesen Videos verplempert hat.«

Auf dem Nachttisch lag ein iPad.

»Ich lade es alle zwei Wochen auf, weil sie es bestimmt braucht, wenn sie wiederkommt. Dann hat sie eine Menge aufzuholen.«

In einer Ecke lag ein großer Haufen von Kuscheltieren. Ganz obendrauf saß eine breit lächelnde schwarz-weiße Katze.

»Das ist Großer Kater«, erklärte Julia.

»Der in den Fluss gefallen ist?«

Sie nickte. »Die Polizei hat ihn mir nach einer Weile zurückgegeben.« Sie nahm ihn hoch und drückte ihr Gesicht in sein schmuddeliges Fell. »Er riecht nach dem Fluss.«

Sie setzte ihn vorsichtig wieder ab.

»Lily hat Katzen immer geliebt«, erzählte sie. »Sie war verrückt nach ihnen. Von dem Moment, in dem sie als Kleinkind die erste Katze gesehen hat. Es war auch ihr erstes Wort. Nicht ›Mummy‹ oder ›Daddy‹. Und von allen ihren Stofftieren hat sie Großen Kater und Kleinen Kater am meisten geliebt. Manchmal hatte ich den Verdacht, sie hätte sie noch lieber als Chesney.«

Ich sah mich um.

»Kleiner Kater war in ihrer Manteltasche, als sie verschwunden ist. Ich glaube … ich bin sicher, dass er bei ihr ist.« Julias Augen schimmerten, und sie brauchte einen Moment, um sich zu fangen. »Ich hoffe, dass er auf sie aufpasst.«

»Bestimmt.«

Sie setzte sich aufs Bett. »Haltst du mich eigentlich für verrückt?«

»Verrückt? Nein, natürlich nicht.«

»Die meisten Leute finden das bestimmt. Und dass ich ihr Zimmer ausräumen und mein Leben weiterleben sollte. Aber das kann ich nicht.« Sie zitterte, und ihr linker Hacken klopfte unwillkürlich auf den Boden.

Und dann liefen ihr die Tränen über die Wangen. Ich reichte ihr ein Taschentuch und hätte sie gerne tröstend in den Arm genommen, aber ich war mir nicht sicher, ob sie das gutgeheißen hätte.

Als ihre Tränen nachließen, sagte ich: »Ich kann verstehen, warum du dieses Zimmer so lässt, wie es ist.«

»Wirklich?«

Ich hätte ihr gerne erzählt, dass ich Monate gebraucht hatte, um die Kraft aufzubringen, Priyas Sachen in Kisten zu packen. Und da waren sie immer noch. Ich konnte mich nicht überwinden, den letzten Schritt zu tun und sie aus unserer Wohnung zu schaffen. Aber jetzt war nicht die Zeit, darüber zu sprechen. Jetzt ging es um Julia und Lily.

Ich konnte ihr auch nichts von den Ermittlungen erzählen. Nicht, solange es nichts Konkretes gab.

»Wenn ich mit Sicherheit wüsste, dass sie tot ist«, sagte Julia, »dann könnte ich hier … etwas unternehmen.«

Ich war nicht sicher, was genau das zu bedeuten hatte, aber ich nickte.

»Aber ich bin wie gelähmt.« Sie sah mich mit ihren verweinten Augen an. »Es ist, als wäre *ich* vor zwei Jahren in den Fluss gesprungen. Und als wäre ich immer noch unter Wasser.«

* * *

Ich ging in mein Zimmer und kam mir nutzlos vor. Julia konnte nur eins helfen: Gewissheit über Lilys Schicksal. Das erinnerte mich an Zara, die sich immer noch nicht gemeldet hatte. Unter meiner letzten WhatsApp waren zwei Häkchen, nicht eins. Aber die Häkchen waren grau, nicht blau. Sie hatte sie bekommen, aber nicht gelesen. Wann hatte ich sie eigentlich das letzte Mal gesehen? Die Tage verschwammen, aber es musste vorgestern gewesen sein, abends im Pub.

Ich rief sie an. Wieder keine Antwort. Was war da los? Hatte sie den Fall aufgegeben? Aber dann hätte sie doch mindestens den Anstand haben müssen, mich zu informieren.

Es war ausgeschlossen, dass ich mich jetzt auf meinen Roman konzentrieren konnte.

Ich schnappte mir den Autoschlüssel. Ich würde nach Zara suchen.

Kapitel 18

Ich parkte vor dem Apple Tree Bed & Breakfast, in dem Zara sich ein Zimmer genommen hatte. Es lag in einer ruhigen Seitenstraße etwas vom Fluss entfernt, an der es genügend Parkplätze gab. Eine ältere Frau mühte sich mit zwei schweren Einkaufstüten ab. Ein junger Vater schob einen Buggy mit einem schlafenden Kleinkind vor sich her. Sonst war niemand zu sehen. Die Stadt wirkte wie ausgestorben, fast als wäre sie evakuiert worden. An einem Laternenpfahl klebte ein zerfledderter Zettel mit einem Suchaufruf nach einer Katze, die am 23. Juni 2015 entlaufen war.

Vor zwei Jahren. Ich hatte nirgends Zettel mit Lilys Namen gesehen. Wahrscheinlich weil alle annahmen, dass sie ertrunken war.

Auf mein Klingeln öffnete mir eine Frau in den Sechzigern.

»Suchen Sie ein Zimmer?«, fragte sie. Ihre Haare waren rostrot gefärbt, und sie trug eine goldene Kette mit einem Kreuz.

»Nein, ich möchte zu einer Freundin. Zara Sullivan. Ich glaube, sie hat ein Zimmer bei Ihnen.«

»Bitte kommen Sie herein.« Ich folgte ihr in ein gemütliches Wohnzimmer. Ein kleiner grauer Hund schnarchte auf dem Sofa. Er hob den Kopf, warf mir einen Blick zu, und schlief weiter.

»Ich heiße Shirley, und dies ist Oscar.«

Über dem Kamin hing ein Gemälde von Christus. Auf einem großen Wandteppich stand ein Bibelspruch: *Hasst das Böse, hängt dem Guten an!*

»Römer zwölf Komma neun«, sagte sie. »Sind Sie gläubig, Mr …«

»Radcliffe.«

Sie sah mich an. Ihre Augen waren milchig – es sah nach einer Linsentrübung aus. »Radcliffe. Sie sind nicht zufällig Davids Sohn?«

Natürlich. Sie war im Alter meiner Eltern. »Doch.«

»Na, was für eine Überraschung! Erwachsen geworden. Und gut aussehend. Nicht, dass mich das überrascht – Ihr Vater ist ja auch ein sehr gut aussehender Mann. Wie geht es ihm?«

»Er ist verstorben.«

Sie machte ein entsetztes Gesicht. »Woran ist er gestorben?«

»An Krebs.«

»Oh!« Ihre Hand schloss sich um das Kreuz. »Dann ist er der Erste.«

»Der Erste?«, fragte ich. Aber sie antwortete nicht. »Shirley?«

Sie sank auf einen Lehnstuhl, das Kreuz fest umklammernd, und starrte in die Ferne, in die Vergangenheit.

»Alles in Ordnung, Mum?«

Ich zuckte zusammen. In der Tür stand eine rothaarige Frau in meinem Alter. Sie trug Jeans und ein enges schwarzes T-Shirt. Sie hatte eine kurvige Figur mit langen Gliedmaßen und einen blassen Teint. Auf ihrem linken Oberarm prangte ein auffälliges Tattoo, eine rote Rose, deren Blütenblätter unter dem Ärmel verschwanden.

Als sie lachte, sah sie noch attraktiver aus. »Sorry, ich wollte Sie nicht erschrecken.«

Shirley erwachte aus ihrer Trance. »Ich muss mich entschuldigen. Ich war ganz in Gedanken an die schöne alte Zeit. Dies ist meine Tochter Heledd.«

»Schön, Sie kennenzulernen.«

»Und wie geht es Ihrer Mutter?«, fragte Shirley. »Ist sie gesund?«

»Meiner Mutter geht's gut.« Ich erzählte ihr, dass meine Eltern vor Dads Tod nach Spanien umgesiedelt waren.

»Sie haben es also geschafft«, sagte Shirley. »Rauszukommen, meine ich. Beddmawr war mal eine blühende Stadt. Das Apple Tree war früher immer ausgebucht, während es heutzutage manchmal vorkommt, dass ich wochenlang keine Gäste habe. Nicht überraschend, denke ich. Traurig, aber nicht überraschend. Das ist die gerechte Strafe.«

Bevor ich nachfragen konnte, was sie damit meinte, hatte sich Heledd schon vor ihre Mutter gehockt und ihre Hand genommen. »So schlimm ist es auch wieder nicht, Mum. Wir kommen doch ganz gut über die Runden.«

Shirley tätschelte ihre Hand. »Ich weiß nicht, was ich ohne dich tun würde, mein Engel.« In ihren Augen standen Tränen. »Aber es ist jetzt schon die zweite schreckliche Nachricht. Erst Malcolm und jetzt auch noch David.«

»Malcolm Jones? Der Bibliothekar?«, fragte ich.

»Kannten Sie ihn?«, fragte Heledd überrascht.

»Nein. Jedenfalls nicht richtig. Ist ihm etwas zugestoßen?«

»Es war das Herz«, sagte Shirley und legte die Hand auf ihre Brust. »Er hatte seit Jahren Herzprobleme, deswegen war es kein so schrecklicher Schock. Trotzdem schlimm. Malcolm war ein guter Mann, und jetzt ist er mit seiner Sylvia vereint.«

Ich nahm an, dass das seine Frau gewesen war.

»Wann ist er gestorben?«, fragte ich.

»Erst gestern.« Shirley tätschelte ihrer Tochter die Hand. »Wie kommt Olly damit zurecht?«

»Na ja, einigermaßen.«

Shirley nickte. »Ein guter Junge. Kommt ganz nach seinem Vater.« Sie wandte sich an mich. »Ich habe die Hoffnung noch nicht aufgegeben, dass Olly eine ehrliche Frau aus ihr macht.«

Olly? Der Name des Taxifahrers war Olly Jones. Dann war er Malcolms Sohn, und vor mir hockte seine Freundin. Es war wirklich eine kleine Stadt mit eng begrenzter Partnerauswahl. Jetzt, wo ich von Malcolms Tod erfahren hatte, wollte ich noch dringender mit Zara sprechen.

»Meine Freundin, Zara … Ist sie da?«

Der Hund war auf Shirleys Schoß gesprungen. Sie kraulte ihm die Flanke und war wieder weit weg. Weg im Reich der Feen, wie meine Mutter gesagt hätte.

»Zara Sullivan?«, fragte Shirley. »Die ist abgereist.«

Ich brauchte einen Moment, um das zu verstehen. »Abgereist?«

»Ja, gestern. Nachdem sie ihre Zimmerrechnung beglichen hat.«

»Aber … *Ich* wollte doch für ihr Zimmer zahlen. Hat sie wenigstens eine Nachricht hinterlassen?«

»Nein. Sie hat mir nur gesagt, dass sie ihre geschäftlichen Angelegenheiten geregelt hat.«

Ich fluchte leise. Wie konnte sie die Ermittlungen einfach so fallen lassen? Ohne es mir mitzuteilen? Klar, sie war exzentrisch, aber als unzuverlässig hatte ich sie nicht eingestuft. Vielleicht hatte sie ihr Zimmer selbst bezahlt, weil sie Schuldgefühle hatte. Und sie ging nicht ans Telefon, weil sie keine Lust hatte, sich mit einem enttäuschten Klienten zu streiten.

Aber dann fiel mir wieder ein, wie merkwürdig sie sich im Pub benommen hatte, und wie nervös sie gewesen war. Hatte sie Angst bekommen?

»Wie hat sie denn gestern auf Sie gewirkt?«, fragte ich Heledd.

Sie setzte sich aufs Sofa, schlug die Beine übereinander und wippte mit dem Fuß. »Langsam wird es spannend. Was meinen Sie genau?«

»Wirkte sie nervös? Oder war sie entspannt?«

»Auf mich hat sie einen ganz normalen Eindruck gemacht. Sie kam zum Frühstück runter, hat ein paar Toasts gegessen, und wir haben uns ein bisschen unterhalten. Sie hat mir von einem Fall erzählt, von einem verschwundenen Typen, den sie irgendwann angekettet in einem Sexkeller gefunden hat. Er hatte eine Domina dafür bezahlt, ihn als Sklaven zu halten. Wir haben uns schlapp gelacht.«

»Sie hat nichts von dem Fall erzählt, an dem sie zurzeit arbeitet?«

»Nein, außer dass sie in eine Sackgasse geraten ist.«

»Das hört sich nicht so an, als hätte sie es mit der Angst bekommen.«

»Warum sollte sie?«

»Kann ich Ihnen auch nicht sagen.«

Ich verabschiedete mich von Shirley. Heledd brachte mich zur Tür. Als ich schon fast draußen war, kam mir noch etwas in den Sinn.

»Was hat Ihre Mutter mit der ›gerechten Strafe‹ gemeint?«

»Keine Ahnung. Mum redet ständig von Sünde und göttlicher Vergeltung. Vom Teufel mit seinem glühenden Dreizack. Meine ganze Kindheit über hat sie mir eingetrichtert, dass Gott mich bestrafen wird. Wenn ich meinen Teller nicht leeraß oder mein Zimmer nicht aufräumte. Die Strafe käme von Gott oder jemand Schlimmerem.«

»Vom Teufel?«

»Oh, nein. Nicht vom Teufel.«

Sie schloss die Tür.

* * *

Und jetzt? Ich musste wissen, ob Zara irgendetwas herausgefunden hatte. Und ob sie sich mit Malcolm Jones vor seinem Tod getroffen hatte.

Ich versuchte, Zara in ihrem Büro zu erreichen, aber auch da antwortete niemand. Ich schickte ihr eine E-Mail von meinem Handy, dass sie mich anrufen sollte.

Eine Minute später machte mein Telefon ping.

Eine Antwort von Zara.

> Hey Lucas, tut mir leid, aber ich musste zurück. Ich bin nicht weitergekommen und ich konnte das B & B keine Sekunde länger ertragen. Machen Sie sich keine Sorgen über mein Honorar. Ich habe nichts rausgefunden, und ich glaube auch nicht, dass irgendwer irgendwann was rausfindet. Das Mädchen ist schon lange tot. Reine Zeitverschwendung, nach ihr zu suchen. Noch mal sorry,
> Zara

Verdammt! Das war's? Es war schwer zu akzeptieren, dass es einfach so vorbei sein sollte, selbst wenn eine Stimme in meinem Ohr flüsterte, dass es gut war, dass ich meine Zeit nur mit einer sinnlosen Suche verschwendete.

Die Stimme erinnerte mich auch daran, dass ich unbedingt zurück ins Refugium fahren musste, um zu arbeiten. Ich hatte immer noch drei Viertel meines Buchs vor mir, und ich würde es nie fertigschreiben, wenn ich mich nicht endlich ins Zeug legte. Ich hatte E-Mails von meinem Agenten und von meinem Verleger ignoriert. Sie drängten mich, ihnen mitzuteilen, wann ich fertig werden würde. Ich musste arbeiten, musste tun, wozu ich ursprünglich hergekommen war.

Sosehr ich Julia auch helfen wollte, ich hatte nicht die geringste Ahnung, was ich noch tun konnte.

Kapitel 19

Lily – 2014

Mitten beim Essen sah Megans Großvater Lily auf einmal an und fragte: »Woher kenne ich dich eigentlich?«

Lily trank von ihrem Orangensaft. Sie hatte einen Kloß im Hals und konnte nicht antworten. Sie musste noch einen Schluck trinken, bevor sie etwas herausbrachte. »Aus dem Park. Sie haben mir geholfen, als ich vom Rad gefallen bin.«

Er klatschte in die Hände. »Ah, stimmt! Wäre ich nie drauf gekommen.«

»Was für ein Zufall!« Megans Mum lächelte Lily an.

»Es ist eine kleine Stadt«, sagte Megans Großvater. »Hier kennt jeder jeden. Auch wenn ich deine Eltern noch nicht richtig kennengelernt habe, Lily. Was machen sie? Ich meine, was arbeiten sie?«

An seiner Unterlippe hing ein Krümel, der beim Sprechen auf und ab wippte. Lily konnte ihren Blick nicht davon lösen. Gebannt wartete sie darauf, dass er runterfiel, aber er fiel nicht runter.

»Meine Mum ist Illustratorin und mein Dad macht irgendein Zeug mit Computern.«

Er zog die Augenbrauen bis auf seinen glänzenden Kopf hoch. »Und was willst du werden, wenn du groß bist?«

Sie zuckte die Achseln. Sie konnte es nicht ausstehen, wenn die Erwachsenen sie danach fragten. »Keine Ahnung.«

»Ich will Popstar werden«, schaltete sich Megan ein. »Ich habe eine eigene Band und werde berühmt.« Sie fing an zu singen. Ihr Großvater strahlte Megan liebevoll an, bis Megans Mutter sie zurechtwies, sie solle ihr Sandwich essen.

Die Mahlzeit zog sich in die Länge. Lily wollte nur eins: weg von Megans Großvater! Sie wusste nicht, warum, aber es war, als wäre sie allergisch gegen ihn. Wie gegen ihren Wollpullover, von dem sie einen juckenden Ausschlag bekam. Sie dachte daran, wie Chesney einen Katzenbuckel machte, wenn ein Hund vorbeikam. Genau so ging es ihr jetzt mit Megans Großvater. Obwohl er ihr im Park geholfen hatte und nett zu ihr gewesen war und obwohl Megan fand, dass er der Größte war.

Das Telefon klingelte. Megans Mutter ging zur Gartentür und telefonierte. Dann kam sie zurück und sagte: »Lily, das war deine Mum. Sie kann dich leider nicht abholen kommen.«

»Pyjamaparty!«, kreischte Megan.

Lily überhörte das. »Warum? Ist was passiert?«

Megans Mutter legte Lily eine Hand auf den Arm. »Nein, mach dir keine Sorgen. Das Auto springt nicht an. Sie hat mich gebeten, dich nach Hause zu bringen.«

»Pyjamaparty?«, fragte Megan noch einmal.

»Lily hat nichts zum Übernachten dabei. Und wir müssen morgen ganz früh aus dem Haus.« Sie sah Jake an, dessen Gesicht mit Marmelade und Erdnussbutter verschmiert war. Sein T-Shirt sah aus wie in der Waschpulverwerbung. Und zwar »vorher«.

»Ich kann sie nach Hause bringen«, sagte Megans Großvater.

Nein! Hilfe!

»Wirklich? Das wäre natürlich toll.«

»Klar. Mache ich gerne.« Er grinste Lily mit seinen schiefen Zähnen an. »Mach ich wirklich gerne.«

** * **

Sein Auto war grau und total sauber, sauberer als das Auto ihrer Eltern je gewesen war. Lily saß vorn auf Megans Sitzerhöhung. Sie ärgerte sich darüber, dass sie immer noch auf so einem Ding sitzen musste, wo sie doch schon acht war. Sie ließ das Fenster runter, um sich zu verabschieden.

»Eine Pyjamaparty wäre so toll gewesen«, schmollte Megan.

»Nächstes Mal«, sagte Megans Mum.

»Du wohnst also in Nyth Bran?«, fragte Megans Großvater, als sie auf der Hauptstraße waren. Draußen war es noch hell und warm, ein langer Sommerabend. Aber im Auto war es heiß und stickig. Lily war schlecht.

»Mh-hm.«

»Weißt du, was Nyth Bran bedeutet, Lily?«

»Krähennest.«

»Stimmt. Ich bin beeindruckt.«

Statt auf die Straße zu gucken, sah er sie die ganze Zeit an. Meistens sah er ihr ins Gesicht, aber ein paarmal streifte sein Blick ihre nackten Beine. Sie kriegte ein ganz komisches Gefühl davon. Als würden ihr Würmer unter der Haut kribbeln.

»Hat's dir Spaß gemacht mit Megan? Sie hat mir erzählt, dass ihr ihr neues Computerspiel gespielt habt.«

Lily nickte.

»Ich verstehe nicht, was euch daran so viel Spaß macht. Bei Schach ist das was ganz anderes. Spielst du Schach?«

»Ja, mein Dad hat es mir beigebracht.«

»Das ist ja wunderbar. Vielleicht können wir mal gegeneinander spielen, aber nur, wenn du mir eine Chance gibst.«

Er lachte. Es klang wie ein Zischen.

»Wie lange wohnst du schon hier, Lily?«

Er war einer von den Erwachsenen, die einen immer beim Namen nannten, auch wenn sonst keiner da war. Als würde er sonst vergessen, wie sie hieß.

»Seit letztem September.«

»So kurz erst? Aber das erklärt auch, warum ich deine Familie nicht kenne. Ihr bleibt unter euch, habe ich recht?«

Sie wusste nicht, was sie dazu sagen sollte.

»Wo habt ihr davor gelebt?«

»In Manchester.«

»Dann bist du ein Fan von United?« Er zeigte wieder seine Zähne. Sie waren nicht nur schief, sondern auch gelb. Er musste einen saumäßigen Zahnarzt haben. Oder er putzte sie nie. Auch seine Augen waren gelblich, da wo sie weiß hätten sein sollen. Sein Blick wanderte wieder zu ihren Beinen hinunter.

»City«, brachte sie hervor.

Er ließ sich darüber aus, wie anders das Leben hier im Vergleich zur großen Stadt sein musste. Das war so ein vertrautes Gesprächsthema, dass sie sich etwas entspannte. Sie ließ den Sitz los. Ihre Handflächen hatten Schweißabdrücke auf dem schwarzen Leder hinterlassen.

»Gefährliche Orte, diese Städte …«, sagte Megans Großvater.

Sie hatten den halben Weg hinter sich. In fünf Minuten wäre sie zu Hause.

»Obwohl es hier auch nicht ungefährlich ist«, fügte er hinzu.

»Wegen der Hexe?«, fragte sie im Flüsterton.

Er wandte den Blick ab. Er dachte anscheinend darüber nach, was er antworten sollte. Es gab keinen Verkehr, aber er fuhr so langsam, als wollte er Zeit schinden. Er leckte sich zum hundertsten Mal über die Lippen.

»Hier ist ein kleines Mädchen verschwunden«, sagte er. »Vor langer Zeit. Vor mehr als dreißig Jahren. Aus dem Kinderheim in der Stadt. Aus dem Sankt-Mary's-Stift.«

Lily bekam kaum noch Luft. »Wie hieß sie?«

»Carys.«

Er grinste sie an. Und da begriff Lily, dass er zu den Erwachsenen gehörte, denen es Spaß machte, Kindern Angst einzujagen. Deswegen erzählte er Megan auch die Geschichten von der Roten Witwe. Er schien einen merkwürdigen Kick daraus zu kriegen.

Aber dadurch wurde das, was er sagte, nicht weniger schlimm.

»Was ist mit ihr passiert?«

»Tja, das ist es ja gerade. Keiner weiß es. Sie wurde nie gefunden. Und weißt du was? Sie war nicht die Erste.«

Ein langes Schweigen entstand. Endlich tauchte Nyth Bran auf, und Lily atmete erleichtert aus. Seine Kiefermuskeln arbeiteten, als würde er auf irgendetwas herumkauen. Er sah nicht auf die Einfahrt. Sein Blick war nach innen gerichtet.

»So, wir sind da, Lily«, sagte er, als er vorm Haus vorfuhr.

»Danke.«

»Wir sehen uns bestimmt bald wieder.«

Sie öffnete die Tür und hatte es so eilig mit dem Aussteigen, dass sie fast über ihre eigenen Beine fiel. Mum kam winkend aus dem Haus. Er winkte zurück.

Lily wollte gerade die Tür zuwerfen, da lehnte er sich über den Beifahrersitz und sagte leise: »Pass gut auf dich auf, Lily.«

Sie sah ihm hinterher. Um ein Haar hätte sie sich übergeben.

Teil 2

Kapitel 20

In der nächsten Woche gestaltete sich mein Tagesablauf so, wie ich mir das vorgestellt hatte, als ich das Refugium buchte. Ich stand bei Sonnenaufgang auf, um zu schreiben, trank viel Kaffee und kümmerte mich nicht weiter um den Regen, der gegen mein Fenster trommelte. Mein Roman hatte Tempo aufgenommen, und die Stränge der Geschichte verknüpften sich mehr oder weniger von selber. Ich schrieb meinem Agenten, dass er zwei Wochen später als verabredet mit dem Buch rechnen konnte.

In dieser Zeit sah ich Julia nur zu den Mahlzeiten oder wenn ich draußen frische Luft schnappte. Max und Suzi sah ich auch nur selten. Sie hatten beide angekündigt, dass sie länger bleiben wollten, weil sie so gut vorankamen. Es war offensichtlich, dass irgendetwas zwischen ihnen lief. Natürlich wusste ich nicht, ob sie miteinander schliefen, aber es war mir auch ganz egal.

In dieser Woche hörte ich niemanden singen. In meinem Roman tauchten keine geheimnisvollen Stellen auf. Vielleicht gab es Vorfälle, von denen ich nichts mitbekam, aber ich war so in meine Arbeit vertieft, dass ein kopfloser Reiter durch die Küche hätte galoppieren können, ohne dass es mir aufgefallen wäre.

Dann reiste ein neuer Gast an. Und alles wurde anders.

* * *

Ich war nicht zum Abendessen gegangen, weil ich mitten in einem Kapitel war und keinen großen Hunger hatte. Als ich gegen acht hinunterging, um mir etwas zu trinken zu holen, hörte ich ein lautes Stimmengewirr aus dem Thomas-Zimmer. Eine Stimme kannte ich nicht.

Julia war in der Küche. Wenn wir uns in der letzten Woche über den Weg gelaufen waren, war sie zurückhaltend und fast geschäftsmäßig gewesen. Wahrscheinlich war es ihr peinlich, dass sie geweint und sich mir geöffnet hatte. Mittlerweile hatte sie sich wieder hinter einer Mauer verschanzt, um sich zu schützen. Deswegen war mir das Ganze auch irgendwie peinlich, und ich lief auf Zehenspitzen um sie herum. Vor einer Woche hatte ich noch geglaubt, dass wir uns mindestens anfreunden würden. Jetzt sah es gar nicht mehr danach aus. Ich hatte nichts dagegen unternommen. Teilweise weil ich nicht wusste, wie ich ihr helfen konnte – nun, wo ich meine geheime Suche nach Lily aufgegeben hatte –, teilweise aber auch aus einem anderen Grund: Ich hatte Schuldgefühle.

Ich war mir ziemlich sicher, dass Priya Julia gemocht hätte. Aber ich war mir nicht ganz so sicher, dass sie gewollt hätte, dass ich mich auf irgendeine Beziehung mit ihr einließ. Wenn ich auch nur daran dachte, wie attraktiv ich Julia fand, fühlte es sich wie ein Verrat an Priya an. Außerdem war es sowieso einseitig. Julia fand mich nicht attraktiv. Es war lächerlich, dass ich überhaupt darüber nachdachte.

»Lucas, du hast das Abendessen verpasst. Möchtest du noch etwas?« Julia fragte es lächelnd.

»Nein, danke.«

Aus dem Thomas-Zimmer hörte ich Max laut lachen.

»Ein neuer Gast«, sagte sie. »Du solltest sie kennenlernen. Eine ziemliche Nummer.« Sie verdrehte die Augen und lachte, als wäre sie beschwipst. Ich sah sie genauer an. Hatte sie etwas getrunken?

Sie räumte die Geschirrspülmaschine ein.

»Soll ich dir helfen?«, fragte ich.

»Nein, danke, geh lieber rüber.«

Im Kamin prasselte ein Feuer, das das Zimmer in warmes, flackerndes Licht tauchte. Max und Suzi saßen auf dem Sofa.

Im Sessel ihnen gegenüber saß eine Frau, die zwischen fünfzig und sechzig sein musste. Ihre dunklen Haare waren zu einem Bubikopf geschnitten, und sie trug mehrere dicke Perlenketten um den Hals. Sie betrachtete Max mit einer Mischung aus Ernst und Ratlosigkeit.

Als ich ins Zimmer kam, sagte Max: »Ah, unser Einsiedler, der Horror-Schriftsteller. Lucas, dies ist Ursula.«

»Ursula Clarke«, stellte sie sich vor. Allein ihre Stimme klang nach Geld. Ihr Name kam mir irgendwie bekannt vor. Es war offensichtlich, dass sie davon ausging, dass ich wusste, wer sie war.

Und dann fiel mir auf, dass sie Weingläser in den Händen hielten. Eine halb leere Flasche stand auf dem Beistelltisch. Hatte Julia das Alkoholverbot aufgehoben? Meine Vermutung, dass Julia beschwipst war, hatte mich also nicht getäuscht.

»Ursula ist die Autorin von ›Gespenstisches Geflüster‹«, sagte Max grinsend. Er zwinkerte Suzi zu. Die schien so fasziniert von Ursula, dass sie es nicht bemerkte.

»Ah! Davon habe ich gehört«, sagte ich. »Ein Bestseller, stimmt's?«

»Eine Million verkaufte Exemplare«, antwortete Ursula mit gespielter Nonchalance.

»Vor zehn Jahren«, sagte Max.

Ursula biss die Zähne aufeinander, und ich konnte mit ihr mitfühlen. Sie war genau in der Situation, vor der ich mich fürchtete: ein Riesenerfolg – und dann nichts. Jahre, in denen man in Vergessenheit geriet. Der Fluch der Eintagsfliege.

»Worum ging es in dem Roman noch mal?«, fragte ich. »Tut mir leid, mein Gedächtnis ist wie ein Sieb.«

»Von meiner Beziehung zu meiner Geistführerin«, sagte Ursula. »Darum, wie sie mich beraten und in Geheimnisse eingeweiht, mir Wege zu Wohlstand und Glück gewiesen hat.«

»Für all das habe ich einen Agenten.« Max lachte.

Ursula fand das gar nicht komisch.

»Ich bin an Spott gewöhnt«, meinte sie.

»Hört sich sehr interessant an.« Ich setzte mich dazu. Natürlich hielt ich es für Hokuspokus, aber ich wollte Max eins auswischen. Außerdem tat Ursula mir leid. »Erzählen Sie mehr darüber!«

»Vielleicht brauchen wir erst einen Drink.« Max schenkte mir ein Glas Rotwein ein. Ich trank einen Schluck. Voll, weich, einfach köstlich.

»Ist die Prohibition beendet?«, fragte ich.

»Keine Ahnung.« Max kratzte sich am Kopf. »Als wir heute zum Abendessen kamen, stand der Wein auf dem Tisch. Wie von Geisterhand.«

Ursula räusperte sich. »Ich glaube, das habt ihr mir zu verdanken. Als ich mich am Telefon erkundigt habe, ob ein Zimmer frei ist, hat Julia mir gesagt, dass es hier keinen Alkohol gibt. Ich finde das absurd, und das habe ich ihr auch gesagt. Ein Haus für Schriftsteller und kein Alkohol? Ich habe ihr geraten, zur nächstgelegenen Weinhandlung zu fahren. Und zwar sofort. Nur für den Fall, dass sie an einem überlebensfähigen Geschäftsmodell interessiert wäre.«

Max hob sein Glas. »Ein Toast auf Ursula.«

Suzi stieß mit ihm an. Ich nicht. Ich freute mich zwar, ein Glas Wein in der Hand zu halten, aber ich hatte eine Vermutung, worauf Julias Aversion gegen Alkohol zurückzuführen war.

»Aber ich wollte Ihnen ja etwas über meine Geistführerin erzählen, Lucas.« Ursula setzte das Glas ab und lehnte sich zurück.

»Wir alle, selbst Sie, Max, haben einen Geistführer. Der über uns wacht und uns auf unserer Reise durch dieses Leben beisteht. Fühlen Sie sich manchmal so, als würde jemand Sie beobachten, Lucas? Oder sich sogar um Sie kümmern? Vielleicht haben Sie auch schon mal die Anwesenheit eines anderen Wesens gespürt, wenn sie geträumt haben oder sehr aufgewühlt waren.«

Bei ihren Worten prickelte es mir unter der Haut. Denn ich fühlte mich tatsächlich manchmal so, als würde ich beobachtet werden. Vor allem seit Priyas Tod. Dieser Eindruck hatte sich verstärkt, seit ich hierhergekommen war.

»Ich zähle mich zu den Menschen, die außergewöhnlich sensibel sind. Ich kann direkt mit meiner Geistführerin kommunizieren. Sie warnt mich, wenn mir jemand schaden will, und gibt mir ein, wem ich vertrauen kann. Sie hilft mir auch, mit den Toten zu kommunizieren, sodass sie ihr Wissen an mich weitergeben können.«

»Hat sie einen Namen?«, fragte ich.

»Natürlich. Sie heißt Phoebe.«

»Und war Phoebe einmal … ein Mensch aus Fleisch und Blut?«

»Oh, ja. Aber vor Jahrhunderten.« Sie lächelte traurig. Es wirkte, als ob sie von einer alten Freundin sprach, die sie lange nicht gesehen hatte.

»Die gute Nachricht ist die«, sagte sie, »dass es den Himmel wirklich gibt. Seit ich das erkannt habe, fürchte ich den Tod nicht mehr – und habe wahrhaft angefangen zu leben.«

Ich schenkte Ursula und mir Wein nach. Julia steckte den Kopf zur Tür herein und wünschte uns Gute Nacht. Als ich sie die Treppe hochgehen hörte, versetzte es mir ganz unerwartet einen Schlag in die Magengrube. Ich vermisste sie. Vermisste die Verbindung, die wir gehabt hatten.

Ursula war es aufgefallen. »Sie mögen sie, stimmt's?«

Ich zog eine Grimasse, aber Max und Suzi schienen es nicht mitbekommen zu haben.

»Viele Männer fühlen sich zu Frauen hingezogen, die große emotionale Schmerzen erleiden«, meinte sie.

Ich unterbrach sie. So ein Typ war ich nicht. »Nein, es ist die innere Stärke, die mir an ihr gefällt.«

»Oh, Sie mögen sie also wirklich«, sagte sie verschmitzt.

»Ja, ich mag sie. Aber nicht so, wie Sie denken.«

Ursula beugte sich vor. Ihre Lippen waren vom Wein rot gefärbt. »Sie können mich nicht hinters Licht führen«, sagte sie. »Ich sehe Dinge, die anderen verborgen bleiben.«

»Und deswegen wissen Sie auch, dass Julia verzweifelt ist? Weil Ihre Geistführerin es Ihnen erzählt hat?«

Sie lächelte. »Genau gesagt war es ein Taxifahrer.«

Ursula lauschte, ob Julia wirklich in ihr Zimmer gegangen war. »Der Taxifahrer, der mich vom Bahnhof abgeholt hat, hat mir erzählt, was mit Julias Mann und ihrer Tochter passiert ist.«

Die anderen waren jetzt plötzlich ganz Ohr. Max machte den Eindruck, als hätte er gerade von der Landung eines Ufos auf dem Trafalgar Square erfahren.

»Was hat er Ihnen denn erzählt?«, hakte ich nach.

Ursula wiederholte mehr oder weniger das, was ich von Olly wusste. »Und man hat sie nie gefunden«, flüsterte sie theatralisch.

»Oh, arme Julia!« Suzi seufzte.

»Warte mal«, sagte Max zu mir, »du wusstest das?«

»Ja, von demselben Taxifahrer.«

»Und du hast es uns nicht erzählt?«

»Warum sollte ich? Ich finde es nicht richtig, über Julia zu tratschen.«

Ursula wedelte mit der Hand. »Unsinn! Das ist doch kein Tratsch. Man teilt so etwas doch. Die Leute sollten sowieso viel offener miteinander umgehen. Wie können wir unsere Mitmenschen sonst je verstehen? Apropos, ich habe gehört, hier duzen sich alle. Wie wär's?«

Wir stießen darauf an.

»Das mit dem Verständnis für unsere Mitmenschen, steht das auch in deinem Buch?«, fragte ich.

Suzi starrte in die Ferne. »Vielleicht hat Karen das ja gehört«, sagte sie leise. »Den Geist des kleinen Mädchens.«

Max und Suzi sahen Ursula an, als würde sie die Antwort kennen. Sie genoss das natürlich sehr und sagte, bevor ich eingreifen konnte: »Das ist gut möglich. Geister sind manchmal in diesen Gefilden gefangen … vielleicht hält der Schmerz ihrer Mutter sie hier und verhindert, dass sie in den Himmel aufsteigen kann.«

»Oh, mein Gott.« Ich war aufgebracht. »Glaubt ihr wirklich an diesen ganzen Kram?«

»Natürlich nicht«, sagte Max. »Sorry, Ursula.«

»Das ist doch krank!«, meinte ich. »Könnt ihr euch denn nicht vorstellen, was Julia durchgemacht hat? Sie musste zusehen, wie ihr Mann ertrunken ist. Sie weiß bis heute nicht, was mit Lily ist. Und deswegen …« Ich stoppte mich gerade noch rechtzeitig.

»Deswegen, was?«, fragte Max.

»Nichts. Aber bitte, können wir jetzt mal aufhören, über Geister zu sprechen?«

»Hebst du dir das lieber für deine Bücher auf?« Max lächelte mich herablassend an.

Ich stand auf. In meinem Kopf drehte sich alles. Ich musste mehr getrunken haben, als mir bewusst war. »Ich gehe ins Bett.«

»Hüte dich vor den Geistern und Dämonen!« Max' aufgekratztes Lachen folgte mir.

Ich zeigte ihm den Mittelfinger.

In der Küche holte ich mir ein Glas Wasser, und als ich über den Flur nach oben ging, hörte ich Ursula laut reden. »Schon möglich, dass Lilys Geist unter uns ist. Vielleicht will sie nicht, dass wir hier sind. Vielleicht möchte sie mit ihrer Mutter alleine sein.«

Kapitel 21

Ich schreckte hoch. Im Zimmer war es pechschwarz. Eine Dunkelheit, die es in der Stadt nicht gibt. Mein Herz schlug so heftig, als wäre ich aus einem Albtraum aufgewacht, an den ich mich nicht erinnern konnte. Ich spähte ins Dunkel. Da waren nur Farbflecke und Formen auf meiner Netzhaut, die langsam ineinander verschwammen.

Ich war davon überzeugt, dass jemand in meinem Zimmer war.

»Hallo?«, rief ich lauter als beabsichtigt.

In der hintersten Ecke atmete jemand. Ich war mir sicher. Im Zimmer hing ein Geruch nach Schmutz, Schweiß und Angst.

Ich tastete nach meinem Handy. Ich wusste genau, dass ich es auf den Nachttisch gelegt hatte. Aber ich konnte es nicht finden. Dann tastete ich nach dem Schalter der Lampe, weil ich in der absoluten Dunkelheit so gut wie blind war. Schließlich hatte ich ihn und drückte darauf.

Nichts passierte.

Starr vor Schreck starrte ich zur Ecke hinüber. Ich war jetzt noch sicherer, dass dort eine dunkle Gestalt stand.

Die mich beobachtete.

Dann öffnete sich die Zimmertür. O Gott! Es war wirklich jemand da! Die Tür wurde sofort wieder geschlossen.

Ich sprang aus dem Bett und knipste das Deckenlicht an. Ich war einen Moment geblendet. Dann starrte ich auf die Tür. War der Eindringling noch da, auf der anderen Seite? Warum hatte ich keine Schritte gehört?

Ich trug nur meine Boxershorts. Ich streifte mir ein T-Shirt über und öffnete die Tür.

Wässriges Mondlicht, das durch ein Fenster am anderen Ende floss, erhellte den Flur. Es war niemand zu sehen. Ich zögerte. In welche Richtung war er geflohen? Ich stand unschlüssig auf dem Treppenabsatz und rannte schließlich nach unten.

Aus der Küche kam ein Klappern. Ich erstarrte. Brauchte ich eine Waffe? Im Thomas-Zimmer gab es einen Schürhaken. Sollte ich erst …

Bevor ich mich entscheiden konnte, kam jemand aus der Küche.

Suzi. Sie zuckte zusammen. »Lucas! Was machst du hier? Du hast mich fast zu Tode erschreckt.«

Sie war angezogen und hielt einen Becher in der Hand, aus dem Kaffee schwappte. Sie eilte in die Küche und kam mit einem Wischlappen zurück.

»Was machst du denn hier?«, fragte ich.

»Ich war noch nicht im Bett«, antwortete sie. »Und nein, bevor du fragst, ich war nicht mit Max zusammen.«

»Das geht mich sowieso nichts an.«

»Stimmt. Ich habe gearbeitet. Warum bist du wach?«

Ich überging die Frage. »Ist jemand die Treppe runtergekommen?«

»Ich glaube nicht. Aber es kann sein, dass ich es nicht gehört habe, weil das Wasser gekocht hat. Warum?«

»Moment.« Ich rannte die Treppe hoch bis in den zweiten Stock, suchte den Flur ab und steckte den Kopf sogar in den Besenschrank. Ich musterte die Luke zum Dachboden. Es war unmöglich, dass man nach oben gelangte, ohne Krach zu machen. Wer auch immer das gewesen sein mochte, er war verschwunden. Wahrscheinlich hatte er sich aus der Haustür geschlichen und war längst über alle Berge.

Ich ging wieder in die Küche.

»Sagst du mir vielleicht mal, was los ist?«, fragte Suzi. »Warum du zum Beispiel hier in deinen Boxershorts durch die Gegend läufst?«

»Es war jemand in meinem Zimmer.«

Sie riss die Augen auf. »Was? Bist du sicher?«

»Meine Zimmertür wurde auf- und wieder zugemacht. Ich habe gehört, wie jemand aus meinem Zimmer gegangen ist.«

»Das war nicht zufällig ein Traum?«

»Definitiv nicht.«

Sie sah mich skeptisch an. Mein Blick fiel auf mein Spiegelbild im Fenster. Meine Haare standen im Stil »Verrückter Professor« nach allen Seiten ab. Ich roch den Alkohol in meinem Atem.

»Du hast ganz schön getankt«, meinte sie. »Mir passiert so was auch manchmal. Wenn ich mich ärgere oder aufgewühlt bin, träume ich meistens schlecht.«

»Es kam mir sehr real vor«, entgegnete ich.

»Tja … Fehlt irgendetwas?«, fragte sie.

Suzi und ich gingen in mein Zimmer. Fehlte irgendetwas? Mein Laptop stand auf dem Schreibtisch, mein Notizbuch lag daneben.

»Da war ein Stift«, sagte ich.

»Ich verlege meine Stifte dauernd«, gab Suzi zu.

»Es ist ein besonderer Stift. Ich weiß immer, wo er ist.«

Priya hatte ihn mir zum Geburtstag geschenkt, kurz bevor ich mir die ersten Notizen für »Zuckerwerk« machte. Es war ihr letztes Geschenk. Er war vielleicht nicht wahnsinnig teuer gewesen, aber für mich hatte er einen großen Wert, nicht nur, weil sie ihn mir geschenkt hatte, sondern auch weil ich mit ihm den Entwurf des Buchs skizziert hatte, mit dem ich groß rausgekommen war. Ich war zwar durch und durch Rationalist, aber was diesen Stift anging, war ich abergläubisch. Ich brauchte ihn für meine Schaffenskraft. Allein bei dem Gedanken, ihn verloren zu haben, wurde mir ganz kalt.

»Warte mal«, sagte ich. »Wo ist mein Handy?«

Es lag nicht auf dem Nachttisch. Ich guckte unter dem Bett nach. Nichts. Es war auch nicht in den Taschen meiner Jeans. Ich schüttelte die Patchworkdecke und die Kissen aus. Ich nahm das halbe Zimmer auseinander, aber das Handy blieb verschwunden. Und der Stift auch.

»Siehst du? Beide sind weg. Irgendjemand hat sie gestohlen. Glaubst du mir jetzt?«

Sie ließ ihren Blick sehr langsam durch das Zimmer wandern und schlang die Arme um sich. »Ja, ich glaube dir.« Ihre Stimme bebte. »Aber wer?«

»Ich weiß es nicht.«

Sie sah mich aus großen Augen an. »Und wenn Ursula nun doch recht hat?«

»Was? Du glaubst doch nicht im Ernst, dass ein Geist meine Sachen geklaut hat?«

Sie setzte sich aufs Bett. Es war drei Uhr morgens. Draußen war es ruhig. Als ich aufgewacht war, war ich fest davon überzeugt gewesen, dass jemand in meinem Zimmer war – nachdem wir uns am Abend über Geister und übersinnliche Wesen unterhalten hatten. In den letzten beiden Wochen hatte ich nächtlichen Gesang von nebenan gehört, Geburtstagskerzen waren von selbst verlöscht, Karen war überstürzt abgereist, nachdem sie von einer Stimme bedroht worden war, und auch zu Suzis Zimmer hatte jemand die Tür geöffnet. Es fiel schwer, vernünftig zu bleiben.

»Ehrlich gesagt«, erklärte Suzi, »bin ich kurz davor auszuflippen.«

»Andererseits klauen Geister keine Handys.« Ich setzte mich neben sie aufs Bett. »Außerdem brauchen Geister keine Türen zu öffnen. Die können doch durch alles durchschweben, oder etwa nicht?«

Das entlockte ihr ein Lächeln. »Doch, stimmt irgendwie. Es ist nur … Alles, was Ursula gesagt hat, über spirituelle Führung und den Himmel … Es wäre doch wunderbar, wenn das wahr wäre. Wenn Julia an den Himmel glauben würde, könnte sie sich vielleicht damit abfinden, dass Lily nicht zurückkommt.«

Mein Adrenalinspiegel war gesunken. Ich gähnte.

»Ich sollte dich schlafen lassen«, sagte Suzi.

»Ich glaube nicht, dass ich schlafen kann.«

Sie sah mich an. »Wenn du willst, bleibe ich bei dir.« Dann fügte sie schnell hinzu: »Ich meine, um dir Gesellschaft zu leisten.«

»Nein, ist schon in Ordnung«, sagte ich. Sollte ich erleichtert oder enttäuscht darüber sein, dass sie mir nicht angeboten hatte, mit mir zu schlafen? In dieser Nacht war alles sehr verwirrend. »Vielleicht versuche ich ja ein bisschen zu arbeiten. Ich bin in der richtigen Stimmung.«

»Gute Idee.« Sie stand zögerlich auf. »Wir könnten Ursula bitten, mal mit Julia zu sprechen. Vielleicht kann sie sie trösten.«

»Das kann ich mir nicht vorstellen. Sie wird sich nicht damit abfinden, dass Lily tot ist. Nicht bevor sie einen Beweis hat.«

Suzi wünschte mir Gute Nacht und ließ mich in meinem stillen Zimmer zurück. Ich legte mich aufs Bett, um meinen Augen kurz Ruhe zu gönnen, bevor ich mit der Arbeit anfing.

* * *

Das Sonnenlicht weckte mich. Ich zog mich verkatert an und ging hinaus. Vielleicht würde die kalte Morgenluft einen zivilisierten Menschen aus mir machen.

Ursula stand hinten im Garten am frisch ausgebesserten Zaun. Sie trug einen teuer aussehenden roten Mantel. Als sie mich sah, winkte sie mich mit einem strahlenden Lächeln zu sich. Es war ein heller, relativ milder Morgen. Über den Bergen in der Ferne hingen tief dunkle Wolken. Die Bäume in Julias Garten begannen zu knospen. Die Zugvögel kehrten aus wärmeren Klimazonen zurück. Aber abgesehen von ihren Rufen hing Stille über dem Land.

»Ist es nicht einfach wunderbar hier?«, fragte Ursula. Sie war so begeistert, als hätte sie im Lotto gewonnen. »Ich wusste es ... Wenn ich irgendwo wäre, wo es ruhig wäre, weit weg von der Stadt ...«

»Worüber redest du?«, fragte ich.

Ihre Augen glänzten. »Gestern Nacht hat Phoebe mit mir gesprochen. Oh, es war so wunderbar, ihre Stimme zu hören! Ich dachte, ich hätte meine Gabe verloren, ich würde dafür bestraft, dass ich der ganzen Welt mein Geheimnis offenbart und materiell davon profitiert hatte.« Sie packte mein Handgelenk. »Aber sie ist zurück. Sie ist wieder da!«

Ich hatte den Eindruck, dass sie kurz davor war, dankend auf die Knie zu fallen. So skeptisch ich war, so ansteckend war ihre Aufregung.

Aber dann sagte sie: »Phoebe hat mir von dir erzählt, Lucas. Von deinem Verlust.«

Ich starrte sie an.

»Du verdienst es, glücklich zu sein, und vielleicht kannst du auch Julia glücklich machen.«

»Woher weißt du überhaupt ...?« Vielleicht wusste sie gar nichts, sondern tastete sich nur vor. Vielleicht riet sie drauflos, in der Art selbst ernannter Hellseher, die ihre Opfer mit allgemeinen Aussagen davon überzeugen, ihr Innerstes zu kennen.

Oder sie hatte etwas über Priya im Internet gelesen. Ich hatte meinem Verleger zwar untersagt, auch nur das Geringste über den Tod meiner Freundin bekannt zu geben, weil es das Letzte war, was ich wollte – ihren Tod zu vermarkten. Trotzdem machte ich mir Sorgen, dass irgendein Journalist herausfand, was geschehen war. Ich sah die Schlagzeile vor mir: BESTSELLERAUTOR MIT TRAGISCHER VERGANGENHEIT. Glücklicherweise interessierten sich Medien nicht besonders für Schriftsteller. Außer natürlich, wenn man J. K. Rowling hieß. Wenn Ursula nicht ins Blaue geraten hatte, musste sie ihren Agenten oder Verleger über mich ausgefragt haben.

Es verletzte mich.

»Für so was ist mir meine Zeit zu schade«, sagte ich.

Ich joggte mehr oder weniger zum Haus zurück. Ursulas Worte klangen nach. Irgendwie war der Wurm drin, seit sie hergekommen war. Fluchend betrat ich die Küche.

»Was ist?«

Julia saß am Tisch und schrieb Zahlen in ein Kassenbuch. Ich hatte keine passende Antwort parat. Ich wollte ihr nichts von meinem nächtlichen Eindringling erzählen, um sie nicht zu ängstigen. Und über meine Unterhaltung mit Ursula wollte ich schon gar nicht sprechen.

»Du kommst mir etwas desorientiert vor.«

»Wirklich? Ich habe nicht gut geschlafen, und ich kann mein Handy nicht finden. Ohne mein Handy bin ich aufgeschmissen.«

»Es taucht bestimmt wieder auf.« Sie notierte ein paar weitere Posten, dann sagte sie: »Ich habe gesehen, wie du dich mit Ursula im Garten unterhalten hast. Ich habe dir ja gesagt, dass sie eine ziemliche Nummer ist.«

»Ja, das kann man wohl sagen.«

»Du magst sie nicht?«

Ich zögerte kurz. »Gestern hat sie mir leidgetan. Aber jetzt … glaube ich, dass sie gefährlich ist.«

Julia legte den Stift weg. Ich warf einen verstohlenen Blick darauf, ob es nicht meiner war. »Gefährlich? Wie kommst du denn darauf?«

»Weil sie …«

»Warte, da kommt sie gerade.«

Ursula betrat die Küche. »Hat das Wasser schon gekocht? Ich brauche jetzt dringendst einen Kamillentee.«

Julia lächelte über meine Grimasse. »Ist gleich so weit.« Sie nahm eine Schachtel Kamillentee aus dem Regal. »Irgendwo müssen hier auch noch ein paar Kekse sein. Shortbread.« Sie öffnete einen Küchenschrank und runzelte die Stirn. »Wie merkwürdig.«

»Kannst du sie nicht finden?«

»Nein. Aber gestern waren sie definitiv hier. Vielleicht hat sie einer von den anderen genommen.« Sie schnalzte mit der Zunge. »Und jemand hat sich auch bei meinen Tampons bedient.« Sie stellte sich auf die Zehenspitzen, um die Teeschachtel zurückzustellen.

Ich wollte Julia gerade die Sache mit Karens verschwundenem Sandwich erzählen, als Ursula seelenruhig sagte: »Ich habe da draußen gerade ein kleines Mädchen gesehen.«

Julia ließ die Teeschachtel fallen. Die Beutel verteilten sich auf der Arbeitsfläche. »Was hast du gerade gesagt?« Alle Farbe war aus ihrem Gesicht gewichen.

»Da war ein kleines Mädchen, hinter dem Feld neben dem Haus. Am Waldrand.«

»Wie alt war sie?«, fragte Julia. »Wie sah sie aus?«

»Na ja, meine Augen sind auch nicht mehr das, was sie mal waren.«

»Sag schon!«

»Ungefähr zehn, glaube ich. Braune Haare. Mager wie eine Bohnenstange.«

Julia schoss aus der Küche ins Freie.

Ursula sah ihr verwundert hinterher, dann blickte sie mich ratsuchend an.

»Was, zum Teufel, hast du vor?«, fuhr ich sie an.

»Ich habe gar nichts vor, lieber Lucas. Ich habe nur berichtet, was ich gesehen habe.«

Ich folgte Julia. Sie stand am Zaun und spähte über die Wiese zum Waldrand.

»Hier hat Lily immer nach Chesney gesucht«, sagte sie. »Michael hat ihr erzählt, dass es hier Kaninchen gibt, auch wenn ich nie welche gesehen habe. Lily war irgendwann sicher, dass Chesney hier gejagt hat.«

»Genau das habe ich damit gemeint, dass Ursula gefährlich ist«, sagte ich. »Sie versucht, dir diesen ganzen Unsinn über Geister und Erscheinungen einzureden.«

Julia schwang ein Bein über den Zaun.

»Was machst du?«

»Ich suche nach ihr. Im Wald.«

»Julia …«

Sie warf mir einen Blick über die Schulter zu. Ich wusste sofort, dass es zwecklos gewesen wäre, ihr das auszureden. »Wenn sie Lily nun wirklich gesehen hat? Was, wenn Lily irgendwo da draußen ist … Und aus irgendeinem Grund zu viel Angst hat, um nach Hause zu kommen? Oder vielleicht wollte sie gerade nach Hause kommen, und dann hat Ursula ihr Angst eingejagt.«

Julia war über den Zaun gesprungen und lief durch das Gras auf die Bäume zu. Seufzend folgte ich ihr.

Der feuchte Erdboden schmatzte bei jedem Schritt und saugte sich an meinen Schuhen fest. In der letzten Woche hatte es fast ununterbrochen geregnet.

Julia war an einem Pfad angekommen. »Lily! Lily? Wo bist du? Liebling, ich bin's, deine Mummy.«

»Julia, sie ist nicht da«, sagte ich. »Ursula versucht einfach nur, dich durcheinanderzubringen. Du solltest ihr sagen, dass sie sofort wieder abreisen muss.«

Aber Julia hörte mir gar nicht zu. Sie starrte in die Bäume, und die Tränen liefen ihr über die Wangen. Ich war wahnsinnig wütend auf Ursula. Was für ein Spiel spielte sie?

»Lily war hier«, sagte Julia mit bebender Stimme. »Ich spüre es. Ich spüre *sie.*« Und dann lächelte sie. Der Hoffnungsschimmer in ihren Augen brach mir fast das Herz. »Sie lebt, Lucas. Sie lebt wirklich.«

Sie nahm mich in den Arm, drückte ihr Gesicht an meine Brust und weinte. Ich ließ sie weinen. Schließlich löste sie sich von mir und wischte die Tränen mit den Ärmeln ab.

»O Gott! Ich muss schrecklich aussehen, wie peinlich«, sagte sie.

Was sollte ich tun? Darauf bestehen, dass Ursula log? Sollte ich Julia sagen, dass Lily tot sein musste? Dass sie dort nicht gestanden haben konnte? Ich brachte es nicht über mich.

»Sie muss Hunger haben«, sagte Julia. »Ich bringe ihr etwas zu essen. Und was Warmes zum Anziehen. Und ich schreibe ihr, dass sie keine Angst zu haben braucht. Ja, genau, das mache ich jetzt.«

Sie lief aus dem Wald hinaus und über die Wiese zurück zum Haus.

Als ich dort zwischen den Bäumen stand, schwor ich mir etwas. Wenn ich Julia schon nicht davon überzeugen konnte, Ursula rauszuschmeißen, so konnte ich alles in meiner Macht Stehende tun, damit sie keinen weiteren Schaden anrichtete.

»Ursula«, sagte ich zu den Bäumen, »ich beobachte dich genau.«

Kapitel 22

Als ich ins Haus zurückkam, war Ursula nirgends zu sehen. Wahrscheinlich war sie in ihrem Zimmer verschwunden.

Julia war in der Küche und füllte einen Korb mit Obst und Snacks. Sie machte ein Käsesandwich und verpackte es in Klarsichtfolie. Es sah alles sehr nach Rotkäppchen aus.

»Werden sich das nicht die Tiere holen?«

Sie starrte den Korb an. »Du hast recht. Ich muss es besser verpacken. Ich nehme eine Keksdose.«

»Julia, glaubst du wirklich, dass … Lily ganz auf sich allein gestellt im Wald lebt?«

Sie stützte sich auf die Arbeitsfläche, als würde sie sonst hinfallen.

»Wenn es eine Chance gibt … Wenn es auch nur die geringste Chance gibt …«

»Ursula hat gelogen. Ich weiß nicht, warum, aber …«

»Ich habe nicht gelogen.«

Ich wirbelte herum. Ursula stand in der Küchentür. Sie trug immer noch den roten Mantel, obwohl es im Haus warm war. Vielleicht gehörte sie zu den Leuten, denen immer kalt ist. Ich wollte ihr gerade meine Meinung sagen, als sie ein Handy aus der Manteltasche zog. Ein großes iPhone. »Seht mal. Ich habe ein Foto gemacht. Ich hatte ja überhaupt keine Gelegenheit, es euch zu zeigen.«

Als Ursula das Handy entsperrte, begann Julia zu zittern.

»Da. Sieh mal.«

Ich konnte es nicht glauben. Aber es war ein Foto von der Stelle am Waldrand, wo Julia und ich gerade gewesen waren. Und davor ein Kind, das in die Kamera blickte.

»Leider ist es ziemlich verschwommen«, sagte Ursula. Julia nahm ihr das Handy weg und zoomte in das Bild hinein. Es war ein Mädchen mit langen braunen Haaren. Sie trug einen blauen Mantel und Jeans.

»Ist es …?« Ich brachte es kaum über mich, es auszusprechen. »Ist es Lily?«

»Ich weiß es nicht. Ich wünsche es mir so sehr, dass ich es glauben will. Aber ich weiß es nicht.«

»Wir sehen es uns auf meinem Computer an«, schlug ich vor. »Da können wir es richtig vergrößern.«

Ich rannte nach oben, schnappte mir meinen Laptop und das USB-Kabel, mit dem ich mein verschwundenes Handy aufgeladen hatte. Zurück in der Küche, stöpselte ich Ursulas Handy ein und klickte mich durch Meldungen, ob ich das neue Gerät zulassen wollte. Dann importierte ich das Foto.

Es füllte den ganzen Bildschirm aus. Ich hatte einen teuren Laptop mit einem Retina-Display, der alles aus dem unscharfen Foto herausholte, was möglich war. Das Gesicht des Mädchens war gut zu erkennen.

»Das ist nicht Lily«, brachte Julia mit brechender Stimme hervor.

Ich legte ihr die Hand auf die Schulter. Ursula entging das nicht.

»Aber ich kenne das Mädchen«, sagte Julia, die ihren Blick nicht vom Bildschirm lösen konnte. »Das ist Lilys Freundin Megan. Ihre Familie wohnt hinter dem Wald.«

Sie nahm den Autoschlüssel vom Haken an der Wand.

»Was hast du vor?«, fragte ich.

»Ich will mit ihr reden. Ich will wissen, was sie da gemacht hat.« Sie lief aus der Küche, dann drehte sie sich nach mir um. »Komm! Und bring deinen Laptop mit.«

* * *

»Hast du jetzt wenigstens ein schlechtes Gewissen?«, fragte Julia, als wir auf die Hauptstraße einbogen.

»Weil ich Ursula beschuldigt habe zu lügen? Schon irgendwie. Aber ich glaube immer noch, dass sie gefährlich ist.«

Julia lachte aufgedreht. »Du verträgst dich nicht mit vielen Leuten, stimmt's?«

»Wie meinst du das?«

»Na ja, ich weiß, dass du Max nicht ausstehen kannst. Und Ursula konntest du auf Anhieb nicht leiden. Außerdem habe ich ein Interview mit dir im Internet gelesen, wo du einen auf Greta Garbo gemacht hast: Ach, lasst mich doch einfach alle nur in Ruhe.«

»Anscheinend kommt meine Ironie in Interviews nicht so richtig rüber.« Ich machte eine Pause. »Warte mal, du hast ein Interview mit mir gelesen?«

Bildete ich mir das nur ein, oder hatte ihr Gesicht eine ganz leichte Röte angenommen? »Ich … ähm … Ich weiß gerne über meine Gäste Bescheid.«

»Alles klar.«

Wir wussten beide nicht, was wir sagen sollten.

Schließlich fragte Julia: »Denkst du, dass ich den Verstand verliere?«

»Nein, das denke ich nicht. Ich finde dein Verhalten total nachvollziehbar.«

»Aber im Wald Lebensmittel zu deponieren, ist schon ziemlich neben der Spur, oder?«

Wir umrundeten den Wald Richtung Westen. Wir waren jetzt nah an der Stelle, wo ich auf die unheimliche Hütte gestoßen war und wo mich der auskunftsfreudige Taxifahrer aufgegabelt hatte. Die Straße machte einen großen Bogen, sodass es im Auto viel weiter war als zu Fuß.

»So, wir sind da.«

Julia bog in eine kleine Siedlung aus zwanzig oder dreißig Häusern ein, die etwa vor zehn Jahren gebaut worden waren. Ordentliche, quadratische Rasenflächen, breite Bürgersteige, ein Trampolin in jedem zweiten Garten. Perfekt für junge Familien. Julia parkte vor einem Haus mit der Nummer zweiundzwanzig, das direkt an den Wald grenzte, welcher sich fast bis zum Refugium hinzog.

Sie klingelte.

»Hi, Wendy«, sagte sie zu der schlanken Enddreißigerin, die uns die Tür öffnete. Ein schwarzer Labrador versuchte, sich an ihr vorbeizudrängen. Sie packte ihn am Halsband und hielt ihn zurück.

»Julia! Das ist aber eine Überraschung.« Sie sah mich und meinen Laptop fragend an, dann lud sie uns ein hineinzukommen. »Runter, Barney!«, rief sie dem Hund zu, der wild an Julia und mir hochsprang. Wendy schloss Barney auf dem Weg ins Wohnzimmer in der Küche ein.

»Ist Megan hier?«, fragte Julia.

»Sie ist in ihrem Zimmer. Alles in Ordnung?«

»Ich möchte sie gerne etwas fragen«, sagte Julia.

Wendy sah Julia neugierig an, dann bat sie uns, Platz zu nehmen. Wir blieben beide stehen. Wendy ging hinaus und rief nach Megan. Da sie keine Antwort bekam, lief sie die Treppe hoch.

Julia ging auf und ab, kaute an ihrem Daumennagel und war schrecklich nervös. Ich musterte die gerahmten Fotos auf dem Kaminsims. Wendy hatte zwei Kinder, Megan und einen älteren Sohn. Als Nächstes ließ ich meinen Blick aus alter Angewohnheit über das Bücherregal wandern. Ich kann nicht anders. In Häusern ohne Bücher fühle ich mich nicht wohl. Ich frage mich dann immer, was mit den Leuten los ist, die da leben.

Unter allen möglichen Bestsellern stand ein Buch, das ich kannte. »Legenden und Mythen in Stadt und Land«. Irgendwo hatte ich dieses Buch vor Kurzem gesehen. Aber wo? Ich nahm es vom Regal und blätterte es durch. Es war ein Kinderbuch mit Legenden von der Blutigen Mary und dem Biest vom Bodmin-Moor. Im Anhang wurde beschrieben, wie ganze Gemeinden in Angst und Schrecken vor Hexen, Werwölfen und nächtlichen Dämonen gelebt hatten. Die Illustrationen waren lebendig und angsteinflößend.

»Das Buch hat Lily auch«, sagte Julia.

Da hatte ich es also gesehen. In Lilys Zimmer.

Ich stellte die Legenden zurück, als Wendy mit dem Mädchen auf Ursulas Foto ins Zimmer kam.

»Hi, Megan«, begrüßte Julia sie.

»Hi, Mrs Marsh.« Das Mädchen war zappelig. Sie setzte sich auf die Sofalehne und wippte mit den Beinen, als würde sie vor Energie platzen. Aber sie sah Julia nicht in die Augen.

»Wie geht es dir?«, fragte Julia.

Megan zuckte die Achseln. »Gut. Danke.«

»Warst du vorhin am Wald bei meinem Haus?«

Megan senkte den Kopf und antwortete nicht. Sie fixierte einen Fleck auf dem Teppich, als könnte er ihr Aufschluss über die Bedeutung des Lebens geben. Schließlich forderte ihre Mutter sie auf, zu antworten.

»Ja«, sagte Megan unwillig.

»Was hast du da gemacht?«

Sie schob die Unterlippe vor. »Nur so geguckt.«

»Du hast das Haus angeguckt?«

Ihre Unterlippe zitterte. »Ich habe nichts Verbotenes gemacht. Manchmal … Manchmal vermisse ich Lily so. Dann gehe ich da hin und sehe euer Haus an und erinnere mich an sie.«

»Ach, Liebes!«, sagte Julia.

Wendy beugte sich vor und nahm ihre Tochter in die Arme. »Merken Sie nicht, dass sie das verstört?«, meinte sie zu Julia.

»Tut mir leid, das wollte ich wirklich nicht. Ich dachte nur … Es ist dumm, aber ich hatte das Gefühl, dass Megan vielleicht irgendetwas weiß.«

»Über Lily?« Wendy schüttelte den Kopf. »Das ist doch schon über zwei Jahre her.«

»Ich habe gedacht, vielleicht weiß sie etwas und will es mir sagen.«

»Was ist hier los?« Ein Mann stand in der Tür.

»Granddad!« Megan riss sich von ihrer Mutter los und schoss auf den älteren Mann zu, der gerade den Raum betreten hatte. Er war vollkommen kahl.

»Was ist denn, mein Engel?«, fragte er Megan.

Bevor Megan antworten konnte, erzählte Wendy es ihm.

»Es ist ja nicht verboten, dass sie in den Wald geht«, sagte er. Seine Zähne standen in alle Richtungen ab. Ich sah ihn genauer an. Er musterte mich mit offensichtlicher Feindseligkeit.

War das der Mann, den Zara im Schachklub getroffen hatte?

»Uns allen tut es sehr leid, was passiert ist, Mrs Marsh«, erklärte der Glatzkopf. »Aber das heißt noch lange nicht, dass Sie hierherkommen können, um meiner Enkeltochter Angst einzujagen.«

Mir gefiel sein feindseliger Ton überhaupt nicht.

»Bei allem Respekt«, sagte ich, »Julia hat es sehr mitgenommen, dass Megan dort gestanden hat.«

»Und Sie sind?«

»Lucas Radcliffe«, antwortete ich.

»Er ist Schriftsteller«, sagte Julia. Wendy sah sie verblüfft an. Deswegen fügte Julia hinzu: »Nyth Bran ist jetzt ein Schriftstellerhaus.«

Der kahle Typ sah mich mit zusammengekniffenen Augen an. Plötzlich durchzuckte mich ein Gedanke: Wenn dies der Mann war, den Zara im Schachklub getroffen hatte, dann konnte er auch wissen, dass ich sie angeheuert hatte. Und davon wusste Julia nichts.

Wir mussten hier raus, bevor er die Katze aus dem Sack ließ.

»Wahrscheinlich kommt jetzt alles wieder hoch«, meinte Wendy und gab mir einen kleinen Aufschub. »Es tut mir so leid, Julia. Wenn es doch irgendetwas gäbe, was wir tun könnten.«

»Aber leider gibt es nichts«, sagte Megans Großvater, der immer noch seinen feindseligen Blick an mir trainierte. »Ich bringe unseren Besuch zur Tür.«

Als wir zum Auto gingen, war Julia sehr still.

»Mir ist schlecht«, erklärte sie. »Macht es dir etwas aus zu fahren?«

Sie gab mir den Autoschlüssel, und ich setzte mich hinters Steuer.

»Wie heißt Megans Großvater?«, fragte ich. »Weißt du das zufällig?«

»Glynn Collins. Warum?«

»Irgendwie kam er mir bekannt vor.«

»Er ist hier auch sehr bekannt«, sagte Julia. »Eine Säule der Gemeinde, wie das immer heißt. Ich erinnere mich, dass er Michael kurz nach unserer Ankunft angeboten hat, ihn mit in den Pub zu nehmen, um ihn mit ein paar Männern bekanntzumachen. Aber Michael konnte so etwas nicht ausstehen.«

»Was meinst du mit so was?«

»Du weißt schon. Männerklubs. Wo Typen unter sich sind, die glauben, dass Frauen nur Beine haben, um von der Küche ins Schlafzimmer zu gehen. Michael hatte seine Fehler, aber er war ganz bestimmt kein Chauvi. Glynn wollte ihn auch für den Schachklub anwerben. Michael ist einmal hingegangen, aber das war's. Abgesehen von der Rezeptionistin hätte es keine Frauen gegeben, nur einen Haufen alter Macker.«

Ich wollte gerade losfahren, da bemerkte ich eine Bewegung im Augenwinkel. Aus einem Zimmer im oberen Stockwerk beobachtete uns der Teenager, dessen Foto auf dem Kaminsims stand.

Julia folgte meinem Blick. »Das ist Jake. Megans Bruder. Er ist sehr süß.«

Der Junge presste die Fingerspitzen gegen die Fensterscheibe.

»Das ist hart für Wendy«, sagte Julia. »Jake ist ungefähr auf dem Entwicklungsstand eines Sechsjährigen.«

»Eine Art Peter Pan.«

»Tja, so kann man's auch sagen. Können wir jetzt bitte nach Hause fahren?«

»Ja, natürlich, tut mir leid.«

Ich warf noch einen Blick auf Jake. Er sagte immer wieder ein Wort, aber ich konnte es nicht von seinen Lippen ablesen. Und dann zeigte er auf den Wald hinter dem Haus. Ich konzentrierte mich. Es war ein einziges Wort, das er immer wiederholte.

Es sah aus wie »Lily«. Und dann sagte er noch ein Wort, das ich erst als »bitte« erriet.

Nein, es war nicht »bitte«. Es war »Witwe«. Er sagte »Witwe«.

Kapitel 23

Lily – 2014

Dad kam in Lilys Zimmer und sagte einen kurzen Satz, bei dem ihr das Herz stehen blieb.

»Megans Großvater macht einen Ausflug mit euch.«

Sie starrte Dad an.

»Das ist doch wirklich nett, findest du nicht? Er wollte mit Megan zum Abenteuerspielplatz, und Megan hat ihn gefragt, ob du mitkommen darfst. Also beeil dich und zieh dich an.« Er wühlte in einer Schublade herum und seufzte. »Mein Gott, Lily, dein Zimmer ist so unordentlich. Wo sind deine Leggings?«

»Ich bin krank«, sagte sie. »Ich glaube, ich habe Fieber.«

Er legte ihr die Hand auf die Stirn. »Ich glaube nicht, dass du Fieber hast. Komm schon, Simulieren gilt nicht.«

»Was gilt nicht?«

Schmollend zog sie sich an und wartete auf Megan und ihren Großvater. Wenn sie immer bei Megan blieb und nie alleine mit Mr Collins war, wäre es wahrscheinlich okay.

Mum hatte heute einen Arzttermin in Wrexham, deswegen kümmerte sich Dad um sie. Als sie sich die Haare bürstete, versuchte sie, nicht an Megans Großvater zu denken. Doch das schaffte nur Raum für ihre größte Sorge. Was mit Mum und Dad war.

Mum kam ihr traurig vor. Sie wurde ihre Sommergrippe seit Wochen nicht los und beklagte sich darüber, dass sie immer müde war. Ihre Mutter saß oft irgendwo herum und starrte vor sich hin. Sie bemerkte Lily gar nicht, außer wenn sie sie ansprach oder sich ganz nah vor sie stellte. Wenn Dad Mum einen Zombie nannte, kniff sie die Augen zusammen und behauptete, es wäre alles nur seine Schuld.

Lily wusste nicht, auf wessen Seite sie sich schlagen sollte. Sie hatte auch keine Lust, sich zu entscheiden. Vielleicht hätten ihre Eltern auch mal zusammen ausgehen sollen, so wie es Megans Mum und Stiefvater machten – auch wenn der Gedanke daran, dass sie sich küssten und Turteltäubchen spielten, ihr Übelkeit verursachte –, aber sie hatten keinen Babysitter. Es war so schrecklich und unlösbar, wie Hausaufgaben aufzuhaben, die die Lehrerin nicht richtig erklärt hatte.

Megan und ihr Großvater kamen. Die beiden Mädchen saßen hinten, und Megan quasselte in einer Tour über ihren Bruder und YouTube und das Videospiel Blutige Mary. Irgendwann hörte Lily nicht mehr zu. Mr Collins blickte auf die Straße und summte irgendeinen blöden uralten Song im Radio mit. Sie konnte ihren Blick nicht von seinen Augen im Rückspiegel lösen.

Lily entspannte sich, bis er plötzlich sagte: »Alles in Ordnung, Lily?«

Er hatte sie erwischt. Ihre Ohren wurden feuerrot, und sie sank im Sitz zusammen. Sie machte keinen Pieps mehr, bis sie den Abenteuerspielplatz erreichten.

Er war toll. Es gab eine Riesenrutsche und Hängebrücken zwischen den Bäumen und sogar eine kleine Seilbahn. Lily machte alles viel Spaß. Aber dann schubste sie ein gemeiner Junge grob zur

Seite. Er und seine Kumpels hatten schon die ganze Zeit so getan, als hätten sie die Rutsche gepachtet. Es tat richtig weh.

»Hey!«

Als der Junge unten an der Rutsche ankam, ging Megans Großvater auf ihn zu und flüsterte ihm etwas ins Ohr. Der Junge wurde blass und machte von da an einen großen Bogen um Lily und Megan.

Vielleicht war Mr Collins doch nicht so übel. Er kaufte ihnen Eis und halb gefrorene Softdrinks. Mum hatte sie Lily verboten, weil darin angeblich mehr E-Zusatzstoffe steckten, als man auf einer Rave-Party kriegen konnte. Was immer das bedeuten mochte. Allerdings war auch klar, dass Megans Großvater nicht zu den Erwachsenen gehörte, die sich besonders um Zahngesundheit kümmerten.

Auf dem Rückweg sagte er: »Ich muss noch kurz in die Stadt, bevor ich dich nach Hause bringe, Lily. Ich habe deinem Dad eine WhatsApp geschrieben. Er ist einverstanden.«

Kurz vor Beddmawr hatte Mr Collins plötzlich wieder diesen besonderen Blick. »Habe ich euch eigentlich schon mal erzählt, woher die Rote Witwe kommt?«, fragte er mit dieser Kinderschreckmiene.

Megan rief: »Nein! Erzähl es uns, Granddad!«

Lily hatte Angst. Sie wollte es nicht hören.

»Für dich ist das besonders interessant, Lily. Weißt du eigentlich, dass euer Haus auf dem Grundstück einer alten Schiefermine steht?«

Ihre Eltern hatten schon darüber gesprochen. Schiefer war eine Art von Stein. In irgendeiner langweiligen Zeit hatten Leute ihr ganzes Leben damit verbracht, danach zu graben, um dann Dächer damit zu bauen.

»Ja, Mr Collins«, sagte sie.

Er knurrte. »Diese Mine wurde vor zweihundert Jahren eröffnet.«

»Als du ein Junge warst«, sagte Megan.

»Sehr witzig. Ihr müsst wissen, dass die Schieferförderung sehr gefährlich war ...«

Lilys Gedanken schweiften ab. Hinter den Feldern sah sie ihr Haus. Was es heute wohl zu essen gab? Vielleicht Hamburger oder Pizza oder Nudeln ...

»... und dann wurde er von einem herabstürzenden Felsbrocken erschlagen.«

Lily war sofort wieder bei der Sache.

»Ja, es war wirklich schrecklich«, sagte er. »Am Schlimmsten natürlich für die Frau von Dafydd. Sie war schwanger, und man sagt, sie hätte durch den Schock ihr Baby verloren.« Er schüttelte den Kopf. »Ihr müsst wissen, dass es damals grausam in der Welt zuging. Nicht so verweichlicht wie heutzutage. Dafydds Frau Rhiannon hat nicht nur ihr Baby verloren, sondern auch alles andere. Sie besaß keinen Penny, war ganz alleine, hatte nichts zu essen und kein Dach über dem Kopf.«

»Sie hat unter einer Brücke gewohnt«, warf Megan ein. »Das hast du mir doch schon erzählt.«

»Ja, aber Lily kennt die Geschichte noch nicht.«

Megan nickte. Sie nahm die Geschichte anscheinend sehr ernst.

»Die arme Rhiannon lebte also von da an unter einer Brücke. Sie war eine sehr schöne Frau mit wunderbaren schwarzen Haaren. Eines Morgens ging ein Bergarbeiter zum Fluss hinunter und sah tote Fische auf dem Wasser treiben. Rhiannon stand unter der Brücke am Ufer. Der Mann erzählte den anderen Bergleuten davon, und sie setzten sich in den Kopf, dass Rhiannon die Fische durch Hexerei getötet hatte. Und wisst ihr auch, was dann passiert ist?«

Megan riss die Augen auf.

»Die Bergarbeiter haben sie in den Wald getrieben«, flüsterte sie.

»Genau. Eigentlich hatten sie vor, sie auf dem Scheiterhaufen zu verbrennen, aber sie trauten sich nicht, ihr nahe zu kommen.

Stattdessen verbannten sie Rhiannon. Sie waren sicher, dass sie im Wald bald sterben würde.«

»Gab es da Wölfe?«, fragte Lily.

»Nein, die sind schon vor vierhundert Jahren ausgestorben. Aber es war Winter. Wo sollte sie etwas zu essen finden?« Er räusperte sich. »Rhiannon verfluchte sie und drohte, wenn ihr die Leute aus Beddmawr kein Kind opferten, würde sie sich eins holen. Und wisst ihr, was dann passiert ist?«

»Nein, Granddad.« Megans Stimme war kaum noch zu hören.

Mr Collins' Augen funkelten. »Die Leute haben ihre Warnung in den Wind geschlagen. Eine Woche später passierte etwas Schreckliches.«

Sie waren mittlerweile in der Stadt und warteten an einer roten Ampel. Er drehte sich nach ihnen um. Der Gurt spannte sich über seinem Bauch. »Das hübscheste Mädchen der Stadt ist verschwunden. Ein Mädchen so hübsch wie ihr beide. Sie war acht. Sie sollte etwas für ihre Mutter besorgen. Sie ist nie zurückgekommen. Die Leute haben im Wald nach ihr gesucht, und ratet mal, was sie gefunden haben?«

»Was denn, Granddad?«

»Einen Haufen Knochen vor einem Baum. Und dazwischen die Kette, die das hübsche kleine Ding getragen hatte.«

Lily stellte sich das alles mit geschlossenen Augen vor. Wie die Eltern des Mädchens vor den Knochen weinten und wie sehr sie sich wünschten, dass sie den Fluch der Witwe ernst genommen hätten.

Mr Collins entblößte seine hässlichen Zähne. »Und das Beste daran? Es ist wirklich passiert.«

Lily sah Megan an, um mit ihr darüber zu lachen. Als ob so was wahr sein konnte! Aber Megan machte ein Gesicht wie in der Schule, wenn ihre Lehrerin ihnen was Wichtiges beibrachte.

Der Großvater parkte das Auto am Fluss – an demselben Fluss, an dem die Hexe die Fische getötet hatte. Er ließ das Radio an und ging in einen Buchladen. Als er zurückkam, reichte er jeder von ihnen eine Papiertüte mit dem gleichen Buch: »Legenden und Mythen in Stadt und Land«.

»Das gefällt euch bestimmt«, sagte er grinsend. »So, Lily, und jetzt bringe ich dich nach Hause.«

Lily schlug das Buch auf und schreckte sofort vor einem grauenhaften Bild zurück. Da war ein Werwolf, der einem Schaf den Bauch aufriss. Sie klappte es schnell wieder zu. Megan blätterte in ihrem Buch und rief andauernd: »O Gott!« und »Wie schrecklich!«

Dann bemerkte Lily, dass Mr Collins sie im Rückspiegel beobachtete. Ein Schauder lief ihr durch den ganzen Körper. Sie schloss die Augen.

Sie öffnete sie erst wieder, als sie bei ihr ankamen.

Kapitel 24

Am nächsten Morgen arbeitete ich zwei Stunden an meinem Roman, aber ich konnte mich nicht richtig konzentrieren. Ich guckte öfter aus dem Fenster als auf den Bildschirm. Gedanklich kehrte ich immer wieder zu Megans Bruder Jake zurück, wie er am Fenster gesessen und auf den Wald gezeigt hatte. Auf denselben, auf den ich jetzt blickte.

Witwe.

Und dann schoss mir plötzlich etwas durch den Kopf. Von dem Tag, an dem ich mich verlaufen hatte und auf die Hütte auf der Lichtung gestoßen war.

Hatte da nicht ein Plüschtier gelegen? An dem Tag kannte ich Lilys Geschichte noch nicht und hatte mir nichts weiter dabei gedacht. Jetzt wusste ich, dass man Lilys geliebtes Kuscheltier, Großer Kater, aus dem Fluss gefischt hatte. Aber wenn jemand sie entführt und ihr dieses andere Plüschtier zur Beruhigung gegeben hatte? Obwohl ich sicher war, dass die Polizei die Hütte überprüft hatte, konnte ich jetzt nicht mehr arbeiten. Ich musste es mir mit eigenen Augen ansehen.

Ich brauchte einige Zeit, um die Lichtung mit der Steinhütte zu finden. Eine kleine Schar Elstern hüpfte kreischend und flügelschlagend in dem langen, feuchten Gras auf und ab. Es nieselte, meine Kleider waren durchnässt, und das Wetter war so trostlos, dass es fast eine Erleichterung war, in der düsteren Hütte Unterschlupf zu finden.

Sie war verfallener, als ich sie in Erinnerung hatte. Die Tür war verrottet und die Fenster zerbrochen. Kein besonders geeigneter Ort, um ein Kind gefangen zu halten, selbst wenn der Entführer sie gefesselt oder angekettet haben sollte. Ich konnte mir gut vorstellen, dass die Teenager aus der Gegend hierherkamen, um Drogen zu nehmen oder Sex zu haben oder beides. Doch vielleicht fanden sie es hier auch so unheimlich, dass sie davor zurückschreckten. Vor meinem inneren Auge sah ich ein kleines Mädchen auf dem Boden sitzen – zitternd vor Angst und Kälte.

Das Plüschtier war nicht mehr da. Ich suchte den Müll ab. Es hatte hier, neben der Bank gelegen.

War der Entführer noch einmal zurückgekommen?

Aber wenn Lily tatsächlich entführt und in dieser Hütte gefangen gehalten worden war, wäre der Täter doch bestimmt nicht so dumm gewesen, ein Spielzeug zurückzulassen. Wahrscheinlich hatte es schon viele Jahre da gelegen. Irgendein Teenager hatte es mitgenommen oder rausgeworfen. Oder ein streunender Hund war damit weggetrottet. Es gab viele Erklärungen – und keine hatte mit Lily zu tun.

Enttäuscht verließ ich die Hütte. Am anderen Ende der Lichtung sah ich eine Gestalt, die gerade zwischen den Bäumen verschwand.

Sie trug einen roten Mantel.

Ursula? Was hatte sie hier zu suchen?

Ich joggte über die Lichtung und scheuchte die Elstern auf, die kreischend aufflogen. Ich zählte sie. Sieben. Wie ging der alte Kinderreim noch mal? *Fünf für Silber, sechs für Gold, und sieben für ein Geheimnis, das keiner wissen soll.*

Nicht das verheißungsvollste Zeichen.

Ich kam an die Stelle, an der Ursula verschwunden war. Wahrscheinlich erkundete sie die Gegend wie ich an meinem ersten Tag. Oder vielleicht, dachte ich sarkastisch, folgte sie ihrer Geisterführerin. Aber merkwürdig war es doch, dass sie sich in diesem Nieselregen so weit vom Refugium entfernt haben sollte. Die Versuchung, ihr zu folgen war zu groß, also lief ich hinter ihr her in den Wald hinein.

Ich entdeckte sie nicht weit vor mir auf dem Weg. Sie lief ohne Eile und hatte mich anscheinend nicht gesehen. Die Kapuze hatte sie hochgeschlagen. Im Vorübergehen ließ sie die Hand an den Bäumen entlanggleiten. Vielleicht kommunizierte sie ja mit ihnen.

Der Pfad gabelte sich, und sie hielt sich links. Ich musste eine breite Pfütze umgehen, und als ich den Kopf wieder hob, war Ursula verschwunden. Nach einem kurzen Sprint tauchte sie wieder vor mir auf. Sie hatte den Pfad verlassen und schlug sich gerade durch das dichte Gebüsch ins Unterholz. Merkwürdig. Hatte sie irgendetwas gesehen? Dornige Brombeerranken versperrten mir den Weg. Ein Zaunkönig flatterte vor mir auf. Ich erschrak und fluchte unwillkürlich. Das Geräusch durchschnitt die Stille. Ursula musste es gehört haben, aber sie blieb nicht stehen.

Ich versuchte sie jetzt einzuholen. Warum wartete sie nicht auf mich? Es kam mir vor, als wollte sie vor mir fliehen. Ihr roter Mantel leuchtete kurz zwischen den Bäumen auf.

Und dann war sie verschwunden.

Ich kämpfte mich zum Pfad zurück. Er zweigte hier in drei Richtungen ab, die ich nach Fußspuren absuchte. Aber ich fand keine. Unter dem Baldachin der dichten Bäume war der Waldboden härter und trockener. Ich entschied mich für den mittleren Pfad und joggte ein paar Minuten durch den stillen Wald. Ab und zu sang ein Vogel. Und jetzt endete der Pfad vor einer undurchdringlichen Wand von Brombeerbüschen.

Ich fluchte.

Ich hatte ihre Spur verloren.

Kapitel 25

Auf dem Rückweg nach Nyth Bran dachte ich wieder über den Besuch bei Megans Familie nach. Was hatte Jake uns zu sagen versucht? Ich musste mit ihm sprechen, und ich wusste auch, wie ich das einfädeln konnte. Ich machte kehrt und folgte der Straße zu der Siedlung, in der Jake und Megan wohnten.

Ich hoffte, dass Wendy mir offen begegnen würde. Julia hatte mir erzählt, dass Wendy nach ihrer Scheidung ihren Mädchennamen Collins wieder angenommen hatte. Sie hatte jetzt auch einen neuen Partner, und der Vater der Kinder lebte weit von ihnen entfernt.

»Es war eine schlimme Scheidung«, hatte Julia mir erzählt. »Er muss ein richtiges Schwein gewesen sein und sie geschlagen haben. Glynn muss das herausgefunden und ihm gedroht haben, wenn er Wert auf seine Eier legt, sollte er zusehen, dass er Land gewinnt.«

»Ist Glynn so hart drauf?«

»Ja. Und außerdem kennt er viele Leute.«

Nachdem wir bei den Collins gewesen waren, hatte ich Glynn auf Google gesucht.

Er passte auf Zaras Beschreibung des Mannes, der ihr im Schachklub vorgestellt worden war. Der ihr – und offensichtlich auch Malcolm Jones – unheimlich gewesen war. Natürlich gab es eine Menge Männer mit kahlen Köpfen und schlechten Zähnen. Es war nicht schwer herauszufinden, ob Glynn es wirklich gewesen war. Ich musste nur prüfen, ob er Mitglied im Schachklub war.

Im Internet gab es ein paar Informationen über ihn. In einem kurzen Artikel aus der Lokalzeitung stand, wie er mit anderen Männern das Haus einer Witwe nach einem schweren Sturm wieder instandgesetzt hatte. Ein weiterer Artikel berichtete darüber, dass er mit einem gewissen Malcolm Jones Geld für den Heimatverein gesammelt hatte. Damals hatte es Pläne für ein Museum über die stillgelegte Mine gegeben, aus denen nichts geworden war. Außerdem war Glynn vor Urzeiten Coach des Mädchen-Fußballteams gewesen. Auf einem Schwarz-Weiß-Foto hielt er den Pokal der Regional-Vizemeister in die Höhe. Er stand zwischen den lachenden, matschbespritzten Mädchen, die jetzt längst erwachsen waren.

Wie Julia gesagt hatte: Glynn Collins war eine Säule der Gemeinde. Bei unserem kurzen Zusammentreffen hatte er mich an meinen Vater erinnert. Ein schroffer walisischer Macho. Ein echter Kumpel, der es handwerklich draufhatte und viel auf Sport und Tradition gab.

Ich hatte gehofft, dass er nicht gerade zu Besuch war, doch sowie ich in die Siedlung einbog, sah ich ihn rauchend im Garten stehen. Ich zögerte. Vielleicht sollte ich lieber an einem anderen Tag wiederkommen? Aber es war zu spät. Er hatte mich schon entdeckt.

Ich überquerte die Straße. Er trat die Zigarette aus und verschränkte die Arme wie ein Türsteher vor einem Nachtklub.

»Mr Collins«, sagte ich. »Wir haben uns gestern kennengelernt.«

Er nickte.

»Ich wollte gerne …« Er sah mich an wie eine Ratte, die es gewagt hatte, auf sein Grundstück einzudringen. Ich verlor den Faden. »Ich möchte mich gerne mit Jake unterhalten.«

Er machte einen Schritt auf mich zu. Ein klassisches Einschüchterungsmanöver. Aber ich hatte keine Angst vor ihm. Schließlich war er mindestens fünfundzwanzig Jahre älter als ich.

»Sie sind Davids Sohn«, sagte er.

Ich war verblüfft, bis mir einfiel, dass er alle in Beddmawr kannte, egal wie alt sie waren. Er musste sich über mich erkundigt haben. Interessant. Mit wem mochte er wohl gesprochen haben? Vielleicht mit Shirley vom Apple Tree Bed & Breakfast?

»Stimmt«, antwortete ich. Mir graute davor, ihm vom Tod meines Vaters erzählen zu müssen.

Aber er fragte barsch: »Was wollen Sie von Jake?«

»Ich schreibe ein Buch«, erwiderte ich, »in dem viele Teenager zu Wort kommen. Ich möchte rausfinden, wie sie reden, was für einen Slang sie draufhaben.«

Das hatte ich zu Wendy sagen wollen.

»Jake ist kein normaler Teenager«, meinte Glynn.

»Das weiß ich, aber …«

»Die Antwort lautet Nein.«

»Es wäre wichtig, Mr Collins.«

Ich bemerkte eine Bewegung über uns. Jake war wieder am Fenster und sah mit tellergroßen Augen auf uns herunter. Glynn bemerkte es auch. Er hob seine fleischige Hand und machte eine unmissverständliche Geste. Jake warf mir einen Blick zu, dann verschwand er.

»Halbwüchsige Jungs gefallen Ihnen, habe ich recht?«, fragte Glynn.

Die Unterstellung kam so unerwartet, dass es mir die Sprache verschlug.

»Für Journalisten wäre das ein gefundenes Fressen: Ein berühmter Schriftsteller, der einem Jungen mit Lernschwierigkeiten nachstellt.«

»Das ist doch absurd.«

»Absurd? Sie haben mich doch gerade gefragt, ob Sie mal kurz in sein Zimmer dürfen.«

Ich starrte ihn an. Es hatte überhaupt keinen Sinn, sich mit ihm anzulegen. »Alles klar. Dann suche ich mir eben andere Teenager für mein Buch.« Ich wandte mich zum Gehen.

»Tun Sie das.« Und dann, gerade als ein etwas älteres Paar aus dem benachbarten Haus kam und ich die Straße überquerte, schrie er mir hinterher: »Halten Sie sich von meinen Enkeln fern, Sie widerlicher, perverser Typ!«

Den Nachbarn fielen fast die Augen aus dem Kopf. Natürlich war es peinlich. Aber ich wäre auch fast aus der Haut gefahren vor Wut.

* * *

Ich brauchte ziemlich lange, nachdem ich in Nyth Bran angekommen war, um mich so weit zu beruhigen, dass ich über die Begegnung mit Glynn rational nachdenken konnte. Beschützte er einfach nur seine Familie? Nein, ich war sicher, da war noch mehr. Mir fiel auch wieder ein, wie nervös und ängstlich Zara gewesen war. Vielleicht war er einfach nur ein widerliches Arschloch.

Aber ich wollte mehr über ihn herausfinden.

Ich rief meine Mutter über Skype an.

Sie antwortete sofort.

»Liebling! Wie schön, dass du dich schon wieder meldest. Zweimal in einem Monat!«

»Mum, ich habe noch eine Frage über damals. Erinnerst du dich an einen Typen namens Glynn Collins?«

»Ja, allerdings.« Die Wärme war aus ihrer Stimme gewichen. »Warum fragst du?«

»Ich habe ihn gerade kennengelernt. Hört sich an, als würdest du nicht viel von ihm halten.«

Als sie den Kopf bewegte, flutete Sonnenschein über den Bildschirm. Hier in Wales regnete es wieder. Ich war versucht, nach Spanien zu fliegen.

»Stimmt«, sagte meine Mutter knapp. »Ich konnte ihn noch nie leiden.«

»Warum nicht?« Es war immer schwierig, meine Mutter dazu zu bringen, über irgendjemanden ein schlechtes Wort zu verlieren. »Hat er dir was getan?«

»Oh, nein, mir hat er nie etwas getan. Jedenfalls nicht direkt. Er ist ... Er ist einfach nur einer von denen, die wir damals Chauvinistenschweine genannt haben. Und er war stolz darauf. Er hat seine Frau Nerys, Gott sei ihrer Seele gnädig, immer schlecht behandelt. Außerdem war er grausam und hart.«

»Aber er scheint in seine Enkelkinder vernarrt zu sein«, sagte ich. »Und er kümmert sich um seine Tochter Wendy.«

»Vielleicht ist er mit den Jahren etwas weicher geworden. Aber wenn damals jemand einen Wurf Katzen loswerden wollte, brachte er ihn zu Glynn Collins. Es hat ihm Spaß gemacht, sie zu ertränken.«

»Wie reizend. Was hat Dad von ihm gehalten?«

Sie runzelte die Stirn. »Er war freundlich zu ihm. Sie gehörten beide zum Heimatverein von Beddmawr.« Sie schnaubte. »Ein Haufen blöder Kerle, die im Pub von den guten alten Zeiten geschwärmt haben, soweit ich weiß.«

»Gehörte Malcolm Jones auch zum Heimatverein?«

»Ja, er war der Vorsitzende. Obwohl mir nie eingeleuchtet hat, warum der kleine Haufen einen Vorsitzenden brauchte.«

»Weißt du eigentlich, dass er gestorben ist?«

Meine Mutter schlug sich die Hand vor den Mund. »Oh, nein! Wie? Wann war das?«

»Erst vor einer guten Woche. Er hatte einen Herzanfall.«

»Das ist ja schrecklich. Aber je älter ich werde, desto öfter passiert es …«

Mir fiel ein, dass ich ja noch jemanden kennengelernt hatte. »Tut mir leid, Mum. Und kennst du Shirley … Verdammt. Jetzt fällt mir ihr Nachname nicht ein. Sie betreibt ein Bed & Breakfast. Das Apple Tree.«

»Shirley Roberts?« Sie verzog das Gesicht.

»Magst du die auch nicht?«

Sie überhörte die Frage, wahrscheinlich weil sie es nicht zugeben wollte. »Wie hast du die denn kennengelernt?«

»Ach, das ist eine lange Geschichte. Gehörte sie etwa auch zu diesem Heimatverein?«

»Nein, um Himmels willen! Glynn hätte Frauen nie zugelassen. Ich habe dir doch gesagt, dass er ein altes Chauvischwein war. Aber ich glaube, sie hat irgendwelche Sekretariatsarbeiten für ihn erledigt. Und wenn ich jetzt drüber nachdenke: Es gab damals Gerüchte, dass er etwas mit ihr hinter dem Rücken seiner Frau hatte.« Sie wischte sich den Schweiß von der Stirn. »Oje, Lucas, das ist alles schon so lange her.«

Sie war einen Moment still, und ich hoffte, dass ich keine schmerzhaften Erinnerungen geweckt hatte.

»Es gab da noch einen anderen Typ in der Gruppe. Wie hieß der bloß?« Sie tippte sich an die Schläfe. »Albert, genau. Albert Patterson. Oh!«

»Was ist?«

»Albert hat in dem Haus gelebt, in dem du jetzt wohnst. In Nyth Bran.«

»Wirklich? Bleib bitte dran, Mum.«

Ich rannte hinunter ins Thomas-Zimmer, warf einen raschen Blick aufs Bücherregal und zog die zerfledderte

Ausgabe von »Der Eul' und die Miezekatz« heraus, in dem das alte Polaroid von dem Paar steckte, das mich an das Gemälde »American Gothic« erinnerte. Oben angekommen, hielt ich das Foto in die Kamera.

»Ist das Albert?«

Mum ging ihre Brille holen und blinzelte auf den Bildschirm. »Ja. Ein freundlicher Bursche. Ich habe nie verstanden, warum er sich mit Glynn Collins abgegeben hat. Bethan und er waren so ein süßes Paar. Sie waren etwas älter als wir und hatten keine Kinder. Damals war ich oft neidisch auf sie, weil sie in so einem wunderschönen großen Haus lebten und ungebunden waren. Was aus denen wohl geworden ist?«

Julia hatte mir erzählt, dass sie das Haus von einer Kinderstiftung gekauft hatte. Wahrscheinlich hatten Albert und seine Frau das Haus der Wohltätigkeitsorganisation vermacht, weil sie keine Familie hatten.

»Das mit Malcolm geht mir nahe«, sagte Mum. »Ich frage mich, ob die Beerdigung schon stattgefunden hat. Ich würde gerne Blumen schicken.«

»Warte mal.«

Ich ging wieder auf die Seite der Lokalzeitung, auf der ich mich über Glynn Collins belesen hatte, klickte mich durch die Familienannoncen und fand die Todesanzeige für Malcolm Jones.

»Sie ist heute, genau gesagt in zwei Stunden.«

»Dann ist es jetzt schon zu spät.«

»Ich könnte ja Blumen in deinem Namen überbringen.«

»Würdest du das machen? Das wäre aber sehr lieb von dir.«

»Kein Problem.«

Natürlich hatte ich Hintergedanken, denn ich war ziemlich sicher, dass Glynn Collins dort sein würde. Und ich wollte mir die Chance nicht entgehen lassen, ihn zu beobachten. Je mehr ich über ihn erfuhr, desto überzeugter war ich, dass er etwas zu verbergen hatte.

Kapitel 26

Die Trauerfeier fand in der Sankt-Mary's-Kirche im Stadtzentrum statt, in der Nähe des Schachklubs und der Bücherei. Ich hatte für Wales nur Freizeitkleidung gepackt, weil ich nicht hatte ahnen können, dass ich etwas anderes brauchen würde, und kaufte mir einen schwarzen Anzug bei einem Herrenausstatter in Beddmawr. Er war nicht unbedingt modisch, aber er erfüllte seinen Zweck. Dann kaufte ich Blumen bei der Floristin nebenan und schrieb eine Karte auch im Namen meiner Mutter.

Auf der anderen Straßenseite fiel mir ein Handyladen auf, wo ich mir ein neues iPhone besorgte, das ich sofort aktivierte. Ich loggte mich in meinen Apple-Account ein, um meine Kontakte, E-Mails und all das zu synchronisieren.

Zehn Minuten später schüttelte ich den Regenschirm aus, betrat die Kirche und legte die Blumen zu den anderen. Dann setzte ich mich auf eine hintere Bank. Niemand nahm Notiz von mir. Es waren über hundert Leute da, viele in Malcolms Alter, aber auch viele jüngere. Vielleicht hatte er ihnen in ihrer Schulzeit als Bibliothekar wertvolle Dienste geleistet. Glynn Collins sah ich nicht. Wahrscheinlich saß er weit vorne.

Die Trauerfeier begann. Der Sarg wurde den Mittelgang hinuntergetragen. Olly Jones, Malcolms taxifahrender Sohn, saß neben seiner Freundin Heledd und deren Mutter Shirley. Als ich Heledd im Bed & Breakfast kennengelernt hatte, hatte mich ihr gutes Aussehen beeindruckt. Jetzt, wo ich Olly und sie zusammen sah, fiel mir auf, wie wenig sie zueinander zu passen schienen, und nicht nur, weil er deutlich übergewichtig war. Für jemanden wie Heledd gab es kaum Auswahl in Beddmawr. In einer größeren Stadt wäre sie nie mit so einem durchschnittlich aussehenden Taxifahrer zusammen gewesen, sie wäre …

Ich bremste mich. Warum war ich so herzlos? Olly hatte bestimmt irgendwelche versteckten Vorzüge, die mir bisher entgangen waren. Außerdem hatte der arme Kerl gerade seinen Vater verloren.

Es war eine bewegende Feier. Der Pastor sprach warm über Malcolm und das, was er für die Stadt und die Gemeinde getan hatte. Dann stand Olly auf und verlas eine Trauerrede, die er vor Rührung alle paar Sätze unterbrechen musste. Als er sich wieder gesetzt hatte, legte Heledd den Kopf auf seine Schulter. Von der Dame, die neben mir saß, erfuhr ich, dass der Sarg nach der Trauerfeier ins Krematorium überführt werden würde.

»Er hat sich gewünscht, dass seine Asche im Garten verstreut wird«, sagte sie. »Zwischen den Narzissen und Krokussen.«

Als der Gottesdienst beendet war, hatte es aufgehört zu regnen. Die Frau, neben der ich in der Kirche gesessen hatte, sagte mir im Vorübergehen, dass ich auch zum Leichenschmaus bei Olly eingeladen wäre. »Alle sind willkommen.«

* * *

Eine Stunde später stand ich inmitten von Leuten und erklärte ihnen, wer ich war und warum ich zur Trauerfeier gekommen war. Malcolms Ehefrau war vor ein paar Jahren gestorben, aber die meisten älteren Leute erinnerten sich an meine Eltern und waren gerührt, dass ich an ihrer Stelle gekommen war. Sie hörten mir aufmerksam zu und waren fasziniert davon, dass meine Eltern nach Spanien übergesiedelt waren und ich Romanschriftsteller war. Schließlich war ich von einer Gruppe pensionierter Damen umgeben, die mich befragten, wie ich auf meine Ideen kam.

Irgendwann erblickte ich Glynns schimmernde Glatze. Er unterhielt sich mit einem Mann seines Alters und lachte gerade laut über irgendetwas, was dieser gesagt hatte. Vielleicht noch ein Mitglied des Heimatvereins? Mir kamen Zweifel, was ich Glynn fragen sollte. *Warum hatte Malcom Angst vor Ihnen? Warum haben Sie mich nicht mit Jake sprechen lassen?*

In meinem Kopf spulte sich eine Szene ab. Glynn, wie er Lily an dem schicksalhaften Neujahrstag vor zwei Jahren beim Fluss auflauerte. Wie er sie packte, als ihre Eltern außer Sichtweite waren, und ihren Plüschkater ins Wasser schleuderte.

Sie in den Wald verschleppte. In der Hütte versteckte. Dinge mit ihr machte, die ich mir nicht vorstellen wollte. Sie tötete und im Wald begrub, die beste Freundin seiner Enkeltochter.

Aber was für Beweise hatte ich dafür? Ich ging alles noch einmal durch. Zara hatte mir berichtet, dass Malcolm, als sie ihn nach Lily gefragt hatte, Angst vor Glynn gehabt zu haben schien. Am nächsten Tag, bevor er Zara mehr erzählen konnte, war er gestorben. Er hatte eine Herzattacke gehabt, aber wenn sein Herz schwach gewesen war, konnte er sich ja auch zu Tode erschrocken haben. Falls es so etwas gab.

Wenn dieses Drehbuch in etwa mit der Realität übereinstimmte, musste Jake irgendetwas gesehen oder gehört haben. Und deswegen wollte Glynn verhindern, dass er mit mir sprach. Was konnte das gewesen sein? Hatte er eine Unterhaltung belauscht? Hatte er Glynn mit Lily gesehen? Oder er war Zeuge einer anderen Begebenheit geworden, die sich vor Lilys Verschwinden zugetragen hatte. Vielleicht als Lily bei Megan zu Besuch gewesen war.

Natürlich hätte ich mit meinem Verdacht zur Polizei gehen können, aber ich hielt es für unwahrscheinlich, dass man Glynn etwas nachweisen konnte. Selbst wenn die Polizei mit Jake sprach und er ihr etwas Belastendes mitteilte, wäre es ein Leichtes für Glynn, alles zu leugnen. Und wie wahrscheinlich war es, dass die Polizei einem geistig zurückgebliebenen Teenager glaubte?

Mir fiel auf, dass mir wieder einmal die Pferde durchgingen. Ich hatte eine zu lebhafte Fantasie. Wenn ich jetzt mit meinen unausgegorenen Theorien zur Polizei ging, würde ich nichts erreichen und nur für Aufregung in Jakes Familie sorgen. Und falls Glynn tatsächlich etwas mit Lilys Verschwinden zu tun hatte, wäre er nur noch mehr auf der Hut.

Ich musste abwarten und mehr herausfinden.

Ich starrte zu Glynn hinüber, und in dem Moment entstand eine Lücke zwischen den Leuten und er sah mich. Er war offensichtlich schockiert, dass ich da war. Schockiert und verärgert. Er war gerade drauf und dran, mit geballten Fäusten auf mich loszugehen, als ihn eine Mittfünfzigerin ansprach, deren tief ausgeschnittenem Dekolleté er nicht widerstehen konnte. Im selben Moment tippte mir jemand auf die Schulter.

»Lucas, das ist ja eine Überraschung.«

Ich drehte mich um. Es war Shirley, ganz in Schwarz gekleidet und mit irgendeinem Ding in den Haaren. Ich konnte den Blick nicht davon lösen. Sie hielt ein Sherryglas in der Hand.

»Ich freue mich, Sie zu sehen«, sagte ich. »Ich würde gerne mit Ihnen über etwas sprechen.«

»Worüber denn?« Sie umfasste wieder das Kreuz an ihrem Hals, wie beim ersten Mal, als ich sie gesehen hatte. Sie war nervös, und als sie sich nach Glynn umsah, wusste ich, dass Malcolm nicht der Einzige gewesen war, der Angst vor ihm hatte.

In dem engen Flur mussten sich die Trauergäste an uns vorbeiquetschen, und außerdem war Glynn in der Nähe. Deswegen sagte ich: »Vielleicht ist jetzt nicht der beste Zeitpunkt dafür. Könnte ich später zu Ihnen kommen?«

Sie zögerte und warf einen Blick zu Glynn hinüber, der noch immer mit dem Busen der Mittfünfzigerin sprach.

»Sie sehen Ihrem Vater so ähnlich«, sagte Shirley. »Ich meine, als er in Ihrem Alter war.«

»Ist das gut oder schlecht?«

Sie lächelte wie ein junges Mädchen. »Kommen Sie zum Tee.« Sie nahm noch einen Schluck von ihrem Sherry. »Wahrscheinlich sollte ich nicht mehr so viel trinken.«

Heledd tauchte an ihrer Seite auf. »Du sagst es, Mum.« Sie lächelte mich an. »Wie nett, dass Sie gekommen sind. Hoffentlich finden wir uns nicht alle in einem Ihrer Bücher wieder.«

»Ah, Sie haben herausgefunden, wie ich meine Brötchen verdiene?«

»Olly hat mir erzählt, dass er neulich einen gestrandeten Schriftsteller aufgegabelt hat, und da habe ich eins und eins zusammengezählt. Er hat gesagt, dass Sie ihm Ihr Buch schicken wollen.«

»Ja, stimmt. Aber soweit ich weiß, habe ich gesagt, nur wenn er mir verspricht, es zu lesen.«

Heledd lachte. »Ich habe ihn noch nie etwas Längeres als eine Textnachricht lesen sehen. Aber *ich* würde es gerne lesen. Vielleicht können Sie mir nachher eins mitbringen.«

Ich wollte ihr gerade erklären, dass ich keine Bücher mit nach Wales gebracht hatte, aber sie steuerte mit Shirley auf das Büfett zu. »Komm, Mum, du solltest mal etwas essen.«

Glynn war nirgends zu sehen. Und für mich war es auch Zeit zu gehen.

Olly stand an der Haustür. »Mein Beileid«, sagte ich. »Meine Eltern waren mit Ihrem Dad befreundet, und deswegen bin ich an ihrer Stelle gekommen. Ich hoffe, dass das in Ordnung ist.«

»Ja, klar. Vielen Dank, dass Sie gekommen sind.« Er lächelte traurig. »Und Sie haben sich nicht noch mal verlaufen?«

Er sah sich mit seinen verquollenen roten Augen um und fragte, bevor ich antworten konnte: »Haben Sie Heledd gesehen?«

»Sie ist mit ihrer Mutter zum Büfett gegangen.«

»Sehr gut.« Bevor er ging, beugte er sich zu mir und blies mir seine warme Bierfahne ins Gesicht.

»Ihre Familie hat es genau richtig gemacht. Die Stadt zu verlassen, meine ich.«

Er verschwand in der Menge.

* * *

Ich stand draußen im Regen. Ich musste unbedingt mit Zara sprechen. Ich wollte noch einmal hören, was Malcolm im Einzelnen gesagt hatte, und ich wollte mit ihr über meine Vermutung sprechen – ich zögerte, es einen Verdacht zu nennen. Sie war die Einzige, mit der ich mich darüber unterhalten konnte, und ich musste wissen, ob es nicht komplett verrückt klang.

Ich versuchte es unter beiden Nummern. Keine Antwort. Ich sah auf die Uhr. Telford, wo Zara wohnte, war nur eine Autostunde entfernt. Also hatte ich genug Zeit, um hinzufahren und mich mit ihr zu unterhalten, bevor ich Shirley besuchte. Was meine Arbeit anging, konnte ich den Tag sowieso abschreiben. Diese Geschichte ließ mir keine Ruhe. Ich hatte Blut geleckt und musste jetzt einfach weitermachen.

Die Straße nach Telford war malerisch, und es gab so gut wie keinen Verkehr. Mittlerweile nieselte es nur noch. Vor ein paar Monaten hatte ich einen Dokumentarfilm über den sogenannten Skorpion von Shropshire gesehen, einen Serienmörder,

der diese Gegend in Angst und Schrecken versetzt hatte. Aber jetzt war davon nichts mehr zu spüren.

Kurz vor Telford bog ich auf die M54 und folgte den Instruktionen meines Navis zu Zaras Büro. Es befand sich in einem der gesichtslosen modernen Gebäude, die überall in dieser neuen Stadt aus dem Boden geschossen waren. In dem Komplex residierten noch sechs andere Firmen und es gab einen kleinen Parkplatz, wo ich das Auto abstellte. Ich klingelte, aber niemand öffnete mir.

Wahrscheinlich hätte ich nichts anderes erwarten sollen. Schließlich nahm sie keine Anrufe unter ihrer Büronummer entgegen, warum sollte sie also hier sein? Ich war so frustriert, dass ich mit der Faust gegen die Tür hämmerte und den Regen und die vergebliche Fahrt verfluchte.

»Hey, hören Sie auf, die Tür zu demolieren!«

Eine junge Frau mit gelockten blonden Haaren kam auf mich zu.

»Wer sind Sie und was haben Sie hier zu suchen?«

»Tut mir leid. Ich versuche schon seit Längerem, Kontakt mit Zara Sullivan aufzunehmen.«

Die Frau trug eine Aktentasche aus Leder. Wahrscheinlich arbeitete sie hier. »Die Privatdetektivin? Die habe ich schon seit Ewigkeiten nicht mehr gesehen.«

»Wirklich? Wie lange nicht?« Ich war alarmiert.

»Mindestens seit zwei Wochen. Unsere Büros liegen nebeneinander.« Sie sah mich misstrauisch an. »Sie wollen nicht etwa Schulden eintreiben, oder?«

»Nein, ich bin ein Klient.«

Sie musterte mich von Kopf bis Fuß, dann sagte sie: »Kommen Sie mit rein. Hier werden wir nass.«

Im Eingang stellte sie sich als Samantha vor. »Vor zwei Wochen hat sie mir begeistert erzählt, dass sie einen Fall in Wales übernommen hätte. Sie hatte in der letzten Zeit

Schwierigkeiten, Klienten zu finden.« Sie sah mich etwas betreten an, als ihr auffiel, wie indiskret ihre Auskunft war.

»Ich bin der Klient, mit dem sie in Wales zu tun hatte«, sagte ich. »Vor etwas über einer Woche hat sie mir gesagt, dass sie nach Telford zurückfährt.«

»Also, in ihrem Büro war sie definitiv nicht.« Samantha kaute auf einem Fingernagel. »Jetzt mache ich mir richtig Sorgen.«

Ich mir auch. »Wissen Sie, wo sie wohnt?«

»Ja, in Oakengates mit irgendeinem Typen.«

»Mit ihrem Freund?« Das überraschte mich.

Samantha lachte. »Wohl kaum.« Ich sah sie verdattert an. »Er ist schwul. Warten Sie, ich habe ihre Adresse.« Sie suchte in ihrem Smartphone danach. Ich gab sie in mein neues Handy ein. Dann dankte ich ihr und versprach, Zara auszurichten, dass sie sich bei ihr melden sollte, wenn ich sie fand.

Ich brauchte eine Viertelstunde, um nach Oakengates zu kommen und die Adresse zu finden, die in einem dieser Wohnhäuser aus der Retorte lag. Ich drückte auf den Knopf der Gegensprechanlage, auf dem Zara Sullivan und Dan Kaye stand. Ein Mann meldete sich. Ich erklärte ihm, dass ich nach seiner Mitbewohnerin suchte. Er ließ mich hinein.

Er war ein kleiner, gut aussehender Typ mit kahl rasiertem Kopf.

»Zara ist auf Teneriffa«, sagte er.

»Sind Sie sicher?«

Er hob eine Augenbraue. »Wollen Sie etwa Schulden eintreiben?«

Ich war beleidigt. Sah ich wirklich wie ein Schuldeneintreiber aus? Oder steckte Zara in finanziellen Schwierigkeiten?

Ich sagte ihm dasselbe wie Samantha.

»Sie hat mir vor einer Woche eine E-Mail geschrieben, dass sie den Fall aufgegeben hat und dringend Sonne braucht.«

»Sie hat Sie nicht angerufen?«

Er schüttelte den Kopf.

»Ist Ihnen das nicht merkwürdig vorgekommen? Schreibt sie Ihnen normalerweise auch E-Mails, wenn sie Ihnen so was mitteilt? Ist sie schon einmal so kurzfristig in Urlaub gefahren?«

»Ja, ist sie. Auch wenn das mit der E-Mail wirklich ein bisschen komisch ist. Normalerweise ruft sie mich an.« Er lächelte. »Sie hört sich gerne beim Reden zu.«

Hier war etwas faul. Es war äußerst unwahrscheinlich, dass Zara die Ermittlungen fallen gelassen hatte, ohne mich zu benachrichtigen, und direkt von Beddmawr nach Teneriffa geflogen war. Ohne in ihrer Wohnung vorbeizufahren, um zumindest ihr Strandzeug einzupacken. Dabei hätte sie auf dem Weg zum nächsten Flughafen mehr oder weniger an Telford vorbeifahren müssen.

»Hat sie Urlaubsfotos auf Facebook hochgeladen?«

»Sie ist nicht in den sozialen Medien«, antwortete Dan.

»Wenn sie ins Ausland gereist ist, ohne vorher hier vorbeizukommen, muss sie ihren Pass mit nach Wales genommen haben. Hat sie den immer dabei? Wissen Sie, wo sie ihn aufbewahrt? Können Sie vielleicht …«

Er hob die Hände, als wollte ich ihn angreifen. »Hey, hey, hey! Geben Sie mir eine Chance zu antworten.«

»Tut mir leid.«

»Hören Sie, ich habe keine Ahnung, was sie mit ihrem Pass macht«, sagte er. »Und woher soll ich wissen, dass Sie wirklich ein Klient von ihr sind?«

»Ich will jedenfalls keine Schulden eintreiben …«

»Mir langt's. Ich kann Zara gerne etwas ausrichten, aber das war es dann auch.«

»Aber …«

»Und tschüss.«

Er knallte mir die Tür vor der Nase zu.

* * *

Auf dem Weg zum Auto rief ich Edward Rooney an, der mir Zara empfohlen hatte. Ich erzählte ihm alles, was ich wusste.

»Können Sie irgendwie herausfinden, ob sie ihren Pass benutzt hat?«, fragte ich.

Er schnaufte ins Telefon. »Nein, natürlich nicht. Das kann nur die Polizei. Und die wird die Sache nicht ernst nehmen. Sie ist eine erwachsene Frau, die ihrem Mitbewohner eine E-Mail geschrieben hat, dass sie in die Sonne fliegt. Außerdem haben Sie absolut keine Beweise dafür, dass ihr irgendetwas zugestoßen sein könnte.«

»Aber finden Sie es nicht auch ziemlich merkwürdig?«

Ich war fast sicher, dass er mit den Achseln zuckte. »Wahrscheinlich ist sie wirklich auf die Kanaren geflogen. Ich kann es ihr nicht verdenken. Ich würde Sie gerne um ein paar Scheine erleichtern und nach Teneriffa fliegen, Lucas, aber ich stecke über beide Ohren in einem vertrackten Fall. Mein Rat? Hören Sie auf, sich Sorgen zu machen und schreiben Sie Ihr verdammtes Buch. Alles klar?«

Es war kurz nach vier. Wenn ich mich nicht beeilte, käme ich zu spät zu meinem Rendezvous mit Shirley.

Kapitel 27

In Telford herrschte Berufsverkehr. Eigentlich hätte ich gar nicht fahren dürfen, denn ich konnte mich kaum konzentrieren. In einem Kreisverkehr schnitt ich einem BMW den Weg ab und entging nur knapp einem Zusammenstoß. Der Fahrer hupte und gestikulierte wie verrückt. Adrenalin flutete durch meine Adern.

Schließlich parkte ich vor dem Bed & Breakfast und sammelte mich, bevor ich ausstieg. Schwarze Regenwolken tauchten die Straße in düsteres Licht, aber im Haus war kein Licht an. Waren Shirley und Heledd noch nicht nach Hause gekommen?

Ich klingelte. Der Hund kam bellend angerannt und sprang an der Tür hoch. Ich suchte meine eingebaute Festplatte nach seinem Namen ab. Oscar, ja, genau.

Ich drückte die Klappe des Briefschlitzes nach innen auf und rief den Hund beim Namen, aber das brachte ihn nur dazu, noch lauter zu bellen. Ich spähte in den düsteren Flur. Oscar schoss auf und ab, ein rasender Fellball, der es irgendwie schaffte, zugleich zu japsen und zu knurren. Shirley musste ihn lange allein gelassen haben. Wahrscheinlich hatte er Hunger oder musste mal raus. Dann war er plötzlich verschwunden. Ich blinzelte durch den Briefschlitz, und als sich meine Augen an das schwache Licht gewöhnt hatten, sah ich einen Umriss am Fuß der Treppe.

Es sah aus wie Mensch.

»Verdammt!« Ich leuchtete mit meinem Handy durch den schmalen Spalt in den Flur.

Shirley lag unter einem großen Gemälde von Christus. Einen Arm hatte sie schützend über den Kopf gelegt. Auf den Dielen breitete sich eine dunkle Pfütze aus. Blut.

Ich rief die Polizei.

* * *

In der ganzen Region waren die öffentlichen Budgets so gekürzt worden, dass Beddmawr keine Polizeistation mehr hatte. Es dauerte eine halbe Stunde, bis die Polizisten aus Wrexham eintrafen. Oscar versuchte immer verzweifelter, irgendwie rauszukommen. Sein Gebell alarmierte die Nachbarn, die nach und nach auf die Straße kamen. Ein untersetzter, halsloser Typ aus dem Nachbarhaus mit rot geäderten Wangen beklagte sich darüber, dass er bei dem Krach seine Fernsehsendung nicht mehr verstehen konnte.

»Besoffen aus den Latschen gekippt?«, fragte er. »Vorhin ist sie voll wie eine Haubitze nach Hause gekommen. Ihr ist so ein Ding aus den Haaren gefallen und sie ist getorkelt.«

»War sie alleine?«

»Glaube schon.«

Ein Streifenwagen und ein Rettungswagen fuhren vor. Ein Polizist mit roten Haaren linste in den Flur, schlug sofort die Haustürscheibe ein und öffnete die Tür von innen. Oscar schoss heraus und sprang kläffend auf und ab. Ich packte ihn am Halsband und hob ihn wie ein Kleinkind auf den Arm. Sein kleines Herz klopfte wie wild. Die Haustür stand sperrangelweit offen. Zwischen der reglos ausgestreckten Shirley und dem Fußabtreter war alles voller blutiger Pfotenspuren. Die Sanitäter folgten den Polizisten ins Haus und zogen die Tür hinter sich zu. Auf dem Bürgersteig hatte sich eine kleine Menschenansammlung gebildet.

Oscar hatte sich mittlerweile auf meinen Armen etwas beruhigt.

»Armes kleines Ding!« Eine grauhaarige Nachbarin bot an, ihn mit zu sich zu nehmen, bis Heledd auftauchte. Sie wohne gegenüber. Ich reichte ihr den Hund.

»Oje«, sagte die Frau und blickte auf meinen Mantel. Oscars Pfoten hatten ihn mit Blut beschmiert.

»Wo bleibt Heledd nur?«, fragte ich.

»Wahrscheinlich ist sie bei ihrem Freund.« Die Missbilligung in ihrer Stimme war nicht zu überhören. Als wäre Olly der Sohn eines Kriminellen, nicht eines angesehenen Bibliothekars.

»Sie mögen Olly nicht?«

Es schien sie zu überraschen, dass ich das herausgehört hatte. »Ich weiß nicht viel über ihn, außer dass er in der Schule ein echter Rabauke war. Sein Vater Malcolm war jedenfalls sehr enttäuscht, dass er nicht zur Uni gegangen ist und hier Taxi fährt. Kinder …« Sie schnalzte mit der Zunge.

Es war komisch, dass sie einen vierzigjährigen Mann als Kind bezeichnete.

»Wie auch immer, ich nehme solange den Hund zu mir.« Sie überquerte eilig die Straße.

Der Nachbar mit dem rot geäderten Gesicht erzählte dem Polizisten an der Tür, dass Shirley betrunken nach Hause gekommen war. Ein anderer murmelte, dass sie gerne »einen hob«. Ich wusste genau, was passieren würde. Die Polizei würde davon ausgehen, dass sie sturzbetrunken die Treppe heruntergefallen war. Ein tragischer Unfall. Weil niemand das Muster erkennen konnte.

Die Tür ging auf und die Sanitäter kamen mit Shirleys sterblichen Überresten in einem verschlossenen Leichensack heraus. Der rothaarige Polizist folgte ihnen. Über den Bürgersteig kam Heledd mit laut klackernden Absätzen auf sie zugefegt.

Sie verstellte den Sanitätern mit der Trage den Weg und sah immer wieder vom Haus zu dem Leichensack.

»Was ist hier los?«, fragte sie keuchend. Sie machte ein paar Schritte Richtung Haus, dann kehrte sie wieder um.

Ein Polizist versuchte, sie zu beruhigen, und nahm sie am Arm beiseite, während die Sanitäter die Trage in den Rettungswagen schoben. Er sagte etwas zu Heledd, das ich nicht verstehen konnte. Ihr Körper wurde starr, und eine Sekunde später lag sie auf dem Bürgersteig. Sofort waren die Sanitäter an ihrer Seite. Heledd kam gleich wieder zu sich, setzte sich auf und sah sich fassungslos um. Die Menge der Schaulustigen bildete einen Halbkreis um sie. Es war das Aufregendste, was hier seit Ewigkeiten passiert war.

Der rothaarige Beamte stand ein paar Schritte von Heledd und den Sanitätern entfernt und kratzte sich am Kopf. Ich ging zu ihm und stellte mich vor.

»Sie ist die Treppe hinuntergeschubst worden«, sagte ich.

Er sah mich skeptisch an. »Wie kommen Sie darauf?«

Ich öffnete den Mund. Und schloss ihn wieder. »Das ist eine längere Geschichte.«

»Hm. Meiner Meinung nach sieht es wie ein Unfall aus. Was haben Sie denn gesehen?«

Er machte sich Notizen, als ich ihm erklärte, wie ich das Haus bei meiner Ankunft vorgefunden hatte. Aber als ich ihm erklären wollte, warum ich glaubte, dass sie absichtlich die Treppe hinuntergestoßen worden war, fehlten mir die Worte. Ich wusste, wie unsinnig es sich anhören würde. Und ich wusste auch, wie leicht man meinen Verdacht widerlegen konnte. Malcom hatte einen Herzinfarkt gehabt. Zara war im

Urlaub. Shirley war betrunken verunglückt. Es gab kein Muster, nur einzelne, nicht miteinander in Zusammenhang stehende Ereignisse. Warum sollte man sich etwas Böses dabei denken? Ich konnte es mir sparen.

Ich sah dem Rettungswagen mit der toten Shirley und der fassungslosen Heledd hinterher. Als ich zu meinem Auto ging, fühlte ich mich wieder beobachtet. Ich drehte mich um.

Es war niemand da.

Kapitel 28

Als ich zum Refugium zurückkam, saßen die anderen schon beim Abendessen. Max neben Suzi, Ursula ihnen gegenüber, wie ich nach einem kurzen Blick aus dem Flur feststellte. Sie waren so in ihr verbales Tennisspiel vertieft, dass sie mich nicht bemerkten. Max und Ursula spielten sich die Bälle zu, Suzi war die Zuschauerin. Ich musste unbedingt mit jemandem sprechen, aber meine Kollegen kamen nicht infrage. Max traute ich nicht über den Weg. Ursula hätte mir wahrscheinlich erklärt, dass ein böser Geist hinter allem steckte. Und was Suzi anging … Ich war mir immer noch nicht sicher, wie sie zu Max stand.

Blieb noch Julia. Aber ich fürchtete mich davor, ihr zu erzählen, dass ich eine Privatdetektivin angeheuert hatte, um Lilys Verschwinden zu untersuchen, weil ich ihr dann ja auch sagen musste, dass Zara keine konkreten Hinweise gefunden hatte. Andererseits hatte ich seit dem Besuch bei Megans Familie das Gefühl, ihr wieder nähergekommen zu sein. Julia würde sicherlich verstehen, dass ich nur ihr Bestes gewollt und es ihr verheimlicht hatte, um ihr keine falschen Hoffnungen zu machen.

In Wahrheit wusste ich natürlich nicht, wie sie reagieren würde. Aber ich hatte mich dazu entschieden, reinen Tisch zu machen und keine Geheimnisse mehr vor ihr zu haben. Es war durchaus möglich, dass wir uns zusammen einen Reim auf alles machen konnten.

»Hallo. Ich habe dich gar nicht reinkommen hören.«

Erschrocken fuhr ich herum. »Julia.«

»Sorry, ich wollte dich nicht erschrecken. Möchtest du etwas zu Abend essen?« Ich druckste herum, worüber sie lachen musste. »Ist schon in Ordnung. Oh, warte mal, ich habe etwas für dich.«

Ich folgte ihr in die Küche. Sie öffnete eine Schublade und nahm den Stift heraus, den Priya mir geschenkt hatte. Ich war unglaublich erleichtert. Ich hatte mich schon halb damit abgefunden, ihn verloren zu haben. Jetzt war ich versucht, ihn zu küssen.

Julia lächelte mich an. »Was macht ihn so besonders?«

»Ich habe ihn von einem ganz besonderen Menschen geschenkt bekommen.«

»Ach so.«

Julia wusste das mit Priya nicht. Ich hatte noch immer keine Gelegenheit gefunden, es zur Sprache zu bringen und sie wissen zu lassen, dass wir beide tragische Verluste erlitten hatten. Es hätte so ausgesehen, als wollte ich sagen: »Ja, ich kenne das.« Jetzt war die Gelegenheit gekommen. Aber zuerst fragte ich sie, wo sie den Stift gefunden hatte.

Sie zögerte. »Versprichst du mir, keine Szene zu machen?«

»Was soll das heißen? Hat ihn jemand geklaut? Ursula?«

Sie seufzte. »Reg dich ab, Lucas. Nein, es war nicht Ursula. Ich habe ihn in Max' Zimmer gefunden …«

»Was?«

»Als ich das Bett bezogen habe. Er lag unter dem Kopfkissen.« Bevor ich explodieren konnte, sagte sie schnell: »Ich habe schon mit ihm darüber gesprochen. Er hat nicht die leiseste Ahnung, wie er da hingekommen ist. Er glaubt, dass er ihn vielleicht an dem Abend, an dem Ursula angekommen ist, aus Versehen eingesteckt hat. Er hat nämlich selbst einen ganz ähnlichen.«

»Und wie soll er unter sein Kopfkissen gekommen sein? Außerdem bin ich sicher, dass ich ihn gar nicht nach unten mitgenommen habe.«

»Hundert Prozent?«

Ich rieb mir die Stirn. Ich war erschöpft. Shirleys Tod machte mir sehr zu schaffen, und ich konnte nicht aufhören, über Zaras Verschwinden zu grübeln. »Nein. Kann sein, dass ich ihn mit runtergebracht habe. Aber was ist mit meinem iPhone? Außerdem war jemand in dieser Nacht in meinem Zimmer. Das weiß ich ganz …«

Julia sah mich überrascht an. »Was? Davon hast du mir gar nichts gesagt.«

Ich brachte alles durcheinander. Ich hatte vergessen, dass ich Julia zwar von den verlorenen Sachen erzählt hatte, dass aber nur Suzi etwas von meinem nächtlichen Eindringling wusste.

»Lucas, was ist los? Du siehst echt fertig aus.«

Sie legte mir die Hand auf den Arm. Sie war warm. Ich hatte das Bedürfnis, Julia an mich zu ziehen und sie zu küssen. Mit ihr ins Bett zu gehen und mich in ihr zu verlieren. Trotz meiner Erschöpfung gab es in diesem Moment nichts, was ich lieber getan hätte. So, wie sie mich ansah, so, wie sie meine Nähe suchte, war ich mir sicher, dass es ihr ähnlich ging. Das Knistern zwischen uns war fast mit Händen zu greifen.

Max kam in die Küche.

»Oh«, sagte er. »Ich wollte nicht stören.«

Julia zog ihre Hand zurück.

Max bemerkte den Stift. »Tut mir leid, Kumpel, das war nicht das erste Mal, dass ich anderer Leute Stifte einstecke. Schreckliche Angewohnheit.«

Alles, was heute passiert war, dazu der Stress und die Erregung kamen jetzt zusammen. Ich ging drohend auf Max los. »Du hast ihn mir gestohlen! Du bist so ein Arschloch!«

Er starrte mich an.

»Und das Handy hast du auch gleich mitgehen lassen, stimmt's? Also, wo ist es?«

»Verdammt, Mann, wovon redest du?«

»Du hast dir alles angesehen, Fotos, Mails, alles!« Ich stieß ihn mit dem Finger in die Brust. »Du hast nach irgendwas gesucht, was du gegen mich benutzen kannst. Oh, Mann! *Du* hast Ursula das mit Priya erzählt. Was bist du doch für ein Schwein!«

Obwohl ich kurz vorm Ausflippen war, nahm ich durch einen roten Nebelschleier hindurch wahr, dass Julias Mund vor Schreck offen stand.

»Du bist so unglaublich arrogant! Und neidisch, weil sich mein Buch so gut verkauft!«

Max feixte. »Neidisch? Etwa auf den Schund, den du produzierst? Du bist doch überhaupt kein richtiger Schriftsteller. Früher hätte man dich einen Schmierfink genannt. In fünf Jahren redet keiner mehr von dir und deinem Mist. Aber meine Bücher werden noch da sein, wenn ich nicht mehr bin.«

Jetzt war der Nebel vor meinen Augen dunkelrot. »Wenn du nicht mehr bist? Der Fall könnte schneller eintreten, als du …«

»Lucas!«

Julia hatte meine Arme gepackt und hielt sie fest. Als wäre ich ein Kind. »Komm runter!«

»Hat er was getrunken?«, hörte ich Suzi fragen. Ich hatte sie nicht hereinkommen hören.

»Komm schon«, bat Julia. »Iss erst mal was.«

Ich schüttelte den Kopf. »Ich habe überhaupt keinen Hunger. Ich gehe nach oben.«

Ich spürte, dass sie mir nachsahen. Die Treppenstufen fühlten sich an, als wären sie aus Schaum.

Ich ließ mich angezogen aufs Bett fallen und war auf der Stelle weg.

* * *

Als ich wieder zu mir kam, fühlte sich mein Mund so trocken wie ein Wattebausch an. Es war dunkel, aber überraschenderweise erst Mitternacht. Ich hatte nur vier Stunden geschlafen. Meine biologische Uhr war vollkommen durcheinander.

Ich stolperte ins Badezimmer und trank Wasser aus der Leitung, dann klatschte ich mir Wasser ins Gesicht und putzte mir die Zähne. Von unten hörte ich Stimmen. Die anderen waren noch auf. Die Erinnerung an den Streit mit Max traf mich wie ein Schlag. Hatte ich mich wirklich damit gebrüstet, ein Bestsellerautor zu sein? Wie peinlich! Ich klatschte mir so lange weiter Wasser ins Gesicht, bis ich richtig wach war.

Auf dem Weg nach unten hörte ich Ursulas Stimme. Ich konnte aber nicht herausfinden, mit wem sie sich unterhielt. Julia ging über den Flur und blieb wie angewurzelt stehen, als sie mich sah.

»Kann ich mit dir unter vier Augen sprechen?«, fragte ich.

Sie sah sich um, dann sagte sie: »Komm mit.«

Zu meiner Überraschung schloss sie die Kellertür auf.

»Hast du nicht gesagt, dass wir hier nicht runtergehen sollen? Weil es gefährlich ist?«

Sie lächelte. »Um ehrlich sein, war das gelogen. Ich wollte den Keller einfach für mich haben. Aber dieses eine Mal mache ich eine Ausnahme.«

Ich folgte ihr. Ich hatte einen staubigen Raum voller Spinnweben erwartet, mit Sperrmüll, alten Kisten und Rissen in den Wänden. Und kaputte Treppenstufen oder lose Kabel, irgendetwas, das erklären würde, warum wir nicht runtergehen sollten.

Ich traute meinen Augen nicht, als Julia auf einen Schalter drückte und das Licht anging.

»Willkommen im Spielzimmer«, sagte sie.

Es war ein Kinderparadies. Sitzsäcke und bunte Kissen auf dem Boden, ein bequemes altes Sofa, vor dem ein Fernseher und eine Spielkonsole standen. An den hell gestrichenen Wänden hingen Plakate mit positiven Botschaften:

> Träume gehen in Erfüllung!
> Was, wenn ich falle? Liebling, dann lernst du fliegen!

Es gab ein riesiges Puppenhaus, Kuscheltiere und Brettspiele. Malbücher, Stifte und Bastelsachen, eine Tafel mit bunter Kreide und eine Truhe mit Sachen zum Verkleiden.

»Wow!«

Julia ließ sich ins tiefe Sofa sinken. »Es war Lilys Lieblingszimmer.«

»Unglaublich. Was hätte ich dafür gegeben, als ich ein Kind war!«

Julia nahm ein Stoffkaninchen auf den Schoß und strich ihm über die Ohren. »Deswegen haben wir diesen Raum geschaffen. Wir wollten, dass Lily all die Sachen hat, die wir nicht hatten. Ihre eigene Höhle. Einen Raum für sich. Sie war oft mit Megan hier unten, und manchmal brachte sie Chesney mit, um mit ihm zu spielen. Der Plan war, wenn wir noch ein Kind kriegten …«

Sie ließ den Satz unbeendet und hing ihren Erinnerungen nach.

»Ich komme gern hier runter. Hier bin ich auch nicht traurig wie in ihrem Zimmer. Manchmal sitze ich stundenlang herum und denke nach. Und dann werde ich ganz … friedlich. Ich weiß, dass das komisch klingt, aber …« Sie zuckte mit den Achseln. »Also, worüber wolltest du mit mir sprechen?«

Ich holte tief Luft.

»Ich weiß nicht, wie du darauf reagieren wirst.«

»Versuch's einfach.«

»Okay. Du hast mir doch erzählt, dass du am liebsten einen Privatdetektiv angeheuert hättest. Tja, also …«

Ich erzählte ihr alles. Angefangen damit, wie ich Zara engagiert hatte, und dass sie bald davon überzeugt gewesen war, dass die Polizei alles getan hatte, was in ihrer Macht stand. Von Zaras Treffen mit Malcolm im Schachklub und von meinem Treffen mit ihr im Pub.

Ich berichtete von Glynn Collins und dem Heimatverein und all den anderen Fragmenten, die nicht zueinander zu passen schienen. Wie meine Mutter mir von einem Mädchen erzählt hatte, das vor siebenunddreißig Jahren verschwunden war. Aber das wusste Julia bereits. (»Ein paar Leute haben mir davon erzählt, als Lily verschwunden war, als würde es mir dadurch besser gehen.«) Zum Schluss erzählte ich ihr, dass ich Shirley tot im Bed & Breakfast aufgefunden hatte.

»Deswegen war ich auch so fertig, als ich nach Hause gekommen bin.«

Sie hob eine Augenbraue, als ich »nach Hause« sagte. Aber davon abgesehen, wirkte sie ruhig. Sie schrie mich nicht an, sie wurde nicht wütend und sie war auch nicht entsetzt. Sie hörte mir einfach ruhig zu, die Beine unter sich geschlagen. Eine Haarsträhne fiel ihr über das linke Auge. Sie schob sie zurück, ohne den Blick von mir zu wenden.

Als ich fertig war, setzte sie die Beine auf den Boden und drückte den Rücken durch.

»Ich wusste, ich hätte dich rausschmeißen müssen, als ich herausgefunden habe, was du schreibst.«

Sie hatte es nicht ruhig aufgenommen. Sie war einfach nur fassungslos gewesen.

»Julia …«

»Halt den Mund!«

Sie stand auf. Ich wollte auch aufstehen, aber sie schubste mich aufs Sofa zurück und blieb über mich gebeugt stehen.

»Wie konntest du das tun?«, schrie sie. »Wie konntest du eine Detektivin engagieren, die ihre Nase in mein Privatleben steckt? Wie …?« Sie war sprachlos vor Wut.

»Ich wollte nicht, dass du dir falsche Hoffnungen machst«, sagte ich.

»Das kann doch nicht wahr sein!«

»Aber du hast doch gesagt, du hättest dir gewünscht, dass du dir einen Privatdetektiv leisten kannst. Ich habe es für dich getan.«

»Wirklich? Für mich?«

Ich musste mich verteidigen. Wenn ich da sitzen blieb und mich zu rechtfertigen versuchte, würde sie mich rausschmeißen, da war ich mir sicher. Ich stand auf.

»Klar habe ich es für dich getan, Julia. Und für Lily. Ich wollte sicherstellen, dass die Polizei alles getan hat, was sie konnte. Du warst so verzweifelt – und ich wollte dir helfen.«

»Ja, klar, der einsamen Witwe.«

»Dein Geschlecht hat nichts damit zu tun.«

»Ach nein?«

Ich schüttelte den Kopf. »Nein, wirklich nicht.« Aber es klang wenig überzeugend, selbst in meinen eigenen Ohren. Wenn Julia ertrunken wäre, hätte ich dann Michael auf dieselbe Art und Weise geholfen? Ich hätte es gerne geglaubt, aber …

»Vielleicht hätte ich es nicht tun dürfen. Aber ich glaube, dass ich etwas herausgefunden habe, jedenfalls habe ich etwas aufgespürt, das mit Lily zu tun hat.«

Ihre Brust hob und senkte sich. »Was willst du denn herausgefunden haben? Das ist doch nur eine … Verschwörungstheorie. Eine verrückte Verschwörungstheorie. Genauso gut könntest du mir erklären, dass hier irgendwo Aliens gelandet sind und Lily mitgenommen haben.«

»Ich weiß, wie es sich anhört. Aber Glynn Collins … Glaubst du, es ist Zufall, dass innerhalb von zwei Wochen, nachdem meine Privatdetektivin angefangen hat, Fragen zu stellen, zwei Mitglieder dieses Heimatvereins tot sind? Und die Detektivin selbst verschwunden ist?«

»Sie ist im Urlaub. Und die anderen beiden Todesfälle haben nichts mit Zufall zu tun, sondern mit dem Prinzip von Ursache und Wirkung. Zara hat Malcolm mit ihren Fragen so zugesetzt, dass er einen Herzinfarkt erlitten hat. Und diese, wie hieß sie noch mal, diese Shirley ist die Treppe runtergefallen, weil sie sich auf seiner Trauerfeier sinnlos betrunken hat.«

»Aber was hat Malcolm so unter Druck gesetzt?«

»Keine Ahnung. Vielleicht wusste er ja wirklich irgendetwas über dieses Mädchen, das in den Achtzigern verschwunden ist. Vielleicht war Malcolm Jones pädophil. Aber das hat nichts mit Lily zu tun.«

Ich dachte darüber nach. Ich hatte mich so auf Glynn konzentriert, dass mir gar nicht in den Sinn gekommen war, dass Malcolm mehr getan haben könnte, als Glynns Verbrechen zu vertuschen. Hatte Julia recht? War Malcolm der Täter?

»Und wenn Malcolm vor zwei Jahren noch einmal … aktiv geworden ist?«

»Mit einer Zeitspanne von fünfunddreißig Jahren zwischen den Taten?«

Ich lief im Zimmer auf und ab. Wenigstens hatte sich Julia wieder auf ein Gespräch mit mir eingelassen und schickte mich nicht zum Kofferpacken. »Vielleicht gibt es noch andere, von denen wir nichts wissen«, sagte ich. »Andere verschwundene Kinder …«

Die Lichter gingen aus.

Über uns, im Bauch des Hauses, schrie eine Frau.

Kapitel 29

Lily – 2014

Mum steckte den Kopf in Lilys Zimmer.

»Megan ist gleich hier. Zieh dich an und kämm dir die Haare.«

»Was? Warum?« Es war Samstagmorgen, und Lily saß im Schlafanzug auf ihrem Bett und spielte ein Spiel auf ihrem iPad.

»Megans Mutter musste plötzlich zur Arbeit und ihr Stiefvater ist auf einem Wochenendtrip zum Junggesellenabschied. Jake kommt auch mit.«

Lily machte ihr genervtes lautes Stöhnen, das ihre Mum überhaupt nicht ausstehen konnte.

»Zieh dich einfach an, okay? Und sei lieb zu Jake. Er ist so ein lieber Junge.«

Eine Viertelstunde später knirschten Reifen auf dem Kies vorm Haus. Lily sah durch ihr Fenster hinunter. Megan, Jake und der Fahrer stiegen aus einem Taxi.

Als Lily nach unten kam, standen die drei im Eingang. Ihre Mutter unterhielt sich mit dem Taxifahrer. Er war anscheinend ein Nachbar und Freund von Megans Mum. Eigentlich war es sein freier Tag, aber er tat ihr gerne den Gefallen, die Kinder vorbeizufahren. Er hätte sowieso nichts Besseres vorgehabt. Er zwinkerte Lily über die Schulter ihrer Mum zu.

»Kann ich Ihnen vielleicht einen Tee anbieten, Mr …«

»Einfach nur Olly. Ja, gerne, das wäre nett.«

»Lily, willst du mit Megan und Jake ins Spielzimmer gehen? Ich bringe euch gleich was zu trinken runter.«

»Okay.« Lily zögerte. »Wo ist Dad eigentlich?«

Mum guckte auf diese besondere Art und Weise, wie immer, wenn sie nicht wusste, was sie sagen sollte. »Er schläft aus.«

»Der hat's gut«, sagte Olly.

»Kann man so sagen.« Mum klang ärgerlich, auch wenn sie das hinter dem Lächeln zu verstecken versuchte, das sie immer aufsetzte, wenn sie Besuch hatten.

Lily und Megan liefen die Treppe zum Spielzimmer hinunter. Jake trottete hinter ihnen her.

Megan drehte sich nach ihm um. »Mach schon, du Schnarchnase.«

»Sorry, Meg«, sagte Jake.

Fast hätte er sich den Kopf an der niedrigen Decke über der Treppe gestoßen. Er hatte schon einen leichten Schnurrbart, den Megan allerdings Milchbart nannte.

Sie verdrehte die Augen. Lily hatte nicht zum ersten Mal Mitleid mit Jake. Sie hätte zwar gerne einen Bruder oder eine Schwester gehabt, aber nicht, wenn sie so rumkommandiert worden wäre.

Megan ging sofort zur Wii U. »Wollen wir Mario Kart spielen? Wetten, dass ich diesmal gewinne?«

Als Megan das letzte Mal hier gewesen war, hatte sie sich darüber beschwert, dass Lily dieses Blutige-Mary-Spiel nicht hatte. Zum Glück gab es das nicht für die Wii U, sodass Lily eine gute Entschuldigung gehabt hatte.

Während Megan die Spielkonsole startete, kümmerte Lily sich um Jake, der schüchtern die Malsachen anstaunte. Lily fiel wieder ein, dass er richtig gut zeichnen konnte, und fragte ihn, ob er Papier und Stifte haben wollte.

»Danke, Lily.« Er setzte sich mit einem Block und Buntstiften auf ein großes Kissen.

Megan drehte sich zu ihm um. »Hey, Jake, nächste Woche hat Mum Geburtstag. Mal ihr eine Karte von uns beiden.«

»Ja, mache ich, Meg.«

Lily und Megan spielten Mario Kart. Megan gewann das erste Rennen, weil sie gemeinerweise direkt vor Lily eine blaue Granate auf die Fahrbahn warf. Lily schlug sie in der zweiten und dritten Runde. Sie wollten gerade das vierte Rennen starten, als die Kellertür aufging.

»Alles klar bei euch?«

Es war der Taxifahrer, der ihnen Smoothies und Schokoladenkekse brachte.

»Was zu essen! Super!« Megan drückte auf Pause. »Danke, Olly.«

Er sagte zu Lily: »Deine Mum musste ans Telefon und hat mich geschickt.« Er sah sich um. »Was für ein cooles Zimmer! Was spielt ihr denn da? Oh, super! Mein Lieblingsfahrer ist Bowser. Er ist zwar in der schweren Gewichtsklasse, aber wenn er einmal durchgestartet ist … Whamm!« Er lachte.

Lily starrte ihn an. War er wie Jake? Ein kleiner Junge, gefangen in einem großen Körper?

»Es ist schon lange her, dass ich in eurem Haus war. Ein Freund von meinem Dad hat hier gewohnt. Hey, vielleicht kennst du meinen Dad ja? Er arbeitet in der Bibliothek.«

Lily sah ihn verständnislos an. Sie war noch nie in der Bücherei in Beddmawr gewesen. Warum auch? Ihre Eltern hatten selbst so viele Bücher, vor allem langweilige. Aber die Bücher, die ihre Mum illustriert hatte, gefielen Lily, nicht zuletzt, weil sie ihr gewidmet waren.

Olly hockte sich neben Jake. »Was malst du denn da, Kumpel?«

Jake war schon vor einer Weile mit der Geburtstagskarte fertig geworden und zeigte ihm sein neues Bild.

»Hey, was ist das denn?«

Lily sah Olly über die Schulter. Jake hatte ganz viele kahle, dornige Bäume gemalt, zwischen denen eine dunkle Figur stand, deren Arme und Beine wie Spaghetti gebogen waren. Ihr Körper war lang, und in ihrem dicken Kopf funkelten Katzenaugen. Jake hatte so fest aufgedrückt, dass das Papier Löcher hatte.

»Die Witwe«, flüsterte er.

Lily wunderte sich, dass Olly nicht lachte, sondern so ernst wie Jake war. »Die Rote Witwe? Mein Dad hat mir früher oft von ihr erzählt.«

Dann wiederholte er all das, was Lily schon wusste. Sogar Megan schien sich zu langweilen. Aber Jake hörte Olly mit offenem Mund zu, als wäre das alles neu für ihn.

Olly warf den Mädchen einen Seitenblick zu.

»Ich habe sie mal gesehen«, sagte er.

Jetzt wurden die Mädchen neugierig.

»Hast du nicht«, widersprach Megan.

»Hab ich doch. Als ich ungefähr so alt war wie ihr. Das war kurz bevor das kleine Mädchen verschwunden ist. Carys.«

Die drei machten große Augen. Olly machte es sich auf einem großen Kissen gemütlich.

»Hier ganz in der Nähe. Ich habe mit meinen Freunden ein Lager im Wald gebaut. Damals ließen Eltern ihre Kinder noch im Wald spielen, ohne sich was dabei zu denken. Jedenfalls sagte dieser eine Freund irgendwann, dass er mal groß müsste.«

Megan kicherte.

»Ja, eklig. Er ist los und wollte das machen, was Bären im Wald machen. Eine Minute später kam er laut schreiend angerannt, jemand wäre hinter ihm her. Eine Frau. Und dann habe ich sie auch gesehen. Zwischen den Bäumen. Sie hatte genau solche Augen …« – er tippte auf die Zeichnung – »… und sie waren weiß

und glühten. Vielleicht war sie blind. Sie hat geschnuppert, und ich glaube, sie konnte uns riechen. Irgendwie dachte ich, dass sie fand, wir würden süß riechen.«

Megan drückte Lilys Hand. Jake stöhnte.

»Und dann zeigte sie mit dem Finger auf uns und sagte: ›Es ist Zeit‹.«

So was gibt es gar nicht, *sagte Lily zu sich selbst.* So was gibt es nicht.

»Und dann? Was habt ihr dann gemacht?«, fragte Megan.

»Was glaubst du wohl? Wir sind weggerannt, als wäre der Teufel hinter uns her.« Er lachte.

»Es ist Zeit«, flüsterte Megan.

»Genau«, sagte Olly. »Weil, die Hexe fordert alle fünfunddreißig Jahre ein Opfer, so geht die Legende. Als das kleine Mädchen Carys verschwunden ist, haben wir uns daran erinnert. Die Hexe hat sie entführt und gegessen.«

Im Spielzimmer war es ruhig. Lily hörte nur, wie schwer Jake atmete.

Olly sah einen nach dem anderen an.

»Ihr wisst doch, was 1980 passiert ist«, sagte er.

Lily merkte, dass er genau wie Megans Großvater war. Er hatte Spaß daran, Kindern Angst mit Gruselgeschichten einzujagen.

»Das ist jetzt vierunddreißig Jahre her. Und nächstes Jahr ist es wieder an der Zeit.« Olly sah sie reihum an. »Sie wird sich wieder ein Kind holen.«

Kapitel 30

Als wir den Schrei hörten, holte Julia ihr Handy raus und machte die Taschenlampe an. Im blauen Licht leuchtete ihr Gesicht gespenstisch. Wir eilten die Treppe hinauf. Ich fluchte, weil ich mein neues Handy in meinem Zimmer gelassen hatte.

Im Flur war es dunkel. In der Tür des Thomas-Zimmers erschien eine dunkle Silhouette. Julia richtete die Taschenlampe darauf. Es war Max.

»Was ist? Was war das für ein Schrei?«, fragte Julia.

»Suzi. Ursula war gerade mitten in einer wirklich unheimlichen Geschichte über einen tückischen Geist – ihr wisst schon, der übliche Blödsinn –, und plötzlich ging das Licht aus. Das war brillant. Als hätte sie es selbst inszeniert.«

Julia leuchtete das Zimmer aus. Ursula saß wie erstarrt in dem Lehnstuhl. In der Hand hielt sie ein Glas Wein.

»Wo ist Suzi?«, fragte ich.

»Weg. Ich glaube, es war ihr peinlich. Wahrscheinlich ist sie in ihr Zimmer gegangen«, sagte Max. »Glaubst du, dass in der ganzen Gegend der Strom ausgefallen ist, Julia? Passiert das oft?«

»Kein einziges Mal, seit ich hier wohne«, antwortete Julia.

»Dann ist vielleicht eine Sicherung rausgeflogen«, sagte ich. »Ich sehe mir das mal an. Wo ist der Sicherungskasten?«

»In der Waschküche.«

Julia und ich gingen in den kleinen Raum neben der Küche mit der Waschmaschine und dem Trockner. Sie richtete das Licht auf den Sicherungskasten an der Wand neben der Hintertür. Ich öffnete ihn.

»An den Sicherungen liegt es nicht«, stellte ich fest. »Muss ein örtlicher Stromausfall sein. Hast du irgendwo Kerzen?«

»Ich glaube schon. Warte mal …« Wir gingen zurück in die Küche.

Wenn das in meiner Wohnung in London passiert wäre, hätten wir keine Probleme gehabt. Priya hatte Kerzen geliebt, vor allem Duftkerzen, und die meisten waren immer noch da. Manchmal, wenn ich mich stark genug fühlte, entzündete ich welche und dachte an sie. Die Gerüche von Jasmin und Zimt würden mich immer an sie erinnern. Julia hatte anscheinend mit Kerzen nichts am Hut. Die einzigen, die ich seit meiner Ankunft gesehen hatte, waren die auf dem Geburtstagskuchen.

Sie durchwühlte die Küchenschubladen. Jede Menge Kram, aber keine Kerzen.

»Vielleicht sind im Cottage welche«, sagte sie.

»Dann sehe ich mal nach«, schlug ich vor.

»Ich komme mit«, sagte Max, der mittlerweile mit seinem eigenen Handy in der Küche erschienen war.

»Brauchst du nicht«, wehrte ich ab.

Aber er war schon aus der Hintertür. Julia gab mir den Schlüssel zum Cottage.

Es war kalt und bewölkt. Nur ab und an blitzten ein paar Sterne zwischen den Wolken hervor. Meine Augen gewöhnten sich langsam an die Dunkelheit. Schwarze Umrisse zeichneten sich vor dem dunklen grauen Hintergrund ab.

Max hielt an.

»Was ist los?«, fragte ich.

»Ich bin mitgekommen, weil ich mich mit dir unterhalten wollte«, sagte er. »Hör mal, Lucas, ich schwöre, dass ich deinen Stift nicht absichtlich an mich genommen habe. Ich kann mich jedenfalls nicht daran erinnern. Du weißt ja, dass wir alle ziemlich viel getrunken hatten.«

Ich konnte seinen Gesichtsausdruck nicht erkennen, aber es klang ehrlich. Ich war von der Auseinandersetzung mit Julia aufgewühlt und wollte nicht noch einen Streit vom Zaun brechen. »Ist schon in Ordnung. Tut mir leid wegen vorhin. Ich hatte einen heftigen Tag.«

»Ich will mich auch entschuldigen. Ich weiß nicht, warum ich das vorhin gesagt habe, und es ist auch keine Entschuldigung, aber ich habe im Moment viel Stress mit meiner Frau. Deswegen bleibe ich auch länger. Sie will nicht, dass ich nach Hause komme.«

Ich nickte.

»Ich habe jedenfalls nicht mit Suzi geschlafen, was auch immer du denkst. Ich habe viel Mist gebaut, aber nicht mit Suzi.« Auch das klang ehrlich.

»Tut mir leid, wenn es so rübergekommen ist, als würde ich dein Verhalten verurteilen.«

Er lachte. »Hoffentlich hört uns keiner. Die müssten denken, dass wir uns gleich in die Arme fallen.«

»Oje! Komm, jetzt lass uns mal nach den Kerzen suchen.«

Im Cottage hielt Max die Taschenlampe, während ich die Küchenschubladen durchsuchte.

»Bestimmt ist der Stromausfall behoben, sowie wir die Kerzen finden.«

Aber ich fand keine Kerzen. Nur ein Feuerzeug, das ich für alle Fälle einsteckte.

»Manchmal wünsche ich mir, ich würde auch Horrorgeschichten schreiben«, sagte Max. »Oder Gespenstergeschichten. An

Inspirationen mangelt es hier nicht gerade. Deine kreativen Synapsen müssen ja unter Dauerbeschuss stehen.«

Dabei hatte er das meiste gar nicht mitbekommen. Ich war versucht, ihm alles zu erzählen, aber dann sagte er: »Mir ist neulich etwas Seltsames passiert.«

»Was denn?«

»Ich musste mitten in der Nacht zur Toilette, und da habe ich jemanden singen hören.«

Ich wartete.

»Eine Frau. Erst habe ich gedacht, es wäre Julia, aber es kam nicht aus ihrem Zimmer. Ich hatte sogar den Eindruck, dass jemand in meinem Zimmer gesungen hat.«

»Nicht zufällig dieses Lied?« Ich sang die ersten Zeilen von *Un, dau, tri …*

»Doch! Genau das!«

»Das habe ich nämlich auch gehört«, sagte ich. »Und Karen auch. Es war anscheinend eines von Lilys Lieblingsliedern.«

»O Mann! Sieht fast so aus, als wäre etwas dran an dem, was Ursula sagt … Aber du glaubst nicht an Geister, oder? Obwohl du Horrorgeschichten schreibst.«

»Nein.«

Wir hätten das Cottage weiter durchsuchen oder zum Haus zurückgehen sollen, aber Max hatte Gesprächsbedarf. »Ich auch nicht. Nur …«

»Was?«

»Wenn ich Ursula zuhöre, komme ich manchmal ins Grübeln.«

»Fang bloß nicht damit an. Sie denkt sich das alles aus.«

Er beugte sich über die Arbeitsfläche und sah aus dem Fenster. Die dichte Bewölkung war aufgerissen. Auf dem Rasen lag silbriges Licht, Bäume und Büsche hoben sich deutlicher aus der Dunkelheit hervor.

»Sie kann sehr überzeugend sein«, sagte er. »Als ich ihr von dem Gesang erzählt habe, hat sie gesagt, dass Lilys Geist im Haus gefangen ist. Er kann nicht in das nächste Reich weiterziehen, weil Julia so unglücklich ist. Ursula will ihre Geistführerin befragen. Sie sagt … Hey, was war das?«

»Was?« Ich ging zum Fenster.

»Da ist jemand. Da drüben, auf der Einfahrt.«

Ich spähte in die Dunkelheit. In dem Moment kam der Mond zwischen den Wolken zum Vorschein.

Dort stand tatsächlich jemand. Es war zu dunkel, um ihn zu erkennen. Oder sie. Aber ich hatte einen Verdacht.

Bevor ich etwas sagen konnte, rannte Max aus der Küche. Ich hörte ihn rufen.

Die Gestalt lief die Einfahrt hinunter, Max hinterher. Ich holte ihn ein. Der dunkle Schatten bewegte sich sehr schnell auf den Wald zu.

»Der Strom ist jedenfalls nicht überall ausgefallen«, keuchte Max. »Da hinten, in dem Haus auf dem Hügel, brennt Licht.«

Die Gestalt drehte sich kurz nach uns um. Ihr Gesicht war auch jetzt nicht zu erkennen, aber ich war sicher, dass sie sehen wollte, was wir als Nächstes taten. Glynn Collins? Mein Magen zog sich zusammen. Wenn ich mit meiner Vermutung richtig lag, hatte er schon drei Leute beiseitegeschafft, damit sie ihn nicht entlarven konnten. Warum war ich bloß nicht auf den Gedanken gekommen, dass ich das wahrscheinlichste nächste Opfer war?

In dem Fall rannte ich ihm direkt in die Arme.

Der Schatten sprintete wieder los.

»Komm schon«, rief Max. Ich hatte keine Wahl. Ich folgte ihm.

Die Straße war voller Schlaglöcher und ich stolperte, aber Max fing mich auf und grinste mich an. Für ihn war es ein Spiel. Und es schien ihm zu gefallen. Er hechtete über eine große Pfütze. Wahrscheinlich konnte er hiermit seinen eigenen Sorgen entfliehen: Geldmangel, Karriereproblemen, Ehekrise. Für ihn war das hier ein kleines Abenteuer.

Wir hatten den Wald erreicht. Der Weg gabelte sich. Direkt vor uns war dichtes Gebüsch. Dahinter lag die Hauptstraße und noch etwas weiter entfernt der Fluss. Die Gestalt war verschwunden.

»Wo ist er lang?«, fragte Max.

Ich hielt den Finger an die Lippen. »Sei mal still.«

Im Gebüsch vor uns raschelte es. »Da lang«, rief ich und kämpfte mich ins dunkle Unterholz. Ich rutschte auf dem glitschigen Laub aus und konnte mich gerade noch an einem Ast festhalten. Ich wartete auf Max. Er ließ das Handy kreisen. Der Schein der Taschenlampe tanzte wie ein Irrlicht zwischen den Bäumen. Obwohl wir uns jetzt vorsichtiger bewegten, fluchte Max laut, als ihm ein Dornenzweig die Wange zerkratzte. Er fiel etwas zurück, während ich blindlings weiterhastete. Ich überhörte das Brüllen meines Steinzeitgehirns: *Flieh! Raus aus dem Wald! Gefahr!*

Dann hatte ich die Straße erreicht, stolperte und schlug hart mit den Knien auf den Asphalt.

Max zog mich hoch. »Alles in Ordnung?«

Ich hatte zu viel Adrenalin im Blut, um Schmerzen zu spüren.

Max überquerte die Straße und lief weiter in das Dickicht aus kahlen Bäumen und Büschen, das uns vom Fluss trennte. Ich atmete tief ein und folgte ihm. Schließlich erreichten wir den Uferpfad.

»Hier ist Julias Mann ertrunken«, raunte ich ihm zu. »Genau an dieser Stelle.«

Das Wasser strömte glitzernd um die Flussbiegung. Über dem anderen Ufer hing Dunst. Die Bäume bewegten sich wie im Schattenspiel. Max spähte in alle Richtungen, während ich noch auf das Wasser starrte. Plötzlich zischte er: »Da drüben!«

Er schoss nach links und wurde sofort vom Wald verschluckt. Ich folgte ihm auf eine kleine, kreisrunde Lichtung zwischen den dichten Bäumen. Dann sah ich das Licht seiner Taschenlampe zwischen den Zweigen tanzen. Ich traute mich nicht, nach ihm zu rufen.

Dann hörte ich seine Stimme: »Los, rauskommen!« Eine Pause. »Halt! Was soll das …?«

Er hatte den Unbekannten gefunden.

Ich hörte Gerangel, das Knacken und Brechen von Ästen. Ein Grunzen und ein dumpfes Geräusch wie von einem Aufprall. Das Licht der Taschenlampe war erloschen.

»Max?«

Ich stand wie angewurzelt da. »Komm schon, na los, Bewegung!«, ermutigte ich mich, bis mir meine Füße wieder gehorchten. Und dann war ich an der Stelle, an der Max eben gestanden hatte.

Direkt hinter mir hörte ich das Laub auf dem Waldboden rascheln. Ich drehte mich um.

In meinem Kopf explodierte ein scharfer Schmerz. Ich fiel blind vornüber und schlug auf den Boden.

Dunkelheit.

Kapitel 31

Ich erwachte in einer Welt aus Kälte und Schmerz. Ich riss die Augen auf, aber ich konnte nichts sehen. Meine Lunge rang vergeblich nach Sauerstoff. Ich ruderte wild mit den Armen, aber da war nichts, an dem ich mich hätte festhalten können.

Vielleicht brauchte mein Gehirn nur eine Sekunde, um herauszufinden, was los war, aber es fühlte sich wie eine Ewigkeit an. Komplette Verwirrung. Und bis ich es herausgefunden hatte, ertastete ich etwas Weiches unter meinen Handflächen.

Das Flussbett.

Ich war im Wasser.

Meine Kopfschmerzen waren unerträglich. Es war, als würde mir jemand immer wieder ein heißes Messer ins Gehirn rammen. Eine schwarze Welle zog mich hinunter. Mein Kopf war kurz davor, meinen Körper abzuschalten. Ich war am Ertrinken. Aber irgendwo steckte noch ein Funken Überlebensinstinkt in mir. Ich mobilisierte die letzten Reserven, stieß mich am Flussbett ab und arbeitete mich wild um mich tretend und schlagend nach oben, kämpfte gegen das schwarze, eiskalte Wasser an, das mich in die Tiefe zu ziehen drohte wie ein Ungeheuer.

Zuckerwerk, komm! Süßes Zuckerwerk komm zu mir …

Es umklammerte meine Knöchel mit eisernem Griff. Zog mich ins feuchte Grab. *Gib auf,* flüsterte eine Stimme in meinem Ohr. *Lass dich sinken. Hinunter ins Nichts. Keine Schmerzen. Keine Qualen.*

Komm, süßes Zuckerwerk! Komm!

Nie und nimmer! Ich weigerte mich aufzugeben. Ich weigerte mich zu sterben.

Mit allerletzter Kraft schwamm ich nach oben, den Sternen entgegen, die hoch über mir leuchteten, die nach mir riefen, die mich ermutigten. Nicht aufgeben!

Ich durchbrach die Wasseroberfläche.

Und schnappte keuchend nach Luft.

Kämpfte gegen die schreienden Schmerzen in meinem Schädel an und schwamm auf die niedrigen Felsbrocken zu, auf denen Julia damals gestanden haben musste. Hilflos, unfähig, ihren Mann zu retten. Ich bekam die Uferpflanzen zu fassen und zog mich daran lang, bis ich aus dem Wasser klettern konnte. Keuchend und zitternd lag ich auf den Steinen. Ich hatte keine Kraft mehr. Ich schloss die Augen und überließ mich ganz der Dunkelheit.

* * *

»Lucas? Lucas!«

Diesmal war es kein jähes Aufschrecken. Die Dunkelheit lichtete sich ganz allmählich.

Eine warme Hand strich mir über das Gesicht, und etwas Warmes wurde über mich gedeckt.

»Lucas, ich bin's, Julia.«

Als ich die Augen öffnete, kniete sie über mir. Ich versuchte zu sprechen, aber meine Zähne klapperten zu sehr. Sie hielt meine Hand. Über ihrem Kopf waren die Sterne, die mich gerettet hatten.

Sie musste mich mit ihrem Mantel zugedeckt haben. Ich versuchte, mich aufzusetzen, aber mir zuckten helle Schmerzen wie Blitze durch den Kopf. Ich stöhnte und Julia sah mich besorgt an.

»Als ihr nicht vom Cottage zurückgekommen seid, habe ich nach euch gesucht«, sagte sie. »Was ist passiert?«

Ich versuchte wieder zu sprechen, hustete aber nur Flusswasser aus. Julia drehte mich vorsichtig in die Seitenlage und wickelte mich eng in den Mantel ein.

»Der Rettungswagen muss gleich hier sein«, sagte sie.

Ich spuckte noch mehr Wasser aus meiner Lunge. Ich schlotterte so, dass ich mir nicht vorstellen konnte, je wieder warm zu werden. Aber ich musste sie etwas fragen.

»Max«, brachte ich mühsam heraus. »Wo ist Max?«

Doch bevor sie antworten konnte, war wieder alles schwarz.

* * *

Ich wachte im Krankenhaus auf. Morgenlicht durchflutete das Zimmer. Meine Kopfschmerzen waren etwas besser – sie mussten mich mit Schmerztabletten vollgepumpt haben. Ich prüfte meine Arme und Beine, meine Finger und Zehen. Ich konnte alles bewegen. Mir war immer noch übel und ich bibberte vor Kälte. Trotzdem setzte ich mich vorsichtig auf und achtete dabei auf den Schlauch in meinem Arm. Behutsam betastete ich meinen bandagierten Hinterkopf.

Eine Krankenschwester hatte bemerkt, dass ich wach war.

»Mr Radcliffe, lassen Sie es langsam angehen.« Sie hatte einen osteuropäischen Akzent und freundliche Augen.

»Ist Julia hier?«, fragte ich.

»Ist das die Frau, die sie gefunden hat? Sie ist nur kurz rausgegangen, machen Sie sich keine Sorgen. Der Arzt wird auch einen Blick auf Sie werfen wollen. Ich sage ihm, dass Sie wach sind.«

Als sie gehen wollte, fragte ich: »Warten Sie. Max Lake? Ist er hier?« Ich sah mich angespannt auf der Intensivstation um, konnte ihn aber nicht entdecken.

Sie versuchte es mit einem beruhigenden Lächeln. Es war nicht überzeugend. »Die Polizei möchte mit Ihnen sprechen, sobald der Arzt grünes Licht gibt.« Sie eilte fort.

Der Arzt kam, musterte mich und erklärte, dass man mich noch eine Weile zur Beobachtung dabehalten wollte. Meine Kopfverletzung mache ihnen etwas Sorgen.

»Es ist nicht so schlimm, wie es sich angefühlt haben muss«, beruhigte mich der Arzt. »Keine Schädelfraktur. Wir haben Sie geröntgt und einen Gehirnscan gemacht. Sie scheinen keine inneren Verletzungen davongetragen zu haben. Sie haben einen harten Schädel, Mr Radcliffe. Aber wir müssen eine Gehirnerschütterung ausschließen. Außerdem gibt es noch das Risiko einer subduralen Blutung, aber Ihre Chancen stehen gut.«

»Womit bin ich geschlagen worden?«, fragte ich.

»Hmm.« Er warf einen Blick in seine Unterlagen. »Ich glaube mit einem Stein. Aber die Polizei wird Ihnen mehr darüber sagen können.«

»Was ist mit Max Lake? Ist er hier?«

Der Arzt runzelte die Stirn. »Soweit ich weiß, nein.«

Ich lag mit geschlossenen Augen da und ließ die Ereignisse vor meinem inneren Auge Revue passieren. Dann sprach mich jemand an. Als ich die Augen öffnete, stand eine Frau mit kurzen, dunklen Haaren im Raum. Sie stellte sich als Detective Clara Hawkins vor.

»Geht es Ihnen gut genug, um mir ein paar Fragen zu beantworten?«, fragte sie und zog einen Plastikstuhl ans Bett heran.

»Selbstverständlich. Aber beantworten Sie mir meine Frage zuerst. Wo ist Max Lake? Geht es ihm gut?«

Sie ballte die Fäuste und öffnete sie wieder. Dann räusperte sie sich. »Es tut mir leid, aber Mr Lakes Leichnam wurde heute früh aus dem Dee geborgen.«

»Nein!«

Ich war nicht überrascht. Seit ich aufgewacht war, hatte ich mich für diese Nachricht gewappnet. Wenn mich jemand bewusstlos geschlagen und in den Fluss gestoßen hatte, dann sicherlich auch ihn. Nur dass er es nicht geschafft hatte. War er noch mal aufgewacht? Hatte er gekämpft? Hoffentlich nicht. Wenn er sterben musste, dann lieber ohnmächtig, als bei vollem Bewusstsein den Kampf gegen das Ertrinken zu verlieren.

»Standen Sie beide sich nahe?«, wollte Detective Hawkins wissen. Sie versuchte ganz offensichtlich, meine Miene und Körpersprache zu interpretieren.

»Nein, ich kenne ihn erst seit zwei Wochen. Aber …« Ich hatte schreckliche Schuldgefühle. »Es ist meine Schuld. Meinetwegen ist das alles passiert, und ich lebe und er ist … tot.«

»Wie meinen Sie das? Dass das alles Ihretwegen passiert ist? Wissen Sie denn, wer der Täter ist?« Sie klappte ein Notizbuch auf und zückte den Stift.

Ich erzählte ihr dasselbe wie Julia am Abend zuvor – mein Gott, wie lang waren die letzten vierundzwanzig Stunden gewesen! Detective Hawkins unterbrach mich ab und an und fragte nach. Ich erwähnte die merkwürdigen Vorfälle im Refugium nicht, und ich versuchte auch, alle Exkurse zu vermeiden, die zu sehr nach Verschwörungstheorie klangen.

Als ich fertig war, sagte ich: »Glynn Collins ist es gewesen.«

Detective Hawkins tippte mit ihrem Stift auf ihren Notizblock. »Haben Sie ihn gesehen?«

»Nein, dazu war es zu dunkel. Aber ich bin sicher, dass er es war. Wer sollte es sonst gewesen sein?«

Der Blick, den sie mir zuwarf, war unergründlich.

»Kennen Sie ihn?« Mein Kopf hämmerte. »Alle sagen, er wäre eine Säule der Gemeinschaft.«

Sie schüttelte den Kopf. »Ich bin aus Wrexham.«

»Einer Ihrer Kollegen hatte eine Beziehung mit Zara Sullivan, der Privatdetektivin, die ich engagiert habe. Ich weiß nicht, wie er heißt, aber vielleicht hat Zara mit ihm gesprochen, bevor sie verschwunden ist.«

»Dem gehen wir nach«, sagte sie.

Eine lange Stille folgte. Schließlich fragte ich: »Also ist das jetzt eine Mordermittlung?«

Sie sah mich ernst an. »Selten genug in dieser Gegend.«

»Nur vermisste Kinder.«

Sie stand auf. »Zwei in vierzig Jahren. Das kann man wohl kaum eine Serie nennen.« Sie gab mir ihre Visitenkarte. »Wir melden uns. Falls Ihnen in der Zwischenzeit irgendetwas einfällt, vor allem natürlich Einzelheiten, die uns helfen könnten, Ihren Angreifer zu identifizieren, rufen Sie mich bitte an.«

»Wie sieht es mit Personenschutz aus?«, fragte ich. »Für mich selbst. Er hat versucht, mich zu töten. Was, wenn er wiederkommt, um die Sache zu beenden?«

Sie hob die Hände und sah um sich, um mir zu bedeuten, dass ich von lauter Leuten umgeben war. »Hier kann Ihnen nichts geschehen, Mr Radcliffe. Versuchen Sie, sich keine Sorgen zu machen.«

* * *

Als ich später aufwachte, saß Julia an meinem Bett.

»Ich habe dir ein paar Kleinigkeiten zum Essen mitgebracht.« Sie deutete auf zwei Tüten auf dem Nachtschrank.

»Und ein paar Zeitschriften. Und dein Telefon.« Sie reichte es mir. »Wie geht es dir?«

»Ich bin geschockt. Wegen Max.«

Sie strich sich seufzend die Haare aus der Stirn. Sie wirkte unendlich traurig. Mir wurde bewusst, dass die Erinnerungen an die schrecklichen Ereignisse vor zwei Jahren hochgekommen sein mussten. Als sie hilflos am Fluss gestanden hatte und ihr Mann vor ihren Augen ertrunken war.

»Danke, dass du mich gerettet hast«, sagte ich. »Ich wäre an Unterkühlung gestorben, wenn mich niemand gefunden hätte. Aber wahrscheinlich warst du versucht, mich einfach da liegen zu lassen.«

Sie atmete laut aus. »Ich kann verstehen, warum du eine Privatdetektivin angeheuert hast. Und ich weiß, dass du nur helfen wolltest.«

Ich lächelte sie an.

»Trotzdem bin ich wütend auf dich.«

Mein Lächeln verflog.

»Aber ich bin froh, dass du nicht ertrunken bist«, sagte sie leise.

Mehr war offensichtlich nicht drin.

»Hast du denn irgendwen am Fluss gesehen?«, fragte sie.

Ich wiederholte, was ich Detective Hawkins erzählt hatte und erwartete fast, dass Julia genauso skeptisch sein würde wie tags zuvor. Aber jetzt war die Situation anders. Schließlich ging es hier eindeutig nicht um ein Naturphänomen, und eine harmlose Erklärung gab es auch nicht. Jemand hatte mich angegriffen. Jemand hatte Max umgebracht.

»Glaubst du wirklich, dass Glynn etwas über Lily weiß?«, fragte sie. In ihrer Stimme schwangen Sehnsucht und Entsetzen.

»Ich hoffe, dass die Polizei ihn gerade verhört«, antwortete ich. »Waren sie schon im Refugium? Haben sie eine Vermutung, was mit der Stromversorgung los gewesen ist?«

»Ja, sie sind da gewesen. Sie haben Ursula und Suzi und mich befragt und sich alles genau angesehen. Sie haben Max' Computer mitgenommen. Und deinen auch.«

»Was?«

»Tut mir leid. Ich konnte sie nicht davon abbringen. Sie haben gesagt, dass sie ihn überprüfen müssen. Warum, haben sie nicht gesagt.«

Mein Roman war auf dem Laptop, und auch wenn ich ein Back-up in der Cloud hatte, kam ich hier nicht so schnell an einen anderen Computer heran. Im Moment war das allerdings nicht das größte Problem.

»Und die Elektrik?«

»Als ich gestern Nacht zum Haus zurückkam, war alles in Ordnung«, antwortete sie. »Ich habe der Polizei von dem Stromausfall erzählt, und die Leute dort haben gesagt, sie würden es überprüfen. Aber es klang nicht so, als hätten sie es wirklich vor! Genau wie damals, als Lily verschwunden ist.«

Das viele Reden rächte sich. Meine Schläfen hämmerten. An den Rändern meines Sichtfeldes verschwamm alles, und stechende Schmerzen pulsierten in meinem Hinterkopf. Ich brauchte dringend Schmerzmittel, so viel, wie mir die Ärzte geben würden.

»Wie geht es Suzi und Ursula?«

Julia schüttelte den Kopf. »Ursula ist ins Bett gegangen. Ich werde nicht schlau aus ihr. Suzi … geht es sehr schlecht. Sie hat sich in ihrem Zimmer eingeschlossen, nachdem sie das mit Max erfahren hat. Ich habe sie weinen hören.«

»Max hat mir gesagt, dass zwischen ihnen nichts war.«

»Hast du ihm geglaubt?«

Ich dachte darüber nach. »Ja. Gott, bin ich froh, dass ich mich bei ihm entschuldigt habe, bevor … bevor es passiert ist.«

Julia rutschte auf ihrem Stuhl hin und her. »Ursula hat der Polizei von eurem Streit erzählt.«

»Nett.«

»Im Refugium ist es wie in einem Zirkus. Nicht nur wegen der Polizei, sondern auch wegen der Reporter, Fotografen und Filmcrews. Sie blockieren die Einfahrt.« Ihre Miene verdunkelte sich. »Und die Schweine haben Michael und Lily in den Nachrichten erwähnt. ›Wieder eine Tragödie in der Idylle‹, und ähnlicher Mist. Max' Ehefrau ist auf dem Weg, um seine Sachen abzuholen und sich die Stelle anzusehen, an der es passiert ist. Ich habe gehört, dass es am Fluss von Schaulustigen nur so wimmelt.«

Ohne Warnung ergriff sie meine Hand.

»Ich bin so …« Sie brach ab. »Ich bin so froh, dass du es aus dem Fluss geschafft hast.«

Ich war verblüfft und versuchte, die Sache herunterzuspielen. »Ich auch.«

»Als ich dich dort liegen sah, auf den Steinen, da dachte ich, du wärst tot.« Tränen standen ihr in den Augen. Sie ließ meine Hand nicht los, aber sie blickte in die Ferne, in die Vergangenheit. »Ich konnte nicht richtig um Michael trauern, weil ich so fixiert darauf war, Lily zu finden. Selbst bei seiner Bestattung … Ich war völlig taub. Emotionslos. Unfähig, ihn zu beweinen. Nachher habe ich gehört, dass ich geweint haben soll, aber ich erinnere mich nicht daran. Die Trauerrede habe ich gar nicht wahrgenommen.«

Ich drückte ihre Hand und wartete darauf, dass sie fortfuhr.

»Ich vermisse ihn«, sagte sie. »Als die Benommenheit nachließ, war ich lange Zeit wütend auf ihn. Wütend auf sein Trinken. Ich habe ihm die Schuld dafür gegeben, dass wir uns gestritten und nicht auf Lily aufgepasst haben. Unsere Ehe war schon lange nicht mehr gut, und wir hätten uns wahrscheinlich bald getrennt. Wir haben Dutzende letzter Chancen vergeigt. Er hat immer wieder versprochen, dass er das Trinken aufgeben würde, weil es unsere Familie zerstört hat … Aber er hat es nicht getan. Und am Neujahrstag wurde mir klar, dass er es nie tun würde.« Sie holte ein Taschentuch hervor und putzte sich die Nase. »Fünf Minuten später war er tot.«

Ich schwieg.

»Und dann war da noch etwas anderes … Eine andere Frau. Ich bin mir nicht hundert Prozent sicher, aber ich glaube, dass Michael mich mit dieser Frau aus seinem Büro betrogen hat. Lana. Vielleicht war es auch nur platonisch, ich weiß es nicht. Jedenfalls lief da irgendwas. Wahrscheinlich hätte er sich mit ihr zusammengetan, wenn wir uns getrennt hätten, und manchmal frage ich mich, ob er deswegen weiter getrunken hat. Weil er wollte, dass ich ihn rausschmeiße. Eine passive Art, unsere Ehe zu beenden.«

Sie putzte sich erneut die Nase. »Aber er hat Lily geliebt. Und sie war sicherlich auch der Grund, warum er dageblieben ist.« Sie wischte sich die Tränen ab. »O Gott, du liegst da mit diesem dicken Verband um deinen Kopf. Jemand wollte dich umbringen. Und ich? Ich heule mich bei dir aus.«

»Julia, sei nicht albern. Das ist gut. Du solltest darüber sprechen.«

Sie schauderte. »Ich habe Angst, Lucas. Ich kann gar nicht genau sagen, warum. Aber ich habe Angst.«

Ich wusste nicht, was ich dazu sagen sollte. Bevor ich eine Antwort gefunden hatte, hörte ich meinen Namen. »Mr Radcliffe?«

Detective Hawkins war mit einem anderen Polizisten aufgetaucht, einem Mann mittleren Alters in einem abgetragenen Anzug. Sie stellte ihn als Inspector Garry Snaith vor.

Er nickte Julia zu. »Mrs Marsh.«

Sie kannten sich also, wahrscheinlich weil er gerade im Refugium gewesen war. War er vielleicht auch an der Suche nach Lily vor zwei Jahren beteiligt?

»Macht es Ihnen etwas aus, wenn wir uns allein mit Mr Radcliffe unterhalten?«, fragte er.

Julia wirkte nervös. »Ja. Ich meine, nein. Ich muss sowieso los. Ich rufe dich später an, Lucas.«

Als sie gegangen war, sagte Detective Hawkins: »Wir haben uns mit Glynn Collins unterhalten. Er war die ganze Nacht zu Hause, zusammen mit seiner Freundin.«

Ich setzte mich in meinem Bett auf. »Mit seiner Freundin?«

Inspector Snaith lächelte. »Ja, genau. Scheint noch nicht zum alten Eisen zu gehören.«

Ich fragte mich, ob das die Frau war, mit der er sich auf der Trauerfeier unterhalten hatte, die mit dem unwahrscheinlichen Dekolleté.

»Jedenfalls kann die gute Dame nicht schlafen«, fuhr Snaith fort. »Sie war den Großteil der Nacht wach, während besagter Gentleman laut schnarchend neben ihr lag.«

»Wer auch immer Sie angegriffen hat«, meinte Hawkins. »Glynn Collins war es nicht.«

Kapitel 32

Die Ermittler blieben eine halbe Ewigkeit. Sie nannten es ein informelles Gespräch. Sie wollten alles über mich wissen. Hatte ich Feinde? Hatte Max Feinde gehabt? Sie hätten gehört, Max und ich hätten gestern Streit gehabt. Konnte ich ihnen mehr darüber erzählen? Warum waren wir der Person bis zum Fluss gefolgt? Hatten wir getrunken?

»Warum fragen Sie, ob Max Feinde hatte? Ich habe Ihnen doch gesagt, dass der Kerl es auf mich abgesehen hatte.«

»Und warum hat er dann Mr Lake getötet?«, fragte Detective Hawkins.

»Wahrscheinlich hat der ihn erkannt.«

Während ich ihre Fragen beantwortete, schwirrte mir alles Mögliche durch den Kopf. Wenn es wirklich nicht Glynn gewesen war, der Max getötet und mich angegriffen hatte, wer, zum Teufel, war es dann gewesen? Und hieß das, dass Glynn auch mit den beiden anderen Todesfällen nichts zu tun hatte? Hatte ich mich komplett geirrt?

»Sie sind sicher, dass Glynn Collins' Freundin nicht gelogen hat?«, hakte ich nach.

»Man kann natürlich nie hundert Prozent sicher sein«, antwortete Snaith. »Aber Margaret, so heißt sie, ist die Ex-Frau unseres pensionierten Chefs. Auf Nachfrage hat er uns erklärt, dass sie die ehrlichste Frau ist, die man sich vorstellen kann. Sie würde nie einen Kriminellen decken. Außerdem hat Mr Collins eine App auf seinem Handy, die seinen Schlafrhythmus aufzeichnet.«

Ich nickte. Priya hatte auch so eine benutzt.

»Nach dieser App hat er wie ein Baby geschlafen, während sich Margaret neben ihm hin und her geworfen hat.«

»Vielleicht hat er einen Komplizen«, sagte ich. Doch schon während ich es aussprach, bemerkte ich, wie bescheuert das klang.

Die beiden tauschten einen Blick. Detective Hawkins sagte: »An den beiden von Ihnen erwähnten Todesfällen von Malcolm Jones und Shirley Roberts haben wir nichts Verdächtiges festgestellt. Mr Jones hat normalerweise wegen seiner Herzkrankheit Tabletten genommen. Er hat sie allem Anschein nach zu nehmen vergessen.«

Das kam mir merkwürdig vor, aber ich unterbrach sie nicht. »Was Shirley Roberts angeht, sagen mehrere Zeugen übereinstimmend aus, dass sie die Trauerfeier stark alkoholisiert verlassen hat. Die Treppen in ihrem Haus sind sehr steil. Ich möchte dem Rechtsmediziner nicht vorgreifen, aber alles deutet auf einen Unfall hin.«

»Der Angriff auf Max Lake und Sie steht in keinem Zusammenhang mit diesen Ereignissen. Wir betrachten ihn als eigenständigen Fall«, stellte Inspector Snaith klar.

»Und was ist mit Zara Sullivan? Haben Sie sie aufgespürt?«

Wieder tauschten sie einen Blick.

»Sie sind ja Schriftsteller, Mr Radcliffe«, sagte Detective Hawkins. »Sie haben viel Fantasie. Sie suchen überall nach versteckten Motiven und Bedeutungen. Wissen Sie, wenn man jeden Tag mit der Wirklichkeit zu tun hat …«

»Dann ist die einfachste Erklärung fast immer die richtige«, beendete ich ihren Satz.

Sie hob eine Augenbraue. »So ist es.«

Mein Kopf hämmerte wieder. Eigentlich hatte ich über die merkwürdigen Vorfälle im Refugium sprechen wollen. Aber worauf sollte das hinauslaufen? Sie hatten mich in eine Schublade gesteckt. Ich war ein Schriftsteller mit einer überbordenden Fantasie.

Eine Krankenschwester kam. »Der Patient braucht jetzt Ruhe.«

»Selbstverständlich.«

Die Kommissare standen auf. Detective Hawkins musterte mich einen Moment. Ich hätte gerne ihre Gedanken gelesen, denn an ihrem Blick erkannte ich, dass sie mich verdächtigten.

»Wir sprechen uns wieder«, sagte sie.

* * *

Am nächsten Nachmittag wurde ich entlassen. Der Arzt drückte mir einen Zettel mit den Symptomen in die Hand, auf die ich achten sollte: *Schläfrigkeit, Lichtempfindlichkeit, Desorientiertheit, Verwirrung.* Ich machte einen Witz darüber, dass ich immer verwirrt war, aber der Arzt lachte nicht darüber.

Da ich Julia nicht bitten wollte, mich abzuholen, rief ich Olly Jones an. Es war ziemlich weit zum Refugium, und ich konnte mir vorstellen, dass er nichts gegen die Einnahme hatte. Außerdem hatte ich noch einen anderen Grund, Julia nicht zu behelligen. Ich wollte mich mit Olly unterhalten.

»Sieh mal einer an: Der Verwundete kann laufen«, sagte er, als ich mich auf den Rücksitz setzte. Es war ein wunderschöner Tag, sonnig und mild. Im Taxi war es warm. Zum ersten Mal seit Monaten fühlte ich Schweiß in meinen Achseln.

»Ich habe gehört, was passiert ist.« Olly ließ den Motor an. »Was für ein Schock! Haben Sie eine Vermutung, wer das gewesen sein könnte? Wer Ihnen eins über die Rübe gezogen hat, meine ich.«

»Nein.«

»Lassen Sie mich raten: Die Polizei tappt völlig im Dunkeln, stimmt's?«

»Scheint so.«

Er bog auf die Hauptstraße. »Wie schrecklich, wenn man bedenkt, dass zwei Menschen – oder wahrscheinlich drei – an ein und derselben Stelle innerhalb von zwei Jahren ertrunken sind.« Er fluchte laut, als ein Auto plötzlich vor ihm ausscherte. »Die kleine Lily war ein tolles Mädchen, wissen Sie? Ich hoffe, dass sie immer noch lebt.«

Ich beugte mich vor. »Sie kannten sie?«

»Ja, ich wohne in derselben Straße wie ihre Freunde, Megan und Jake. Und ich kenne ihre Mutter schon lange.«

Natürlich. Jeder kannte hier jeden.

»Außerdem war mein Vater gut mit Wendys Vater befreundet. Haben Sie Wendy schon kennengelernt? Sie ist wunderbar. Megan ist eine ziemliche Nummer und Jake … Wendy macht das ganz toll mit ihm, wenn man bedenkt, was für Probleme er hat.« Er machte eine Pause. »Ehrlich gesagt, fühle ich mich ein bisschen schuldig. Ich habe Lily und den anderen beiden eine Geschichte erzählt, wie ich als Kind die Witwe gesehen habe. Ich wollte ihnen einfach nur ein bisschen Angst einjagen, aber ich fürchte, sie haben es für bare Münze genommen. Jetzt sehe ich Lily immer mit diesem angstverzerrten Gesicht vor mir. Ich hätte ihr sagen müssen, dass ich sie nur auf den Arm genommen habe.«

Ich versuchte, die Unterhaltung in den Griff zu bekommen. »Bei der Trauerfeier hatte ich keine Gelegenheit, mich richtig mit Ihnen zu unterhalten. Aber ich habe Ihnen doch schon erzählt, dass unsere Väter Freunde waren, oder?«

»Ja.« Er lachte. »Witzig, vielleicht haben wir miteinander gespielt, bevor Sie weggezogen sind.«

»Ja, komisch irgendwie. Und wie ist das mit Ihrem Vater passiert? Irgendwer hat mir erzählt, dass er herzkrank war.«

»Stimmt. Und der alte Dummkopf hat vergessen, seine Tabletten zu nehmen.«

Ich tat, als wäre mir das neu. »Aber sicherlich hätte er doch nicht gleich einen Herzinfarkt bekommen, nur weil er seine Tabletten ein oder zwei Tage vergessen hat? Ich bin zwar kein Experte …«

»Ja, aber der Arzt meint, dass er kurz vor seinem Tod unheimlich unter Stress gestanden haben muss. Und dass er die Tabletten vergessen hat, war da natürlich nicht gerade hilfreich. Keine Ahnung, was ihn so gestresst hat. Er war zu Hause und hat ferngesehen. Ich vermute mal, dass er sich über irgendetwas Sorgen gemacht hat.«

Ich fühlte mich schlecht. Das Thema bereitete Olly sichtlich Kummer, und trotzdem bedrängte ich ihn. Auch wenn die Polizei das anders sah, war ich immer noch davon überzeugt, dass Malcolms Tod etwas mit den anderen Ereignissen zu tun hatte.

»Haben Sie ihn gesehen? Ich meine, an dem Tag, an dem er gestorben ist? Hat er auf Sie einen besorgten Eindruck gemacht?«

»Nein, wir haben uns nicht gesehen.« Er schwieg. Wahrscheinlich war ich zu weit gegangen. Er trauerte um seinen Vater. Sein Tod war noch nicht lange her. »Aber ich habe an dem Tag mit ihm telefoniert«, fuhr Olly fort. »Er hat sich irgendwie merkwürdig verhalten.«

»Inwiefern?«

»Na ja, er war viel emotionaler als sonst. Und er hat irgendwas in der Richtung gesagt, dass er meine Mum im Stich gelassen hat. Dass es jetzt zu spät wäre, es wiedergutzumachen. Ich hatte keine Ahnung, wovon er redete. Ehrlich, ich habe mich gefragt, ob er was getrunken hatte. Oder ob das die ersten Anzeichen von Demenz waren.« Olly rieb sich mit beiden Fäusten die Augen. »Und dann sagte er etwas wirklich Merkwürdiges. Er fragte, ob ich ihm verzeihen könnte, wenn er etwas Schreckliches getan hätte.«

Mir stellten sich die Haare auf den Armen auf.

»Nee, stimmt nicht. Er hat gesagt, ob ich ihm verzeihen könnte, wenn er ein schreckliches Geheimnis für sich behalten hätte. Aber als ich nachgefragt habe, hat er gekniffen. Es wäre nur das Geschwafel eines alten Mannes.« Olly biss die Zähne zusammen. Es sah aus, als würde er gleich weinen. Er wechselte das Thema. »Sie haben es ja mit Büchern und so'm Zeug, stimmt's? Mein Vater hat ein paar tausend von den verdammten Dingern rumstehen. Ohne Quatsch. Ich habe keinen Schimmer, was ich damit machen soll. Vielleicht kommen Sie mal vorbei und gucken sich an, ob Sie was davon haben wollen? Dann wäre ich hoffentlich ein paar los.«

»Danke für das Angebot. Aber wollen Sie nicht lieber bei einem Antiquariat anrufen? Es könnte ja was Wertvolles dabei sein.«

»Genau das hat Heledd auch gesagt.« Er schüttelte den Kopf. »Irgendwie merkwürdig, dass ihre Mutter und mein Vater innerhalb von einer Woche gestorben sind. Ich meine, was für ein Zufall! Heledd überlegt sich jetzt, ob sie das B & B weiterführen will. Vielleicht verkauft sie es und lebt erst mal von dem Geld. Ich versuche, sie zu überreden, bei mir einzuziehen.«

»Wie lange sind Sie schon zusammen?«

»Zwanzig Jahre.«

»Was?«, fragte ich überrascht.

Er lachte. »Mit einer Pause von achtzehn Jahren. Ein Jahr, als wir jung waren und seit letztem Jahr wieder. Da habe ich sie endlich rumgekriegt.«

»Und Sie haben beide keine Kinder?«

»Ich schon. Aber sie leben in Cardiff bei meiner Ex-Frau. Heledd hat keine. Sie sagt, es wäre kein guter Ort, um Kinder großzuziehen.«

Ich fand das alles traurig. Offensichtlich war Heledd all die Jahre ihrer Mutter zuliebe hiergeblieben. Jetzt würde sie vielleicht wegziehen und Olly allein zurücklassen.

Wir schwiegen eine Weile. Bis zum Refugium war es nicht mehr weit.

»Und Sie haben keine Ahnung, was für ein Geheimnis Ihr Vater gemeint haben könnte?«

Er zögerte eine Sekunde, bevor er es verneinte. Da war irgendetwas, vielleicht verschüttet, ein Zweifel oder ein Verdacht. Ich entschloss mich, ihm nicht weiter zuzusetzen. Er würde jetzt bestimmt darüber nachdenken. Vielleicht käme es ja an die Oberfläche.

»Vielleicht komme ich doch mal vorbei, um mir die Bücher anzusehen«, sagte ich, als wir Nyth Bran erreichten.

»Cool.« Er spreizte den Daumen und den kleinen Finger ab. Das Zeichen für *Wir telefonieren.*

* * *

Julia saß am Frühstückstisch in der Küche, trank Tee und schaute auf den Garten hinaus. Sie hatte dunkle Ringe unter den Augen, aber als das Sonnenlicht auf ihr Haar fiel und ihr Gesicht erhellte, blieb ich wie angewurzelt stehen.

»Es ist unhöflich, jemanden anzuglotzen«, sagte sie, kam auf mich zu und inspizierte meine Bandage am Hinterkopf. »Ist auch etwas Hirnmasse rausgesickert?«, fragte sie.

»Nichts wirklich Wichtiges, glaube ich.«

»Der gesunde Menschenverstand ist noch im Einsatz?«

»Was? Der ist schon vor Ewigkeiten vertrocknet.«

Sie lächelte. »Kaffee?«

»Ja, gerne, aber ich mache ihn selbst.«

»Wenn du meinst.« Als ich den Kessel gefüllt und auf den Aga gestellt hatte, sagte sie: »Die Polizei war wieder hier und hat Fragen gestellt.«

»Worüber?«

»Über dich.«

Ich drehte mich nach ihr um. »Was für Fragen?«

»Sie haben sich nach deiner Beziehung zu Max erkundigt. Wie ihr miteinander klargekommen seid. Snaith hatte dein Buch dabei.«

»›Zuckerwerk‹?«

»Ja. Er blätterte darin herum und las ein paar brutale Szenen vor. Er wollte wissen, ob du hier mal aggressiv gewesen bist. Ursula hatte ihnen natürlich längst von deinem Streit mit Max erzählt. Wie du ihm gedroht hast.«

»Verdammt! Die glauben doch wohl nicht, dass das eine ernst gemeinte Drohung war, oder? Wie jetzt? Soll ich Max vielleicht umgebracht und mir dann selbst einen Stein über den Kopf gezogen haben? Das ist doch total bekloppt!«

»Ich weiß nicht, was die denken, Lucas. Wenigstens sind die Reporter weg. In Wrexham hat ein Haus gebrannt, in dem mehrere Kinder eingeschlossen waren … Ich mag gar nicht daran denken. Jedenfalls sind die Reporter jetzt alle dort.«

Der Kaffee war fertig. Ich gab zwei Löffel Zucker hinein.

»Wo ist Ursula jetzt?«

»In ihrem Zimmer. Sie redet davon, in den nächsten ein, zwei Tagen abzureisen.«

»Und Suzi?«

»Dito. Sieht ganz so aus, als wärst du dann mein einziger Gast. Außer wenn du auch vorhast, dich aus dem Staub zu machen.«

»Ich bezweifele, dass die Polizei mich gehen lassen würde, selbst wenn ich wollte. Aber ich will nicht. Vorausgesetzt, du hast nichts dagegen, dass ich bleibe.«

Sie sah mir in die Augen. »Nein, natürlich nicht. Ich möchte auch, dass du bleibst. Ich vermute mal, dass hier keine Leute mehr herkommen wollen, nach dem, was passiert ist.« Sie lächelte. »Nicht, dass es mir etwas ausmachen würde. Vielleicht war das alles sowieso eine blöde Idee. Ich sollte wieder illustrieren. Mir Arbeit suchen. Ich habe immer noch Kontakte.«

Aber plötzlich war ihre Energie wie weggeblasen.

»Es kommt mir so sinnlos vor. Alles.«

»Julia …«

Ich ging zu ihr. In ihren Augen standen Tränen. Ich legte meine Hand auf ihren Arm. Sie kam mir näher. Jetzt standen wir nur noch ein paar Zentimeter voneinander entfernt, und die Spannung zwischen uns war zum Greifen. Sie kam noch näher.

Die Zeit stand still. Die Welt war ruhig. Mit dem Daumen strich ich ihr sanft eine Träne von der Wange.

Sie legte ihre Stirn an meine. Irgendwo rief ein Vogel. Sonnenstrahlen tanzten in der Küche. Ich schloss die Augen und wartete darauf, dass sich unsere Lippen fanden.

Und plötzlich hielt ich nur noch Luft in den Armen.

Ich öffnete die Augen. Sie stand an der Tür, die Arme um sich geschlungen. Sie war so schön, dass es mir wehtat.

»Es tut mir leid«, sagte sie und ging hinaus.

Kapitel 33

Schläfrigkeit, Lichtempfindlichkeit, Desorientiertheit, Verwirrung. Ich litt unter der geballten Ladung, aber es hatte nichts mit meiner Kopfverletzung zu tun. Ich saß am Schreibtisch und grübelte, was ich als Nächstes unternehmen sollte. Die Polizei hatte meinen Laptop konfisziert, also konnte ich nicht arbeiten. Ich war kurz davor, Detective Hawkins oder Inspector Snaith anzurufen, aber ich wollte keine weiteren Fragen beantworten. Wenn sie mich verdächtigten, sollte ich mir dann nicht lieber einen Anwalt suchen? Würden sie mich vorladen? Die Nervosität schlug mir auf den Magen.

Ich überflog die Nachrichten auf meinem Handy. Natürlich war Max in den Schlagzeilen. Und sein letztes Buch war Bestseller Nummer eins bei Amazon.

Darüber hätte er sich gefreut.

Meine Mailbox quoll über. Nachrichten von meinem Agenten und Verleger, dass sie natürlich Verständnis hätten, wenn ich länger für mein Buch brauchte. Wenigstens ein Hoffnungsschimmer, fand ich – und hatte sofort ein schlechtes Gewissen, dass ich an etwas Positives gedacht hatte. Und Unmengen von Mails von meinen Lesern, die allerdings hofften, dass ich mein neues Buch trotzdem nicht auf die lange

Bank schob. Auf Facebook genau dasselbe. Ich postete eine kurze Meldung, dass es mir gut ging, und verlinkte sie mit der Seite einer Wohltätigkeitsorganisation, die für Max' Familie um Spenden bat.

Der Stein in meinem Magen war auf die Größe von Hawaii angewachsen. Einerseits hatte ich Angst davor, dass derjenige, der versucht hatte, mich umzubringen – und ich war mehr als skeptisch, was Glynn Collins' Alibi anging –, zurückkommen würde. Andererseits wünschte ich mir genau das, damit ich ihn konfrontieren konnte. Dieses Mal wäre ich vorbereitet. Ich öffnete die Vorhänge und sah hinaus in die Dämmerung. Es war ruhig da draußen, sehr ruhig. Das Refugium war abgeschlossen, hier war ich sicher. Hier konnte niemand herein.

In meinem schmerzenden Kopf machte ich gedanklich eine Liste von all den Dingen, die ich zu erledigen hatte. Zu Olly gehen und mit ihm über seinen Vater sprechen. Die Polizei davon überzeugen, dass ich kein Spinner war. Dass sie überprüfen musste, ob Zara ihren Pass benutzt hatte.

Und sie davon überzeugen, dass ich Max nicht ermordet hatte.

Ich war erschöpft. Bis in meine tiefsten Muskelfasern, bis in meine Seele. Ich ging ins Badezimmer und ließ Wasser in die Wanne laufen. Das warme Bad beruhigte mich, und als es abgekühlt war, war ich fast eingeschlafen. Ich schleppte mich in mein Zimmer, fiel nackt und noch feucht ins Bett und war sofort weg.

* * *

Der Türschnapper klickte. Jemand war in meinem Zimmer. Aber dieses Mal hatte ich die Vorhänge offen gelassen. Im Mondlicht sah ich eine Gestalt am Fußende des Betts, die sich zu häuten schien. Etwas Weiches fiel zu Boden.

Und dann schlüpfte die Gestalt unter meine Bettdecke.

»Was …«, begann ich.

Sie legte mir einen Finger auf den Mund: »Schhhh.«

Julia. Sie legte einen Arm um mich und zog mich an sie heran. Sie war nackt, ihre Haut kühl und weich. Sie bebte am ganzen Körper, und ihr Atem ging schnell. Sie küsste mich, und als sie mich auf den Rücken drehte, fielen mir ihre seidigen Haare ins Gesicht und kitzelten mich. Sie lag flach auf mir, presste ihre Beine gegen meine, ihre Brust gegen meine. Haut auf Haut. Lippen auf Lippen.

Dann setzte sie sich rittlings auf mich, stützte sich mit den Handflächen auf meiner Brust ab und bewegte sich langsam. Ihre Hüften schoben sich hin und her, hin und her. Ich setzte mich auf, küsste sie tief und umschlang sie. Sie biss mir leicht in die Lippen und strich mir mit den Fingernägeln über den Rücken. Sie drückte sich immer begieriger an mich. Ich spürte ihre Frustration, ihr unbedingtes Verlangen nach einem Orgasmus, zog mich aus ihr zurück und steckte meinen Kopf zwischen ihre Beine. Von unten blickte ich über die herrliche Landschaft ihres Körpers, sah die Röte um ihre Schlüsselbeine. Sah, wie sich ihre Brust hob und senkte mit ihrem schneller werdenden Atmen. Und dann brachte ich sie mit meinen Fingern und meiner Zunge zum Höhepunkt.

Einen Moment später war ich wieder in ihr, versuchte, mich zurückzuhalten, aber sie murmelte: »Ist okay«, und ich ergab mich und kam in Wellen von Explosionen, die durch meinen ganzen Körper brandeten.

Sie legte den Kopf auf meine Brust. Wir sprachen nicht. Später küssten wir uns wieder, küssten uns stundenlang. Es war, als würde ich träumen. Und dann begannen wir von vorn.

Irgendwann hörte ich das Lied, leise und entfernt. *Un, dau, tri. Mn yn dal y pry.* Ich glaube, dass ich etwas sagen wollte, aber meine Zunge war zu schwer.

Und dann war es hell.
Und Julia war fort.

* * *

Ich fand sie im Cottage. Sie trug die Haare hochgesteckt und sortierte Papiere auf dem Küchentisch. Als sie mich kommen hörte, sah sie auf und lächelte mich an.

»Frühstück? Irgendwie sind die Zeiten der Mahlzeiten aus dem Ruder gelaufen.«

»Nein, egal, ich …« Ich brachte keinen Ton heraus und kam mir wie ein verliebter Teenager vor. »Julia …«

Sie kam um den Tisch herum und nahm mich in den Arm, um mich zum Schweigen zu bringen. Es fühlte sich wie eine platonische Umarmung an.

»Julia …«, begann ich wieder.

»Lass uns nicht drüber reden, okay? Ich brauchte es, das ist alles.«

»Oh.«

Sie lachte. »Bitte guck nicht so enttäuscht. Das Letzte, was ich jetzt will, ist eine lange peinliche Unterhaltung darüber. Ich glaube, du hast es auch gebraucht. Es war nicht mehr, aber auch nicht weniger. Du willst doch gar nicht mehr, oder? Jedenfalls hatte ich bisher nicht den Eindruck. Und ich bin sowieso nur noch ein Wrack.«

Stimmte das? Ich wusste es nicht. Priyas Tod war zwei Jahre her. Natürlich vermisste ich sie immer noch, aber der Schmerz, der früher allgegenwärtig gewesen war, der jede Stunde jedes Tages verdunkelt hatte, war schwächer geworden. Es konnte passieren, dass ich stundenlang nicht an Priya dachte, bevor ich aus dem Vergessen durch Schuldgefühle aufgeschreckt wurde.

Aber ich fühlte mich nicht schuldig, weil ich mit Julia geschlafen hatte. Ich lebte. Ich brauchte menschliche Wärme und Freude. Ich wollte wieder glücklich sein. Warum hätte Priya mir das missgönnen sollen, falls sie mir von oben zusah? Eher hätte sie mich ermutigt.

Dass es für Julia anders war, verstand ich natürlich. Lilys Verschwinden machte alles viel komplizierter. Ich konnte versuchen weiterzugehen, aber Julia war in einem Schwebezustand gefangen.

Sie hatte sich wieder an den Tisch vor die Unterlagen gesetzt, und ich setzte mich dazu.

»Willst du darüber sprechen?«, fragte sie. »Über den Menschen, den du verloren hast? Deine Freundin?«

»Ja.« Und dann erzählte ich ihr von Priyas Tod. Von meiner Panik, als sie nicht bei der Arbeit angekommen war. Wie ich sie gefunden hatte. Von der Fahrerflucht.

»Eine Woche später hat die Polizei ihn gefunden. Er war ein hoher Beamter, der seiner Geliebten vor der Arbeit einen Besuch abgestattet hatte. Es war ein Unfall, weil er viel zu schnell gefahren ist, um nicht zu spät ins Büro zu kommen. Er geriet in Panik, hatte Angst, seinen Job zu verlieren, seine Frau und seine Kinder … Ich war beim Prozess. Er schämte sich entsetzlich und entschuldigte sich in einer Tour. Ich hasste ihn trotzdem. Wenn ich erfahren würde, dass er sich das Leben genommen hat, wäre ich selbst jetzt noch froh.« Ich sah Julia an. »Schlimm, oder?«

»Nein, verständlich. Wenn jemand Lily entführt hat und wenn ich ihn finde …« Sie brauchte den Satz nicht zu beenden. In ihren Augen loderte derselbe Hass, den ich für den Mann empfand, der Priya getötet hatte.

»Für mich ist es leichter als für dich«, sagte ich. »Der Prozess war eine Art Abschluss. Außerdem löste Priyas Tod etwas Unerwartetes in mir aus. Statt daran zugrunde zu gehen, statt dass das Schreiben ganz unten auf meiner Liste rutschte, geschah das Gegenteil. ›Zuckerwerk‹ war damals kaum mehr als ein Entwurf. Aber weil Priya so begeistert davon gewesen war, war ich entschlossen, nein, war ich wie besessen, das Buch zu Ende zu bringen. Es zum Abheben zu bringen. Für sie. Dazu kam auch der Tod meines Vaters, das Gefühl, dass er nie stolz auf mich hatte sein können. Also steckte ich alles in das Buch. Und zum ersten Mal in meinem Leben fiel es mir leicht, und ich wusste, dass es gut war.«

»Und als es ein Erfolg wurde, ging es dir besser? Hast du geglaubt, dass Priya und dein Dad stolz auf dich gewesen wären?«

»Irgendwie schon. Es war aufregend, es war wie ein Rausch. Aber es hat mich auch erschreckt. Wenn es etwas gibt, das du dir dein Leben lang gewünscht hast, wenn du denkst: *Wenn das und das passiert, dann ist alles gut, dann bin ich endlich glücklich …* Und dann passiert es tatsächlich.«

»Und du bist trotzdem nicht glücklich.«

»Genau. Ich war keinen Deut glücklicher. Es hat meinen Kummer über Priyas Tod – oder den meines Vaters – kein bisschen gelindert. Das konnte nur die Zeit.«

Sie nickte.

»Ich war ganz unten«, fuhr ich fort. »Und bin es immer noch. Erst jetzt, erst nach dem, was Max und mir passiert ist, geht es mir anders. Ich wäre fast ertrunken … Auch wenn es sich wie ein Klischee anhört, ich bin jetzt viel fokussierter. Ich habe eine zweite Chance bekommen. Eine Chance, mich zusammenzureißen und glücklich zu sein.« Ich schwieg einen Moment. »Als ich dich kennengelernt habe, Julia, wurde mir klar, dass ich keine wirklichen Probleme habe. Jedenfalls keine, die sich mit deinen vergleichen ließen. Du bist so stark.«

»Ich bin nicht stark.«

»Doch. Bist du. Du bist erstaunlich. Ich weiß, dass du nicht mehr von mir willst, aber ich will dir wenigstens sagen, wie erstaunlich … wie wunderbar ich dich finde.«

»Ach …« Sie unterbrach sich. »Da kommt wer.«

Ursula platzte ins Cottage und stand sofort in der kleinen Küche. Ihre Haare waren zerzaust, auf einer Wange hatte sie noch den Abdruck von ihrem Kissen. Sie war blass und schien zwischen Angst und Aufregung hin- und hergerissen zu sein.

»Was ist los?«, fragte Julia alarmiert.

Ursula schlug in die Luft neben ihrem Ohr wie nach einer Wespe. Obwohl ich sie nicht leiden konnte, war ich besorgt um sie.

»Meine Geistführerin Phoebe hat mich in der Nacht geweckt.«

Meine Sorge löste sich in nichts auf. Es war einfach nur der übliche Unsinn, den sie jetzt wieder verzapfte.

»Und was hat sie dir gesagt?«

»Zuerst nur, wo dein Handy ist, Lucas.«

Ich warf Julia einen ungläubigen Blick zu.

»Aha!«, sagte ich. »Und wo ist es?«

»Auf einem Bücherregal im Thomas-Zimmer. Ich habe sie gefragt, wo genau, da hat sie mir einen alten Kinderreim vorgesungen:

Der Eul' und die Miezekatz fuhren zur See
in einem erbsengrünen Boot so zu zwein.«

Ich starrte sie an. »Was? Moment!«

Ich rannte zum Haus und direkt ins Bücherzimmer. Ich zog »Der Eul' und die Miezekatz« aus dem Regal. Kein Handy. Ich nahm noch ein paar Bücher heraus.

Und da war es. Hinter den Büchern. Mein verschwundenes Handy.

Auf dem Weg ins Cottage drückte ich auf den Home-Button, aber es hatte keinen Saft mehr. Ich hielt es in die Höhe, als ich das Cottage betrat.

»Es war genau da.« Ich wandte mich an Ursula. »Du hast es da selbst versteckt.«

»Sei nicht albern.«

Ich versuchte, mich zu erinnern. Konnte es sein, dass ich es an dem Abend, an dem Ursula angekommen war, verlegt hatte? Möglich war es – ich konnte es auf die Bücher gelegt haben und dann war es dahintergerutscht. Ich konnte mir keinen Reim darauf machen.

»Willst du uns wirklich weismachen, dass deine … deine Geistführerin mitten in der Nacht zu dir gekommen ist, um dir zu sagen, wo Lucas' Handy ist?«, fragte Julia gereizt. »Macht sie das oft? Sagt sie dir sonst auch immer, wo du verlegte Sachen findest?«

»Nur manchmal.« Ursula sah Julia bedeutungsvoll an. »Du solltest dich setzen, meine Liebe.«

»Alles gut bei mir.«

»Wie du meinst. Du wirst es vielleicht etwas beängstigend finden, aber ich bitte meine Geistführerin jetzt, direkt mit dir zu sprechen.«

»Du spinnst doch«, sagte ich. »Lass dich nicht darauf ein, Julia.«

Aber sie bewegte sich nicht. »Doch, ich bin gespannt.«

Ursula setzte sich, holte tief Luft, spreizte die Finger auf dem Tisch und schloss die Augen. Sie war so lange still, dass ich sie gerade fragen wollte, wen sie mit ihrem Theater beeindrucken wollte. Aber dann begann sie zu sprechen.

Ihre Stimme war verändert, sie war höher und jünger. Es war zwar absurd, aber auch unheimlich. Ursula hielt die Augen geschlossen. Den Kopf hatte sie zur Seite gelegt.

»Julia, dein Kind ist von dir gegangen. Lily ist tot.«

Julia schlug die Hand vor den Mund. Ursula legte den Kopf auf die andere Seite.

»Aber du brauchst dir keine Sorgen zu machen. Sie ist in Sicherheit, sie ist glücklich. Sie ist an einem besseren Ort … am besten Ort. Ich habe sie gesehen und mit ihr gesprochen.

Sie möchte, dass du weißt, dass sie dich liebt. Ihr Daddy ist bei ihr, und die beiden sind glücklich, obwohl sie dich vermissen.«

»Julia«, sagte ich, aber sie brachte mich zum Schweigen.

Ursula lächelte. Es war ein grausiges Lächeln. Mit ihrem kalkweißen Gesicht und den wirren Haaren sah sie wie eine viktorianische Puppe aus. »Lily ist jetzt in Sicherheit. Du musst dir keine Sorgen mehr machen. Du musst auch nicht mehr nach ihr suchen. Sie ist bei Jesus.«

Teil 3

Kapitel 34

Ursula warf wilde Blicke um sich, als wüsste sie nicht, wo sie war. Dann hielt sie sich die Hand vor den Mund und rannte zur Toilette. Sie bewegte sich viel schneller als sonst. Ich hörte, dass sie sich übergab, dann spülte sie und drehte den Wasserhahn auf. Als sie in die Küche zurückkehrte, standen ihr Schweißperlen auf Stirn und Oberlippe.

Sie setzte sich.

»Kann ich bitte ein Glas Wasser haben?«

Julia saß vollkommen erstarrt da. Sie konnte ihren Blick nicht von Ursula lösen. Ich holte das Glas Wasser. Ursula leerte es in einem Zug.

»Ich muss mich entschuldigen«, sagte sie. »Das passiert immer, wenn ich channele. Macht es euch was aus, mich eine Minute alleine zu lassen?«

Ich war erleichtert, die enge Küche verlassen zu können, aber Julia zögerte.

»Sie hat gesagt, Lily ist bei Michael. Und bei Jesus.«

Ursula lächelte milde. »Hat sie das gesagt? Ich habe es nicht gehört. Ich war an einem anderen Ort.«

»Komm schon, Julia«, drängte ich und schob sie mehr oder weniger hinaus. Wir betraten den Garten. Julia wirkte benommen. Ich wollte den Arm um sie legen, aber sie schubste mich weg.

»Ich möchte alleine sein.«

»Du glaubst ihr doch nicht etwa?«

»Sie wusste, wo dein Handy war. Oder etwa nicht?«

Was zwischen uns gewesen war, war wie weggeblasen. Ich war überzeugt, dass Ursula uns Theater vorgespielt hatte. Vielleicht war sie verrückt und glaubte wirklich daran. Dass sie einen Geist channeln konnte, der durch sie sprach, war unglaublicher Unsinn. Aber Julia war verzweifelt genug, ihr alles abzunehmen. Wie frustrierend! Aberglaube und irrationale Vorstellungen. Was noch? Würde Ursula behaupten, ein Waldgeist habe Max und mich bewusstlos geschlagen und uns dann in den Fluss geworfen?

»Sie muss das Handy versteckt haben, um diese Show zu inszenieren. Als Nächstes verlangt sie Geld für Nachrichten von Lily.«

Julia war mir voraus zum Haus gegangen. Jetzt wirbelte sie herum und zeigte mit dem Finger auf mich. »Du verstehst es einfach nicht, oder? Wie sich das anfühlt.«

Sie klopfte sich mit der flachen Hand auf die Brust.

»Du erzählst mir, ich sei ›erstaunlich‹.« Sie machte die Geste für Anführungszeichen. »Weswegen? Weil ich stark bin? Weil ich mich zusammenreiße? Du hast nicht die leiseste Ahnung …«

Ursula war aus dem Cottage getreten und beobachtete uns. Julia ignorierte sie.

»Du hast keine Ahnung, wie unglaublich weh das tut, Lucas. Keine Ahnung, wie oft ich schon unten am Fluss gewesen bin und mir vorgestellt habe hineinzuspringen. Ich würde ertrinken, weil ich so schwach bin, dass ich nicht einmal schwimmen kann. Wenn mir jemand beweist, dass Lily tot ist, dann mache ich es vielleicht auch. Dann gäbe es nichts mehr, was mich davon abhalten könnte. Keine Hoffnung mehr, die mich am Leben erhält.« Sie machte eine vage Geste zum Haus hinüber. »Ich habe gedacht, wenn ich das Refugium eröffne, hätte mein Leben wieder einen Sinn. Ein kleines Unternehmen. Etwas für mich. Was für ein Fehler!« Sie begann zu lachen. Es klang hysterisch. »Ich hätte bei meiner ursprünglichen Idee bleiben sollen. Einer Hundezucht. Hunde brauchen viel Aufmerksamkeit und sie können schwierig sein, aber verdammt noch mal, sie sind nichts im Vergleich zu euch Schriftstellern!«

Sie drehte sich zu Ursula um, die noch beim Cottage war.

»Also, was soll ich jetzt deiner Meinung nach tun? Du behauptest, Lily sei tot. Bist du sicher? Dann kann ich die Hoffnung ja aufgeben. Dann kann ich ja gleich in den Fluss springen.«

»Julia …«

Ursula hielt sich am Türrahmen fest. Es war beängstigend, wie sehr sie über Nacht gealtert war. »Nein, Julia. Sie will nicht, dass du zu ihr kommst. Sie will, dass du denjenigen findest, der ihr das angetan hat. Der sie umgebracht hat.«

Wir starrten sie beide an.

»Und hat Phoebe dir auch ein paar Hinweise gegeben?«, fragte Julia mit harter, zynischer Stimme. *Wenigstens*, dachte ich, *kauft sie Ursula den Unsinn nicht ab.* In ihren Augen stand kalte Wut.

»Noch nicht«, sagte Ursula.

»Du kannst mich ja anrufen, wenn du weitere Nachrichten hast. Jetzt packst du deine Sachen und verschwindest!«

Ich konnte mir ein Lächeln nicht verkneifen. Doch dann sah Julia mich an. »Und das gilt auch für dich! Für euch alle.«

Sie schloss Suzi, die gerade aus dem Haus gekommen war, mit einer ausholenden Geste ein. Suzi war blass und sah schrecklich mitgenommen aus. Sie wirkte fast erleichtert über den Rausschmiss. Mit hängendem Kopf drehte sie sich um und verschwand im Haus.

»Die Polizei lässt mich nicht gehen«, wandte ich ein. Es klang erbärmlich.

»Dann suchst du dir eben ein Zimmer in der Stadt«, fuhr Julia mich an und stürmte ins Haus.

»Das meint sie nicht so«, sagte Ursula. »Sie wird sich wieder beruhigen. Sie steht unter Schock, das ist alles.«

»Ja, und wessen Schuld ist das?«, rief ich Ursula hinterher.

Ich ging zum Zaun hinüber und blickte auf die Wiese. Ich tastete vorsichtig meinen verbundenen Hinterkopf ab. Vor ein paar Stunden hatten Julia und ich uns noch in den Armen gelegen. Jetzt warf sie mich hinaus. Vielleicht sollte ich mich über die polizeiliche Anordnung hinwegsetzen und zurück nach London fahren. Julia und Lily und alles, was mit ihnen zusammenhing, vergessen. Vergessen, dass jemand versucht hatte, mich umzubringen. Mich wieder an die Arbeit machen und mein Leben weiterleben.

Aber dafür steckte ich schon zu tief drin.

Mein Handy klingelte. Olly war dran.

»Hey«, sagte er. »Sind Sie sehr beschäftigt? Oder könnten Sie vielleicht mal vorbeikommen?«

»Um die Bücher anzusehen?«, fragte ich etwas verwundert.

»Nein. Oder doch. Es ist … ich habe etwas gefunden, das mit dem zu tun hat, worüber wir gestern geredet haben. Es wäre gut, wenn Sie sich das mal ansehen würden.«

* * *

Malcolm Jones hatte seit dem Tod seiner Frau allein in einem großen Einfamilienhaus am anderen Ende der Stadt gelebt. Es stand an einer engen Stichstraße. Der Teich im Vorgarten war ausgetrocknet, und der Wein, der sich an der Fassade emporrankte, schlug in der Dachrinne Wurzeln.

Olly öffnete mir. Er sah aus, als hätte er nicht viel geschlafen und dünstete einen leichten Körpergeruch aus. Er führte mich in die Küche.

Heledd war am Abwaschen und drehte sich nach mir um. Sie trug ein weißes T-Shirt, das ihr Rosen-Tattoo freiließ.

Sie wirkte ebenso angespannt wie Olly und strahlte eine nervöse Energie aus. Kummer. Ich kannte das Gefühl nur zu gut.

»Sie haben meine Mutter gefunden, oder?«

Ich nickte. »Mein Beileid. Wie geht es Ihnen?«

»Wir unterstützen uns gegenseitig. Stimmt's?«, fragte Olly und legte einen Arm um sie.

»Stimmt.«

Sie berührte das Kreuz an ihrer Kette. Shirleys Geste und Shirleys Kreuz. Ich sah die beiden an. Ich war mir sicher, dass Ollys Vater und Heledds Mutter ermordet worden waren. Und dass ich zum Teil dafür verantwortlich war.

Ich suchte nach den richtigen Worten. Sollte ich mich nach dem Hund erkundigen? Oder war das taktlos?

»Komm, Kumpel«, sagte Olly, »ich zeige dir, was ich gefunden habe.« Er war kommentarlos zum Du übergegangen.

Er führte mich in Malcolms Arbeitszimmer, vorbei an halb gepackten Kisten mit den Sachen seines Vaters. Ich zwängte mich vorbei in ein unerwartet großzügig geschnittenes Zimmer, in dessen Mitte ein wuchtiger Schreibtisch stand. An den Wänden standen robuste Regale, die mit Hunderten, vielleicht Tausenden Büchern vollgestellt waren. Weitere stapelten sich auf dem Boden und dem Schreibtisch. Daneben stand ein neuer iMac, der überhaupt nicht zu den angestaubten Büchern passte.

»Und das hier ist nur die Spitze des Eisbergs«, sagte Olly. »Unten sind noch viel mehr. Man sollte meinen, er hätte nach der Arbeit in der Bibliothek genug von Büchern gehabt. Aber er war süchtig nach ihnen. Meine Mutter hat immer gestöhnt: ›Neben deinem Bett türmt sich ein meterhoher Stapel ungelesener Bücher. Wofür brauchst du noch neue?‹«

Mir fiel ein Regalbrett mit Volkssagen, Märchen und Mythen auf. Unter ihnen sah ich »Legenden und Mythen in Stadt und Land«, das ich sowohl bei Lily als auch bei Megan gesehen hatte. Eindeutig ein Bestseller in dieser Gegend. Daneben Bände über die Geschichte von Nordwales und die Region um Wrexham, auch ein Band über den Bergbau in Wales mit einem sperrigen Titel. Ich suchte nach einem Eintrag für Beddmawr beziehungsweise über die ehemalige Mine, auf der Julias Haus – Nyth Bran, das heutige Refugium – stand. Ich wurde tatsächlich fündig. Bis zu ihrer Schließung im Jahr 1946 war die Mine demnach das wirtschaftliche Zentrum der Gegend gewesen. *Um die Mine rankte sich eine Legende, der zufolge die Frau eines in der Mine zu Tode gekommenen Bergarbeiters die Stadt mit einem Fluch belegte.* Das war mir bekannt. Darüber hinausgehende Informationen lieferte das Buch nicht.

»Was wolltest du mir denn zeigen?«, fragte ich.

Er zögerte kurz. »Heledd meinte, ich soll dich bloß nicht einweihen, weil du die Sache dann wahrscheinlich in einem deiner Bücher verwurstest. Aber ich kann dir doch vertrauen, oder?«

»Ja, natürlich.«

»Gut, denn es wäre wirklich beknackt, wenn sie mir nachher mit so einem ›Ich hab's dir ja gleich gesagt‹ kommt. An einer Stelle geht es um sie, und sie stellt sich auch deswegen so an.«

Ich hatte keine Ahnung, wovon er redete, aber ich sagte: »Okay.«

Olly nahm eine Reisetasche vom Schreibtischstuhl. »Lass uns nach unten gehen. Hier ist nirgends Platz.«

Als wir im Wohnzimmer waren, erklärte er mir: »Mein Dad hat Tagebuch geschrieben. In jedem Jahr ein Notizbuch, von 1965 an. Ich habe ein bisschen drin geblättert. Wie er meine Mutter kennengelernt hat. Er nennt es allen Ernstes Brautwerbung! Ihre Hochzeit. Wie ich geboren wurde und so. Unheimlich viel über seine Arbeit und seine Kollegen. Und Rezensionen von Büchern und Filmen. Das meiste ist nur für mich interessant.« Er befeuchtete seine trockenen Lippen. »Dann habe ich gemerkt, dass das Notizbuch von 1980 fehlt. Und da ist mir eingefallen, was er mir an dem Tag, an dem er gestorben ist, gesagt hat. Ob ich ihm verzeihen könnte, wenn er ein schreckliches Geheimnis für sich behalten hätte.«

1980. Da war ich sechs gewesen. Das war das Jahr, bevor wir nach Birmingham gezogen sind. Meine Mum hatte das Jahr genannt, als sie mir von dem vermissten Mädchen aus dem Kinderheim erzählt hatte.

Heledd brachte uns zwei Becher Kaffee und setzte sich neben Olly.

»Weißt du«, fuhr Olly fort, »es hat ausgesehen, als wäre jemand in seinem Arbeitszimmer gewesen. Die Schubladen waren unordentlich, als hätte sie jemand durchwühlt. Auf dem Boden lagen aufgeschlagene Bücher herum. Mein Vater hätte so etwas nie getan. Er war ein Ordnungsfanatiker. Deswegen habe ich erst gedacht, jemand hätte das Tagebuch von 1980 mitgenommen. Aber dann ist mir was eingefallen.«

Er machte es wirklich spannend, das musste ich ihm lassen.

»Dad hatte ein kleines Versteck unter dem Teppich im Schlafzimmer, unter einer losen Diele. Er wusste nicht, dass ich es kannte, aber ich habe es schon als kleiner Junge entdeckt, als ich ihm hinterherspioniert habe. Er hat Geld darin gebunkert. Und andere Sachen. Ein Pornoheft zum Beispiel.« Er lachte.

»Ich habe es gefunden, als ich neun oder zehn war. Das vergesse ich nie. Diese Büsche, diese Möpse!«

Heledd verdrehte die Augen.

»Wie auch immer, das Notizbuch von 1980 lag in dem Versteck.« Er hob es hoch. Ich griff danach, aber er hielt es fest.

»Ich lasse es dich nur lesen, weil ich glaube, dass du uns helfen kannst, schlau daraus zu werden. Außerdem … na ja, du wirst es ja gleich selber sehen.«

Er reichte mir das aufgeschlagene Tagebuch. Ich begann zu lesen.

Kapitel 35

8. Mai 1980. Etwas Entsetzliches ist passiert, begann Malcolms Eintrag. *Ich habe Angst, es hier festzuhalten, aber ich muss es zu Papier bringen. Wenn ich es noch einen Moment länger für mich behalte, platzt mir der Schädel.*

Ich habe einige Tage nichts notiert, deswegen werde ich etwas weiter ausholen müssen. Am Montag, dem 5., hat sich der Heimatverein getroffen – wie immer am Abend. Wir trafen uns im Miners Arms. Es war ruhig, wir saßen an unserem üblichen Tisch hinten in der Ecke.

Glynn hatte Shirley Roberts mitgebracht, damit sie Protokoll führte. Ich hege schon lange den Verdacht, dass Glynn der Vater von Shirleys unehelicher Tochter Heledd ist. Ihre Geburt war ein Skandal. Bei uns gibt es keine unverheirateten Mütter. Die Leute haben sich die Mäuler zerrissen und Shirley mit allen möglichen Schimpfnamen bedacht, von denen Schlampe noch eins der harmloseren war. Ich bewundere Shirley dafür, wie sie sich behauptet. Jetzt ist die Kleine sechs, und Shirley bringt sie manchmal mit in die Bücherei. Ein süßes kleines Ding, das von erwachsenen Männern fasziniert ist, als suche sie nach ihrem Vater. Wenn Glynn ihr Vater ist, dann helfe ihr Gott.

Es war mir schrecklich unangenehm, diese Spekulationen in Heledds Gegenwart zu lesen.

Ich blätterte um.

Glynn hatte eine vergilbte alte Zeitung mitgebracht und behauptete, sie in einem Haus beim Verlegen von Teppichboden gefunden zu haben. Unter dem alten Teppich hätten Zeitungen zur Dämmung gelegen. Es war unsere Tageszeitung aus dem Jahr 1945. In der Bibliothek müssten wir sie auf Mikrofiche haben.

POLIZEI BRICHT SUCHE NACH VERMISSTEM MÄDCHEN (5) IN BEDDMAWR AB

Der Artikel berichtete vom Verschwinden der fünfjährigen Tochter eines Paars, das erst kürzlich zugezogen war. Sie war mit Freundinnen im Wald gewesen, aber irgendwann waren die anderen auf ihren Rädern weggefahren und hatten sie allein gelassen. Sie hieß Glenys Williams. Neben dem Artikel gab es ein grobkörniges Foto von ihr mit einem großen Eis. Laut Bildunterschrift war es im letzten Familienurlaub an einem Strand in Llandudno gemacht worden. Die Polizei hatte das Waldgebiet mit einer Hundestaffel durchkämmt. Ohne Ergebnis.

»Und hier kommt das, was ich interessant finde«, sagte Glynn. »Hört mal: ›Die Polizei beschwerte sich darüber, dass sie wenig Unterstützung aus der lokalen Bevölkerung bekommen hätte. Die Bewohner hätten sich allem Anschein nach mit dem Ereignis abgefunden. Eine Frau, die nicht namentlich genannt werden wollte, sagte dieser Zeitung, es wäre doch ganz offensichtlich, dass Glenys geopfert worden war, um die anderen Kinder zu schützen. Die Polizei nimmt an, dass das Mädchen in den Dee gefallen ist. Bisher wurde ihre Leiche jedoch nicht gefunden.‹«

Glynn fuhr fort: »Ich habe meiner Mutter den Artikel gezeigt. Sie hat sich an die Sache erinnert. Und ratet mal, was sie mir erzählt hat. Fünfunddreißig Jahre vorher ist dasselbe passiert. 1910. Ihre Mutter, meine Großmutter, hat es ihr damals erzählt und gesagt, es würde alle fünfunddreißig Jahre geschehen. Man musste der Roten Witwe ein Kind geben, sonst kam sie und holte sich eins.«

Seine Mutter hatte Glynn auch erzählt, dass das Kind immer eines war, das in der Gemeinschaft »am wenigsten vermisst« wurde. Außerdem mochte die Witwe keine kranken Kinder, weil sie schlecht schmeckten. Die Leute konnten ihr also kein Kind geben, das wahrscheinlich sowieso sterben würde. (Glynn sagte das, als wäre das sehr schade.) Stattdessen wählten sie ein Waisenkind aus, oder eines, dessen Eltern neu in der Gegend waren oder das unehelich war. Kinder, die sündiges Blut hatten, gefielen der Witwe besonders. Niemand wollte riskieren, hatte Glynns Mutter gesagt, dass sich die Witwe ein Kind aus einer angesehenen Familie schnappte, einen Sohn und Erben etwa, dessen Verlust die Stadtgesellschaft erschüttern würde.

»Fünfunddreißig Jahre«, sagte Glynn und sah sich am Tisch um. »1945 ist fünfunddreißig Jahre her.«

Als hätten wir das nicht längst alle ausgerechnet.

»Gut, dass niemand mehr etwas auf diesen abergläubischen Unsinn gibt«, sagte ich.

Aber die anderen starrten mich schweigend an.

Glynn. Shirley. Albert. David. Wir sind jetzt alle Mitte dreißig, kennen uns aber schon unser ganzes Leben. Wir sind in dieselbe Schule gegangen. David und ich waren die Fleißigen. Albert hatte sich ziemlich weit abgehängt. Shirley war ein nervöses Mädchen, das Glynn wie ein Lämmchen überall hin folgte. Glynn selbst war natürlich der Klassentyrann.

Und jetzt zeigte er mit dem Finger auf mich.

»Wie würdest du dich fühlen, Malcolm, wenn die Witwe sich Olly holen würde? Shirley, was, wenn es Heledd wäre? Und du, David, wenn Lucas weg wäre?«

Ich blickte entsetzt auf.

»Mein Dad war dabei«, sagte ich. »Deswegen wolltest du, dass ich es lese.«

Er nickte.

Mit trockenem Mund und zitternden Fingern blätterte ich um.

»Ich will das Risiko jedenfalls nicht eingehen, dass sie Wendy holen kommt«, sagte Glynn.

Ich traute meinen Ohren nicht. Sie nahmen es alle todernst. Sie glaubten Glynn und seiner verrückten alten Mutter. Sie glaubten wirklich, dass sich eine Hexe mitten in der Nacht in die Stadt stiehlt, um eins ihrer Kinder zu entführen.

Nur Albert, der keine Kinder hatte, sah nicht ganz so besorgt aus.

Ich schlug auf den Tisch, um sie aus dem kollektiven Stumpfsinn zu wecken. »Das ist doch vollkommen verrückt!«, rief ich. »Es kann sein, dass solche Verbrechen früher begangen wurden. Dass man Kinder in die Wälder verschleppte und sie dort zurückließ, damit ein nicht-existentes Wesen sie sich holte. Es kann sein, auch wenn ich das sehr bezweifele, dass das noch 1945 passiert ist. Aber es ist so viel wahrscheinlicher, dass Glenys sich verlaufen hat und in den Fluss gefallen ist. Ein tragischer Unfall, mehr nicht.«

»Na ja«, sagte Shirley, die sich zum ersten Mal zu Wort meldete. »Im Grunde musste nur ein Einziger an die Witwe glauben. Einer, der gewillt war, die kleine Glenys zu ermorden, damit sein eigenes Kind in Sicherheit war.«

Für mich war das Treffen damit beendet. Ich musste da schleunigst raus, weg von dieser Stimmung, die alle ergriffen hatte. Glynns bellendes Lachen folgte mir, als ich die Kneipe verließ.

Ich sah Olly und Heledd an. Je ein Elternteil von uns dreien hatte an der Sitzung teilgenommen. Es war sehr merkwürdig, wie eine Art Klassentreffen. Nur Glynns Tochter Wendy fehlte.

Ich las weiter.

Malcolms Eintrag war in zwei Abschnitte untergliedert. Er hatte viel Platz gelassen, bevor er den zweiten begann.

Ich starre jetzt seit einer Viertelstunde auf diese Seite und versuche, mich zu entscheiden, was ich schreiben, wie ich den Rest erzählen soll. Da ist diese Stimme, die mich anbrüllt, es ganz zu lassen. Weil es zu gefährlich ist, das festzuhalten. Dass es Konsequenzen für mich nach sich zieht. Aber ich muss es tun. Egal, was für Auswirkungen es für mich haben wird.

Wie mutig ich auf den Seiten meines Tagebuchs klinge. Wie mutig ich Feigling hier klinge.

Die Fakten.

Gestern Abend ist ein vierjähriges Mädchen aus dem Sankt-Mary's-Stift verschwunden. Sie heißt Carys Driscoll. Die Polizei durchsucht die Umgebung des Kinderheims, die Zeitungen sind voll davon. Die Berichte sind lückenhaft, und die Gerüchte kochen hoch. Heute gab es in der Bücherei kein anderes Gesprächsthema. Eine junge Heimangestellte hat heute Bücher zurückgegeben und erzählt, was passiert ist. Ich habe alles mit angehört. Mir ist das Blut in den Adern gefroren.

Das Jugendamt hat Carys Driscoll im letzten Jahr dem Kinderheim überantwortet. Dem Hörensagen nach ist ihre Mutter durch eine Überdosis gestorben, sie soll ein heroinabhängiger Punk gewesen sein. Der Vater ist unbekannt. Niemand weiß, wo er ist, und die Großeltern wollten nichts mit dem Kind zu tun haben. Das Amt hat sie bisher ohne Erfolg zur Adoption freigegeben und nach einer Pflegefamilie gesucht.

Carys wurde zuletzt beim Abendessen gesehen. Danach durften die Kinder noch ein bisschen draußen spielen. Doch ein Junge verletzte sich und die Aufseherin ist mit ihm zum Verarzten ins Haus gegangen. Kurz darauf wurden die Kinder hereingerufen.

Erst heute Morgen ist ihnen aufgefallen, dass Carys fehlte.

Die Frau aus dem Heim musste sich vor ihren entsetzten Zuhörern in der Bücherei rechtfertigen. Wir haben so viele Kinder und so wenig Personal, sagte sie. Carys sei unscheinbar wie eine Maus gewesen und habe sich immer im Hintergrund gehalten. Die

Kolleginnen seien alle überarbeitet. Keins der anderen Kinder habe etwas gesagt.

Im Sankt-Mary's-Stift werden Köpfe rollen, aber das hilft der armen Carys auch nicht.

Natürlich dachte ich an nichts anderes als an unsere Unterhaltung im Miners Arms vom Montagabend. Und an die Gesichter der anderen Mitglieder des Heimatvereins.

Ich sagte meinem Assistenten, dass es mir nicht gut ging, und verließ die Gerüchteküche. Ich wollte mit Albert sprechen. Mein ehemaliger Mitschüler Rhodri Wallace schnitt die Hecke vor Alberts Haus. In der Schule war er beliebt gewesen und bei den Mädchen immer gut angekommen. Er war schon als Junge handwerklich begabt gewesen, und jetzt war er der gefragteste Gärtner und Handwerker der Stadt. Er hob eine Hand zum Gruß und wirkte so geschockt wie alle anderen, die mir auf dem Weg entgegengekommen waren. Ich wollte mich jetzt nicht mit ihm unterhalten und ging direkt ins Haus.

Albert war ebenso entsetzt über Carys Verschwinden wie ich.

»Das muss ein Zufall sein«, sagte er statt einer Begrüßung.

»Glaubst du das wirklich?«, fragte ich. »Zwei Tage nach unserer Unterhaltung?«

Er wirkte erschüttert. Wenn er mir das nur vorspielte, machte er seine Sache sehr überzeugend. Aber vielleicht war es auch nur die Angst des Täters. Oder die Angst vor Glynn.

»Glaubst du denn, dass einer von uns das Kind entführt hat? Um es als Opfer für die Witwe in den Wald zu bringen?« Er ging im Zimmer auf und ab. »Wie ist es denn in der Legende? Was fordert die Witwe? Was verlangt sie von den Leuten?«

Ich erzählte ihm, dass das Kind mitten im Wald an einen Baum gebunden und dort der Witwe überlassen werden musste.

Albert nickte. »Wir wissen beide, dass es die Witwe nicht gibt. Es ist noch keine vierundzwanzig Stunden her. Wenn sie irgendwer im Wald an einen Baum gebunden hat, muss sie noch da sein. Hat die Polizei den Wald schon durchsucht?«

»Ich weiß es nicht. Ich habe gehört, die Suchtrupps sind jetzt erst auf dem Weg.«

Er ging zum Telefon. Ich fragte ihn, was er vorhabe.

»Ich rufe Glynn an.«

»Bist du wahnsinnig? Er kann doch der Täter sein.«

»Du auch«, sagte er. »Jeder von uns.«

»Aber du hast keinen Grund. Du hast keine Kinder. Deswegen bin ich zu dir gekommen.«

Wir starrten uns an.

»Glaubst du an die Existenz der Witwe?«

»Natürlich nicht. Du?«

»Nein. Aber wie Shirley gesagt hat: Es reicht, wenn nur ein Einziger an sie glaubt. Es kann jeder Vater, jede Mutter sein.«

Er hatte recht. Ich war es nicht gewesen. David war auch eher unwahrscheinlich. Er war zu rational, er bekannte sich zum Atheismus. Er sagte, er könne nicht an etwas glauben, für das es keinen wissenschaftlichen Beweis gebe. Glynn war der offensichtliche Verdächtige. Er war brutal, er war untreu und er schreckte auch vor Gewalt nicht zurück. Ich hatte gesehen, wie er im Pub auf Männer losging. Genauso hatte er es in der Schule gemacht. Und es gab keinen Zweifel, dass seine Mutter an die alten Geschichten glaubte. Er selbst schien es auch zu tun.

Und Glynn hatte eine Schwäche: Er liebte seine Tochter Wendy abgöttisch.

Aber würde er so weit gehen, ein anderes Kind zu opfern, wenn er Wendy in Gefahr wähnte?

»Wir sollten zur Polizei gehen«, sagte Albert. »Und ihr von unserem Treffen erzählen. Und davon, was Glynn gesagt hat.«

»Warte. Lass mich nachdenken.«

Ich stellte mir vor, wie ich meine Aussage bei der Polizei machte und ein Mitglied des Heimatvereins fälschlicherweise beschuldigte, so ein grausames Verbrechen begangen zu haben. Der Gedanke entsetzte mich.

Außerdem hatte ich noch einen anderen Grund, nicht zur Polizei zu gehen. Und für den schäme ich mich in Grund und Boden. Wenn die Polizei Albert und mich ernst nahm, würden sie uns alle nach unseren Alibis fragen.

Und ich hatte keines, das ich preisgeben konnte. Weil ich gestern bei einer Freundin war. Und wenn sie mich dazu zwangen, würde Sylvia alles herausfinden.

Ich las Olly diesen Teil laut vor.

»Seine Freundin. Die kommt in seinem Tagebuch öfter vor. Der alte Bastard hat meine Mutter betrogen.«

So wie der Mann, der Priya getötet hatte. Männer mit Geheimnissen, die sich der Justiz entzogen. Ich verlor die Achtung vor Malcolm.

Ich las die restlichen Absätze.

Also habe ich Albert überredet, dass wir das Ganze für uns behalten. Aller Wahrscheinlichkeit nach, sagte ich ihm, hätte kein Mitglied des Heimatvereins das Mädchen entführt. Es war ein Zufall. Er stimmte mir zu. Das Mädchen hatte sich einfach nur verlaufen und würde wiederauftauchen.

Aber auf dem Heimweg rief ich aus einer Telefonzelle anonym bei der Polizei an, und riet dazu, den Wald zu durchkämmen. Und nach Anzeichen zu suchen, ob Carys an einen Baum gebunden worden war.

Für alle Fälle.

Kapitel 36

Im folgenden Eintrag beschrieb Malcolm das nächste Treffen des Heimatvereins. Shirley war auch wieder dabei.

Zu Anfang saßen wir stumm um den Tisch herum und beäugten uns misstrauisch. Niemand traute sich, etwas zu sagen. Shirley nestelte immer wieder an ihrem Kreuz, Albert sah mich bedeutungsvoll an, und David war grün um die Nase. Das Mädchen ist nicht wiederaufgetaucht. Aber ich hatte gehört, dass die Polizei den Wald durchkämmt und alle aktenkundigen Sexualstraftäter vorgeladen hatte. Der Leiter der Mordkommission war in der Zeitung zitiert worden. Es sei bei den Ermittlungen hinderlich gewesen, dass die Bevölkerung offensichtlich daran glaubte, dass sich die Witwe das Mädchen geholt hatte, weil ihr kein Kind geopfert worden wäre.

Dann sah Glynn uns einen nach dem anderen an.

»Na«, flüsterte er mit bühnenreifer Theatralik, »wer von euch ist es denn nun gewesen?«

Ein Sturm brach los. Jeder beschuldigte jeden. Wir stritten erbittert. Ich war mir nicht sicher, ob Glynn nur Theater spielte und versuchte, jemand anderem den Schwarzen Peter in die Schuhe zu schieben. Ob er eine Nebelkerze gezündet hatte, um uns alle zu verwirren.

»Und du, Glynn?«, fragte ich. »Warst du es?«

Er lächelte. »Vielleicht stimmt es ja, was die Leute sagen. Dass die Witwe in die Stadt gekommen ist und das Kind mitgenommen hat.«

Absurd. Daran glaubte er doch nicht im Ernst.

Ich musterte meine sogenannten Freunde einen nach dem anderen. War einer von ihnen schuldig? Oder hatten zwei gemeinsame Sache gemacht? Oder alle vier?

Bevor wir auseinandergingen, sagte Glynn: »Wenigstens wird niemand sie vermissen. Wenigstens hat sich die Witwe kein wichtiges Kind geschnappt.«

Damit endete der Eintrag. Olly sagte: »Ich habe es durchgelesen, aber er kommt nicht mehr darauf zurück. Ich weiß nur, dass das Mädchen nie gefunden wurde.«

»Was glaubst du?«, fragte ich. »War es einer von ihnen?«

Er zuckte mit den Achseln. »Keine Ahnung. Es war jedenfalls keine Hexe. Aber es wäre schon ein verdammter Zufall, wenn sie einfach so weggelaufen wäre. Hat dein Vater mal darüber gesprochen?«

Ich klappte das Tagebuch zu und legte es neben meinen leeren Kaffeebecher. »Nein, ich erinnere mich jedenfalls nicht daran. Aber ich muss damals ja etwas von all dem mitbekommen haben.« Ich erklärte ihm, dass mein letztes Buch große Ähnlichkeiten mit dem Geschehen hier hatte. »Wir sind 1981 aus Beddmawr weggezogen, also ein Jahr, nachdem das alles passiert ist. Vielleicht war das der Grund. Vielleicht wollte mein Vater deswegen weg von hier.«

Olly riss die Augen auf. »Glaubst du, er könnte es gewesen sein?«

Der Gedanke verursachte mir Übelkeit. »Ich weiß es nicht. Aber ich habe ihn immer für einen guten Menschen gehalten.« Ich wandte mich an Heledd. »Hat deine Mutter je über Carys und das, was mit ihr geschehen ist, gesprochen?«

»Nein.« Sie nahm das Tagebuch und blätterte darin, als könnte die Antwort auf unsere Fragen sich dort verstecken. »Jedenfalls nicht direkt. Aber … sie hat oft gesagt, dass diese Stadt für Kinder gefährlich sei. Und dass sie krank vor Sorge sei, sollte ich je Kinder bekommen.«

»Nichts Genaueres?«

»Hmm?« Sie hatte sich ins Tagebuch vertieft. »Nein. Außer dass sie mir von der Witwe erzählt hat. Aber alle Kinder in der Gegend kennen die Geschichte. Mehr nicht.«

Ich stand auf und ging zum Fenster. Die Sonne kämpfte sich durch die Wolken.

»Worüber denkst du nach?«, fragte Olly.

»Darüber, dass die Geschichte sich wiederholt. Vor fünfunddreißig Jahren ist Carys verschwunden. Sie lebte erst ein Jahr hier. Sie hatte keine Familie, die im Leben der Stadt eine Rolle gespielt hätte. Genauer gesagt, hatte sie gar keine Familie.«

»Und jetzt denkst du, sie hätten es wieder getan. Mit Lily Marsh?«

Ich lief auf und ab. »Das kann kein Zufall sein. Lilys Familie war auch erst vor Kurzem zugezogen. Und sie haben sich nicht integriert. Glynn Collins ist der offensichtliche Verdächtige. Damals, 1980, glaubte er, seine Tochter Wendy schützen zu müssen. Oder vielmehr – tut mir leid, Heledd, aber ich muss es sagen – Wendy und dich.«

Sie sah mir in die Augen, aber sie sagte nichts.

Also musste ich fragen: »Ist Glynn dein Vater?«

Sie schwieg ein paar Sekunden. »Ich weiß es nicht. Meine Mutter hat es mir nie gesagt.« Sie war so blass geworden, dass ich meine Frage bereute.

»Lassen wir das«, sagte Olly und legte Heledd wieder den Arm um die Schulter.

»Ja, tut mir leid. Es spielt ja auch keine Rolle. Ich meine … es spielt keine Rolle in Bezug auf das, was wir rauszufinden versuchen.

Damals wollte Glynn vielleicht Wendy schützen. Und vielleicht … wollte er dieses Mal seine Enkeltochter Megan schützen.«

Olly starrte mich mit offenem Mund an.

»Ich hatte immer große Angst vor Glynn Collins. Als wir Kinder waren, meine ich.«

Heledd legte das Tagebuch zur Seite. Sie war tief in Gedanken und hatte sich aus der Unterhaltung ausgeklinkt.

»Lily hat Glynn über Megan kennengelernt«, sagte ich. »Sie kannte ihn … Es wäre leicht für ihn gewesen, sie wegzulocken. Vielleicht hat er ihr gesagt, er wolle ihr etwas zeigen. Wahrscheinlich hätte sie ihm vertraut. Jetzt hat Glynn mich ins Visier genommen, weil ich herumschnüffele.«

Die Schmerzen in meinem Hinterkopf begannen wieder zu pulsieren.

»Aber er hat ein wasserdichtes Alibi für die Nacht, in der ich angegriffen worden bin.« Half ihm also jemand? Und wenn ja, wer?

»Was ich gesagt habe, also dass wir das geheim halten sollten, um den Ruf unserer Väter nicht zu gefährden, das geht nicht mehr«, sagte Olly aufgeregt. »Wir müssen zur Polizei gehen und ihr das Tagebuch zeigen.«

»Ich nicht, das hat keinen Sinn. Das letzte Mal haben sie mich als Schriftsteller mit einer überaktiven Fantasie abgekanzelt.«

»Ich mache das«, erklärte Heledd. »Ich habe mich gut mit dem Polizisten verstanden, der nach dem Tod meiner Mutter bei uns war.«

»Kann ich mir vorstellen«, murmelte Olly. Heledd verdrehte die Augen.

»Gute Idee«, sagte ich. »Auf Heledd hören sie vielleicht am ehesten.«

»Wahrscheinlich«, gab Olly zu. »Kann ich mitkommen?«

Sie zögerte. Ich glaubte zu wissen, was sie dachte: Dass die Polizei offener reagieren würde, wenn sie alleine wäre.

»Vielleicht ist es wirklich am besten, wenn Heledd erst mal alleine hingeht«, meinte ich. »Jedenfalls fürs erste Gespräch.«

Olly knurrte. Wir sagten eine Weile nichts. Ich spähte durch die Vorhänge auf die Straße, weil ich irgendwie das Gefühl hatte, jemand würde uns beobachten. Dass Glynn wiederkommen würde, um sich Malcolms Tagebuch zu holen. Heledds Handy klingelte. Sie entschuldigte sich und ging hinaus.

Olly nahm das Tagebuch in die Hand und suchte nach dem Eintrag. »Mir ist gerade etwas aufgefallen«, sagte er und tippte auf die Seite. »Albert Patterson … Du weißt doch, dass er in Nyth Bran gewohnt hat?«

Ich nickte. Es tat meinem Kopf gar nicht gut.

»Findest du es nicht merkwürdig, dass Lily Marsh ausgerechnet aus seinem ehemaligen Haus verschwunden ist? Wenn Albert nicht vor fünf oder sechs Jahren gestorben wäre, würde ich sagen, dass er der Hauptverdächtige ist.«

»Aber er hatte doch keine Kinder. Er brauchte niemanden vor der Witwe zu beschützen. Warum sollte er es also getan haben?«, fragte ich. »Kanntest du ihn eigentlich?«

Mir fiel das Foto ein, das ich in dem Buch im Refugium gefunden hatte. Der große magere Mann und seine streng blickende Frau.

»Ja. Als Kind haben mich meine Eltern ein paarmal nach Nyth Bran mitgenommen. Er war ein netter Kerl, der Kinder liebte, obwohl er selbst keine hatte. Wenn die anderen Erwachsenen in der Küche rumstanden und sich über irgendwelche langweiligen Sachen unterhielten, hat er mit uns gespielt.«

Heledd kam in die Küche. »Das war der Makler«, sagte sie zu Olly.

Meine Kopfschmerzen wurden immer schlimmer. Ich stand auf. »Ich muss los.«

»Was machst du jetzt?«, fragte Olly, als er mich zur Tür brachte.

»Keine Ahnung. Ich habe solche Kopfschmerzen, dass ich nicht klar denken kann. Aber ich rufe dich später an.«

Heledd küsste mich auf die Wange. »Ich erzähle dir dann, was die Polizei gesagt hat.«

»Danke.« Die beiden standen blass und sorgenvoll an der Tür. »Passt auf euch auf«, sagte ich.

* * *

In meinem Kopf ballte sich mittlerweile ein weißes Rauschen zusammen. Glücklicherweise waren die Straßen frei und ich konnte auf Autopilot fahren. Auf halber Strecke klingelte mein Handy, aber als ich Detective Hawkins' Nummer sah, ignorierte ich es. Ich war noch nicht bereit, mit ihr zu sprechen.

An einer Tankstelle kaufte ich mir eine Schachtel Schmerzmittel und kümmerte mich nicht um die in der Packungsbeilage angegebene Höchstdosis, sondern schluckte gleich drei. Dann saß ich mit geschlossenen Augen in meinem Qashqai. Die Stille wurde nur ab und an von einem vorüberfahrenden Auto und von dem Blöken einer kleinen Schafherde unterbrochen. Ich versuchte, meinen Kopf frei zu kriegen, und wartete darauf, dass die Tabletten den Schmerzen die Spitze nahmen.

Als ich das Refugium erreichte, ging es mir besser. Ich ging hinein. Ursula kam gerade die Treppe herunter. Sie hatte einen Zettel in der Hand und sah noch aufgeschreckter aus als vorher.

»Hast du Julia gesehen?«, fragte sie.

»Nein, ich bin gerade erst reingekommen.«

»Du bist wirklich zu nichts zu gebrauchen.« Sie marschierte in die Küche.

Kurz darauf kam Suzi kofferschleppend herunter.

»Du reist ab?«, fragte ich.

Sie blickte mich aus panikgeweiteten Augen an. Sie sah vollkommen fertig aus, ihre Haare waren strähnig, unter den Augen hatte sie dunkle Ringe.

»Ich habe sie gesehen«, sagte sie.

»Was? Wen?«

»Lily. Ich habe noch einen letzten Spaziergang im Wald gemacht, und da habe ich sie gesehen.« Sie schlug die Arme um sich. »Etwas weiter weg – und dann ist sie verschwunden. Es war … als wäre sie aus Rauch oder aus Nebel. Sie war rot angezogen – blutrot. Ich muss es unbedingt Julia sagen.«

Sie ging auf die Küche zu. Ich packte sie am Arm. Einer nach dem anderen verlor hier den Verstand und wurde von Visionen aus dem Wald verfolgt. Es musste so eine Art Gruppenhysterie sein, ein Strudel aus der überall gegenwärtigen Trauer, in den wir alle gerieten. Und den Ursula natürlich verschlimmerte. »Nein! Du sagst es Julia nicht!«

»Was? Was soll sie mir nicht sagen?«, fragte Julia von oben an der Treppe. Sie eilte herunter.

»Ich habe sie gesehen, Julia. Ich habe Lily gesehen.« Suzi schüttelte meine Hand ab. »Ihren Geist.«

Ich hätte schreien können. Julia starrte Suzi ungläubig an. Ich nahm Suzi wieder am Arm, diesmal sehr viel sanfter. »Komm, Suzi, du hast einen Schock. Kein Wunder nach dem, was Max zugestoßen ist. Du musst dich ausruhen … «

In dem Moment kam Ursula aus der Küche. »Da bist du ja«, sagte sie zu Julia.

Die Verletzung an meinem Hinterkopf pulsierte.

Ursula hielt einen Zettel in die Höhe. Ihre Augen traten hervor.

»Meine Geistführerin … Sie ist wieder da gewesen. Sie hat mir gesagt, wo wir den Beweis finden … den Beweis dafür, dass Lily dieses Reich verlassen hat.«

Ich trat zwischen Julia und sie. »Du solltest dir diesen Quatsch gar nicht erst anhören. Es ist der blanke Irrsinn.«

Julia schubste mich beiseite. »Halt die Klappe, Lucas!« Sie riss Ursula den Zettel aus der Hand.

Suzi sackte in sich zusammen, schlang die Arme um die Knie und wiegte sich auf den kalten Fliesen vor und zurück wie ein Kind.

»Was ist das?«, fragte Julia. Ich sah ihr über die Schulter.

Kreuz und quer über den Zettel schlängelten sich Linien. Und am oberen Ende war ein Kreuz aufgezeichnet.

»Das ist eine Karte«, erklärte Ursula.

Kapitel 37

Lily – 2014

Lily saß mit geschlossenen Augen auf ihrem Bett und kuschelte mit Großem Kater.

Mum und Dad stritten sich wieder.

»Und wann wolltest du es mir sagen, wenn ich fragen darf?«, schrie Mum.

Sie konnte Dads Antwort nicht hören.

»Du machst alles kaputt! In was für eine Scheiße hast du uns da reingeritten!«

Bei dem schlimmen Wort zuckte Lily zusammen. Mum fluchte nie, außer wenn sie Dad anbrüllte. Lily wusste nicht, was er gemacht hatte. Außer dass es mit Geld und Lügen und einem gebrochenen Versprechen zu tun hatte. Dasselbe wie immer. Lily wünschte sich wieder, dass sie wie die Eltern wären, die sie im Fernsehen sah. Eltern, die Witze machten und sich in den Arm nahmen.

Als Mum noch einmal fluchte, suchte Lily nach ihren Ohrstöpseln. Wo waren die bloß? Dann erinnerte sie sich: in ihrem Rucksack, unten im Schrank.

Sie schlich nach unten und zog den Rucksack hervor. Die Ohrstöpsel hatten sich verheddert. Chesney sah ihr beim Entwirren zu. Sie hätte gerne Mum oder Dad um Hilfe gebeten, aber sie stritten sich immer noch lautstark. Sie hörte wieder diesen Namen: Lana. Tränen der Frustration liefen Lily über die Wangen. Sie schleuderte den Rucksack in den Schrank. Chesney sprang vom Fensterbrett, schoss zur Haustür und miaute. Er wollte raus.

Lily öffnete die Tür und sah hinter ihm her.

Sie wollte auch frei sein.

»Ich habe genug! Ein für alle Mal genug!«, brüllte Mum.

Lily hatte auch genug. Sie zog die Tür hinter sich zu, lief durch den Garten zum Zaun und kletterte hinüber. Kurz darauf war sie im Wald.

Hier war es ruhig. Ein Teppich aus rotem Herbstlaub bedeckte den Waldboden. Lily war eine berühmte Schauspielerin, die zur Premiere ihres Films über den roten Teppich schritt. Reporter bombardierten sie mit Fragen. Sie wollten vor allem wissen, ob sie ihren Eltern je vergeben könne. Jetzt, wo sie so sehr bereuten, wie sie sich in Lilys Kindheit verhalten hatten. Damals, als sie noch kein Superstar gewesen war.

Sie war so tief in ihrem Tagtraum versunken, dass sie sich plötzlich nicht mehr sicher war, ob sie den richtigen Weg eingeschlagen hatte. War das der Weg zu Megans Haus? Sie blieb stehen und versuchte, nicht in Panik zu verfallen.

Hinter den Bäumen bewegte sich etwas.

Lily stand wie erstarrt. Bestimmt ein Vogel. Ein großer Vogel, wahrscheinlich eine Krähe. Hier gab es doch so viele.

Krack.

Lilys Füße waren wie am Boden festgeklebt. Ihr war eiskalt.

Es ist eine Krähe. Nur eine Krähe.

Sie spähte ins Unterholz und betete. Bitte, bitte, lass es einen Vogel sein.

Doch sie sah ein blasses Gesicht.

Mit stechendem Blick aus dunklen Augen.

Lily riss die Füße vom Boden und rannte blind drauflos. Ein paar Sekunden später wurde ihr bewusst, dass sie von Nyth Bran wegrannte. Aber Umkehren kam nicht infrage.

Das ist die Witwe! Die Witwe!

Sie durchbrach das dichte Unterholz. Zweige krallten sich an ihren Haaren fest. Fast rutschte sie in einer Pfütze aus. Der sumpfige Waldboden saugte sich an ihren Converse Chucks fest. Durch den Tränenschleier war alles verschwommen. Sie konnte kaum den Weg sehen, auf dem sie floh. Aber sie konnte die Witwe hinter sich spüren. Der Weg gabelte sich. Sie stoppte jäh, war wie gelähmt, wusste nicht, ob sie links oder rechts abbiegen sollte. Gleich würde eine kalte Hand nach ihr greifen.

In dem Bilderbuch, das Megans Großvater ihr geschenkt hatte, war die Witwe eine junge Frau ganz in Rot. Sie hatte lange schwarze Haare und war so schlank und schön wie die Frauen auf den DVDs, die Mum einlegte, wenn sie trainierte. Nur ihr Gesicht war grausig. Ihre Augen waren so schwarz wie das Fell von Großer Kater, ihr Mund stand offen wie das Maul eines Hais, und ihre Zähne waren so scharf wie Messer. Lily und Megan hatten sich überlegt, dass die Witwe alt sein musste, uralt. Sie hatten sich ihre Haut runzelig wie die eines Krokodils vorgestellt und ihre Lippen rot von dem Blut der Kinder. Ihr Atem roch nach Verwesung, und unter ihren Fingernägeln steckten Hautfetzen.

Hinter ihr raschelte es. Lily erstickte einen Schrei und sprintete auf den linken Pfad zu, sprang über eine knotige Baumwurzel. Dornenzweige versperrten ihr den Weg, als wollten sie der Witwe helfen. Sie bildete sich ein, dass die Bäume Gesichter hatten, dass sie sie beobachteten, sie auslachten. Warum war sie bloß weggelaufen? Mum und Dad hatten Schuld. Wenn die Witwe sie einholte und auffraß, und wenn man Lilys Knochen nie fand, dann würde es ihnen leidtun. Sie würden sich wünschen, dass sie sich nie gestritten hätten. Dass sie sich stattdessen um ihre Tochter gekümmert hätten.

Das wäre es fast wert.

Als sie sich gerade damit abgefunden hatte, dass sie verloren war, weil die Bäume sich wie ein Käfig um sie schlossen, sah sie eine Lichtung vor sich. Das Sonnenlicht brach durch die Bäume, nicht weit entfernt standen Häuser. Sie war so erleichtert, dass sie mit letzter Kraft noch mal lossprintete. Sie schoss aus dem Wald in Megans Garten.

Megan war da. Und Jake auch. Sie spielten Fangen.

»Lily! Was ist los?«, rief Megan. »Du rennst ja, als wäre der Teufel hinter dir her.«

Lily keuchte so sehr, dass sie nicht antworten konnte. Ihre Lunge brannte und ihr Herz hämmerte.

»Die Witwe«, brachte sie schließlich heraus. »Sie war hinter mir her.«

Megan und Jake starrten sie an.

»Was ist hier los?«

Lily wirbelte herum. Es war Megans Großvater. Er kam über den Rasen auf sie zu. Am Garagentor stand ein Mann, dessen Gesicht Lily nicht erkennen konnte.

»Lily hat die Witwe gesehen«, erklärte ihm Megan.

»Wissen deine Eltern, dass du hier bist?«, fragte Mr Collins. Er überhörte Megans Antwort. Das überraschte Lily. Er tat, als hätte Megan etwas Kindisches gesagt. Etwas Albernes.

»Ich bin weggelaufen«, sagte sie.

»Wirklich? Gut, dass du zu uns gekommen bist. Ich weiß ja nicht, wie lange du schon weg bist, aber bestimmt machen sich deine Eltern Sorgen um dich.«

Lily versuchte vergeblich, die Tränen aufzuhalten. Sie spürte, dass sie rot wurde. Sie hasste es, wenn sie vor anderen weinte, weil sie dann wie ein hässlicher Frosch aussah. Und jetzt wurde sie auch noch von allen angestarrt.

»Pass auf«, sagte Megans Großvater und reichte ihr ein Taschentuch. Seine Stimme war freundlich. »Ihr spielt ein bisschen im Haus, und ich rufe deine Eltern an. Wie findest du das?«

Lily konnte nur nicken.

* * *

Sowie Megan die Zimmertür hinter ihnen geschlossen hatte, platzte sie heraus: »Du hast die Witwe gesehen? Wie sah sie aus?« Es war unglaublich, aber Lily war sicher, dass Megan ein bisschen neidisch klang.

»Ich will nicht darüber reden.«

»Ach, komm schon. Sei nicht so ein Angsthase. Sieht sie aus wie in dem Buch?«

Lily sank aufs Bett und nahm Megans riesigen Teddybären auf den Arm. Auf seiner Brust baumelte ein Anhänger, auf dem »Für die beste Enkeltochter der Welt« stand. Lily unterdrückte ein Schluchzen. Sie hatte keine Großeltern. Sonst wäre sie zu ihnen gezogen.

»Los, erzähl schon«, drängte Megan. Sie hatte das Buch »Legenden und Mythen in Stadt und Land« vom Regal genommen und auf derselben Seite aufgeschlagen wie immer. »Hat sie so ausgesehen?«

»Ich hab nur ihre Augen gesehen.«

Megans Stimme war jetzt nur noch ein ehrfürchtiges Flüstern. »Waren sie schwarz?«

»Weiß ich nicht.«

»War ihre Haut runzelig? Und ihre Lippen voller Blut?«

»Weiß ich nicht.«

Megan schnalzte genervt. »Du bist nutzlos.«

Jetzt war Lily richtig sauer. Sie war nicht nutzlos. »Ich war zu beschäftigt mit Wegrennen, um sie mir in aller Ruhe anzusehen.«

»Klar. Du bist ein richtiger Angsthase. Wenn ich …«

»Aber du bist nicht im Wald gewesen!«, unterbrach Lily sie. Es war ein schrecklicher Tag. Der schlimmste Tag in ihrem ganzen Leben. In ihrem Inneren blähte sich eine heiße Blase aus Hass auf, die kurz vorm Explodieren war. Sie würde Megan eins auswischen.

»Ich habe sie zwar nicht richtig gesehen«, sagte Lily ganz ruhig. »Aber ich habe sie gehört.«

Megan fielen fast die Augen aus dem Kopf. »Was hat sie gesagt?«, flüsterte sie.

Lily zeigte mit dem Finger auf ihre beste Freundin. »Sie hat deinen Namen gerufen. Sie hat Megan gerufen.«

In Megans Augen stand das blanke Entsetzen, als sie zurückschreckte. Es war herrlich.

Wenn Lily sich später an diesen Moment erinnerte, tat es ihr natürlich leid.

»Lily«, rief Megans Großvater. »Dein Dad ist da.«

Lily rannte die Treppe hinunter und aus der Haustür hinaus. Dad sprach mit Mr Collins. Als er Lily bemerkte, drehte er sich zu ihr um.

»Ach, Liebling«, sagte er und nahm sie in den Arm. »Was machst du nur für Sachen?«

Sie reagierte nicht darauf. Als Dad sie an der Hand zum Auto führte, kam der andere Mann aus der Garage. Er wischte sich die Hände an einem öligen Lappen ab. Mr Wallace, der Mann, der manchmal bei ihnen im Garten arbeitete.

»Hi, Rhodri«, begrüßte Dad ihn und schloss das Auto auf.

Rhodri Wallace winkte ihnen zu. Aber er lächelte nicht dabei. Das war merkwürdig. Lily hätte schwören können, dass er ängstlich aussah.

Kapitel 38

Es war halb sechs. In zwei Stunden würde es dunkel werden. Erst am nächsten Morgen loszugehen kam für Julia nicht infrage. Ich versuchte nicht einmal, sie davon zu überzeugen, dass Ursulas Karte ein Schwindel oder Fantasieprodukt war – nicht nach unserer Auseinandersetzung an dem Morgen. Das musste Julia anscheinend selbst herausfinden. Sie schnappte sich einen kleinen Rucksack und warf zwei Taschenlampen, eine Flasche Wasser und eine Gartenschere hinein. »Für alle Fälle«, sagte sie. »Vielleicht müssen wir uns ja irgendwo den Weg freischneiden.«

Ursula hatte sich mit den Worten, sie sei zu müde, um uns zu begleiten, wieder in ihr Zimmer zurückgezogen. Ihre Karte war primitiv und erinnerte mich an eine Kinderzeichnung von einem versteckten Piratenschatz. Das Refugium befand sich im unteren südlichen Zipfel, weiter nördlich waren die Wälder, in denen ich mich an meinem ersten Tag verlaufen hatte. Und ganz im Norden ein großes X. Dort würden wir Ursula zufolge den »Beweis« finden.

Trotz meiner Skepsis stellten sich mir die Nackenhaare auf. Ich ließ mich von Ursulas Fantasie in den Bann ziehen – der Junge in mir konnte keinem X auf einer Landkarte widerstehen.

»Bist du sicher, dass du das willst?«, fragte ich Julia ein letztes Mal. »Es ist vernünftiger, die Polizei anzurufen. Die soll das überprüfen.«

»Ich habe lange genug gewartet, Lucas. Ich muss jetzt da hin. Ich muss es wissen.«

»Ich komme jedenfalls mit. Egal, was du sagst.«

Sie zuckte die Achseln.

Als Julia zur Sicherheit ein Foto von der Karte machte, zitterte ihre Hand so sehr, dass sie drei Versuche brauchte, um ein einigermaßen scharfes Bild hinzukriegen. Zwei Jahre, in denen sie zwischen Hoffnung und Verzweiflung hin- und hergerissen worden war. Zwei Jahre, ohne dass sie sich von ihrer Tochter hätte verabschieden können. Zwei Jahre, in denen sie eisern daran festgehalten hatte, dass Lily noch lebte. All das spiegelte sich in ihrem Gesicht, war in der Anspannung ihres Körpers zu erkennen. Sie atmete tief durch und sagte: »Gehen wir.«

Von der Einfahrt drehte ich mich zum Haus um. Ursula beobachtete uns mit unergründlichem Gesicht aus ihrem Fenster im ersten Stock. Als sie merkte, dass ich sie entdeckt hatte, zog sie die Vorhänge zu.

* * *

Der Waldboden war trocken. Auf dem Pfad zogen sich Furchen durch den getrockneten Morast. Der Waldrand war mit einem Hauch von Grün überzogen. Weidenkätzchen kündigten das Frühjahr an. Wäre Julia nicht so geeilt, hätte es ein angenehmer Nachmittagsspaziergang sein können.

Eigentlich hatte ich Julia von Malcolms Tagebuch erzählen wollen, aber ich war so schon aus der Puste. Außerdem hatte das Zeit. Ich war sicher, dass wir nichts finden würden. In ein, zwei Stunden waren wir bestimmt wieder zu Hause, und dann konnte ich immer noch mit ihr sprechen. Auch wollte ich mit meiner Mutter wegen des Heimatvereins telefonieren. Mein Vater musste ihr doch damals, als Carys Driscoll verschwunden war, irgendetwas erzählt haben.

Plötzlich hatte ich ein Bild vor Augen: Glynn Collins, siebenunddreißig Jahre jünger, wie er ein Mädchen in diesen Wald verschleppte. Vielleicht war er auf diesem Pfad entlanggelaufen? Und die Geschichte von der Witwe war ein Ablenkungsmanöver – eine zweckdienliche Legende, hinter der sich ein Pädophiler bestens verstecken konnte? Vielleicht war in Glynn eine krankhafte Begierde aufgestiegen, als er Lily mit seiner Enkelin hatte spielen sehen? Eine Begierde, die lange unterdrückt gewesen war? Abwegig war es nicht. Er war letztes Mal damit durchgekommen, warum nicht ein weiteres Mal?

Bevor wir aus dem Haus gegangen waren, hatte ich Olly geschrieben, was Julia und ich vorhatten. Er hatte sofort geantwortet. Heledd war auf dem Weg zur Polizei. Ich brannte darauf zu erfahren, was sie zu dem Tagebuch sagen würde.

»Woran denkst du?«, fragte Julia. Wir näherten uns dem Wald. Wässriger Sonnenschein floss durch die Wipfel, und das Licht tanzte auf Julias Haar. Es war völlig unangebracht, jetzt daran zu denken, aber sie war schön. Ich würde mich nie mit dieser einen Nacht zufriedengeben können. Aber so wie alles andere, was ich ihr sagen wollte, musste auch dies warten.

»Ich habe an Lily gedacht«, sagte ich etwas vage. »Ich wünsche mir mehr als alles andere, dass Ursula unrecht hat.«

Julia blieb stehen.

»Was glaubst du, wie es sich anfühlt, so lange in der Schwebe zu hängen?« Sie sah um sich, hob das Gesicht und schirmte die Augen vor dem Sonnenlicht ab. »Manchmal spüre ich sie hier. Ihre Anwesenheit. Wenn sie tatsächlich hier gestorben ist …« Sie schluckte.

»Julia …«

»Sei still. Bitte. Ich glaube, dass ein Teil von ihr hier ist, hier im Wald. Sie ist in jeder Knospe, in jedem Blatt. Im Gras auf den Wegen. Das habe ich früher nicht gespürt.« Eine Träne rann ihr über die Wange. »Sie sieht mir zu.«

Um uns herum war alles ruhig. Selbst die Vögel waren stumm.

»Wenn wir einen Beweis finden, wie Ursula behauptet, dann kann ich mich wenigstens damit trösten … Damit, dass sie hier ist.«

Ich nickte nur, aus Angst, etwas Falsches zu sagen.

»Und dann werde ich wissen, dass es in Ordnung ist, wenn ich ihr folge.«

Ich starrte sie an. »Du meinst … du willst dir das Leben nehmen?«

»Warum nicht? Ich habe nichts, wofür es sich zu leben lohnt. Wenn sie nicht mehr lebt, kann ich so mit ihr zusammen sein. Für immer.«

Mir wurde eiskalt. »Julia, sag so was nicht. Lily würde es nicht wollen.«

Ich würde es nicht wollen.

»Woher willst du wissen, was sie will? Du kannst mich nicht retten, Lucas. Und du hast kein Recht, es zu versuchen.«

Sie wollte weitergehen, aber ich stellte mich ihr in den Weg. »Das heißt, wenn wir heute den Beweis für Lilys Tod finden, bringst du dich um? Willst du es dann gleich an Ort und Stelle tun? Vor meinen Augen? Hast du ein Messer dabei?«

Sie sah mich wütend an.

Ich redete unbeirrt weiter. »Wie willst du es machen? Dir die Pulsadern aufschneiden? Dich an einem Baum aufhängen? Ach nein, ich hab's! Du springst in den Fluss. Perfekt und irgendwie auch poetisch. Du konntest Lily nicht retten, weil du nicht schwimmen kannst, und jetzt ertränkst du dich selbst. Ich sehe schon die Schlagzeilen vor mir. Vielleicht schreibe ich ein Buch darüber.«

»Geh mir aus dem Weg!«

Sie versuchte, mir auszuweichen, aber ich packte sie am Arm. »Julia, jetzt hör mir doch mal zu!«

Mit ihrer freien Hand versetzte sie mir einen Schlag auf die Brust. Ihre Faust war hart. Ich wich etwas zurück, aber ich ließ sie nicht los.

»Finger weg!«

Die Situation lief aus dem Ruder. Ich ließ die Hand sinken, und wir standen da und sahen uns betreten an. Ich wusste nicht, was ich tun sollte. Ich hatte Angst, das, was von unserer Beziehung noch übrig geblieben war, kaputtgemacht zu haben. Aber das Risiko ging ich gerne ein, wenn es sie zur Vernunft brachte.

Sie war rot und kurz davor, vor Wut zu platzen. Irgendwie musste ich die Spannung lösen.

»Irgendwie würde ich es auch ziemlich schade finden, wenn du dich umbringst«, sagte ich todernst.

Sie lachte nicht.

»Na gut. Ich würde es ganz schön schade finden. Aber die Tantiemen von dem Buch, das ich dann darüber schreibe, werden mir bestimmt helfen, über den Schmerz hinwegzukommen.«

»Du bist so ein Arschloch!«

Sie versuchte, das Lächeln um ihre Mundwinkel zu verbergen.

»Tja. Vielleicht schon. Aber ich bin dein Freund, Julia. Und selbst wenn ich gleich wieder ernst werden muss: Ich habe dich wirklich gern. Außerdem glaube ich weder an Geister noch an ein Leben nach dem Tod, noch an irgend so was in der Richtung. Wenn man tot ist, ist man tot. Wenn du dich umbringst, bist du nicht bei Lily, sondern einfach nicht mehr da. Und die Welt ist noch beschissener.«

Sie legte die Hände vors Gesicht. »Wir können das jetzt nicht ausdiskutieren. Es wird bald dunkel. Wir müssen weiter.«

Ich musterte sie. Ich hatte keine Ahnung, ob meine Worte etwas erreicht hatten. Oder ob sie das mit dem Selbstmord wirklich ernst meinte. Aber ich schwor mir: Sollten wir heute einen Beweis dafür finden, dass Lily tot war, dann würde ich alles tun, um sie davon zu überzeugen, dass man nach dem Tod eines geliebten Menschen weiterleben konnte.

* * *

Ein paar Minuten später erreichten wir die Lichtung, die ich schon kannte. Wir hatten schätzungsweise noch eine Stunde Tageslicht. Julia sah auf die Zeichnung.

»Wir sind hier.« Sie zeigte auf eine leere Stelle. Ursula hatte die Hütte mit einem kleinen Quadrat und spitzem Dach angedeutet.

»Warst du schon mal da drin?«, fragte ich.

»Nein. Warum auch? Du etwa?«

»Sogar zweimal. An meinem ersten Tag hier und dann später, als ...«

Mir fiel ein, dass ich Julia gar nichts davon erzählt hatte. »Ich habe Ursula zufällig im Wald gesehen. Das war einen Tag nach ihrer Ankunft. Ich wollte wissen, was sie vorhatte und bin ihr gefolgt.«

»Und?«

»Sie ist verschwunden.«

»Du meinst, du hast sie aus dem Blick verloren?«

»Kommt drauf an, wie man es sieht.«

Julia sah in den dunkler werdenden Himmel. »Wir müssen weiter.«

Wir überquerten die Lichtung. Von den Bäumen aus beobachteten uns Krähen. Wir hatten erst ein Drittel der Strecke auf der Landkarte hinter uns gebracht. Die Chancen, dass wir es bis zum Ziel und zurück schafften, bevor es richtig dunkel war, tendierten gegen null. Ich sagte Julia, dass ich mir Sorgen machte.

»Ich kehre jetzt nicht um«, sagte sie. »Wir haben Taschenlampen. Der Himmel ist klar, bald wird der Mond scheinen. Hast du denn nie im Wald gezeltet?«

»Nein. Nicht so mein Ding.«

»Dann solltest du es mal ausprobieren.«

Ich zögerte kurz. »Wie wäre es, wenn wir im Sommer mal zelten gehen? Wo es angeblich doch so viel Spaß macht.«

Sie schüttelte den Kopf. »Du bist wirklich unverbesserlich.«

»Jap.«

Wir gingen wieder in den Wald hinein. Im Unterholz raschelte und knackte es. Ich weigerte mich, mich zu ängstigen. Aber als wir ungefähr an der Stelle waren, an der ich Ursula aus den Augen verloren hatte, hörte ich es hinter uns laut krachen. Wir blieben stehen und horchten. Nichts.

Der Pfad gabelte sich ein paarmal, aber Ursulas Karte war eindeutig. Der Weg wurde immer schmaler und unzugänglicher. Schließlich mussten wir über Brombeergestrüpp klettern und dornigen Zweigen ausweichen, die uns den Weg versperrten.

Und dann standen wir vor einer Wand, vor einem undurchdringlichen Gebüsch, das sich zu beiden Seiten hinzog. Wir hätten eine Machete gebraucht, um uns hindurchzuschlagen. Wir warfen einen Blick auf die Karte. Wir waren unserem Ziel ganz nah. Das X war unmittelbar hinter dem Gebüsch.

»Mist«, sagte Julia. »Was machen wir jetzt?«

Es war lange her, dass ich auf einen Baum geklettert war. Aber das sollte mich nicht abhalten. Ich kletterte auf den erstbesten und brauchte all meine Kraft, um mich auf den niedrigsten Ast zu hieven. Von da an wurde es leichter. Ich tastete mich vorsichtig mit den Füßen höher, duckte mich unter herabhängenden Ästen hinweg und konzentrierte mich so aufs Klettern, dass ich mich erst umschaute, als ich schon halb oben war. Jetzt konnte ich über das Hindernis, das uns den Weg versperrte, hinwegsehen.

Ich rieb mir die Augen wie in einem Cartoon, als sich schattenhafte Formen im Zwielicht zu einem Gebäude zusammenfügten.

»Hey!«, rief ich. Ich traute meinen Augen immer noch nicht recht.

»Was ist?«, fragte Julia von unten.

»Da ist eine Kapelle«, rief ich ihr zu. »Eine kleine verlassene Kirche.«

Kapitel 39

Ich kletterte vom Baum.

»Es gibt einen schmalen Weg dahin«, sagte ich. »Komm, wir müssen ein kleines Stück zurückgehen.«

Wir kamen an einen kaum erkennbaren Pfad, der sich nach links schlängelte und um das Dickicht herumführte. Mittlerweile war es fast dunkel. Ich spürte überall Nachtwesen, die sich in ihren Verstecken regten. Sobald das Tageslicht ganz erloschen war, würden sie herauskommen.

Wir quetschten uns seitwärts zwischen zwei Dornenbüschen hindurch. Julia rutschte auf einer feuchten Stelle aus und wäre gefallen, hätte ich sie nicht festgehalten. Ich hielt ihre Hand etwas länger als notwendig. Als wir aufsahen, standen wir vor einem kleinen Steingebäude mit einem Spitzturm und Bogenfenstern, die allerdings mit Brettern zugenagelt waren. Geborstene Stufen, durch die sich Baumwurzeln zogen, die wie die Tentakel eines unterirdischen Monsters die Oberfläche durchstießen, führten zu einer Holztür. Quer über der Tür hatte jemand eine Metallleiste angebracht, aber sie war aufgebogen worden und hing an einer Seite herunter. Dichter Efeu rankte sich an der Fassade hoch wie ein Virus.

»Was hat eine Kapelle hier zu suchen?«, fragte ich und sah mich um. Von allen Seiten drängte sich die Natur heran und eroberte ihr Terrain zurück. Eines Tages hätte die Vegetation die Lücke mitsamt dem Gebäude geschlossen. Schon jetzt bohrten sich kahle Äste durch das Dach, und die Wände waren von Moosflechten überzogen.

»Ich habe mal gehört, dass es hier irgendwo eine Kapelle gibt. Sie gehört zu einem großen Gut. Das Herrenhaus muss ganz in der Nähe sein. Aber es steht schon seit Jahren leer.«

Verwundert sah sie sich um. »Michael war mal hier. Er hat davon geschwärmt, wie wunderbar es hier ist. Er hat davon geträumt, die Kapelle von einem Architekten zu einem Veranstaltungsort für Hochzeiten instand setzen zu lassen. Natürlich hat er sich nie darum gekümmert.«

Ich stand wie erstarrt. Ein Schauder durchlief mich, als ich die Szenerie auf mich wirken ließ. Die Kapelle hatte etwas Magisches, und das lag nicht nur an den Details wie den Schnörkeln an den Säulen zu beiden Seiten der Eingangstür oder der rostigen Glocke, die im verfallenen Turm hing. Es lag auch an der unbekannten Vergangenheit dieses Ortes. Es weckte den Horrorautor in mir, meinen Sinn für alles Geheimnisumwitterte. Aber mehr als alles andere beherrschte mich ein Gedanke: Es war der perfekte Ort, um einen Leichnam zu verstecken.

Der perfekte Ort, um ein Kind zu verstecken.

Julia deutete auf das X auf Ursulas Landkarte. »Wir sind definitiv an der eingezeichneten Stelle.«

Sie holte tief Luft, stieg die Treppe hoch, öffnete den Rucksack und holte eine Taschenlampe heraus. Wir zwängten uns durch den Türspalt. Drinnen war es fast dunkel, die zugenagelten Fenster ließen kein Licht herein, nur durch die Risse in den Mauern und durchs Dach fiel noch schwaches Zwielicht herein. Julia knipste die Taschenlampe an und setzte sie auf dem Boden ab.

Der Raum hatte vielleicht die Größe eines Klassenzimmers. Drei Bankreihen und dahinter der Altarraum. Feuchtkalter Moder lag in der Luft, und vom Dachgebälk hingen Weinranken herab. Eine streifte ich im Vorübergehen. Ich zuckte so heftig zusammen, dass meine Muskeln sich schmerzhaft verkrampften.

In einer Ecke stand ein großes Gemälde von Christus am Kreuz. Entweder war es heruntergefallen oder abgenommen worden. Der Rahmen war gesplittert und das Bild selbst dunkel vor Schimmel. Jesus blickte uns aus schmerzerfüllten Augen an. Von seiner Stirn tropfte Blut.

Julia sah sich alles sehr genau an, spähte in die Nischen, tastete die dunklen Wände ab, ging zum Altar hinüber, bückte sich, lugte unter die Kirchenbänke und hob eine zerfledderte Bibel auf. Die Kapelle war so zugig, dass ich fröstelte. Mein Körper sprach eine eindeutige Sprache: Raus hier! Hier war nichts. Hier gab es keinen Beweis für Lilys Tod.

Das überraschte mich nicht. Ursula hatte es frei erfunden.

»Lass uns gehen«, sagte ich.

»Nein. Hier muss irgendwo etwas sein. Warum hätte sie uns sonst hergeschickt? Woher hätte sie überhaupt etwas von der Existenz dieses Ortes wissen sollen?«

»Ich habe dir doch gesagt, dass ich sie im Wald gesehen habe. Sie wird auf die Kapelle gestoßen sein. Ich kann dir auch sagen, was als Nächstes passiert, Julia. Sie wird dir weismachen wollen, dass du den Beweis übersehen hast und ihre Hilfe brauchst. Und dann wird sie auf Geld zu sprechen kommen.«

Aber Julia hörte mir gar nicht zu. Sie stand wieder vor dem Gemälde von Christus und schob es etwas zur Seite. Der Rahmen musste aus massivem Holz sein, denn es war anscheinend schwer. Ich ging hinüber, um ihr zu helfen, und wir schoben es mit vereinten Kräften zur Seite. Dann sahen wir, was das Gemälde verborgen hatte.

Eine Holztür. Sie war verzogen und hatte eine tiefe Delle, als habe ein gigantisch großes Wesen dagegengeschlagen.

Julia starrte mit offenem Mund auf die Schwelle. Da lag etwas.

Sie ging in die Hocke, hob den Gegenstand auf und nahm ihn so behutsam in den Arm, als habe sie den Heiligen Gral entdeckt.

»Das ist Kleiner Kater.« Ich riss Mund und Augen auf. Das Kuscheltier, das Lily am Tag ihres Verschwindens bei sich gehabt hatte. Sie hielt es mir entgegen und sah aus, als müsste sie sich gleich übergeben. »Sieh doch mal.«

Auf einer Seite war das Fell des Plüschtiers von einer braunen Substanz verfilzt. Eine getrocknete Flüssigkeit, die das Fell verklebte.

»Das ist Blut, oder?« Julias Stimme brach.

Ich schluckte. »Leg es wieder hin. Die Polizei …« Sie würden die DNA-Spuren untersuchen. Oder? Es war schließlich ein Beweisstück.

Aber Julia presste das Kuscheltier gegen ihre Brust. Dann betrachtete sie das Gemälde. »Was hat Ursula gesagt? *Sie ist bei Jesus.*«

»Glaubst du … glaubst du, sie hat das wörtlich gemeint?«

Wir starrten vom Bild zur Tür. Bestimmt war sie abgeschlossen, aber ich zog trotzdem daran.

Sie war nicht abgeschlossen. Sie war schwer und verzogen, aber ich bekam sie mit einiger Mühe auf.

»Wir müssen die Polizei anrufen«, sagte ich. »Jetzt.«

Ich zog mein Handy heraus. Aber natürlich hatte ich keinen Empfang. Wie auch, mitten im Wald?

Julia schickte sich an, durch die Tür zu gehen; die Katze hielt sie fest umklammert.

»Warte noch!«

Draußen war es jetzt vollkommen dunkel. Ich nahm die zweite Taschenlampe aus dem Rucksack und knipste sie an. Der Lichtstrahl war sehr hell.

»Ich gehe vor«, sagte ich. »Nur für den Fall.«

Nur für den Fall, dass Lily dort unten ist.

Julia sah stumm zu, wie ich die Tür noch etwas weiter aufzog. Dahinter war eine Steintreppe, die unter die Erde führte.

»Eine Krypta«, flüsterte ich.

»O Gott, was ist das für ein bestialischer Gestank?«

Es stank nach Verwesung. Nach vergammeltem Fleisch. Eine Welle von Übelkeit erfasste mich. Ich musste mich an der feuchten Wand abstützen.

Julia machte Anstalten hinunterzugehen, aber ich hielt sie am Arm zurück.

»Bitte lass mich vorangehen«, sagte ich. »Wenn Lily da unten ist …«

»Ich will sie sehen. Ich muss sie sehen.«

»Julia, bitte. Wenn sie da unten ist … Wir wissen doch nicht …« Es war grauenhaft, aber ich musste es sagen. »Wir wissen doch nicht, in welchem Zustand sie ist.«

»Lieber Gott, lass es nicht wahr sein.« Julia wich ein paar Schritte zurück und drückte die dreckige, feuchte Plüschkatze an sich.

»Ich gehe runter und sehe nach«, sagte ich. »Und dann sehen wir zu, dass wir hier rauskommen, und rufen die Polizei an. Ja?«

»Ja.« Sie setzte sich außen auf die vordere Kirchenbank.

Ich nahm die Taschenlampe, zog den Kopf ein und ging nach einem letzten Blick auf Julia unter der niedrigen Tür hindurch. Die Stufen waren glitschig, eng und steil, sodass ich mich mit einer Hand an der Wand festhalten musste. Mit der anderen leuchtete ich die Treppe aus. Der Gestank wurde noch ekelerregender. Obwohl ich den Mantelkragen über die Nase hielt, drang er hindurch.

Dann war ich unten.

Ich befand mich in einem schmalen Raum mit einer gewölbten Decke. Er war klein und vollgestellt. An der hinteren Wand stand ein Tisch, über dem ein Kreuz hing. Ich hatte befürchtet, dass man hier unten die Familienmitglieder der Gutsbesitzer bestattet haben könnte, doch wenn hier je Särge gewesen waren, hatte man sie entfernt.

Aber auf dem Boden neben dem Tisch lag etwas Längliches.

Eine Leiche. Ich war sofort sicher. Eine Leiche unter einem schweren Tuch. Als ich zögernd darauf zuging, erkannte ich, dass es ein alter Vorhang war. Der Geruch war unerträglich. Ich legte die Taschenlampe auf den Boden und hielt mir Mund und Nase zu.

Ich wollte flüchten, wollte die Polizei anrufen. Aber ich musste nachsehen. Julia würde es wissen wollen.

Ich hockte mich hin, zählte bis drei, zog den schweren Vorhang zurück und blickte in ein weißes, mondförmiges Gesicht.

Ich schreckte zurück und fiel hintenüber gegen die Taschenlampe, die zu kreiseln begann. Der Lichtkegel tanzte in der Krypta und verschlimmerte meinen Schwindel und meine Übelkeit. Ich griff nach der Taschenlampe, hockte mich wieder hin und richtete sie auf das Gesicht.

Ihre Augen waren geschlossen. Sie sah fast friedlich aus. Aber es war kein Kind. Es war nicht Lily.

Ich war so fassungslos, dass ich ein paar Sekunden brauchte, um zu begreifen, was ich sah. Und mein erstes Gefühl der Erleichterung wich Schuldgefühlen. Sie war meinetwegen hier. Ich hatte all das in Gang gesetzt.

Zara.

Nirgends war Blut. Auf den ersten Blick auch keine Zeichen von Gewalt. Ich hatte den Vorhang bis zu den Schultern ihrer schwarzen Daunenjacke zurückgeschlagen. Unten guckten matschverkrustete Turnschuhe hervor. Ich bedeckte ihr Gesicht und stand auf.

Die Tür wurde aufgerissen. Julia. Ich kam nicht dazu, ihr zuzurufen, oben zu bleiben. Sie stürzte die Treppe herunter, schlitterte auf den glatten Stufen herab und landete hart auf dem Boden. Stöhnend drehte sie sich auf die Seite.

Ich war sofort bei ihr. Sie sah keuchend und mit schmerzverzerrtem Gesicht zu mir auf.

»Bist du verletzt?«

Sie setzte sich mühsam auf und rieb sich den Rücken. »Nur ein paar blaue Flecke, glaube ich.« Sie versuchte aufzustehen, aber sie stöhnte vor Schmerz. Dann fiel ihr Blick auf den Leichnam unter dem Vorhang.

»Das ist nicht Lily«, sagte ich schnell.

Es dauerte, bis sie begriff. »Ein Kind?«

»Nein. Eine Frau. Zara Sullivan.«

»Was? Du kennst sie?«

»Ja, ich kannte sie. Die Privatdetektivin, die ich engagiert hatte.«

Sie holte Luft.

»Warum bist du runtergekommen?«

»Was? Ich bin nicht runtergekommen. Hast du es nicht gesehen?« Sie blickte hoch. Die Tür war geschlossen.

»Jemand hat mich runtergestoßen.«

Kapitel 40

So schnell ich konnte, stieg ich die glatten Stufen hoch und warf mich gegen die Tür. Sie bewegte sich nur ein paar Zentimeter. Sosehr ich mich auch anstrengte, sie ließ sich nicht weiter öffnen. Wahrscheinlich hatte jemand einen Keil unter die Tür geschoben.

Ich versuchte, nicht in Panik zu geraten. Wir waren in der Krypta einer verlassenen Kapelle gefangen, und die Nacht brach herein. Wusste irgendwer, dass wir hier waren? Ja, Ursula …

Ursula, die ihre Hände im Spiel hatte. Was immer dieses Spiel sein mochte.

Ich hämmerte gegen die Tür und rief: »Hallo! Lass uns raus!«

Ich ging wieder zu Julia hinunter, die so weit wie möglich von der Leiche entfernt saß. Ihr Gesicht war immer noch schmerzverzerrt. Ich setzte mich neben sie.

»Was ist passiert?«

»Du warst so lange weg«, sagte sie durch zusammengebissene Zähne. »Ich wurde fast verrückt. Da zu sitzen und darauf zu warten, dass du zurückkommst und mir sagst, ob Lily da unten ist. Irgendwann habe ich dann oben an der Treppe gewartet.«

»Und dann hat dich jemand runtergestoßen.«

Sie nickte. »Zum Glück habe ich es irgendwie hinbekommen, nicht mit dem Kopf voran runterzufallen.«

»Wer war das?«

»Keine Ahnung. Er muss sich von hinten angeschlichen haben. Und zwar schnell, denn ich habe nur ein paar Sekunden dort gestanden.«

Ich sah ihr direkt in die Augen. Konnte es sein, dass sie log? Dass sie sich heruntergeworfen hatte? Und dann spulte sich ein Film in meinem Kopf ab: Julia hatte Lily getötet. Sie hatte all die seltsamen Vorkommnisse im Haus inszeniert. Sie war Max und mir zum Fluss gefolgt und hatte uns angegriffen. Es hatte alles nichts mit dem Verschwinden des Mädchens vor fünfunddreißig Jahren zu tun. Julia war eine Mörderin. Sie hatte ihre Tochter und ihren Mann umgebracht. Und Max. Vielleicht hatte sie herausgefunden, dass ich Zara angeheuert hatte, und sie auch getötet.

»Was ist?«, fragte sie. »Warum siehst du mich so an?«

Ich zwickte mich in die Nasenwurzel und versuchte, diese absurden Gedanken loszuwerden. Julia konnte es nicht gewesen sein. Oder sie war die beste Schauspielerin aller Zeiten. Ihre Trauer war echt. Genauso wie die Aufregung, nachdem sie die ausgeblasenen Geburtstagskerzen gefunden hatte.

Oder sie war verrückt und wusste nicht, was sie getan hatte …

Ich lief in der kleinen Krypta auf und ab und versuchte, mich davon zu überzeugen, dass meine Fantasie mit mir durchging. Julia konnte es nicht gewesen sein. Sie war unschuldig. Oder war es doch möglich, dass ich sie so verkannt hatte?

Julia versuchte aufzustehen. Ihr schossen Tränen in die Augen. »Verdammt, mein Rücken.«

Ich sah sie an. In ihrem Gesicht lag so viel emotionaler und körperlicher Schmerz, dass ich mir klarmachte, wie verrückt meine Überlegungen waren. Dass sie sich nicht von selbst auf so eine schmerzhafte Art die Treppe heruntergestürzt hätte. Jetzt glaubte ich ihr.

»Ist der Rucksack noch oben? Mit der Gartenschere?«

»Ja. Ich …«

Über uns hörten wir einen Schrei und Gepolter.

Jetzt glaubte ich ihr hundertprozentig. Ich rannte hoch und presste ein Ohr gegen die Holztür. Gerangel, ein Schmerzensschrei. Dann war alles ruhig.

Julia rief von unten: »Was ist da los?«

Ich hämmerte gegen die Tür. Nichts.

Dann ein so schrecklicher Schrei, dass ich fast rückwärts die Treppe hinuntergefallen wäre. Es klang, als käme er aus dem Inneren der Kapelle, sogar direkt hinter der Tür. Und es war der Schrei einer Frau.

»Lucas, sag mir, was los ist!«, rief Julia.

Ich eilte die Treppe hinunter, die mir jetzt schon etwas vertrauter war, und fing an, Julia zu erzählen, was ich gehört hatte.

Julia packte mich am Arm. »Lucas!«

»Eine Frau. Wer könnte das sein? Ursula? Aber …«

»Lucas!«

Ich hielt den Mund.

Julia deutete nach oben. »Die Tür hat sich bewegt.«

»Verdammt, ich hätte eine Waffe mitbringen sollen. Ein Messer oder …«

Ich zögerte und lauschte. Aber es war vollkommen still. Ich musste rausfinden, was los war, auch wenn es eine Falle sein konnte, auch wenn es höchstwahrscheinlich eine Falle war. Was sollte ich sonst tun?

Ich schlich die Stufen hoch und drückte die Klinke runter. Die Tür öffnete sich.

Ich hatte meine Taschenlampe unten bei Julia gelassen. Das Innere der Kapelle war jetzt vollkommen dunkel. Ich wartete darauf, dass sich meine Augen an die Dunkelheit gewöhnten, und langsam erkannte ich schattenhafte Formen. Rechts von mir lag ein Stuhl, der offensichtlich dazu benutzt worden war, die Tür zu blockieren.

Auf dem Boden vor dem Altar lag eine reglose Gestalt.

Ich schlich mich näher heran.

Plötzlich kam Leben in die Gestalt.

»Lass mich! Geh weg!« Es war eine Frau. Im Dunkeln erkannte ich ihr Gesicht nicht. Aber ihre Stimme kam mir bekannt vor.

»Wer ist das?«

Ich wirbelte herum. Julia stand an der Tür. Sie musste es irgendwie die Treppe hoch geschafft haben. Sie stand vor Schmerzen vornübergebeugt und richtete den Strahl der Taschenlampe auf die Frau, die so weit zurückgewichen war, wie sie gekonnt hatte. Jetzt saß sie mit dem Rücken zum Altar da.

Sie hob das Gesicht.

»Was, zum Teufel …« Ihr lautes Stöhnen unterbrach mich.

Es war Heledd.

»Ich habe sie gesehen!« Sie warf wilde Blicke um sich. »Ich muss mich zu meinen Sünden bekennen, hat sie gesagt. Und zu den Sünden meiner Eltern.« Heledd bekreuzigte sich und sah mit flehendem Blick auf das Gemälde von Christus am Kreuz.

»Sie hat gesagt … sie hat gesagt, wenn ich die Sünden nicht beichte, kommt sie und holt mich.« Sie murmelte irgendetwas Unverständliches vor sich hin, betete voller Inbrunst und bekreuzigte sich schnell hintereinander. Ich war so verwirrt, dass ich mich fragte, ob Heledd vielleicht eine Zwillingsschwester hatte. Die Frau vor mir war so anders als die gefasste und vernünftige Heledd, mit der ich vor ein paar Stunden gesprochen hatte. Aber natürlich war sie es. Neben ihr lagen zwei Bücher: die durchweichte Bibel, die mir in der Kapelle aufgefallen war und Malcolms Tagebuch.

»Wer hat das zu dir gesagt?«, fragte ich.

Heledd presste die Bibel gegen die Brust. »Die Hexe. Die Rote Witwe.« Sie zeigte auf die Tür. »Sie hat da gestanden. Und da hat sie es gesagt. Dass ich die Sünden meiner Eltern beichten muss. Und die Sünden der Tochter.«

Julia ging auf sie zu und leuchtete ihr mit der Taschenlampe ins Gesicht.

»Beichten? Was hast du getan?«, fragte sie. *»Was hast du getan?«*, wiederholte sie schreiend.

Aber Heledd schluchzte nur.

Kapitel 41

Lily 2014 – 2015

Es war das schlimmste Weihnachten, an das Lily sich erinnern konnte. Nicht weil die Geschenke doof waren – Lily hatte alles bekommen, was sie sich gewünscht hatte –, und auch nicht, weil es den ganzen Tag geregnet hatte und sie ihre neuen Rollschuhe nicht hatte ausprobieren können. Auch das Abendessen war lecker gewesen. Mum hatte ihr megaviele Bratkartoffeln aufgetan und sie hatte den Brokkoli nicht probieren müssen.

Das hätte richtig schön sein können. Selbst wenn sie natürlich kein Kleinkind mehr war, das noch an den Weihnachtsmann glaubte. Da konnte Mum noch so viel reden.

Aber die miese Stimmung zwischen ihren Eltern hatte alles kaputtgemacht.

Am Weihnachtsabend hatte Lily mit ihren drei Katzen im Bett gelegen – mit Chesney, Großem Kater und Kleinem Kater – und vergeblich versucht, gegen ihre Tränen anzukämpfen. Sie hatte Bauchschmerzen und konnte nicht einschlafen, weil sie zu viel gegessen hatte und ihr zu viele Gedanken durch den Kopf schossen.

Sie musste etwas tun, um ihren Eltern klarzumachen, wie glücklich sie im Grunde waren. Das mit dem Weglaufen war kläglich gescheitert. Sie war nicht lange genug weggewesen, als dass sie sich Sorgen hätten machen können. Sie hatten es noch nicht mal gemerkt, bis sie den Anruf von Megans Großvater bekommen hatten. Mum war gereizt und wütend gewesen, als Lily nach Hause kam, und hatte ihr eine Strafpredigt gehalten. Und Dad hatte alles wiederholt – wenigstens das war gut, denn so waren sie sich mal einig.

Also war es vielleicht doch nicht so kläglich gescheitert.

Aber das war schon Wochen her, und je näher Weihnachten herangerückt war, desto eisiger wurde die Stimmung zwischen ihren Eltern.

Bis heute Abend. Heute war Silvester. Ihre Eltern hatten sich eine halbe Ewigkeit in ihrem Schlafzimmer eingeschlossen, wo sie sich erst unterhalten hatten und dann still gewesen waren. Dann kamen sie lächelnd heraus und zwischen ihnen war alles anders. Es war unglaublich. Sie erlaubten ihr sogar, bis Mitternacht aufzubleiben. Aber dann sahen sie sich diese Show mit langweiligen alten Rockstars an, tranken Champagner und benahmen sich ganz verliebt. Sie fand es eklig. Klar, sie wollte, dass sie sich nicht dauernd stritten, dass sie sich liebten. Aber sich vor ihr zu küssen? Da war sie doch lieber in ihr Zimmer gegangen und hatte mit Megan geskypt.

Sie spielten etwas MovieStarPlanet, bis Megan plötzlich sagte: »Morgen beginnt zweitausendfünfzehn. Weiß du, was das heißt?«

»Was denn?«, fragte Lily.

»Es heißt, dass es fünfunddreißig Jahre her ist, seit die Rote Witwe sich ihr letztes Kind geholt hat. Seit Carys ihr geopfert wurde.«

Lily erinnerte sich daran, wie ihnen dieser Taxifahrer davon erzählt hatte.

»Als du sie neulich im Wald gesehen hast, war sie bestimmt auf Erkundungstour.«

»Auf Erkundungstour?«

»Ja, Mann, sie hat sich ein Kind ausgeguckt. Das sie sich dann holt.« Sie machte eine lange Pause. »Hat sie wirklich meinen Namen gesagt?«

Lily zögerte. Megan hatte sie das schon hundertmal gefragt. Und Lily wusste, dass sie ihr gleich hätte sagen müssen, dass sie sich das nur ausgedacht hatte. Aber irgendwie war es auch aufregend, die Angst in Megans Gesicht zu sehen, und je mehr Zeit verging, desto schwerer wurde es, ihr die Wahrheit zu sagen. Sie wollte nicht, dass Megan wütend auf sie wurde oder sie eine Lügnerin nannte.

»Ja«, sagte Lily, und Megan nickte traurig, als glaubte sie wirklich daran, dass ihr Schicksal besiegelt war und sie nichts dagegen tun konnte.

Die blöde Rote Witwe. Je länger ihr Erlebnis im Wald zurücklag, desto überzeugter wurde Lily, dass die Hexe nicht existierte, dass sie sich diese Augen nur eingebildet hatte, so wie sie sich einmal eingebildet hatte, eine Fee im Garten gesehen zu haben. Und nun, wo Megan diese Lüge, dass die Hexe ihren Namen genannt hatte, so leicht geschluckt hatte, wurde Lily erst recht bewusst, wie – wie hieß das noch mal? – leichtgläubig sie war. Kindisch. Es war eine Täuschung gewesen, mehr nicht.

»Lass uns über was anderes reden«, sagte Lily. »Das mit der Witwe finde ich langweilig.«

»Oh! Tut mir leid, dass ich so langweilig bin.«

»Ich habe nicht gesagt, dass du *langweilig bist …«*

Aber Megan hörte ihr gar nicht mehr zu. »Ich wette, du bist froh, wenn die Witwe mich holt!«

»Was? Sei nicht albern. Komm schon, es ist fünf Minuten vor Mitternacht. Ich will mich nicht mit dir streiten.«

Aber es war zu spät. Megan war trotzig. Sie wünschte ihr nicht mal ein frohes neues Jahr, murmelte nur so etwas wie Gute Nacht und war vom Bildschirm verschwunden.

Ein paar Sekunden später kam Mum herein. Lily ließ ihr iPad unter das Kissen gleiten.

»Es tut mir so leid«, sagte Mum. »Eigentlich wollte ich dich runterrufen, sodass wir das neue Jahr zusammen begrüßen, aber ich habe gar nicht mehr auf die Uhr gesehen.«

»Ist schon in Ordnung.«

Mum setzte sich aufs Bett.

»Frohes neues Jahr, mein Schatz.«

Mum umarmte sie, küsste sie auf die Wange und fragte: »Geht's dir gut?«

»Ja, ich bin nur müde.«

»Ich auch.« Mum nahm Lilys Hand. »Ich weiß, wie schwierig es für dich gewesen sein muss mit mir und deinem Dad. Aber ab jetzt wird es besser. Ich verspreche es dir. Wir lieben dich mehr als alles andere auf der Welt.«

Lily wurde ganz warm, und sie umarmte Mum fest. Dann kam Dad herein und sagte: »Frohes neues Jahr!« Sie umarmten sich alle drei. Lily vergaß die mürrische Megan.

Und als sie einschlief, war sie glücklich wie schon lange nicht mehr.

* * *

Am nächsten Morgen sahen Mum und Dad müde aus. Dad sagte, er habe Kopfschmerzen. Aber sie lächelten sich an, und Mum ließ sich von Dad in den Arm nehmen.

Beim Mittagessen – es gab Suppe mit Croutons – sagte Mum: »Wollen wir einen Spaziergang machen und etwas frische Luft schnappen?«

»Gute Idee«, war Dad einverstanden.

Lily stöhnte. Sie hasste Spaziergänge. Sie hatte Lust, sich was auf ihrem iPad anzusehen. Außerdem wollte sie Megan anrufen. Aber ihre Eltern bestanden darauf, dass sie mitkam. Es würde *ihnen allen guttun. Und dann wollten sie ausgerechnet zum Fluss, dabei war es dort matschig und windig. Aber ihre Eltern waren gut gelaunt und lieb zueinander, vielleicht hatten sie tatsächlich die Kurve gekriegt. Sie würden sich nicht scheiden lassen, und Lily wäre nicht gezwungen, sich zwischen ihnen zu entscheiden. (Die Entscheidung wäre sowieso klar: Mum würde gewinnen.)*

Als sie aufbrachen, sagte Mum: »Vergiss nicht, deinen Mantel anzuziehen.«

»Aber mir ist nicht kalt.«

Mum nahm sie in den Arm. »Du bist wie ein Heizkörper. Wie machst du das bloß?«

Lily lächelte. »Ich habe ein warmes Herz. Kann ich meine beiden Kater mitnehmen?«

»Bist du nicht langsam zu alt für Kuscheltiere?«, fragte Dad, der lange nach seinen Gummistiefeln gesucht hatte.

Lily machte ein mürrisches Gesicht, und Mum meinte: »Das sind doch gar keine Kuscheltiere, stimmt's, Lily? Das sind richtige Kater.«

Dad lachte darüber, und Lily sagte: »Familienumarmung.« Es war lange her, seit sie das zum letzten Mal getan hatten. Sie legten die Arme umeinander, und Lily spürte, dass sie sich alle liebten. Und in dem Moment dachte Lily, dass alles gut wäre. Dass es das beste Jahr aller Zeiten werden würde.

Chesney folgte ihnen durch den Garten. Vielleicht käme er ja mit zum Fluss. Aber dann entdeckte er einen Vogel und jagte ihm hinterher. Sie würde sich mit ihren kuscheligen Katzen begnügen müssen. Sie hielt Großen Kater auf dem Arm und steckte Kleinen Kater vorsichtig in ihre Manteltasche.

Natürlich war es matschig und windig am Fluss. Sie ging etwas voraus und träumte von einem Hund. Sie hätte am liebsten einen Mops gehabt. Aber dann fiel ihr wieder ein, dass Dad ihr erzählt hatte, man müsse ihnen regelmäßig die Afterdrüsen ausdrücken, aus denen ein Zeug rauskam, das nach Fisch roch. Das war so ungefähr das Ekligste, was Lily sich vorstellen konnte. In diesem Fall konnte ihr der Mops gestohlen bleiben.

Plötzlich hörte sie, dass ihre Eltern sich wieder stritten. Das konnte doch nicht wahr sein! Aus der Traum von einem frohen neuen Jahr, von einem Neuanfang. Mum zeigte mit dem Finger auf Dad, der wütend und beschämt zugleich aussah.

Lily hätte am liebsten geschrien.

Wütend stapfte sie in den kleinen Wald. Als sie sich umdrehte, konnte sie sie nicht mehr sehen. Wahrscheinlich waren sie stehen geblieben, weil sie so mit Streiten beschäftigt waren.

Sie würden sich doch trennen. Sie würde von hier wegziehen. Einer von ihnen würde sie bekommen und der andere Chesney.

Sie musste etwas tun.

Denk nach! Sollte sie wieder weglaufen?

Aber das hatte beim letzten Mal nichts gebracht. Es musste etwas Schlimmeres sein. In den Fluss springen? Nein, das war verrückt. Außer wenn sie dann glaubten, dass Lily ertrunken war. Dass sie tot war. Selbst wenn sie es nur eine Sekunde glaubten, wäre der Schock so groß, dass sie merken würden, wie dumm sie sich benahmen.

Sie sah Großen Kater an. Sie konnte ihn reinwerfen und sich verstecken. Und wenn Mum und Dad in Panik gerieten, würde sie aus ihrem Versteck herauskommen. Natürlich wollte sie Großen Kater nicht in das eiskalte Wasser werfen, aber letzten Endes war er doch nur ein Plüschtier. Außerdem konnten sie ihn dann bestimmt mit einem langen Stock herausfischen.

Sie küsste ihn und ohne weiter darüber nachzudenken, ging sie ans Ufer und warf ihn ins kalte Wasser. Es war kein guter Wurf, er kullerte über die Steine und rutschte wie in Zeitlupe in den Fluss hinein.

Sie hechtete ins dichte Gebüsch.

Und wäre fast vor Schreck gestorben.

Eine Hand schloss sich über ihrem Mund. Sie konnte nicht schreien, konnte nicht nach ihren Eltern rufen. Und dann stopfte ihr jemand etwas in den Mund. Sie versuchte wegzurennen, aber sie wurde festgehalten und tiefer ins Gebüsch gezogen. Sie hörte, wie Mum verzweifelt nach ihr rief. Aber sie konnte keinen Ton herausbringen.

Warum war sie nur so dumm gewesen? Jetzt gab es keine Möglichkeit mehr, sich zu retten.

Kapitel 42

Julia hatte die Gartenschere aus dem Rucksack geholt. Sie drückte die Spitze an Heledds Hals.

»Du sagst mir jetzt, was du mit Lily gemacht hast, oder ich schneide dir die Kehle durch.«

Heledd starrte sie an. Ihre Lippen zuckten, aber sie blieb stumm. Ich legte Julia eine Hand auf die Schulter, und mit der anderen drückte ich ihren Arm zur Seite, bis die Gartenschere auf den Boden zielte.

Ich konnte diese zitternde, tränenüberströmte Heledd immer noch nicht mit der ruhigen, intelligenten Frau zusammenbringen, die ich kannte. Hätte sie nicht etwas vom Beichten ihrer Sünden und dem ihrer Eltern geredet, hätte ich nie geglaubt, dass sie sich schuldig gemacht haben könnte. Das mit der Beichte war das eine, das mit dem Tagebuch das andere. Sie hatte es nicht zur Polizei gebracht.

»Bist du uns gefolgt?«, fragte ich. Sie starrte mich stumm an wie ein verängstigtes Kind.

»Ich habe Olly gesagt, dass wir hierherkommen wollten. Hat er es dir erzählt? Oder wolltest du sowieso herkommen, um dies zu vernichten?«

Ich hielt ihr das Tagebuch unter die Nase.

»Was ist das?«, fragte Julia.

»Das Tagebuch von Ollys Dad.« Als ich es durchblätterte, fiel mir ein, wie Heledd dasselbe vor ein paar Stunden getan hatte. »Hast du hier etwas Belastendes gefunden?«

Sie blieb stumm.

»Mach den Mund auf!« Julia hob die Gartenschere. Heledd wich zurück und sagte stockend: »Malcolm …« Sie holte tief Luft. »Er hat rausgefunden, wer mein Vater ist … Er hat meine Mutter und ihn zusammen gesehen. Er hat uns alle drei gesehen …«

»Und was ist daran so schlimm?«

Sie sagte nichts.

»Deinen Vater? Glynn?«

Sie sagte immer noch nichts.

»Hast du Julia die Treppe runtergestoßen?«

Sie warf Julia einen schnellen Blick zu, dann sah sie mich an. Ein winziges Nicken.

Julia fluchte. Ich legte ihr die Hand auf die Schulter, damit sie nicht mit der Gartenschere auf Heledd losging.

»Steckst du mit Ursula unter einer Decke?«, fragte ich.

Heledd zog verwirrt die Augenbrauen zusammen. »Ursula?« Es war offensichtlich, dass sie keine Ahnung hatte, wer Ursula war.

»Hast du Zara umgebracht?«

Sie holte tief Luft und schloss die Augen. »Ich musste es tun … Sie hätte es herausgefunden.«

Ich stöhnte. »Was hätte sie herausgefunden?«

Aber Heledd hatte wieder dichtgemacht. Julia lief wie ein wildes Tier im Käfig auf und ab. Ich spürte ihre kaum gebändigte Energie. Zwei Jahre hatte sie ihre Frustration und ihre Wut unterdrückt. Gleich würde sie explodieren.

»Vor wem hast du eben so eine Angst gehabt?«, fragte ich.

»Vor der Witwe.«

»Ich will mit ihr reden«, sagte Julia und schob mich beiseite. In Heledds Augen stand ein neues Gefühl. Vielleicht war es Mitleid. Auf jeden Fall weder Angst noch Schuldgefühle, wie ich erwartet hätte.

Julia hockte sich vor Heledd und packte sie am Mantel.

»Du sagst mir jetzt sofort, ob Lily noch lebt!«

Flüsternd antwortete Heledd: »Ich weiß es nicht.«

»Sag es mir!«

In Heledds Augen standen Tränen. »Ich weiß es nicht. Ich weiß es wirklich nicht.«

»Verdammt!« Julia stand auf und pfefferte die Gartenschere quer durch die dunkle Kapelle.

Ich hatte die zweite Taschenlampe gefunden und knipste sie an. »Einer von uns geht jetzt die Polizei holen, und der andere bleibt hier und passt auf sie auf.«

»Ich gehe. Wenn ich hierbleibe, kann ich für nichts garantieren.«

»Bist du sicher? Wie geht es deinem Rücken?«

Julia machte eine wegwerfende Bewegung. »Alles okay. Adrenalin ist ein fantastisches Schmerzmittel. Ich glaube, dass hier in der Nähe ein Bauernhaus ist. Von da kann ich telefonieren.«

»Na gut, wenn du meinst.«

Sie warf noch einen Blick auf Heledd, die stumm betete.

»Sie glaubt wirklich, dass sie die Witwe gesehen hat.«

»Sieht ganz danach aus. Dabei ist ihr nicht klar, dass sie vor dir viel mehr Angst haben müsste als vor der Hexe.«

Und dann war ich mit Heledd allein.

Ich versuchte, mich mit ihr zu unterhalten, aber vergeblich. Sie hatte sich ganz in sich selbst zurückgezogen. Schließlich gab ich es auf. Ich setzte mich in eine Kirchenbank, während sie geduckt und zitternd in der Ecke blieb. Ich blätterte wieder in Malcolms Tagebuch. Heledd musste etwas gelesen haben, das sie zu dem Entschluss gebracht hatte, es zu vernichten. In der Kapelle war es kalt, und der Gedanke daran, dass Zaras Leichnam unter meinen Füßen verweste, machte alles noch schauerlicher.

Nach einer gefühlten Ewigkeit waren von draußen Stimmen zu hören und das Licht einer Stablampe durchbrach die Dunkelheit. Detective Hawkins stürmte herein.

»Halleluja! Sie lassen auch keine Katastrophe aus, was?«

Ich zuckte mit den Achseln. »Tja, das ist ein besonderes Talent.«

Ein uniformierter Beamter begleitete mich zur Straße, wo drei Polizeiwagen warteten. Als ich in sein Auto stieg, vibrierte mein Handy. Es hatte wieder Empfang. Eine Voicemail von Olly Jones, die um 22.30 Uhr eingegangen war.

»Ich mache mir Sorgen wegen Heledd. Sie ist vor Stunden aus dem Haus gegangen und noch nicht zurück.«

Olly musste sich auf einen Schock einstellen.

Es war zwei Uhr morgens, als ich zum Refugium zurückkehrte. Julia saß vor einer Flasche Rotwein am Küchentisch. Die Polizei hatte sie nach Hause geschickt.

»Das war's mit der Abstinenz«, sagte sie und schenkte mir ein Glas ein. »Hat Heledd noch etwas gesagt?«

»Kein Wort. Was ist mit Ursula? Hast du mit ihr gesprochen?«

Julia verzog das Gesicht. »Ich habe es versucht. Sie hat wieder irgendwas von ihrer Geistführerin gefaselt. Aber sie hat geschworen, dass sie nicht weiß, wer Heledd ist.«

Sie griff nach ihrem Handy.

»Wen willst du anrufen?«, fragte ich.

»Die Polizei.«

Sie ließ sich zu Detective Hawkins durchstellen, die ihr versprach zurückzurufen, sowie sie Heledd verhört hatten.

»Ich muss wissen, was sie über Lily sagt.« Julias Stimme brach. Der Stress der letzten Stunden hatte sie zutiefst erschüttert. Ich nahm sie in den Arm. Erst war sie starr, aber irgendwann entspannte sie sich und lehnte sich an mich.

Wir waren so erschöpft, dass wir den Wein mehr oder weniger schweigend tranken. Julia sah immer wieder auf ihr Handy, bis der Akku leer war. Sie stöpselte es ins Ladegerät auf der Arbeitsfläche.

»Du kannst hier nicht die ganze Nacht sitzen bleiben«, sagte ich.

»Aber ich kann auch nicht ins Bett gehen. Was, wenn die Polizei anruft?«

Sie setzte sich wieder an den Tisch und legte den Kopf auf die Hände. Eine Minute später war sie eingeschlafen. Ich holte ein Kissen und schob es ihr vorsichtig unter den Kopf, dann schleppte ich mich ins Bett.

* * *

Stimmen von unten weckten mich. Ich brauchte einen Moment, um zu verstehen, wo ich war. Mein Körper war schwer wie Blei und mein Kopf wie in Watte gepackt. Der Geruch der Laken brachte alles zurück, unsere nackten Körper, unseren intensiven, hungrigen, erlösenden Sex. Ich blieb noch eine Weile liegen und wünschte mir, im Bett bleiben zu können, ohne an die Vergangenheit und die Zukunft denken zu müssen. Nur im Moment mit Julia leben zu können.

Nur dass ich hier war und sie woanders. Von unten hörte ich drei Stimmen. Ich zog mich eilig an und ging hinunter. Das Licht blendete mich.

Julia saß mit Detective Hawkins und Inspector Snaith am Küchentisch. Der Tee in ihren Bechern dampfte. So müde, wie sie aussahen, hatten sie wohl durchgearbeitet. Wahrscheinlich waren sie aus dem Bett gerissen worden, um Heledd und mich aus der Kapelle im Wald zu holen. Der Groll, den ich gegen sie gehegt hatte, weil sie mich verdächtigt hatten, löste sich in nichts auf.

»Mr Radcliffe«, begrüßte mich Inspector Snaith. Detective Hawkins rümpfte die Nase. Sie hatte recht. Ich musste dringend duschen.

»Wie spät ist es?«, fragte ich.

»Kurz nach zwölf«, antwortete Julia.

Sie hatte dunkle Ringe unter den Augen und ihre Haare zu einem strengen Pferdeschwanz zurückgebunden. Kein Make-up. Sie war wunderschön.

Sie schoss mir einen Blick zu, der nichts anderes bedeuten konnte als: Hör sofort auf, mich anzustarren. »Die Beamten wollten mir gerade alles über Heledd erzählen.«

Detective Hawkins räusperte sich. »Sie hat den Angriff auf Sie gestanden. Und die Morde an Max Lake und Zara Sullivan.«

»O Gott!« Ich schlug die Hände vors Gesicht. »Warum hat sie Max umgebracht?«

»Eigentlich wollte sie nur Sie töten, aber Max hat sie gesehen. Und was Zara Sullivan angeht – Heledd hatte Angst, dass sie herausfindet …«

»Dass Heledd Lily entführt hat?«, unterbrach Julia sie.

Inspector Snaith hob die Hand. »Dazu kommen wir noch.«

»Aber …«

»Bitte, Mrs Marsh, gedulden Sie sich nur noch eine Minute.«

Ich drückte Julias Hand. Sie war eiskalt.

»Was ist mit Shirley und Malcolm?«, fragte ich, so ruhig ich konnte.

»Malcolm Jones ist an seiner Herzkrankheit gestorben«, sagte Snaith. »Aber Heledd gibt zu, ihn konfrontiert zu haben. Ich würde eher sagen, dass sie ihn bedroht hat. Und zwar am

Morgen seines Todes. Sie hat ihn davor gewarnt, mit Zara Sullivan zu sprechen. Wahrscheinlich war der Stress einer von mehreren Auslösern für seinen Tod.«

»Aber das werden wir vor Gericht nicht beweisen können«, fügte Detective Hawkins hinzu.

»Wie ist Zara gestorben?«, fragte ich.

»Der Rechtsmediziner wird noch eine Weile brauchen. Heledd hat ausgesagt, dass sie Zara unter dem Vorwand, ihr etwas Wichtiges im Zusammenhang mit ihren Ermittlungen zeigen zu wollen, in die Kapelle gelockt hat. Und dort hat sie sie die Treppe zur Krypta hinuntergestoßen. Wir gehen vorläufig davon aus, dass sich Zara bei dem Sturz beide Beine gebrochen hat. Heledd hat sie dort liegen lassen.«

Mir wurde eiskalt. »Sie hat sie dort sterben lassen? An Dehydratation?«

Das Schweigen der Ermittler verriet mir, dass ich richtig lag. Ich stellte mir vor, wie Zara versucht haben musste, unter schrecklichen Schmerzen die Treppe hochzukriechen. Wie lange musste sie dort im Todeskampf gelegen haben? Nach und nach musste ihr Körper vor Unterkühlung und Austrocknung aufgegeben haben. Ein langsamer und qualvoller Tod bei vollem Bewusstsein. Mein größter Albtraum.

Ich zwang mich dazu, die Vorstellung abzuschütteln, auch wenn ich wusste, dass sie nachts zurückkehren würde. Dass sie mich für den Rest meines Lebens verfolgen würde.

»Was ist mit Shirley?«, fragte ich. »Hat Heledd ihre eigene Mutter auch umgebracht?«

»Sie sagt, es wäre ein Unfall gewesen«, antwortete Inspector Snaith. »Sie hätte sich mit ihrer Mutter nach der Trauerfeier auf dem Treppenabsatz gestritten. Heledd war wütend, weil Shirley sich auf ein Gespräch mit Ihnen eingelassen hatte. Heledd wusste, dass ihre Mutter Ihnen die Wahrheit sagen wollte.«

»Die Wahrheit?«, fragte Julia.

»Dazu kommen wir gleich. Heledd sagte, ihre Mutter hätte versucht, sich an ihr vorbeizudrängen. Sie war betrunken und wollte sich noch hinlegen, bevor Mr Radcliffe kam. Heledd stellte sich ihr in den Weg, es gab ein Handgemenge und dann lag Mrs Roberts mit gebrochenem Genick unten im Flur. Heledd sagt, sie hätte nach ihrem Puls gefühlt. Sie wäre aber gleich tot gewesen. Und dann wäre Heledd geflohen.«

»Das ist doch totaler Blödsinn«, entgegnete ich. »Sie hatte doch vorher schon Zara die Treppe hinuntergestoßen. Das ist ihre Mordmethode.«

»Sie redet dauernd davon, dass sie ihre Sünden beichten muss«, sagte Detective Hawkins.

»Und ›die Sünden ihrer Mutter und ihres Vaters‹?«, fragte ich. »Das hat sie jedenfalls gestern Nacht gesagt.«

Snaith nickte. »Ja, aber dazu kommen wir noch. Heledd hat offensichtlich panische Angst. Aber den Tod ihrer Mutter bereut sie nicht. Sie findet, dass ihre Mutter ihr all das, was sie für sie getan hat, um sie zu schützen, nicht gedankt hat. Sie sagte auch, dass Mrs Roberts bestraft werden *wollte*. Sie wollte vor ihrem Tod Buße tun, um – das sind Heledds Worte – mit reinem Gewissen vor dem Heiligen Petrus am Himmelstor stehen zu können.«

Ich war mir jetzt ziemlich sicher, dass ich wusste, was Shirley und Heledds Vater getan hatten. Aber ich wartete darauf, was die Ermittler uns zu sagen hatten.

»Offensichtlich lag es Heledd mehr am Herzen, ihren Vater zu schützen«, sagte Detective Hawkins. »Das heißt, bevor die Rote Witwe ihr befohlen hat, ihre Sünden zu beichten.« Sie verdrehte die Augen.

Ich bekam eine Gänsehaut. Was auch immer Detective Hawkins von Heledds geistigem Zustand halten mochte, wir waren jetzt der Wahrheit so nah.

»Ihr Vater?« Ich wappnete mich. Es musste Glynn sein. Laut Malcolms Tagebuch hatte Shirley mit ihm geschlafen. »Glynn Collins?«

»Nein. Glynn Collins ist nicht ihr Vater.«

Ich glaubte, mich verhört zu haben. »Aber … Wer ist es dann?«

Die beiden tauschten einen Blick, als wären sie nicht sicher, ob sie es uns sagen sollten.

»Rhodri Wallace«, sagte Snaith nach kurzem Zögern.

»Himmel!«, entfuhr es Julia.

»Sie kennen ihn?«, fragte Detective Hawkins.

»Er führt Arbeiten am Haus und im Garten aus. Er hat uns hier ausgeholfen, seit wir hergezogen sind.«

Ich versuchte fieberhaft, alle Steinchen zusammenzusetzen. Rhodri war Heledds Vater? Er, und nicht Glynn, war in den Siebzigern Shirleys Liebhaber gewesen?

»Dann hat Heledd also Rhodri Wallace und ihre Mutter beschützt, weil die beiden Carys Driscoll entführt haben? Oh, mein Gott, und die haben es getan, um Heledd zu schützen? Um ihr Kind vor der Witwe zu schützen?«

Julia sah mich verwirrt an, aber Inspector Snaith nickte. »Ich weiß zwar nicht, woher Sie das wissen, aber genau das sagt Heledd. Ihre Mutter hat es ihr erzählt, als sie noch ein Kind war. Wahrscheinlich wollte Shirley, dass Heledd wusste, wie viel Glück sie hatte. Wie *gesegnet* sie war.«

Detective Hawkins seufzte.

»1980«, fuhr Inspector Snaith seinen Bericht über Heledds Aussage fort, »war es wieder soweit, dass die Witwe kommen und sich ein Kind holen würde. Außer man opferte ihr ein anderes Kind. Heledd sagt, dass ein Freund ihrer Eltern, Glynn Collins, ihre Mutter bei einem Treffen des Heimatvereins gewarnt hat.«

Ich nickte ungeduldig. »Ja, er hatte wohl einen alten Zeitungsartikel gefunden.«

»So ist es. Und Shirley wusste vor Angst nicht mehr ein noch aus. In derselben Nacht hat sie sich mit ihrem Liebhaber Rhodri Wallace getroffen und ihm davon erzählt. Natürlich kannten sie die Geschichte der Witwe. In der Stadt sind ja alle besessen davon, vor allem die ältere Generation. Die Alten und die Kinder.«

Ich dachte daran, wie überzeugt Rhodri davon gewesen war, dass ein Specht Julia angreifen würde, wenn sie die Pfingstrosen umsetzte. Er musste durch und durch abergläubisch sein. Und Shirley war anscheinend auch von der Existenz der Witwe überzeugt gewesen. Wahrscheinlich waren sie von ihren Eltern und Großeltern in dem Glauben erzogen worden, dass die Geschichte von der Roten Witwe real war.

»Heledd«, sagte Detective Hawkins, »glaubt das auch. Ihr ganzes Leben hat man ihr eingebläut, dass sie vor der Witwe gerettet worden ist. Aber sie ist eine intelligente Frau, und deswegen nehme ich an, dass sie diesen irrationalen Kinderglauben bis gestern Nacht in Schach gehalten hat. Jetzt ist sie jedenfalls davon überzeugt, dass sie die Witwe gesehen hat, dass sie in die Kapelle gekommen ist und ihr befohlen hat, ihre Sünden zu beichten.«

Die beiden Ermittler schüttelten die Köpfe. Dieser Ort, an dem die Bewohner an Aberglauben und Legenden festhielten, trieb sie offensichtlich zur Verzweiflung.

»Sie sprechen die ganze Zeit nur von Shirley und Rhodri Wallace«, warf Julia ein.

»Also«, sagte Inspector Snaith, »laut Heledd hatten die beiden Angst, dass die Witwe sich das Kind ihrer Liebe holen würde. So wie ich es verstanden habe, heißt es in der Legende, dass die Witwe Kinder vorzieht, die unehelich geboren wurden oder deren Eltern sich entzweit haben. Also entschlossen sich die beiden, ein Kind zu entführen, das man ›nicht allzu sehr vermissen‹ würde, wie sie das nannten. Eine kleine Waise aus dem Kinderheim. Sie brachten das Mädchen in den Wald und banden es an einem Baum fest.«

»Aber was ist dann mit ihr passiert? Der Wald wurde doch bestimmt gründlich durchsucht, nachdem sie als vermisst gemeldet wurde, oder?«, fragte Julia. »Die Witwe kann sie nicht geholt haben. Sie existiert nicht!«

»Tja, das wissen wir leider auch noch nicht«, sagte Detective Hawkins. »Aber wir haben Rhodri Wallace verhaftet. Bisher hat er geschwiegen. Wir werden ihn jetzt noch einmal in die Mangel nehmen. Er hat nicht einmal zugegeben, dass Heledd seine Tochter ist und dass er mit Shirley zusammen war. Wahrscheinlich macht er sich Sorgen, was seine Frau dazu sagen wird. Sie haben gerade goldene Hochzeit gefeiert.«

Deswegen waren Shirley und er also nicht zusammen. Er war schon verheiratet gewesen, als er Heledd zeugte.

»Heledd zufolge führte er ein Doppelleben. Er besuchte sie im Bed & Breakfast, wann immer er konnte, aber er wohnte bei seiner Frau und seinen anderen Kindern. Er hat seine Beziehung zu Heledd in all den Jahren aufrechterhalten. Vielleicht weiß seine Frau das und schaut darüber hinweg. Wir werden es ja herausfinden, wenn wir mit ihr sprechen.« Inspector Snaith strich sich über den kahlen Kopf. »Die Leute mit ihren kaputten, unordentlichen Leben! Heledd spricht von ihrem Vater, als wäre er ein Held. In ihren Augen hat er alles aufs Spiel gesetzt, um sie vor der Witwe zu retten, und alles riskiert, um sie zu besuchen. Sie hat gesagt, sie würde auch alles tun, um ihn zu schützen. Alles.«

»Und genau das hat sie getan«, erklärte Detective Hawkins trocken.

Ich stand auf. »Aber ich verstehe nicht, warum Heledd Zara und mich umbringen wollte. Wir wussten doch nicht, was ihre Eltern getan haben.«

»Aber sie hat befürchtet, dass Sie es herausfinden. Und wer weiß? Vielleicht hat Shirley Zara ja etwas erzählt. Oder Heledd hat das zumindest geglaubt. Sie wollte alle potenziellen Quellen ausschalten, aus denen etwas heraussickern konnte.«

»Was ist mit dem Tagebuch?«, fragte ich. »Malcolm hat herausgefunden, dass Rhodri Heledds Vater ist. Aber er wusste doch nicht, dass sie Carys entführt haben.«

»Offensichtlich nicht. Aber Heledd ist in dem Glauben erzogen worden, dass niemand erfahren darf, wer ihr Vater ist. Weil es sein Leben zerstören würde. Wahrscheinlich standen die Geheimnisse ihres Vaters für Heledd in so einem engen Zusammenhang, dass sie das unbedingte Bedürfnis hatte, sie alle zu wahren.«

Während unserer Unterhaltung war Julia immer ungeduldiger geworden, war auf ihrem Stuhl hin und her gerutscht und tappte mit dem Fuß auf dem Boden. Schließlich konnte sie sich nicht mehr zusammenreißen.

»Was ist mit Lily? Was hat Heledd Ihnen über sie erzählt?«

Wieder tauschten die Ermittler einen Blick aus, bevor Inspector Snaith antwortete. »Heledd streitet ab, irgendetwas über Lily zu wissen.«

Julia stand auf und schlug mit der Hand auf die Arbeitsfläche. »Dann lügt sie!«

»Sie hat sich zu zwei Morden bekannt. Sie hat uns von der Entführung eines Kindes erzählt und ihre eigenen Eltern als Täter benannt. Sie hat panische Angst vor der Witwe. Auf uns macht es den Eindruck, dass sie denkt, die Witwe kommt sie holen, wenn sie uns nicht alles sagt. Es tut mir leid, Julia, aber ich glaube nicht, dass sie lügt.«

»Dann muss es Rhodri Wallace sein. Der Bastard. Er war ja dauernd hier. Er hat mir so oft gesagt, wie süß er Lily findet. Ich habe ihn immer für einen netten Typen gehalten. Vielleicht hat er die ganze Zeit nur auf seine Chance gewartet. Auf die

Chance, ihr das anzutun, was er dem anderen Mädchen vor drei Jahrzehnten angetan hat. Und ich wette, es gibt noch andere Opfer. Lily kannte ihn, sie hat ihm vertraut, sie wäre ohne zu zögern mit ihm gegangen.«

Sie ging schnell in der Küche auf und ab. Ich stand auf und versuchte, sie in den Arm zu nehmen, aber sie schubste mich weg. Dann deutete sie mit dem Finger auf Inspector Snaith.

»Sie müssen ihn dazu bringen, dass er gesteht, was er mit Lily gemacht hat. Ich möchte mit Ihnen zur Wache kommen. Ich brauche nur fünf Minuten allein mit ihm. Ich bringe den Bastard dazu, alles zu gestehen.«

Hawkins hob die Hände. »Mrs Marsh ... Ich kann Ihnen versichern, dass wir alles tun, was in unserer Macht steht.«

Julias Gesicht war rot angelaufen. »Aber, verdammt noch mal, warum sind Sie dann immer noch hier? Warum sind Sie nicht auf der Wache und bringen ihn zum Reden? Ich muss wissen, wo meine Lily ist. Ich habe so lange gewartet. Ich kann nicht länger warten!«

Sie stürmte aus der Küche und ließ mich mit den Polizisten alleine. Mir schwirrte der Kopf. Es waren immer noch so viele Fragen offen – aber erste Antworten begannen sich wie Silhouetten im Nebel abzuzeichnen.

»Wir werden der Wahrheit auf die Spur kommen«, versprach Detective Hawkins und nahm ihr Jackett.

Ich war so tief in Gedanken, dass ihre Stimme wie von weit her klang. Als ich aufsah, waren die beiden gegangen.

Kapitel 43

Ich klopfte an Julias Zimmertür. »Ich bin's«, sagte ich.

Erst nach einer langen Pause rief sie mich hinein. Ich war noch nie in ihrem Zimmer gewesen. Sie saß auf dem Doppelbett. Ihre Augen waren vom Weinen gerötet. Sie sah sehr erschöpft aus. Ich setzte mich neben sie, und sie ließ zu, dass ich sie an meine Brust drückte. Ich sah mich im Zimmer um. Es war voller Fotos von Lily – an den Wänden, auf der Kommode, auf den Nachttischen. Fotos von Julia und Michael an ihrem Hochzeitstag, mit Lily als Kleinkind, von Michael mit der neugeborenen Lily.

»Möchtest du reden?«, fragte ich.

Sie löste sich aus meiner Umarmung und putzte sich die Nase. »Leg los.«

»Gut. Also. Zwei Sachen. Gestern Nacht haben wir in der Kapelle einen Schrei und Gerangel gehört, als hätte Heledd mit jemandem gekämpft. Wenn sie nicht völlig den Verstand verloren und mit sich selbst gekämpft hat, war also noch jemand in der Kapelle.«

»Sie hat gesagt, dass es die Witwe gewesen sei.«

»Ja. Nur dass wir nicht an uralte Hexen glauben, stimmt's?«

Glaube. Letzten Endes ließ sich die ganze schreckliche Situation darauf zurückführen. Auf die Macht von Geschichten, von Aberglauben und Angst.

»Wer kann das gewesen sein?«, fuhr ich fort.

Julia schüttelte den Kopf.

»Und die zweite Frage betrifft Ursula und ihre Landkarte. Ich glaube so wenig an Geistführer wie an Hexen. Ursula muss Kleinen Kater in der Hütte gefunden und ihn mit in die Kapelle genommen haben. Letztendlich lief ihr Plan darauf hinaus, dass du sie dafür bezahlst, Kontakt zu Lily herzustellen. Heledd wirkte glaubwürdig, als sie gesagt hat, dass sie Ursula nicht kennt, also schließen wir mal aus, dass die beiden gemeinsame Sache gemacht haben. Hier geht noch irgendetwas anderes vor sich.«

»Aber was?«

Ich ging zum Fenster und sah hinüber zum Wald. Der Himmel war farblos, die Welt düster und grau. Unter mir schlich sich Chesney durch das hohe Gras.

»Lass uns doch noch mal in Ruhe über alles nachdenken. Heledd ist wahrscheinlich in die Kapelle gekommen, um Zaras Leichnam wegzuschaffen und Malcolms Tagebuch zu vernichten. Sie muss sich zu Tode erschrocken haben, als sie uns dort entdeckt hat. Deswegen hat sie dich die Treppe hinuntergestoßen und die Tür blockiert. Sie war in Panik und wusste nicht, was sie tun sollte. Die Kapelle anzünden? Aber dann kam jemand und sie ist ausgeflippt.«

»Ursula?«

Ich schüttelte den Kopf. »Kann ich mir nicht vorstellen. Ursula ist zu alt. Heledd hätte sie leicht überwältigen können. Und wie hätte Ursula Heledd davon überzeugen sollen, dass sie die Witwe ist?«

Julia stand auf und ging zur Tür.

»Was hast du vor?«

»Ursula ist im Cottage. Ich gehe hin und spreche mit ihr.«

* * *

Als wir ins Cottage kamen, saß Ursula am Schreibtisch und starrte vor ihrem geöffneten Laptop vor sich hin. Es kam mir vor, als wäre es ewig her, seit ich das erste Mal hier gewesen und Karen beim Schreiben angetroffen hatte. Damals, bevor dieses ganze Chaos losgebrochen war.

Ursula sprang auf. »Ist die Polizei weg? Was ist passiert? Was habt ihr im Wald gefunden?«

»Lass das Theater, Ursula«, verlangte Julia. »Wir wissen genau, dass du Lilys Kuscheltier in die Kapelle gebracht hast.«

Sie sah uns ausdruckslos an. Ich muss gestehen, dass es sehr überzeugend war. »Ich weiß nicht, worüber du redest. Habt ihr *das* an der Stelle gefunden? Lilys Kuscheltier? Ach, Julia, es tut mir so leid. Ich hatte so sehr gehofft, dass Phoebe sich getäuscht hat …«

Julias ganze Wut brach aus ihr hervor. Sie fegte Ursulas Laptop vom Tisch. Er krachte auf den Boden.

Ursula klappte die Kinnlade runter. »Julia, was …«

»Hör auf zu lügen!«, schrie Julia. »Du hast Lilys Kuscheltier gefunden und es dorthin gebracht. Lucas hat dich im Wald gesehen.«

Ursula sah mich überrascht an. »Was? Im Wald? Da muss er sich getäuscht haben.«

»Zwei Tage nach deiner Ankunft«, sagte ich. »Du hast deinen roten Mantel angehabt.«

Ursula starrte uns an. »Julia, erinnerst du dich denn nicht mehr? An dem Tag haben wir doch Ewigkeiten nach meinem Mantel gesucht. Ich hatte ihn morgens getragen, ihn dann an die Garderobe gehängt und später konnte ich ihn nicht mehr finden. Er ist übrigens immer noch nicht wiederaufgetaucht.«

»Ach, hör doch auf«, sagte ich. »Das denkst du dir doch alles …«

»Sie hat recht.«

Ich war still.

Julia wiederholte es. »Sie hat recht. Ich erinnere mich jetzt daran. Wir haben ewig lange danach gesucht.«

»Du willst mir weismachen, dass jemand deinen Mantel gestohlen hat? Und dann damit durch den Wald gebummelt ist? Wer? Warum?«

»Vielleicht war das alles Teil eines Plans«, sagte Julia und setzte sich Ursula gegenüber. »Kannst du genau beschreiben, wie es war, als Phoebe mit dir gesprochen hat? War die Stimme in deinem Kopf?«

»Ich bin ja nicht verrückt. Sie war im Zimmer.«

»Eine körperlose Stimme im Zimmer? Und so ist das sonst auch immer?«

Ursula sah uns verwirrt an. »Um ehrlich zu sein ... Normalerweise spricht Phoebe mit mir in meinen Träumen.« Als sie meine Reaktion bemerkte, sagte sie: »Das steht alles in meinem Buch. Ich denke mir das nicht aus.«

Julia fragte sie sanft: »Aber diesmal hast du die Stimme gehört, als du wach warst?«

»Ja. Na ja, es war in der Nacht. Zuerst war ich mir nicht sicher, ob ich nicht träumte. Aber dann wurde mir klar, dass ich wach war und dass meine Geistführerin zu mir sprach, dass sie wirklich bei mir war. Ich war überwältigt. Es ist schon so lange her, dass sie das letzte Mal zu mir gekommen ist. Ich hatte schon befürchtet, dass sie mich verlassen hatte. Weil mein Buch sie verärgert hat. Aber jetzt war sie da, eine Stimme im Dunkeln. Wirklich da. Ich habe sie noch nie so laut und deutlich gehört. In der Vergangenheit war ihre Stimme immer in meinem Kopf gewesen. Deswegen war ich dieses Mal auch so aufgeregt. Sie hat mir mitgeteilt, dass sie mir etwas Wichtiges über Lily zu sagen hätte.«

»Und das war das erste Mal, seit du hier bist?«, hakte Julia nach. »Als sie dir gesagt hat, dass Lily bei Jesus ist?«

»Ja, genau.«

»Warte mal. Du hast mir gesagt, dass dir deine Geistführerin etwas über meine Freundin Priya erzählt hat.«

Ursula wandte den Blick ab. »Da war ich vielleicht nicht hundert Prozent ehrlich mit dir … Ich habe meinen Agenten nach dir gefragt.«

Genau wie ich vermutet hatte.

»Und beim zweiten Mal, als Phoebe mit dir gesprochen hat?«, fragte Julia. »Als du die Karte gezeichnet hast? Da kann es doch nicht dunkel gewesen sein.«

»Nein, war es auch nicht. Es war kurz nach dem Mittagessen. Ich saß an meinem Schreibtisch und habe gearbeitet. Dann hörte ich eine Stimme hinter mir. Sie hat mir befohlen, mich nicht umzudrehen und ihr gut zuzuhören. Und dann hat sie mir in allen Einzelheiten erklärt, wie ich die Landkarte zeichnen soll. Als ich fertig war, habe ich mich umgedreht, aber sie war nicht mehr da.«

»Danke, Ursula«, sagte Julia.

Sie stand auf, nahm meinen Arm und führte mich hinaus. Sie zog die Tür hinter uns zu.

»Erinnerst du dich daran, dass Karen gesagt hat, sie hätte eine Stimme gehört? Und ihr habt beide jemanden singen hören. Oder vielmehr … hast du nicht gesagt, Max hätte es auch gehört?«

»Ja, genau.«

»Dann war da noch die Sache mit den Geburtstagskerzen.«

Als mir bewusst wurde, was Julia sagte, beschleunigte sich mein Puls.

»Und die Nacht, als jemand in deinem Zimmer war«, fügte Julia hinzu.

»Nach der ich mein Handy und meinen Stift nicht mehr finden konnte.«

Wir starrten uns an. »Jemand schleicht im Haus herum, spricht und singt und nimmt Sachen weg. Kein Geist. Ein Mensch. Oh, mein Gott!«

Sie rannte über den Rasen zum Haus, und ich blieb ihr dicht auf den Fersen. Hinauf in Zimmer Nummer zwei: Ursulas Zimmer, in dem Karen bei meiner Ankunft geschlafen hatte.

Es war ein Eckzimmer mit zwei Außenwänden. Ein Fenster ging auf den Garten hinaus. Konnte sich jemand vor dem Fenster versteckt haben? Ich sah hinaus. Aber es gab keinen Balkon und auch keinen Sims, auf dem man stehen konnte. Das Dach war zu hoch.

»Der Dachboden«, sagte ich, weil ich an die Nacht dachte, in der Karen ausgerastet war. In der ihr jemand gesagt hatte, dass sie nicht willkommen wäre. In der sie das Singen gehört hatte.

Ich ging in den Flur, schloss die Zimmertür hinter mir und zog die Leiter zum Dachboden herunter. Dann kletterte ich hoch und steckte meinen Kopf vorsichtig durch die Öffnung – nicht nur, weil ich Angst hatte, dass sich dort jemand versteckte, sondern auch wegen der Fledermäuse. Julia war angewiesen worden, sie in Ruhe zu lassen.

Aber von den Fledermäusen war nichts zu sehen. Und hier oben versteckte sich auch niemand.

Ich hievte mich hoch, ging zu der Stelle, unter der Ursulas Zimmer liegen musste, und legte mich flach auf den Bauch. Dann sagte ich einen Halloween-Reim auf, in dem passenderweise Hexen, Fledermäuse und große schwarze Kater herumgeisterten. Es war das Erste, das mir einfiel. Danach sang ich ein paar Strophen eines Liedes. Nachdem ich ein paarmal auf die Dielen geklopft hatte, trat ich den Rückweg an.

»Hast du mich gehört?«, fragte ich. »Erst habe ich geredet, dann gesungen.«

»Ganz leise. Aber ich habe dich klopfen hören.«

Ich wandte meine Aufmerksamkeit der anderen Wand zu, vor der ein großer Schrank stand. Ich öffnete ihn. Er war bis oben hin voller Anziehsachen, und wegen der Regalbretter konnte man sich schlecht darin verstecken. Aber ich erinnerte mich daran, wie wir Karen mit dem Kopf im Schrank vorgefunden hatten. Wie auf der Suche nach Narnia.

»Ursula hat gesagt, als sie sich umgedreht hat, wäre niemand mehr da gewesen, obwohl sie den Eindruck hatte, dass die Stimme direkt hinter ihr gesprochen hätte.«

Ich sah vom Schreibtisch zum Schrank. »Hilfst du mir bitte mal?«

Wir schoben den Schrank, der leichter war, als er aussah, zur Seite. Dahinter kam eine ungestrichene Wand zum Vorschein. Ich klopfte dagegen. Es klang hohl.

»Warte mal«, bat Julia und verschwand. Einen Moment später kam sie mit einem Tischlerhammer zurück.

»Was willst du …«

Ich kam nicht dazu, meine Frage zu beenden. Julia schwang den Hammer gegen die Wand. Er ging hindurch, als wäre sie aus Pappe. Bruchstücke von Putz landeten vor meinen Füßen, und dann rissen wir das Pappmaschee mit bloßen Händen weg. Als sich der Staub etwas gelegt hatte, sagte Julia: »Oh, mein Gott!«

Hinter der Wand war ein Hohlraum, der für einen durchschnittlichen Menschen groß genug war, um sich dort zusammenzukauern. Die Wand war so dünn, dass man eine Stimme daraus im Zimmer gehört hätte. Außerdem gab es direkt über der Bodenleiste einen Lüftungsschlitz.

»Irgendwer kriecht hinter den Wänden herum.« Julia schüttelte sich.

»Aber wie ist er hier reingekommen?«

Wir vergrößerten das Loch noch etwas und spähten hinein. Links von uns endete der Hohlraum, aber nach rechts führte er deutlich über die Länge des Zimmers hinaus. Julia leuchtete mit ihrem Handy hinein und war schon reingeklettert, bevor ich anbieten konnte, vorzugehen.

»Sei vorsichtig«, sagte ich.

Sie krabbelte auf allen vieren los und rief mir über die Schulter zu: »Er führt an Zimmer eins vorbei.« Das Zimmer, in dem Suzi schlief. Bei der Vorstellung, dass sich jemand hinter den Wänden versteckte und alles mit anhörte, gruselte es mich. Aber wo war der Zugang?

Julia kam zurück und steckte den Kopf aus dem Loch. In ihren Haaren hatten sich Putzteilchen verfangen und an ihren Schultern klebten Spinnweben.

»Da hinten ist eine Treppe zum ersten Stock«, sagte sie.

»Und du hattest keine Ahnung von diesem Geheimgang?«

»Nein, natürlich nicht. Die Polizei ist auch nicht darauf gestoßen, als sie das Haus nach Lily abgesucht hat.«

Ich wollte mich gerade über die Inkompetenz der Polizei aufregen, aber dann fragte ich mich, wie sie diese Hohlräume hätte finden sollen, wenn sie nicht danach gesucht hatte.

»Ich gehe runter.« Julia drehte sich um.

»Warte. Lass mich gehen.«

»Nein, es ist mein Haus. Ich mache das.« Sowie sie außer Sichtweite war, rannte ich die Treppe hinunter. Ich hörte Julia auf den Stufen der Geheimtreppe hinter der Wand. Ich ging in Lilys Zimmer und wartete dort.

Julia klopfte gegen die Wand. Ich legte die Handflächen an den Putz. Sie war direkt dahinter.

»Kannst du mich hören?«, fragte sie.

Ihre Stimme war etwas gedämpft, aber gut zu verstehen. Von dort musste der Gesang gekommen sein, den ich gehört hatte.

»Hier ist Schluss«, sagte sie. »Oh, nein, warte mal. Hier ist eine Klappe.«

»Eine Klappe?«

Ich hörte, wie sie vor Anstrengung stöhnte, dann rief sie: »Ich gehe ins Erdgeschoss.«

Ich eilte die Stufen hinunter und stand lauschend im Flur an der Haustür. Lilys Zimmer war direkt über meinem Kopf. Aber ich konnte Julia nicht mehr hören. Wo, zum Teufel, war sie? Ich rief nach ihr, aber ich bekam keine Antwort. Dann hörte ich ein Klopfen. Es kam aus dem Thomas-Zimmer.

»Julia?«, rief ich noch einmal.

Über mir klopfte es zweimal. Sie war über der Zimmerdecke. Das ergab keinen Sinn. Aber als ich ein paar Schritte zurück in den Flur trat, fiel mir auf, dass das Thomas-Zimmer deutlich niedriger als der Flur war.

»Kannst du mich hören, Julia?«

Sie sagte etwas, aber es war zu leise, als dass ich es hätte verstehen können. Dann polterte es laut hinter dem Bücherregal.

»Hallo?«

Keine Antwort.

Mein Herz klopfte schneller. »Julia? Hallo? Alles in Ordnung?«

Ich wollte gerade nach oben rennen, um selbst in den Hohlraum zu kriechen. Jemand musste sie angegriffen haben.

Aber dann rief sie: »Hier ist ein Zimmer. Ein ganz kleines Zimmer. Wo bin ich genau?«

»Hinter dem Bücherregal im Thomas-Zimmer.«

»Herrgott! Hier ist noch eine Treppe. Ich gehe weiter runter.«

»Julia, bist du sicher?« Es war sehr merkwürdig, mich mit ihr durch das Bücherregal zu unterhalten. »Ist irgendwas in dem Zimmer?«

»Nur ein Glas.«

Jemand hatte in dem kleinen Zimmer gestanden, das Glas gegen die Wand gepresst und gelauscht.

»Ich gehe jetzt die Treppe runter!«, rief sie. »Komm runter in den Keller!«

»Nein, Julia, warte! Irgendwo muss man von dem Gang ins Haus kommen.« Ich suchte die Wand nach einer losen Vertäfelung ab.

Dann fiel mir etwas ein. Karen hatte uns erzählt, dass sie einen neuen Gast im Esszimmer gesehen hatte. Wir hatten gedacht, dass sie sich das nur eingebildet hatte – aber jetzt sah die Sache anders aus.

Ich bat Julia, mir eine Minute Zeit zu geben, und ging ins Esszimmer. An der Wand stand eine Anrichte. Ich ging in die Hocke und spähte hinein. Abgesehen von ein paar uralten Telefonbüchern war sie leer. Ich sah direkt auf die Wand – und auf eine Türklinke.

»Ich wusste es!«

Ich schob die Anrichte zur Seite, öffnete die Tapetentür und kroch auf allen vieren hinein. Julia starrte mich von oben herab an. Ihr Gesicht war dreckverschmiert und sie atmete schwer.

»Jetzt gehe ich voran.« Ich ging im Licht der Taschenlampe auf die Treppe zu. Julia folgte mir.

Im Keller gab es einen schmalen Gang, hoch genug, um aufrecht darin zu stehen. Zu beiden Seiten unverputzte Steinwände. Ich klopfte an die Wand zu meiner Rechten. »Hier dahinter muss das Spielzimmer sein.«

Ich bewegte mich langsam voran. Der Gang war vielleicht sechs Meter lang. Als ich ans Ende kam, glaubte ich meinen Augen nicht trauen zu können.

Ich drehte mich zu Julia um, um sicherzugehen, dass ich nicht halluzinierte. Aber sie sah es offensichtlich auch.

Es war eine Tür. Eine Stahltür.

Kapitel 44

Ich legte die Handflächen gegen das kalte Metall und drückte gegen die Tür. Sie bewegte sich keinen Millimeter. Im Strahl der Taschenlampe untersuchte ich sie gründlich. Sie hatte weder eine Klinke noch ein Schlüsselloch. Sie war von der anderen Seite verschlossen worden.

»Vielleicht führt ein anderer Weg hinein«, flüsterte ich.

Julia hob die Hand, um gegen die Tür zu hämmern, aber ich packte ihr Handgelenk.

»Warte mal«, bat ich. »Wer auch immer in deinem Haus herumschleicht, könnte jetzt dort drinnen sein. Falls es einen anderen Zugang gibt, wollen wir sie nicht alarmieren. Dann flüchtet sie.«

»Sie?«

Ich legte den Finger an die Lippen, drückte mich an Julia vorbei. Wir gingen die Treppe hoch, durch den winzigen Raum hinter den Bücherregalen, quetschten uns durch die kleine Öffnung und standen im Esszimmer, wo wir uns den Staub von den Kleidern klopften.

Wie immer, wenn ich nachdenken wollte, ging ich im Zimmer auf und ab.

»Es muss eine Frau sein«, sagte ich. »Die Stimme von Ursulas Geistführerin war weiblich. Die Stimme, die ich habe singen hören, war auch weiblich.«

Julia nickte. »Und Heledd war überzeugt, dass die Frau in der Kapelle die Rote Witwe war.«

»Komm«, sagte ich und eilte aus dem Zimmer. Ich glaubte zu wissen, wer der ungebetene Gast war. Wer die Frau war, die den Spuk im Refugium inszenierte. Aber ich wollte sicher sein, bevor ich es Julia sagte. »Hinter dieser Tür ist ein Geheimzimmer. Ich habe eine Vermutung, wo der Eingang ist.«

* * *

Auf dem Weg hinaus schnappte ich mir eine Taschenlampe. Es nieselte, aber ich spürte es kaum, als wir in Richtung Wald joggten. Ich rief auf der Polizeiwache an, wo man mir sagte, dass Inspector Snaith und Detective Hawkins beschäftigt seien. Ich nahm an, dass sie Rhodri Wallace verhörten. Ich hinterließ eine Nachricht, dass sie mich dringend zurückrufen sollten.

Julia und ich kamen an der Lichtung mit der Hütte vorbei und liefen in den Wald dahinter. Ich war jetzt zum vierten Mal hier. Langsam kannte ich mich etwas aus.

»Erinnerst du dich daran, dass ich hier eine Frau gesehen habe, die ich für Ursula gehalten habe? Weil sie Ursulas roten Mantel trug. Das muss die Frau sein, die in deinem Haus herumspukt«, rief ich Julia im Laufen zu. »Wahrscheinlich hat ihr der Mantel gefallen. Sie hat wahrscheinlich nicht gemerkt, dass ich ihr gefolgt bin.«

Ich blieb stehen.

»Irgendwo hier ist sie verschwunden. Direkt bevor der Weg sich teilt.«

Als ich das letzte Mal hier gewesen war, waren die Bäume noch kahl gewesen, die Natur war in Erwartung des Frühlings verharrt. Jetzt gab es überall kleine Knospen, wilde Narzissen leuchteten im Gras, und das Unterholz war noch undurchdringlicher als zuvor. Ich drehte mich langsam im Kreis und suchte den Erdboden ab. Etwas entfernt stand eine uralte Eiche. Wir stampften durch frische Brennnesseln darauf zu.

Wieder sah ich mich um und versuchte, mich an die genaue Stelle zu erinnern, an der die Frau in Rot verschwunden war.

»Irgendwo hier muss der Eingang sein.«

»Der Eingang? Zu was?«

»Zum …«, begann ich, machte einen Schritt vorwärts – und fiel in eine Grube.

Julia packte meinen Arm. Ich erwischte ein paar dornige Brombeerzweige, die meine Handfläche aufrissen. Ich hing in der Luft. Gleich würde ich fallen.

»Zieh dich hoch!«, presste Julia hervor, die mich mit all ihrer Kraft festhielt.

Mit dem Fuß ertastete ich einen Vorsprung. Eine Baumwurzel. Sie war so dick, dass ich mich auf ihr abstützen und nach oben klettern konnte. Ich lag der Länge nach auf dem Waldboden und wartete darauf, dass sich mein Herzschlag beruhigte.

»Sieht so aus, als hätten wir gefunden, wonach du gesucht hast«, sagte Julia.

Ich setzte mich auf. »Ja, war auch genauso geplant.«

Sie lachte. Einen wunderbaren Moment lang löste sich unsere Anspannung.

Ich sah auf mein Handy. Ich hatte Empfang, wenn auch schwach. Weder Inspector Snaith noch Detective Hawkins hatten zurückgerufen.

»Willst du auf die Polizei warten?«, fragte ich Julia.

Sie schüttelte den Kopf. »Ich muss es jetzt mit eigenen Augen sehen.«

»Ich habe gehofft, dass du das sagst.« Ich legte mich auf den Bauch und leuchtete in die Grube hinunter. Sie war etwa zweieinhalb Meter tief. »Da ist ein Tunnel. Du zuerst?«

Julia hielt mich bei den Händen und ließ sich ins Loch hinab.

»Bist du bereit?«, fragte ich.

Sie ließ meine Hände los. Sie landete auf den Füßen und rollte sich wie eine Fallschirmspringerin zur Seite ab.

»Okay, jetzt ich.«

»Nein, warte mal. Hier steht eine Leiter«, sagte sie. Sie lehnte sie an den Rand der Grube. Ich kletterte hinunter. So tauchte Julias ungebetener Gast also im Wald auf und wieder ab – wie an dem Tag, als ich einer Frau gefolgt war, die ich für Ursula gehalten hatte. Da die Leiter auf dem Grund der Grube gelegen hatte, musste die Unbekannte hier unten sein. Die Höhle kam mir wie ein Bau vor – und in dem Moment schoss mir ein Bild aus meinem Buch in den Kopf. Das Ungeheuer, das sich an den Seelen vollgefressen und zufrieden unter der Erde verkrochen hatte. In den letzten Szenen von »Zuckerwerk« kämpfte sich meine Heldin durch einen mit Fäkalien verdreckten Tunnel vor, um das Biest zur Strecke zu bringen. Ich schüttelte mich. Wieder einmal imitierte das Leben die Kunst.

Nur dass der Tunnel, in dem wir standen, glücklicherweise trocken war.

»Das muss ein alter Stollen sein«, stellte Julia fest. Die Wände waren aus verdichtetem Schiefer. Der Tunnel erstreckte sich in beide Richtungen, so weit wir sehen konnten. In den Boden waren Gleise eingelassen, auf denen der abgebaute Schiefer wohl zur Stadt transportiert worden war. Oder vielleicht auch zu dem Anwesen, zu dem die Kapelle gehörte. Doch das war im Moment nebensächlich. Worauf es jetzt ankam, war, dass dieser Tunnel bis zu Julias Haus führen musste.

Die Wurzeln der Eiche, die zur Erbauungszeit des Stollens kaum mehr als ein Schössling gewesen sein konnte, hingen über unseren Köpfen. Sie hatten sich durch die Decke des Stollens gebohrt und die Grube geschaffen, in der wir jetzt standen. Früher oder später würde der ganze Stollen einstürzen.

Ich schaltete die Taschenlampe ein.

»Weißt du«, sagte Julia, »wenn du abgereist bist, werde ich bei finsteren, klaustrophobischen Orten immer an dich denken.«

Sie versuchte, beiläufig und scherzhaft zu klingen, aber ihre Stimme war rau.

Während wir immer tiefer in den Stollen vordrangen – um uns Dunkelheit, über uns der Wald –, gingen mir ihre Worte nicht aus dem Kopf. *Wenn du abgereist bist.* Trotz all dessen, was hier passiert war, graute mir vor der Aussicht, wieder nach Hause zurückzukehren. Mein Zuhause bestand aus einer leeren Wohnung. Aus Einsamkeit. Hier, in Julias Gegenwart, fühlte ich mich lebendig. Vielleicht war es auch *wegen* all dessen. Ja, ich hatte entsetzliche Schuldgefühle wegen der Todesfälle, vor allem Zara und Max gegenüber, und ich sah eine Zeit vor mir, in der ich mich mit dieser Schuld und dem Trauma auseinandersetzen musste. Aber jetzt, wo Julia und ich uns Seite an Seite durch diesen Tunnel vorankämpften, wusste ich wieder, wie es sich anfühlte, von einer Frau elektrisiert zu sein.

Ich wollte nicht nach Hause zurückkehren. Ich wollte hierbleiben, bei ihr. Was auch immer heute passieren mochte.

Aber jetzt war kaum der richtige Zeitpunkt, ihr das zu sagen.

Wir kamen an allen möglichen Gerätschaften vorbei, die langsam vor sich hin rosteten. Ich hatte keine Ahnung, wofür man sie benutzt haben könnte oder wie man sie nannte. Eine Vorrichtung mit den Abmessungen eines großen Kühlschranks und einem verrosteten Metallrad. Eine Bank aus Eisen. Sie lauerten hinter den Wandvorsprüngen dieses vergessenen Ortes wie gefangene Geister alter Roboter. War nicht der Mann der Frau, auf der die Legende von der Roten Witwe beruhte, hier unten ums Leben gekommen? Überall Geister … Ich musste mich zusammennehmen. Es gab keine Geister. Ich zog die Jacke enger um mich und beschleunigte meine Schritte.

»Wir müssten bald am Haus sein«, sagte Julia eine Weile später.

Der Tunnel machte eine Biegung. Ich dachte an den Fluss irgendwo über uns, an dem alles begonnen hatte – jedenfalls für Julia. Ich warf einen kurzen Blick auf sie. Sie sah entschlossen aus. Jemand war in ihr Haus eingedrungen, auf ihr Territorium. Sie hatte es nicht ausgesprochen, aber sie musste sich verletzt fühlen. Sie war wütend. Und da war noch etwas anderes: Wenn die Unbekannte hier lebte und die Wälder durchstreifte, konnte sie gesehen haben, was Lily zugestoßen war.

Und warum hatte sie Heledd angegriffen, die Tür aber geöffnet, sodass Julia und ich entkommen konnten?

Als wir um die Biegung kamen, blieben wir abrupt stehen. Es sah danach aus, als würden wir es bald erfahren. An der Wand lehnte eine Metallleiter, die zu einer Luke führte und längst nicht so verrostet war, wie alles andere hier unten.

Ohne mich mit Julia darüber auseinanderzusetzen, wer zuerst gehen würde, erklomm ich die Sprossen und drückte gegen die Luke. Sie bewegte sich ein paar Zentimeter, dann war Schluss.

»Sie ist nicht abgeschlossen, aber blockiert«, sagte ich.

Ich kletterte bis auf die oberste Sprosse der Leiter und stemmte mich geduckt gegen den Zugang. Irgendetwas schrammte über den Boden über mir. Ich presste die Schultern noch einmal dagegen, bis eine Ecke nachgab. Ich ruckelte so lange daran, bis der Gegenstand, der die Luke blockiert hatte, zur Seite rutschte. Ich klappte sie auf.

Dann hievte ich mich durch die quadratische Öffnung und reichte Julia die Hand.

Wir befanden uns in einem kleinen gemauerten Raum, dessen feuchte Decke so niedrig war, dass ich den Kopf einziehen musste. Hier war nichts außer einer kleinen Truhe, die die Luke blockiert hatte. Und eine massive Holztür. Ich drückte die Klinke hinunter. Die Tür öffnete sich.

»Bist du bereit?«, flüsterte ich.

Julia nickte. Kurz darauf rang sie nach Atem.

Es war eine unterirdische Wohnung. Ein Schlafzimmer. In einer Ecke lag eine Matratze mit einer Quiltdecke, die jahrelang nicht mehr gewaschen worden sein konnte. Daneben stand eine zerschrammte, rosafarbene Kommode und darauf eine Lampe – wahrscheinlich eine batteriebetriebene. In der anderen Ecke eine Porzellanschüssel, die ich erst beim zweiten Blick als Nachttopf identifizierte. Dann gab es noch eine provisorische Waschstelle: eine größere Porzellanschüssel, ein silbernes Tablett mit einem Stück Seife, einer Bürste und Zahnpasta. Aus der Wand ragte ein Wasserhahn hervor. Als ich ihn aufdrehte, lief ein dünner Strahl heraus.

Julia stand mit offenem Mund im Raum und musterte die ausgerissenen Zeitschriftenseiten an den Wänden. Sie zeigten die Glücksbärchis, zwei australische Stars aus einer Seifenoper der späten Achtziger und eine Boygroup. Über dem Wasserhahn hing ein Kalender aus dem Jahr 2013.

Julia ging zu den Toilettenartikeln hinüber.

»Ich wusste doch, dass ich noch Tampons hatte«, sagte sie leise. »Das ist meine Marke.«

Dann inspizierte sie eine Picknick-Kühltasche. In ihr befanden sich eine Packung gekochter Schinken, Butter, ein paar Scheiben Brot und drei Äpfel.

»All die verschwundenen Lebensmittel. Hier sind sie gelandet. Aber wer …?«

Sie schlang die Arme um sich. Zitternd versuchte sie, den Schock zu verarbeiten, dass jemand unter ihrem Dach gelebt hatte. Der sie bestohlen und hinter den Wänden gelauert hatte. Der sie belauscht und beobachtet hatte.

Hatte sie auch hinter der Wand gelauert, als Julia und ich zusammen gewesen waren?

Ich wollte ihr gerade von meiner Theorie erzählen, wer dieser Jemand war, als wir von oben ein dumpfes Geräusch hörten.

»Wir müssen zum Haus zurück und die Polizei rufen«, flüsterte ich. Mein Handy hatte hier unten natürlich keinen Empfang.

»Nein«, widersprach Julia. »Ich muss jetzt alles sehen. Es geht nicht anders.«

»Gut.« Ich holte tief Luft.

Wir öffneten die einzige Tür am anderen Ende des Zimmers und kamen in einen kurzen Gang. Am Ende war die Metalltür, auf deren anderer Seite wir vorher gewesen waren. Aber in der Steinwand war noch eine zweite Tür.

Julia drückte zögernd die Klinke runter. Die Tür war verschlossen.

Damit man nicht hineinkonnte? Oder damit man nicht herauskonnte?

Ich ging mit klopfendem Herzen in die Hocke und sah durch das Schlüsselloch. Im Zimmer dahinter war es hell. Auf dem Boden lag eine Matratze, auf der ich etwas sah. Ich blinzelte ein paarmal, um sicherzugehen.

Ich stand so schnell auf, dass mir schwindelig wurde und ich mich an die Klinke klammern musste, um das Gleichgewicht nicht zu verlieren.

Julia starrte mich an. »Was hast du gesehen?«

Aber ich konnte sie nur anschauen. Ich konnte ihr nicht sagen, was ich gesehen hatte.

Kapitel 45

Lily – 2015

Lily hatte nicht sehen können, wer sie von hinten gepackt und ihr einen Knebel in den Mund gestoßen hatte. Jetzt nahm er sie hoch und legte sie sich über die Schulter. Sie versuchte, den Knebel auszuspucken, aber es half alles nichts. Sie rang nach Luft und geriet in Panik, bis es ihr gelang, etwas ruhiger durch die Nase zu atmen. Sie wurde zur Straße getragen, weg vom Fluss, hinein in den Wald.

Megan eilte hinter ihnen her. Megan, die im Gebüsch gelauert hatte.

Lilys Eltern mussten mittlerweile die Stelle erreicht haben, an der sie eben noch gestanden hatte. Sie würden sie jetzt panisch suchen. Wenn sie Großen Kater im Fluss entdeckten, würden sie denken, dass Lily hineingefallen war. Warum hatte sie das getan? Sie war so eine Idiotin.

Sie erreichten den Wald. Lily schlug auf den Rücken des Mannes ein, aber ihre Schläge waren ohne jede Wirkung. Wie Mücken, die einen Elefanten attackieren. Sie wollte schreien, aber mit dem Knebel im Mund brachte sie gerade mal ein unterdrücktes Stöhnen hervor. Nach einer Weile kamen sie an eine Lichtung, auf der eine unheimliche Hütte stand. Lily trat zappelnd um sich. Kleiner Kater fiel ihr aus der Manteltasche. Sie brachte ein verzweifeltes Geräusch heraus, weil sie hoffte, dass Megan auf ihn aufmerksam wurde. Aber Megan machte einen großen Schritt über ihn hinweg. Sie verließen die Lichtung und folgten dem Pfad in den Wald hinein.

Lily kämpfte gegen die Tränen an, aber sie gab die Hoffnung nicht auf. Megan war ja hier. Es musste irgendein Spiel sein. Ein böser Streich. Auch wenn Megan nicht lächelte. Im Gegenteil, Lily hatte ihre Freundin noch nie so ernst gesehen.

Sie hielten an einem großen Baum, dessen Stamm silbrig glänzte. Der Mann ließ sie grob auf den Boden fallen. Und jetzt konnte sie sein Gesicht sehen.

Es war Jake.

Megans großer Bruder atmete schwer vor Anstrengung. Er sah Megan an, als warte er auf weitere Anweisungen. Das erinnerte Lily daran, dass Jake zwar älter war als seine Schwester, aber innerlich jünger. Megan kommandierte ihn immer herum. Und auch jetzt konnte es keine Zweifel geben, dass Megan hier das Sagen hatte.

Sowie ihre Arme frei waren, zog Lily sich den Knebel aus dem Mund.

»Wehe, du schreist«, drohte Megan, »dann tun wir dir weh.«

So muss es sich anfühlen, wenn man einen Schock hat, dachte Lily. Megan war ihre beste Freundin. Aber Megan sah sie an, als hasste sie sie.

Nein, das war kein Hass in ihren Augen. Das war Angst. Angst und Entschlossenheit.

»Was hast du vor?«, fragte Lily.

»Wir retten uns.«

»Vor der Roten Witwe«, sagte Jake.

Lily glaubte, ihren Ohren nicht zu trauen. »Aber in Wirklichkeit gibt es doch gar keine Rote Witwe.«

Megan stemmte die Hände auf die Oberschenkel und beugte sich zu Lily hinunter. »Heute hat das Jahr 2015 angefangen. Das Jahr der Witwe. Sie kommt in die Stadt und holt sich ein Kind, wenn ihr keins geopfert wird. Mein Großvater hat mir erzählt, dass sie Kinder besonders mag, deren Eltern nicht mehr zusammenleben. Wie Jakes und meine. Also mag sie uns.«

Lily war fassungslos. »Megan, so etwas gibt es nicht! Das ist eine ausgedachte Geschichte.«

»Doch. So etwas gibt es. Du hast sie gesehen, erinnerst du dich etwa nicht? Du hast mir gesagt, dass sie meinen Namen gerufen hat. Sie wird mich holen kommen, wenn ich nichts dagegen unternehme.«

Lily hatte das Gefühl, sich an einem riesigen Eiswürfel verschluckt zu haben. »Aber das habe ich mir doch nur ausgedacht!«

»Was hast du dir ausgedacht?«

»Ich habe gelogen! Ich wollte dir nur Angst einjagen.«

Megan hob die Hände. »Das glaube ich dir nicht. Das sagst du nur, um deine Haut zu retten.«

»Bitte, Megan.« Lily versuchte, auf die Füße zu kommen, aber Jake drückte sie mit seiner kräftigen Hand in das nasse Gras hinunter.

Megan sagte: »Steck ihr den Knebel in den Mund.«

Jake packte sie grob, stopfte ihr den Knebel in den Mund und band ihn am Hinterkopf so fest, dass ihre Mundwinkel nach hinten gezogen wurden. Es tat sehr weh. Sie versuchte, ihn wieder herauszuziehen, aber Jake nahm ihre Arme und zog sie hinter ihren Rücken. Lily hatte Angst, sich in die Hose zu machen. Wo waren Mummy und Daddy? Warum hatte sie sich versteckt? Warum war sie nicht bei ihnen geblieben? Selbst wenn ihre Eltern sich nicht mehr liebten – Lily liebten sie. Und sie hätten alles getan, um sie zu beschützen. Lily kämpfte vergeblich gegen die Tränen an. Sie rollten ihr über die Wangen, und ihre Nase füllte sich mit Schnodder. Sie bekam jetzt wirklich kaum noch Luft, sosehr sie auch die Nase hochzog. Ihr ganzer Körper bebte, und durch den Tränenschleier konnte sie fast nichts mehr sehen.

»Hör auf zu heulen«, fuhr Megan sie an.

Und dann kramte Megan aus ihrem Rucksack ein langes braunes Seil und Handschellen hervor.

»Die habe ich aus dem Schlafzimmer meiner Mutter«, sagte sie, als sie sie klickend über Lilys Handgelenken schloss. »Jake, rück sie dichter an den Baum.«

Die Geschwister wickelten das dicke Seil mehrfach um Lily und den Baumstamm. Jake zog es so fest, dass er vor Anstrengung ächzte.

»Hast du die Knoten auch richtig gemacht?«

»Ja.«

»Sicher? Kann sie sich bestimmt nicht befreien?«

»Das haben wir gerade in der Schule gelernt. Mr James hat gesagt, ich kann Knoten sehr gut. Er hat mir sogar einen Stern gegeben.«

Die silbernen Handschellen gruben sich in Lilys Po. Wieder glaubte sie, sich in die Hose machen zu müssen, und wieder kämpfte sie dagegen an. Es gab keine Witwe. Jemand würde sie finden und retten. Und dann wären Megan und Jake dran. Bestimmt würden sie ins Gefängnis kommen. Das hätten sie dann davon.

»Sollen wir warten?«, fragte Jake.

Megan warf ihm einen vernichtenden Blick zu. »Du Dummkopf willst hier sein, wenn sie kommt? Vielleicht schnappt sie sich einen von uns. Oder sie nimmt uns alle drei mit! Ich glaube, dass sie kommt, sobald sie Lily gerochen hat. In Großvaters Buch steht, dass sie Kinder schon aus der Entfernung von einem Kilometer riecht.«

Jake sah sich nervös nach allen Seiten um. Wahrscheinlich stellte er sich vor, dass die Witwe schnuppernd im Gebüsch lauerte.

Lily wollte unbedingt mit ihnen reden, aber der Knebel hinderte sie daran.

Megan baute sich vor ihr auf. »Ich glaube nicht, dass sie dir wehtut. Du wirst gar nicht so viel spüren …«

»Großvater sagt, es sind schlimme Todesqualen, wenn sie einem die Seele aussaugt …«

»Halt den Mund, Jake.« Megan legte Lily die Hand auf den Arm. »Ich werde mich immer an dich erinnern, Lily. Tut mir leid, dass es ausgerechnet dich getroffen hat. Aber Großvater sagt, dass die Leute früher immer die Kinder von Leuten geopfert haben, die gerade erst hergezogen sind. Die nicht dazugehören. So ist nun mal die Tradition.«

Lily hasste Megan abgrundtief. Grenzenlos. In ihrem Kopf spulte sich immer wieder ein Satz aus einem Film ab. »Dafür wirst du bezahlen.« Wenn der Knebel sie nicht daran gehindert hätte, hätte sie Megan den Satz ins Gesicht gespuckt. Aber so konnte sie Megan nur hasserfüllt ansehen – so hasserfüllt, dass Megan sich abwandte.

Und dann eilten die Geschwister davon. Megan sah sich noch einmal um, bevor sie zwischen den Bäumen verschwand.

Lily konnte nicht mehr an sich halten. Sie machte sich nass und ließ den Tränen freien Lauf. Ihr war kalt, ihre Handgelenke und ihre Mundwinkel schmerzten. Vor allem aber hatte sie Angst, schreckliche Angst. Sie glaubte nicht an die Witwe. Sie glaubte wirklich nicht an die Witwe. Aber was war mit den Tieren? Ratten und Füchse und Fledermäuse. Und Schlangen … Sie wusste zwar, dass es keine Giftschlangen in Wales gab, aber sie hatte die Vorstellung, dass sich so ein widerliches Reptil ihr Hosenbein hochschlängelte und …

Sie schüttelte das Bild ab.

Sie wartete. Sie konnte nichts anderes tun. Mum und Dad würden nach ihr suchen. Wahrscheinlich hatten sie erst das Flussufer abgesucht. O Gott, wenn sie glaubten, dass sie in den Fluss gefallen wäre, dann würden sie nur da nach ihr suchen. Aber es gab viele Hundebesitzer. Einer von ihnen würde hier entlangkommen. Bestimmt.

Sie ließ den Kopf hängen, betete stumm und schloss die Augen. Als sie sie das nächste Mal öffnete, sank die Sonne hinter den Bäumen. Sie musste eine ganze Weile gedöst haben. Die Dämmerung setzte ein.

Sie saß hier fest, allein im Wald, bei Nacht. In der Dunkelheit. Und gleich kämen alle Tiere aus ihren Höhlen gekrochen.

Sie kaute auf dem Knebel und versuchte, ihn zu lockern, aber er saß zu fest. Sie rubbelte den Hinterkopf gegen den Baum. Vielleicht konnte sie den Knoten so lösen. Aber es hatte alles keinen Sinn.

Dann hörte sie ein Geräusch. Ihr Kopf schoss in die Höhe. Sie vergaß, dass es hier keine Wölfe mehr gab. Sie stellte sich vor, wie die wilden Tiere sie immer enger umkreisten und Mut sammelten, sich näher an sie heranzupirschen.

Hinter dem Pfad raschelte etwas in den Bäumen.

Ein Gesicht lugte zwischen den Zweigen hervor.

Als die Gestalt aus den Bäumen hervortrat, versuchte Lily zu schreien. Sie hatte lange schwarze Haare und ein weißes Gesicht, und sie trug ein langes Kleid wie Frauen in den alten Zeiten. Sie sah sich nach beiden Seiten um, dann überquerte sie den Pfad.

Die Rote Witwe. Es gab sie. Es gab sie wirklich.

Lily verlor die Besinnung.

* * *

Als sie wieder zu sich kam, lag sie auf einer Matratze auf dem Boden.

Die Witwe saß ihr zu Füßen.

Lily schrie. Der Witwe schien das nichts auszumachen. »Dieses Zimmer ist schalldicht«, sagte sie. »Mein Vater hat das so gebaut, damit mich hier niemand hört.«

Lily fasste sich an den Mund. Die Handschellen waren verschwunden – entweder hatte die Witwe sie aufgebrochen oder sie hatte es mit Zauberkraft geschafft – und der Knebel war weg. Sie setzte sich vorsichtig auf. Die Witwe hatte ein paar Falten – Lachfalten nannte ihre Mum das –, aber sie war längst nicht so alt, wie Lily sie sich vorgestellt hatte. Ihre Lippen waren nicht rot. Kein Kinderblut. Ihre Zähne waren zwar gelb und pelzig, aber sie liefen nicht spitz zu.

»Isst du mich jetzt auf?«, flüsterte Lily.

Darüber musste die Witwe lachen. Es klang nicht wie ein böses Lachen und auch nicht wie das Kichern einer Hexe. Aber auch nicht wie Mums Lachen. Es war schriller. So wie das Lachen einer Verrückten.

»Ich habe auch mal geglaubt, dass die Witwe mich gleich töten wird«, flüsterte die Frau. »Vor einer langen Zeit, da war ich noch kleiner als du.«

Lily starrte sie mit offenem Mund an. »Du bist gar nicht die Hexe?«

Wieder dieses Lachen. »Nein, bin ich nicht.«

Sie stand auf und sah Lily in die Augen.

»Ich heiße Carys. Carys Driscoll.«

Kapitel 46

Lily 2015 – 2017

Carys Driscoll. Lily war sicher, dass sie den Namen schon einmal gehört hatte. Sie brauchte nicht lange, bis es ihr einfiel: Carys war das kleine Mädchen, das vor fünfunddreißig Jahren verschwunden war. Von dem der Taxifahrer ihr erzählt hatte.

»Du bist gar nicht tot«, wisperte sie. Jetzt traute sie sich auch, sich im Zimmer umzusehen. »Wo sind wir?«

»In meinem Zuhause«, sagte Carys und breitete die Arme aus. »Hier wohne ich, seit ich gerettet wurde. So wie ich dich gerettet habe. Wenn ich dich über Nacht dort draußen gelassen hätte, hätte die Witwe dich geholt.«

Das brachte Lily ins Schleudern. Diese Frau glaubte auch an die Witwe?

»Daddy hat mich gerettet und mich hier unten in Sicherheit gebracht. Vor der Witwe. Und das habe ich jetzt mit dir gemacht. Du weißt doch bestimmt, dass du in großer Gefahr bist, wenn sie deinen Namen kennt? Erst wenn du so groß bist wie ich, tut sie dir nichts mehr. Erst wenn du blutest. Jedenfalls bist du dann sicher vor der Witwe.«

Sie zeigte ihre verfaulten Zähne und machte ein merkwürdiges, zischendes Geräusch. Dann stand sie auf und holte eine Flasche Saft. Von derselben Sorte, die Lily zu Hause immer trank.

»Hier, trink das.«

»Ich will zu meiner Mum und zu meinem Dad.«

Carys lächelte traurig. »Oh, Lily.« Sie wollte Lily über den Kopf streichen, aber die duckte sich weg.

»Sie machen sich riesengroße Sorgen. Ich muss ihnen sagen, dass es mir gutgeht.«

»Ich muss dir etwas Schreckliches sagen, Lily: Sie sind alle beide tot.«

Lily keuchte.

»Sie sind in den Fluss gesprungen, um dich zu retten. Ich habe es mit eigenen Augen gesehen.«

Lily schluchzte laut. Carys lächelte sie mitleidig an. Irgendwann hatte Lily keine Tränen mehr. »Aber Mum kann doch gar nicht schwimmen. Warum ist sie dann in den Fluss gesprungen?«

Das schien die Frau zu überraschen. Aber sie zuckte die Achseln und sagte: »Sie war so verzweifelt. Sie wollte dich irgendwie retten. Aber das ist alles nicht so schlimm, Kleines. Hier bei mir bist du sicher. Ich lasse nicht zu, dass die Hexe dich holen kommt. Du bekommst ein eigenes Zimmer und deine eigenen Sachen. In der Nähe ist eine Müllkippe, da besorge ich dir eine Matratze. So eine wie diese.« Sie klopfte auf die Unterlage, auf der Lily lag. Lily wurde bewusst, dass das Carys Bett sein musste.

»Es wird dir hier unten bei mir gefallen«, sagte sie. Sie strich Lily über das Gesicht. Ihre Finger waren rau, ihre Nägel lang und scharf. Sie hinterließen eine Kratzspur auf Lilys Wange. »Du kannst dir gar nicht vorstellen, wie einsam ich hier unten gewesen bin, seit meine Mum und mein Dad gestorben sind. Und jetzt sind wir hier zu zweit. Zwei Waisen.«

Sie lächelte. »Weißt du eigentlich, dass ich dich schon eine ganze Weile beobachte? Dass ich mir schon lange gewünscht habe, wir könnten uns mal unterhalten?«

Lily fiel wieder ein, wie sie einmal nach Chesney gesucht und eine Gestalt am Waldrand gesehen hatte. Das musste Carys gewesen sein.

Dann ging die Frau hinaus. Lily schluchzte hemmungslos. Es war alles ihre Schuld. Wenn sie Großen Kater nicht ins Wasser geworfen hätte …

Dann fiel ihr wieder ein, was Megan und Jake ihr angetan hatten. Ihr Hass machte sie so wütend, dass ihre Tränen versiegten.

* * *

Mittlerweile lagen diese ersten Tage mit Carys wie hinter einem Nebelschleier. Lily wusste noch, dass sie viel geweint und Carys angebettelt hatte, sie gehen zu lassen. Wenn ihre Eltern tot waren, musste sie zu ihrer Beerdigung gehen. Aber Carys behauptete, es wäre viel zu gefährlich. Wegen der Witwe. Lily flehte sie trotzdem weiter an. Sie zerkratzte die Tür ihres Zimmers mit den Fingernägeln. Der Raum war so winzig im Vergleich mit ihrem großen Zimmer zu Hause, und die Matratze, die Carys angeschleppt hatte, stank wie ein verstopftes Klo. Sie schrie und betete, dass irgendjemand sie hörte. Aber niemand hörte sie.

Eines Tages, als Lily noch nicht lange dort war, kam Carys hereingestürmt und knallte die Tür hinter sich zu.

»Die Witwe! Sie hat dich gehört! Sie sucht überall im Wald nach dir. Du musst leise sein, sonst kommt sie und holt dich und frisst dich auf!« Die letzten Worte schrie sie Lily direkt ins Gesicht.

Verängstigt verstummte Lily.

»Sie ist die Einzige, die dich hören kann. Sie hat ein Gehör wie eine Fledermaus.«

Von da an schrie Lily nicht mehr.

Carys brachte ihr Essen. Merkwürdigerweise wusste sie ganz genau, was Lily gerne aß. Sie brachte ihre Lieblingsschokolade und machte Sandwiches, so wie Lily sie am liebsten mochte. Manchmal gab es auch gekochtes Fleisch. Beim ersten Mal, als sie Lily gesagt hatte, es sei Kaninchen, weigerte Lily sich, es zu essen. Sie konnte doch kein Kaninchen essen! Aber irgendwann war ihr Hunger stärker als ihre Bedenken. Mittlerweile war es ihr Lieblingsessen. Wenn der Geruch unter der Tür hereinwehte, sabberte Lily wie ein Hund.

Das Schlimmste war, auf den Topf gehen zu müssen. Das war wirklich eklig. Aber Carys leerte ihn jeden Tag aus und brachte ihn immer sauber und mit einer Schüssel Waschwasser zurück. Lily bekam auch Seife und Shampoo, aber das Wasser war immer kalt. Ihr neues Zuhause war überhaupt immer kalt. Nur durch die Decke kam merkwürdigerweise etwas Wärme. Carys brachte ihr Decken. Sie brachte ihr auch Bücher. Oft waren sie feucht oder vergilbt, und Lily vermutete, dass sie auch von der Müllkippe stammten.

Und Spielzeug. Einen kuscheligen Tiger und ein Kamel, mit denen Lily in der Nacht schmuste. Irgendwann hörten sie auf zu stinken. Und eines Tages brachte ihr Carys eine Überraschung. Es war wie ein Wunder.

Kleiner Kater.

»Den habe ich am selben Tag gefunden wie dich«, sagte Carys. »Ich habe ihn hier sicher aufbewahrt. Und weil du so lieb gewesen bist, darfst du ihn behalten.«

Lily drückte Kleinen Kater an ihr Herz. Er roch nach Moder und sein Fell war dreckig. Aber ihre Tränen wuschen ihn sauber.

Carys rückte ganz nah an Lily und packte den Kater an den Ohren. »Aber wenn du böse bist, nehme ich ihn dir für immer weg. Hast du das verstanden?«

Lily nickte.

Jeden Tag durfte Lily eine Stunde in den großen unterirdischen Raum. Da machten sie Sport. Sie joggten auf der Stelle, machten Hampelmänner, und manchmal warfen sie sich einen Ball zu. In dieser Stunde war Carys immer glücklich, sie lachte und kreischte vor Aufregung. Lily fragte sich, ob Carys so ähnlich wie Jake war – innerlich ein Kind. Sie benahm sich wie ein Kind im Körper einer Erwachsenen. Ein Kind, das nie groß geworden war.

Lily hasste Jake nicht. Nur Megan. Jake hatte nur getan, was seine Schwester ihm befohlen hatte. Als Lily die beiden die ersten Male zusammen gesehen hatte, war sie überrascht gewesen, wie gefügig Jake alles tat, was Megan sagte. Er hatte so einen freundlichen Charakter, dass er seiner Schwester gehorchte – und Megan nutzte das aus. Megan hatte Jake und seine Kraft gebraucht, um ihren Plan auszuführen. Wie Lily sich jetzt wünschte, sie wäre bei all den Malen, bei denen Megan Jake herumkommandiert hatte, dazwischengegangen! Sie hätte Megan sagen sollen, ihn in Ruhe zu lassen. Und dann war es zu spät gewesen. Zu spät, um Megan zu stoppen.

Megan, die ihre beste Freundin verraten hatte, um sich selbst zu retten.

Lily dachte an ihre Freundschaft zurück. Als sie aus Manchester hergezogen war, war Megan die Erste gewesen, die mit ihr geredet hatte. Lily war so erleichtert gewesen, eine Freundin gefunden zu haben, dass sie über Megans herrische Art, ihre Vorliebe für angsteinflößende Videospiele und ihre Obsession mit der Witwe hinweggesehen hatte. Sie hatte sogar Megans unheimlichen Großvater in Kauf genommen. Was für eine Ironie! Es war nicht Mr Collins, vor dem sie sich hätte fürchten müssen. Es war seine Enkeltochter.

Wenn Lily die Augen schloss und an Megan dachte, flatterten schwarze Motten in ihrem Kopf umher. Schwarze Motten, deren Flügel gegen ihren Schädel schlugen, bis Lily sich vor Schmerzen krümmte.

Wenn sie je hier rauskäme, hatte sie beschlossen, würde sie niemandem verraten, was Jake getan hatte. Schließlich war es nicht seine Schuld. Er hatte nur die Befehle seiner Schwester ausgeführt. Ihn zu beschuldigen würde die Motten nicht vertreiben.

Sie würde einen anderen Weg finden, um sich Gerechtigkeit zu verschaffen.

Ein halbes Jahr, nachdem sie Kleinen Kater wiederbekommen hatte, stolperte Carys beim Sport, fiel auf den Boden und hielt sich ächzend das Knie.

»Was ist? Was hast du?«

Carys verzog vor Schmerzen das Gesicht. »Ich habe mir das Knie verdreht. Hilf mir hoch.«

Aber Lily zögerte und warf einen Blick zu der Tür, durch die sie nicht gehen durfte.

»Komm schon«, fuhr Carys sie an. Sie versuchte aufzustehen, aber sie schaffte es nicht.

Lily rannte los, ohne nachzudenken. Sie zog die Tür auf und schoss hindurch. Auf der anderen Seite war ein kleiner Raum mit einer Truhe. Irgendwo musste es hier doch einen Ausweg geben …

Carys war ihr hinkend gefolgt. Sie hielt ein Metallrohr in der Hand.

»Du Miststück!«, schrie sie und schlug Lily das Rohr gegen den Kopf.

Als Lily wieder zu sich kam, war sie in ihrem Zimmer und hatte schreckliche Kopfschmerzen. Und was noch schlimmer war: Kleiner Kater war weg.

»Ich habe dich gewarnt«, sagte Carys später. »Wenn du böse bist, nehme ich ihn dir weg. Jetzt bekommst du ihn nie mehr wieder. Und wenn du noch einmal versuchst wegzulaufen, kommst du dein Leben lang nicht mehr aus diesem Zimmer raus.«

Sie knallte die Tür hinter sich zu.

Lily hatte die Hoffnung aufgegeben, Kleinen Kater je wiederzusehen. Aber dann war Carys vor ein paar Tagen mit ihm aufgetaucht. Lily sprang erfreut auf. Aber Carys hatte ein Messer dabei, und sie schnitt Lily damit in die Handfläche. Lily schrie auf. Dann packte Carys Lilys Hand und drückte sie gegen Kleinen Kater. Nach einer Weile ließ sie Lilys Hand los, begutachtete das

Kuscheltier und lächelte zufrieden. Dann ging sie hinaus. Kleinen Kater nahm sie mit.

* * *

In der Nacht konnte Lily vor Schmerzen nicht schlafen. Ihr ging die längste Unterhaltung durch den Kopf, die sie mit Carys geführt hatte. Das war vor ein paar Monaten gewesen. Carys war in ihr Zimmer gekommen und hatte nach etwas gestunken, was Lily vertraut war und sie an ihren Dad erinnerte. Alkohol. Carys setzte sich zu Lily. Sie wirkte müde und traurig und kratzte sich ununterbrochen mit ihren scharfen Fingernägeln die Arme.

»Vermisst du deine Mum und deinen Dad?«, fragte sie.

Lily wusste nicht, was sie darauf antworten sollte. Sie wollte nicht weinen.

»Ich vermisse meinen Daddy ganz doll. Er hieß Albert. Albert Patterson. Er hat mich vor der Roten Witwe gerettet.«

Lily wartete. Sie ahnte, dass Carys ihr die ganze Geschichte erzählen wollte. Sie hielt den Blick gesenkt und sprach so leise, dass Lily sich anstrengen musste, um sie zu verstehen.

»Daddy hat mir gesagt, dass die Leute, die mich opfern wollten, Freunde von ihm waren. Ein Mann und eine Frau. An die Frau erinnere ich mich – sie hat mir im Kinderheim erzählt, dass sie kleine Katzen zu Hause hatte und mich gefragt, ob ich sie angucken wollte. Albert hat gesehen, wie die beiden mich in den Wald getragen haben und ist ihnen gefolgt. So wie ich es bei dir gemacht habe.« Sie lächelte und zeigte ihre gelben Zähne.

»Eines Tages kam die Frau, die mich der Hexe geben wollte, nach Nyth Bran. Ich habe sie sofort erkannt. Die Frau mit den kleinen Katzen! Sie hatte ihre Tochter dabei, die wunderschöne rote Haare hatte. Danach habe ich mir immer gewünscht, ich hätte auch solche schönen Haare wie das Mädchen. Ich habe mich hinter der Wand versteckt und sie belauscht.«

Lily schluckte. Diese Frau war Carys Gegenstück zu Megan. Diejenige, die sie der Witwe opfern wollte.

»Hast du sie gehasst?«, fragte Lily.

»Nein, denn wenn sie es nicht getan hätte, hätte Daddy mich nicht gefunden.«

Lily war erstaunt. »Aber sie hat doch versucht, dich zu töten! Carys, wenn sie nicht gewesen wäre, hättest du dein Leben nicht hier unten verbringen müssen. In einer Höhle. Wie ein Hobbit.«

Carys kniff die Augen zusammen. »Was ist ein Hobbit?«

»Siehst du?«, rief Lily. »Du weißt überhaupt nichts. Du hast noch nie einen Film oder Fernsehen gesehen. Sie haben dir dein Leben gestohlen.«

Carys schüttelte den Kopf. »Das stimmt gar nicht. Daddy hat mich vor der Witwe gerettet und sich um mich gekümmert. Er hat gesagt, ich wäre seine Belohnung. Und Mummys Belohnung. Dafür, dass sie so geduldig waren. Sie konnten keine Kinder haben – und dann kam ich. Wie ein Geschenk. Er hat die Wände schalldicht gemacht. ›Wenn jetzt Besucher kommen‹, hat er gesagt, ›können sie dich nicht hören.‹«

Lily starrte sie an. »Das verstehe ich nicht.«

Carys kratzte sich und starrte Lily an, als wäre sie völlig bescheuert. »Mann, niemand durfte wissen, dass ich hier war. Das ist doch klar. Daddy hat gesagt, wenn sie mich finden, würden sie mich mitnehmen und ins Kinderheim zurückschicken.« Sie hatte Tränen in den Augen. »Und dahin wollte ich auf keinen Fall. Es war so schrecklich. Die anderen Kinder waren so gemein und die Erwachsenen auch. Das Essen war ekelhaft. Ich war immer traurig.«

Sie warf wilde Blicke um sich und beugte sich vor, als wollte sie Lily ein großes Geheimnis anvertrauen. »Daddy hat mir versprochen, dass ich nie wieder ins Heim zurückmuss. Er hat Geheimgänge in Nyth Bran eingebaut, damit ich ins Haus kommen konnte, ohne dass mich jemand sah. Und er hat gesagt, wenn sie mich suchen, kann ich mich ganz schnell verstecken. Die Idee hatte er aus einem Buch von einem Mädchen, das sich im Krieg verstecken musste, vor den Knarzis.«

»Den Nazis? Meinst du Anne Frank?«

Carys runzelte die Stirn. »Keine Ahnung. Ich glaube, es waren Knarzis.«

Dann erst wurde Lily bewusst, was Carys eben gesagt hatte. »Warte mal. Nyth Bran? Das ist mein Zuhause.«

»Genau«, sagte Carys und zeigte zur Decke. »Das ist hier drüber.«

Lily schoss so schnell in die Höhe, dass ihr schwindelig wurde und sie sich an der Wand abstützen musste. »Und wer wohnt da jetzt?«

»Keiner. Nur wir.«

»Dann können wir doch hochgehen. Ich will nach oben! Vielleicht sind meine Sachen noch da. Meine Spielzeuge und Bücher. Mein iPad! Ich kann dir ganz viel zeigen. Videos! Spiele! Ich kann dir so viel zeigen, was du nicht kennst!«

Carys sah sie wütend an. Aber da war noch etwas anderes. Lily merkte, dass Carys zu ahnen begann, dass sie gar nicht gerettet worden war. Dass ihr »Daddy« vielleicht kein guter Mensch gewesen war.

»Bitte lass mich hochgehen und mein iPad holen und meine anderen Sachen …«

»Nein! Verdammt! Es ist alles weg. Und da oben bist du nicht sicher. Die Witwe wird dich sehen.«

Lily hätte schreien können. Sie musste Carys irgendwie davon überzeugen, dass sie das nicht mit ihr machen durfte, und dass diese Art zu leben auch für Carys nicht richtig und nicht nötig war.

»Wo ist dein … Daddy jetzt?«, fragte sie nach kurzem Überlegen.

Carys ballte die Fäuste. »Er ist krank geworden. Krebs. Er war lange krank, und dann ist er gestorben.« Tränen traten ihr in die

Augen. »Und kurz danach ist Mummy auch krank geworden. Sie hat gesagt, sein Tod hat ihr das Herz gebrochen.«

»Und dann?«

»Dann hat sie mich ins Haus gelassen, damit ich sie pflegen konnte. Das war schön … ich habe es gerne gemacht. Jedenfalls bis sie … anders wurde. Gemein. Richtig fies.« Sie verzog das Gesicht. »Ich wollte dich nie. Ich habe dich nie geliebt«, kreischte Carys plötzlich. »Er hat dich mehr geliebt als mich. Ich weiß genau, was er da unten mit dir gemacht hat. Du Schlampe! Du kleine Schwanzlutscherin!«

Lily schluckte. Wie widerlich!

»Aber er hat mich nie angefasst«, sagte Carys mit ihrer normalen Stimme. »Mich hat noch nie ein Mann angefasst.«

Lily wusste nicht, was sie dazu sagen sollte.

»Mummy hat gesagt, wenn sie stirbt, muss ich aus dem Haus, weil sie es einer Wohltätigkeitsorganisation spendet. Um Buße zu tun. So hat sie das genannt. Sie hat fast nur noch geweint und darüber geredet, dass sie in die Hölle kommt. Aber wenigstens wäre Albert schon da. Und irgendwann, als ich nach ihr sehen wollte, war sie verschwunden. Ich habe lange auf sie gewartet, aber sie ist nicht mehr zurückgekommen. Dann habe ich oben geschlafen, in ihrem Doppelbett. Morgens schien die Sonne durch die Fenster. Dann ist mir was eingefallen. Wenn Mummy auch tot war, dann gehörte das Haus jetzt mir. Ich war ihre Tochter. Und deswegen war das gerecht!«

Den letzten Satz schrie sie fast heraus.

»Aber dann kamen ein Mann und eine Frau in feinen Klamotten und haben ein großes Schild aufgestellt. ZU VERKAUFEN. Ich habe es weggenommen. Sie haben einfach ein neues aufgestellt. Irgendwelche Leute sind gekommen und haben sich das Haus angesehen und überall rumgeschnüffelt. Ich habe mich hinter den Wänden versteckt und Geräusche gemacht. Du hättest ihre Gesichter sehen sollen.« Sie lachte wieder dieses

schrille Hexenlachen. »Aber dann bin ich so krank geworden, dass ich dachte, ich würde sterben. Ich habe geträumt, oben wäre eine Familie mit einem kleinen Mädchen eingezogen. Und als ich wieder gesund war, habe ich gemerkt, dass das gar kein Traum war.«

Sie zeigte mit dem Finger auf Lily. »Das Haus gehört mir. Deine Eltern haben es mir weggenommen.«

Carys stand auf und kam Lily drohend näher. Lily wich zurück bis an die Wand, hob schützend die Hand über den Kopf und schloss die Augen. Aber es passierte nichts, und als Lily die Augen wieder öffnete, lächelte Carys.

»Ich mochte deine Familie, Lily. Ich fand es schön, euch zuzuhören. Vor allem dir. Ich habe mich in den Gang hinter deinem Zimmer gesetzt und das Lied gelernt, das du deiner Mum vorgesungen hast.«

Carys begann mit einer schönen melodischen Stimme zu singen. Sie klang wie ein kleines Mädchen.

Un, dau, tri.
Mn yn dal y pry …

»Wenn ihr weg wart, bin ich ins Haus gegangen. Besonders gerne war ich in der Küche und habe mir vorgestellt, wie ich mit deiner Mum Tee trinke. Im Esszimmer habe ich getan, als würden wir alle zusammen essen. Ich bin in dein Zimmer gegangen, habe mit deinen Kuscheltieren gespielt, und wir waren beste Freundinnen.« Sie lächelte Lily mit leuchtenden Augen an. »Und dieser Teil von meinem Traum ist ja auch wahr geworden.«

»Aber wir sind nicht beste Freundinnen«, traute Lily sich zu flüstern. Sie dachte an ihre letzte sogenannte beste Freundin Megan. Blut schoss ihr in den Kopf.

Carys schien Lilys Einwand gar nicht gehört zu haben. »Ich war so traurig, als dein Dad nicht mehr zurückgekommen ist. An dem Tag, als ich dich hierhergebracht habe.«

»Und das mit meiner Mum war dir egal?«

Carys verzog das Gesicht. Lily verstand sofort, dass Carys wusste, dass sie einen Fehler gemacht hatte.

»Meine Mum? Lebt sie etwa noch?«

Carys gab ihr keine Antwort. »Das langt für heute.«

Sie ging hinaus und knallte die Tür hinter sich zu. Lily hämmerte dagegen. »Bitte! Bitte, Carys! Lebt meine Mum noch? Wo ist meine Mum?«

Aber Lily bekam keine Antwort.

* * *

Gestern Nacht war Carys in ihr Zimmer gekommen und hatte ein komisches Gesicht gemacht. Ein paar Tage vorher hatte sie ihr in die Hand geschnitten und Kleinen Kater mit ihrem Blut beschmiert.

»Ich habe deine Mum gesehen«, sagte sie.

Lily sprang auf. »Was? Wann?«

»Eine böse Frau wollte ihr wehtun. Ich habe sie sofort erkannt, obwohl sie jetzt viel älter ist. Ich vergesse nie ein Gesicht, Lily!« Sie kicherte und ihre Augen leuchteten. Lily fragte sich, ob sie wieder was getrunken hatte.

»Über wen redest du?«, fragte Lily.

»Über sie! Über das Mädchen mit den roten Haaren. Sie heißt Heledd. Die Tochter von der bösen Frau, die mich der Witwe opfern wollte. Sie wollte deiner Mummy wehtun.«

Lily kämpfte gegen ihre Tränen an. Ihre Mum lebte. Sie war irgendwo in der Nähe. Aber Carys redete einfach immer weiter.

»Es war total komisch! Heledd hat gedacht, ich wäre die Rote Witwe. Stell dir das mal vor! Nur weil ich meinen neuen roten Mantel anhatte, den ich der verrückten Frau gestohlen habe, die an Geister glaubt.«

Lily hatte keine Ahnung, worüber Carys sprach.

»Und weißt du was? Dann ist mir eingefallen, was du mir erzählt hast. Dass die Eltern von Heledd mich umbringen wollten.

Und plötzlich war ich so wütend! So wütend wie in meinem ganzen Leben nicht.« Sie lief in dem winzigen Raum herum, fuchtelte wild mit den Armen und ballte die Fäuste.

»Ich habe ihr gesagt, dass sie ihre Sünden beichten muss. Dass sie der Welt sagen muss, was ihre Eltern getan haben. Dass sie die Sünden ihrer Eltern beichten muss. Dass ich sie umbringe, wenn sie es nicht tut.« Sie lachte laut und unheimlich, genau wie die Blutige Mary in Megans Videospiel. »Und sie hat mir das alles abgenommen!«

Und dann verpuffte Carys Energie mit einem Mal. Sie sackte auf der Matratze in sich zusammen.

»Vielleicht hätte ich das nicht tun sollen«, wimmerte sie. »Vielleicht kommen sie uns jetzt auf die Spur. Aber ich konnte nicht anders. Ich musste daran denken, wie sie als Kind gelebt hat, wie sie sich Filme angesehen und gespielt hat, während ich hier unten wie ein Maulwurf leben musste. Ich hätte sie umbringen können! Ich hätte sie umbringen sollen!«

Sie schwafelte immer weiter, und was sie sagte, wurde immer unsinniger.

Lily unterbrach sie. »Aber meine Mum? Wie geht es meiner Mum?«

»Deiner Mum geht's gut. Ich habe sie gerettet.«

Lily konnte nicht mehr an sich halten. Sie sprang auf und schrie: »Mummy! Mummy! Ich bin hier!«

Carys sah ihr ungerührt zu. »Sie kann dich nicht hören. Das habe ich dir doch gesagt. Von hier drinnen dringt nichts nach draußen.«

»Mummy!«

Carys packte sie am Arm und hob die Hand. »Halt sofort den Mund!«

Lily weinte. »Bitte! Bitte, lass mich zu ihr! Ich will nicht mehr hier unten sein!« Sie rollte sich weinend auf dem Bett zusammen.

»Halt den Mund! Lass das Flennen!«, schrie Carys mit hochrotem Kopf. »Ich hab dir gesagt, dass du jetzt mir gehörst. Und wenn irgendwer versucht, dich mir wegzunehmen, dann bringe ich ihn um. Dann bringe ich dich um!«

Carys ging zur Tür.

»Ich hätte Heledd in Ruhe lassen sollen. Ich hätte ihr nicht sagen dürfen, dass sie alles beichten muss. Jetzt fangen sie bestimmt wieder an, nach uns beiden zu suchen.« Sie kratzte sich wieder die Arme. »Ich muss dich woanders verstecken.«

»Warum lässt du mich nicht einfach gehen?«

»Halt den Mund! Wir müssen hier raus, heute Nacht, wenn es dunkel ist. Wir gehen woanders hin. Wo sie uns nicht finden. Damit wir zusammenbleiben können, du und ich. Für immer.«

Kapitel 47

»Was ist? Was hast du gesehen?«

»Warte mal.«

Ich ging wieder in die Hocke und spähte durchs Schlüsselloch. Im Zimmer dahinter war es dunkel, und ich konnte nicht viel erkennen. Aber dann drehte sich die Gestalt auf der Matratze um. Ich sah, dass sie hellbraune Haare hatte. Und dass sie klein war.

Ein Kind.

»Julia«, sagte ich. »Ich bin nicht hundertprozentig sicher, aber ich glaube, da drinnen ist ein Mädchen.«

Julia japste und hielt sich die Hand vor den Mund. »Lily? Glaubst du, dass es Lily ist? Das kann …«

Sie schubste mich zur Seite und kniete sich vors Schlüsselloch. Sie bebte am ganzen Körper.

»Das ist sie! Das ist Lily!« Ihre Stimme überschlug sich. Sie stand auf und hämmerte gegen die Tür. Ich kniete mich wieder vors Schlüsselloch.

Julia schrie: »Lily! Meine Lily! Ich bin's, Mummy! Ich bin hier, Liebling …«

Das Mädchen rieb sich verwirrt die Augen. Im nächsten Moment sprang sie auf und flog auf die Tür zu.

»Mummy!« Sie brüllte das Wort heraus und trat gegen die Tür. Julia rüttelte an der Klinke, als wollte sie die Tür aus den Angeln heben.

Ich packte sie am Arm. »Julia, Lily versucht, uns etwas zu sagen.«

Julia war sofort still.

»Sie versteckt den Schlüssel in der Kiste neben ihrem Bett«, rief Lily durch die Tür.

»Sie? Wer ist sie, Liebling?«, fragte Julia. Ihre Stimme war rau, und sie konnte die Tränen nur mit Mühe zurückhalten. Wie stark sie war! Was sie in diesen Minuten durchmachte, hätte die meisten Menschen überwältigt. Aber sie riss sich zusammen. Sie wollte Lily in Sicherheit bringen.

»Sie heißt Carys«, sagte Lily.

Ich hatte also recht gehabt. Natürlich war es Carys. Das andere kleine Mädchen, das vor so vielen Jahren verschwunden war. Das jetzt kein kleines Mädchen mehr war. Wie misshandelte Kinder als Erwachsene oft ihre eigenen Kinder misshandeln, so tat Carys Lily das an, was ihr angetan worden war. Die Geschichte wiederholte sich.

Ich hatte viele Fragen an Lily – nicht die unwichtigste von ihnen war: Wo war Carys jetzt? –, aber zuerst mussten wir sie aus ihrer Zelle befreien. Ich lief in den anderen Raum und zog die oberste Schublade der Truhe auf. Sie war voller Unterwäsche. Wahrscheinlich gehörte die Hälfte von diesem Zeug Julia. Ich warf BHs und Slips hinter mich und suchte nach dem Schlüssel. Vergeblich.

Und dann schrie Julia.

Ich rannte zu ihr.

Sie lag auf dem Boden vor Lilys geöffneter Zellentür. Aus einer Wunde an der Stirn sickerte Blut hervor. Bevor ich reagieren konnte, kam etwas mit einem schauerlichen Geheul aus dem Raum herausgeschossen. Nein, nicht etwas – jemand.

Carys. Sie musste durchs Haus hereingekommen sein, durch die Stahltür, die uns aufgehalten hatte.

Sie überrollte mich wie eine Dampfwalze. Ich knallte ungebremst mit dem Kopf auf den Zement, und alles um mich herum wurde weiß. Als ich wieder zu mir kam, dröhnte es in meinem Kopf, als läge ich in einer Glocke, auf die jemand mit einer Eisenstange einschlug. Carys war weg. Ich stand vorsichtig auf, hielt mir den Kopf und fragte mich, ob diese zweite Verletzung mir einen permanenten Schaden zugefügt hatte.

Die Zelle war leer bis auf eine dreckige Matratze, einen Stapel Kinderbücher, einen Nachttopf und ein paar Kuscheltiere. Ich musste an Fotos von provisorischen Gefängnissen im Nahen Osten denken. An die Kinderversion davon.

»Wo ist sie?«

Ich wirbelte herum. Julia hatte sich aufgerappelt und sah sich fassungslos um.

»*Wo ist sie?*«, brüllte sie.

Wir hörten ein dumpfes Geräusch aus dem Raum, durch den wir hier hereingekommen waren. Wir rannten los. Unter der Truhe, die zur Seite geschoben worden war, befand sich eine Luke. Ich schnappte mir die Taschenlampe und scherte mich nicht um meine Übelkeit und die dröhnenden Kopfschmerzen, als ich mich in die Luke hinunterließ. Julia stieg hinterher.

»Bitte bleib hier, Julia. Du bist verletzt.«

»Was? Vergiss es!«

»Aber …«

Unter uns hörten wir ein Kind schreien.

»Mach, beeil dich oder geh mir aus dem Weg!«

Es hatte keinen Sinn. Wir kletterten hinunter und rannten los. Der Widerhall unserer Schritte war so laut, dass wir Carys und Lily nicht hören konnten. Wie viel Vorsprung hatten sie? Was hatte Carys mit ihr vor? Ich hatte keine Zeit, darüber nachzudenken.

»Mummy!«

Sie waren unmittelbar vor uns. Wir liefen um eine Ecke, vorbei an all den zurückgelassenen Gerätschaften. Der Lichtkegel der Taschenlampe tanzte wild auf den Wänden des engen Stollens. Ich wurde etwas langsamer, um die Lampe ruhig zu halten. Und da waren sie.

Carys musste gehört haben, dass wir sie einholten. Sie war stehen geblieben und erwartete uns. Ihr war klar, dass sie uns mit einem Kind im Schlepptau nicht davonlaufen konnte. Mit einer Hand hielt sie Lily fest, mit der anderen umklammerte sie etwas. Es war zu dunkel, um es zu erkennen.

Julia rief nach Lily, die verzweifelt versuchte, sich loszureißen. Aber Carys hatte einen eisernen Griff. Wir gingen jetzt langsam auf die beiden zu, bis uns nur noch sieben oder acht Meter von ihnen trennten.

Carys drehte Lily herum und hielt sie fest im Arm. Sie sahen uns beide entgegen.

»Bleibt, wo ihr seid!«, kreischte Carys.

Sie hatte schwarze Haare, und im Licht der Taschenlampe war sie blass wie ein Vampir. Kein Wunder, sie hatte ja fast ihr gesamtes Leben unter der Erde zugebracht. Daher war sie sicher auch besser an das Dämmerlicht gewöhnt als wir. Sie war mager. Ihre Augen lagen tief in den Höhlen, aber ihre Augäpfel quollen hervor. Ihr Gesicht war fast wie ein Totenschädel. Sie war abstoßend, aber ich hatte entsetzliches Mitleid mit ihr.

Rhodri, Shirley und die beiden Pattersons hatten Carys ihr Leben gestohlen. Sie hatten sie zu dieser Jammergestalt gemacht, die jetzt drohend die Hand hob, in der sie ein langes, dünnes Küchenmesser hielt.

Sie drückte es Lily an die Kehle. »Bleibt, wo ihr seid«, zischte sie. »Sie gehört mir! Ihr könnt sie mir nicht wegnehmen!«

Ich machte vorsichtig einen Schritt vorwärts. »Carys. So heißt du doch, oder?«

Ihre Augen weiteten sich vor Überraschung.

»Wir wissen, was sie mit dir gemacht haben, Carys«, sagte ich und ging noch einen Schritt auf sie zu. Lily weinte, ihr junges Gesicht schimmerte nass im Dämmerlicht. »Wir wissen, wer dich aus dem Kinderheim entführt hat. Die Frau ist tot, und der Mann kommt ins Gefängnis. Du brauchst dich nicht mehr zu verstecken.«

Sie war still und beobachtete mich, aber sie hielt Lily das Messer weiter an die Kehle.

»Wir wissen auch, dass du uns in der Kapelle geholfen hast. Du hast uns gerettet. Dafür sind wir dir sehr dankbar. Aber jetzt musst du Lily gehen lassen.«

»Nein! Sie gehört mir. Stimmt's, Lily? Ich habe sie gerettet, und deswegen gehört sie mir.«

Noch ein winziger Schritt. »Albert hat dich im Wald gefunden und hergebracht, stimmt's? Albert und seine Frau hatten keine Kinder, und sie haben dich als ihr Kind angenommen. Das verstehe ich. Aber es ist kein Leben für ein Kind, oder, Carys? Kinder brauchen Sonne, Kinder wollen draußen rumtoben. Sie brauchen Freunde. Sie müssen zur Schule gehen und wollen die Welt entdecken.« Julia atmete stoßweise. »Aber vor allem anderen brauchen Kinder ihre Eltern, Carys. Lily braucht ihre Mum.«

»Sie braucht mich!«, schrie Carys.

»Sie gehört dir nicht!« Julia ging langsam mit ausgebreiteten Armen an mir vorbei. »Alles ist gut, Lily. Mummy ist da. Alles ist gut.«

»Halt den Mund«, zischte Carys. »Kein Schritt weiter. Sonst schneide ich ihr den Hals auf. Ich schwöre es. Auf das Grab meines Vaters.«

»Wir helfen dir«, sagte ich besänftigend. »Wir finden einen Ort für dich, an dem du leben kannst. Du bekommst ein Haus ganz für dich.«

Sie starrte mich an.

»Ich will mein Haus«, sagte sie.

Ich verstand. »Nyth Bran? Kein Problem, das kannst du haben. Oder, Julia?«

Julias Blicke schossen zwischen Lily und mir hin und her. »Natürlich! Du kannst haben, was du willst, Carys. Aber lass Lily gehen. Bitte tu ihr nichts.«

»Du willst ihr doch gar nicht wehtun, oder?«, fragte ich.

Sie schüttelte den Kopf, aber ihre Hand rührte sich nicht.

»Komm schon«, sagte ich. »Wir sind nicht wütend auf dich. Wir sind froh, dass du dich so gut um Lily gekümmert hast. Stimmt's, Julia?«

»Das stimmt«, rang Julia sich ab.

Carys sah zwischen Julia und mir hin und her. Sie dachte nach, sie versuchte, sich zu entscheiden. Ich wartete mit angehaltenem Atem. Und dann ließ sie Lily los. Lily duckte sich und sauste los, und im selben Moment überlegte Carys es sich anders. Sie schoss hinter Lily her.

Julia setzte zu einem Hechtsprung auf Carys an.

Panisch, dass Carys sie erstechen könnte, warf ich mich in letzter Sekunde zwischen die beiden. Carys holte aus und schlitzte mir den Bauch auf. Ein langer Schnitt, direkt unter dem Brustkasten. Ich hielt mir schreiend den Bauch und sah, wie sich mein T-Shirt rot färbte. Mir fiel die Taschenlampe aus der Hand. Aber sie leuchtete noch.

Carys wirbelte herum und richtete das Messer gegen Julia. Die wie eine Ringerin dastand, die Beine gebeugt, die Arme ausgestreckt. Blut sickerte aus ihrer Kopfwunde. Nein, nicht wie eine Ringerin. Sie war wie ein wildes Tier, wie eine Bärin, die ihr Junges verteidigt. Die Krallen ausgestreckt, die Zähne gebleckt. Die beiden Frauen standen sich bewegungslos gegenüber. Lily hatte sich an die Wand geduckt und starrte sie mit offenem Mund und aufgerissenen Augen an.

Einen Schritt vor mir entdeckte ich einen Stein. Ich hielt mir meinen blutenden Bauch, ließ mich in die Hocke fallen und tat, als würde ich zusammenbrechen.

In der nächsten Sekunde hatte ich den Stein und zielte auf Carys Kopf.

Er schlug mit voller Wucht gegen ihre Brust. Sie zuckte zusammen und ließ das Messer für den Bruchteil einer Sekunde sinken. Das langte Julia. Sie warf sich auf Carys und schmetterte ihren Kopf gegen die Steinwand. Carys ließ das Messer fallen. Julia legte die Hände um ihren Hals und drückte ihr die Kehle zu. Sie beugte sich über sie. Ihr Gesicht war nur Zentimeter von Carys Gesicht entfernt.

»Sie gehört dir nicht«, fauchte sie Carys an. »Sie gehört zu mir.«

Dann griff Julia ihr in die Haare, zog ihren Kopf hoch und knallte ihn gegen die Wand. Carys rutschte an der Wand hinunter und lag reglos am Boden.

Julia drehte sich keuchend nach ihrer Tochter um, die in einer Nische kauerte.

Sie war so dünn und so blass.

Aber sie lebte.

»Lily.«

»Mummy.«

Sie fielen sich in die Arme und schluchzten. Sie hielten sich so fest umschlungen, dass ich Angst um ihre Knochen bekam. Und so standen sie dort, drückten und streichelten sich und sagten »Mummy« und »Lily«, bis sie nicht mehr konnten.

Kapitel 48

Julia kam in T-Shirt und Shorts aus dem Garten herein. Ich staunte über ihre Schönheit und mein Glück, mit ihr zusammen sein zu dürfen. Die Sommersonne hatte ihre Haare aufgehellt und ihre Haut gebräunt. Sie hatte etwas zugenommen, und die Ringe unter den Augen verschwanden allmählich. In der letzten Woche hatte sie besser geschlafen und war nachts nicht mehr keuchend hochgeschreckt. Ihre Therapeutin half ihr, ihre maßlose Wut zu verarbeiten. Manchmal verengten sich Julias Augen zu Schlitzen und sie presste die Kiefer aufeinander – dann wusste ich, dass sie sich vorstellte, Carys Schmerzen zuzufügen. Diese Gefühle, hatte die Therapeutin gesagt, würden sie vielleicht ihr Leben lang begleiten. Aber sie würde allmählich mit ihnen zurechtkommen. In ihren dunkelsten Augenblicken brauchte sie Lily nur zu umarmen oder an ihren Haaren zu riechen oder sie einfach nur anzusehen, dann wurde es besser. Aber die Therapeutin hatte Julia auch davor gewarnt, ihre Tochter mit ihrer Liebe zu ersticken.

»Was macht sie?«, fragte ich.

»Sie spielt mit Chesney. Manchmal denke ich, sie hat ihn mehr vermisst als mich.«

»Das bezweifle ich.«

Julia goss sich ein Glas Leitungswasser ein. Als sie sich umdrehte, sah ich die vier Monate alte Narbe auf ihrem Arm. Meine verlief quer über den Bauch. Wenn wir im Bett waren, zeichneten wir manchmal die Narbe des anderen nach und erinnerten uns daran, was für ein Glück wir gehabt hatten.

Julia setzte sich an den Frühstückstisch und sah Lily dabei zu, wie sie den Kater durch den Garten scheuchte. Morgen würde sie wieder zur Schule gehen. Julia war nervös. Sie kam noch nicht gut mit der Vorstellung klar, Lily nicht dauernd im Auge behalten zu können. Aber Lily wollte unbedingt wieder in die Schule gehen.

»Mum, ich will endlich meine Freundinnen wiedersehen.«

Es hatte Wochen gedauert, aus Lily die ganze Geschichte herauszukriegen. Sie sagte, sie habe ihren Eltern nur einen Schrecken einjagen wollen und Großen Kater in den Fluss geworfen. Dann wäre sie in den Wald gerannt, und Carys habe sie entführt. Lily sagte, sie habe sich höchstens eine halbe Stunde verstecken wollen, nicht länger.

Die Polizei und der Psychiater, die Carys vernommen und untersucht hatten, waren zu dem Schluss gekommen, dass Carys wirklich an die Rote Witwe glaubte und daran, dass sie Lily vor ihr geschützt hatte. Carys sagte aus, dass Lily an einen Baum gefesselt worden war, aber Lily stritt das vehement ab. Carys musste ihre eigene Entführung mit Lilys durcheinandergebracht haben.

Carys hatte der Polizei alles erzählt, woran sie sich aus ihrer frühen Kindheit erinnern konnte. Wie Shirley und Rhodri sie aus dem Sankt-Mary's-Stift entführt und in den Wald verschleppt hatten. Dass Carys sicher gewesen sei, die Witwe werde sie holen. Aber dann habe Albert, der Mann, den sie später Daddy nannte, sie gerettet und mit zu sich genommen. Sie erzählte viel über ihr Leben in dem Haus. Laut Inspector Snaith weinte sie über den Tod ihres »Daddys«, während sie der Tod ihrer »Mummy« Bethan kaum zu berühren schien.

Leute, die Albert und Bethan noch gekannt hatten – meine eigene Mutter und ein paar andere ältere Leute, die noch in der Stadt lebten, eingeschlossen –, beschrieben die beiden als zurückhaltendes Paar, das lange Zeit traurig darüber gewesen sei, keine Kinder bekommen zu können. »Aber dann schienen sie darüber hinwegzukommen. Sie wirkten glücklicher, irgendwie viel entspannter«, sagte der Eigentümer von Rhiannon's Café, in dem das Paar öfter eingekehrt war. »Das müsste um 1980 herum gewesen sein.«

Das Jahr, in dem sie schließlich das Kind »bekamen«, das sie sich immer gewünscht hatten.

Als junger Mann hatte Albert ein Auto gestohlen und war kurz darauf in die Schaufensterscheibe eines Ladens gekracht. Das hatte ihm eine Vorstrafe und ein paar Jahre Gefängnis eingebracht. Deswegen konnten die Pattersons kein Kind auf offiziellen Wegen adoptieren und wussten genau, dass man ihnen nicht erlaubt hätte, Carys zu behalten. So ließen sie alle in dem Glauben, die Rote Witwe habe sie sich geholt. Weder Shirley noch Rhodri fanden je heraus, was aus dem kleinen Mädchen geworden war, das sie alleine im Wald zurückgelassen hatten. Sie wussten nicht, dass Albert sie gesehen hatte, als er am Fluss spazieren gegangen war, dass er ihnen gefolgt war und beobachtet hatte, wie sie Carys an einen Baum banden. Er ließ sie in dem Glauben, die Witwe habe sie erwischt. Es passte Albert und Bethan natürlich nur zu gut, dass alle im Ort davon ausgingen, Carys wäre tot.

Der Polizeipsychiater versuchte herauszufinden, ob Albert Carys missbraucht hatte. Sie stritt es ab, aber die Ermittler hatten große Zweifel. Vielleicht – so meinten sie – würde Carys eines Tages alles erzählen, aber noch sprach sie von ihrem »Daddy« wie von einem Heiligen.

Nach dem Tod von Albert und Bethan ging sie weiterhin im Haus ein und aus. Dass die Familie Marsh in »ihr« Haus einzog, machte sie wütend, aber je besser sie sie kennenlernte, desto mehr mochte sie sie, bis sie sie schließlich als ihre neue Familie betrachtete. Sie liebte es, sie zu belauschen. Nachdem Michael ertrunken war und Carys Lily unten eingesperrt hatte, war Carys zufrieden. Sie nahm sich, was sie für Lily und sich brauchte. Carys sah Nyth Bran als ihr Eigentum an, hatte aber nichts dagegen, das Haus mit Julia zu teilen – bis Julia das Schriftstellerhaus eröffnete.

Plötzlich drangen Fremde auf ihr Territorium ein und nahmen ihr Haus in Beschlag. Carys musste sie vertreiben, also begann sie, in dem Haus zu spuken. Und als sie mitbekam, dass ich mich mit Lilys Verschwinden beschäftigte, wurde es für sie unumgänglich, mich aus der Welt zu schaffen.

Carys konnte nicht wissen, dass sie in Heledd eine Helferin hatte, die die von mir aufgenommenen Ermittlungen stoppen wollte, damit die Wahrheit über das Verschwinden des anderen kleinen Mädchens nicht an den Tag kam. Die Wahrheit über Carys Entführung. Und so brauten sich Vergangenes und Gegenwärtiges zu einem gewaltigen Sturm zusammen.

Als Carys hörte, wie Ursula über ihre Geistführerin Phoebe sprach, schmiedete sie einen Plan. Sie würde Julia davon überzeugen, dass Lily tot war, und deswegen flüsterte sie Ursula durch die Wand hindurch ein, dass Lily bei »Jesus« war. Sie wollte uns glauben machen, dass Lily in der Kapelle gestorben war. Sie hoffte, dass wir dann die Suche nach dem Kind aufgeben würden. Ich sollte abreisen, und Julia sollte die Hoffnung verlieren, Lily lebend wiederzusehen.

Als sie uns nicht ausbremsen konnte, setzte Carys wieder bei Ursula an. Erst holte sie Kleinen Kater aus der Hütte, in die sie ihn nach Lilys Fluchtversuch gebracht hatte, dann beschmierte sie ihn mit Lilys Blut und brachte ihn in die Kapelle. Mithilfe von Ursula und ihrer Landkarte lockte sie uns in die Kapelle. Das Kuscheltier mit Lilys Blut musste uns doch davon überzeugen, dass Lily tot war!

Carys folgte uns zur Kapelle. Sie wusste weder, dass Zaras Leichnam in der Krypta lag, noch dass Heledd dort sein würde. Doch dass Heledd Julia die Treppe hinunterstieß, ging Carys entschieden zu weit. Sie ging auf Heledd los. Und Heledd, die mit ihren Nerven am Ende war, verfiel in Schockstarre, als Carys in dem roten Mantel auf sie zustürmte. Die Rote Witwe! Leibhaftig! Heledd fiel auf die Knie und betete in Todesangst. Jetzt würde die Hexe sie doch noch töten. Nach all den Jahren. Obwohl Shirley und Rhodri ihr ein anderes kleines Mädchen geopfert hatten.

Carys erkannte Heledd sofort. Vor vielen Jahren, als Heledd noch ein Teenager gewesen war, hatte Shirley sie einmal zu einem Besuch bei ihren alten Freunden Albert und Bethan mitgenommen. Als Carys Heledd dann in der Kapelle gegenüberstand, rastete sie aus.

Carys hatte uns das Leben gerettet. Und dafür war sie aufgeflogen.

Das war das Ende der Geschichte. Rhodri Wallace hatte nach intensiven Verhören schließlich gestanden, Carys 1980 mit Shirley Roberts' Hilfe entführt zu haben. Wie sich herausstellte, hatte Rhodri im Kinderheim Gartenarbeiten ausgeführt und dabei ein Kind ausgeguckt, das »nicht vermisst« werden würde. Rhodri vergötterte seine uneheliche Tochter und besuchte sie, so oft er konnte. In seinen Augen machten ihr Glück und ihre Sicherheit alles wett, was er getan hatte. Es sprach ihn sogar von seinen Sünden frei.

Glynn Collins hatte mit all dem nichts zu tun, jedenfalls wenn man davon absah, dass er Shirley mit der Geschichte von der Roten Witwe Angst eingejagt hatte. Und dass er Shirley erzählt hatte, eine gewisse Zara Sullivan treibe sich in der Stadt herum und stelle Fragen – eine Unterhaltung, die Heledd mit anhörte.

Glynn war also indirekt verantwortlich, aber keines Verbrechens schuldig. Ich fragte mich immer noch, warum er mir den Kontakt zu Jake so vehement verboten hatte. Irgendetwas stimmte da nicht. Aber nachdem ich eine Weile darüber nachgedacht hatte, kam ich zu dem Schluss, dass er wohl nur ein überängstlicher Großvater war.

Und Heledd? Sie hatte sich zu den Morden von Zara Sullivan und Max Lake bekannt und saß im Gefängnis. Bei ihrer Mutter, Shirley Roberts, lautete die Anklage auf Totschlag. Sie leugnete, etwas mit dem Tod von Malcolm Jones zu tun gehabt zu haben, und da es keine stichfesten Beweise gab, ließ die Staatsanwältin den Punkt fallen.

Alle Schuldigen waren entweder tot oder hinter Schloss und Riegel. Carys war fürs Erste in einer geschlossenen psychiatrischen Station untergebracht. Eine Abschätzung der langfristigen Perspektive stand noch aus.

Ich persönlich war der Meinung, dass Carys trotz allem, was sie Lily angetan hatte, freigelassen werden sollte. Allerdings unter der Voraussetzung, dass sie unter engmaschiger Beobachtung stand und weit von uns entfernt lebte. Carys war ja selbst ein Opfer. Sie hatte ihr ganzes Leben in diesem dunklen Loch unter dem Haus zugebracht, weil sie felsenfest an die Witwe glaubte. Auch als sie Lily entführte, geschah es aus der Überzeugung, dem Kind einen sicheren Unterschlupf vor der Roten Witwe zu gewähren. Wahrscheinlich hatte sie sich im Laufe der Zeit an Lilys Anwesenheit wie an die eines Haustiers gewöhnt. Und wie hätte sie Lily gehen lassen können, wenn damit ihr geheimer Zufluchtsort unter Nyth Bran aufgeflogen wäre?

Stand Carys nicht auch zu, eine Zeit ihres Lebens bei Tageslicht zu verbringen? Ich dachte an den Absatz, den sie auf meinen Laptop geschrieben hatte und von dem ich lange geglaubt hatte, ihn betrunken verfasst zu haben. Ihre Lebensgeschichte war faszinierend. Vielleicht würde sie sie erzählen können, wenn sie eine fachkundige Hilfestellung bekam. Einen Ghostwriter zum Beispiel …

Ich konnte mir allerdings nicht vorstellen, dass Julia die Idee gefiel.

»Ich gucke mal, ob Lily was zu Mittag essen will«, sagte Julia und gab mir auf dem Weg hinaus einen Kuss.

Ich sah mich um. Hier war ich auf die Füße gefallen. Julia und ich hatten vor einiger Zeit beschlossen, etwas aus dem Refugium zu machen. Unsere ersten Gäste sollten im September kommen. Ich wäre eine Art Tutor und organisierte Kurse. Fürs Erste wäre das mein Job. Ich hatte den Roman über die Familie im Wald beiseitegelegt und den Vertrag mit dem Verlag gekündigt – oder jedenfalls die Abgabe auf unbestimmte Zeit vertagt. Irgendwann, wenn ich so weit war, würde ich wieder etwas schreiben. Allerdings schwebte mir etwas Leichteres vor. Vielleicht eine romantische Komödie.

»Wer's glaubt, wird selig«, war Julias Kommentar dazu gewesen.

Sie sah sich wieder nach Arbeit als Buchillustratorin um und hatte einen Termin mit einem Lektor vom Jackdaw-Verlag gemacht. Außerdem ging sie regelmäßig zu einer Trauertherapeutin. Jetzt, wo Lily wieder zu Hause war, konnte sie sich endlich mit Michaels Tod auseinandersetzen. Nachts lagen wir uns manchmal weinend in den Armen. Es half, dass ich auch jemanden verloren hatte – wir konnten über unsere Gefühle und unsere verstorbenen Partner sprechen, ohne Angst zu haben, mit den Toten in Konkurrenz zu treten. Ich rechnete noch mit ein paar tiefen Schlaglöchern auf unserem Weg, aber ich war zuversichtlich, dass wir keinen Totalschaden erleiden würden.

Auf alle Fälle war es einen Versuch wert.

Mein Handy piepste. Eine Nachricht von Karen, mit der ich mir in den vergangenen Monaten regelmäßig geschrieben hatte. Sie war unglaublich erleichtert gewesen, dass sie sich die Stimme hinter der Wand nicht eingebildet hatte. Ihren Cannabis-Konsum hatte sie dennoch deutlich eingeschränkt.

Unter ihrer Nachricht war ein Link zur Seite des Büchermarkts. Suzi Hastings hatte einen Vertrag über einen sechsstelligen Vorschuss für ihren Debütroman abgeschlossen. Einem »erotischen Thriller«, der von einer »Affäre zwischen einem verheirateten Schriftsteller und einer jungen Naiven« handelte und in einem »Schriftstellerhaus in Wales« spielte.

Sieht so aus, als hätten sie doch was miteinander gehabt!!!, schrieb Karen.

Vielleicht. Vielleicht hatte sich Suzi das auch nur ausgedacht. Max hatte so aufrichtig geklungen … Wir würden es nie erfahren. Außerdem spielte es eigentlich auch keine Rolle mehr. Auch wenn ich nicht glaubte, dass Max' Witwe sich sonderlich auf die Veröffentlichung des Buchs freute.

Mit Olly Jones hatte ich mich ein paarmal im Pub getroffen. Er fuhr jetzt nicht mehr selbst Taxi, sondern hatte das Geld aus dem Verkauf seines Elternhauses dazu genutzt, ein eigenes Taxiunternehmen zu gründen. Jetzt war er der Chef. Er versicherte mir, dass er so viel Arbeit hatte, dass er kaum zum Grübeln kam. Darüber, was Heledd getan und wie sie sein Herz gebrochen hatte. Er beteuerte mehrfach, dass er über sie weg sei, aber es fiel mir schwer, ihm das abzunehmen.

Ich schaute aus dem Fenster. Chesney war nirgends zu sehen. Julia und Lily rannten lachend unter dem Regen des Rasensprengers hindurch und waren schon klatschnass. Dann fielen sie atemlos ins Gras und umarmten sich.

Ich wurde das Gefühl nicht los, dass Lily uns nicht alles erzählt hatte, dass sie einen Teil ihrer Geschichte ausließ. Julia fand das albern. Warum sollte Lily lügen? Das konnte ich ihr auch nicht sagen, aber es machte mir zu schaffen.

Als die beiden sich jetzt umarmten, sah Lily über Julias Schulter in die Ferne. Sie hatte wieder diesen Gesichtsausdruck, den sie sorgsam vor ihrer Mutter verbarg. Ihre Stirn legte sich in Falten, und ihre Augen verdunkelten sich.

Wahrscheinlich dachte sie dann an ihre Zeit in dem winzigen unterirdischen Raum zurück. Sie würde sich irgendwann erholen, dessen war ich mir sicher. Trotzdem machte mir diese Miene Angst.

Denn ihr stand in diesen Momenten die reine Mordlust in den Augen.

Epilog

Es war der letzte Sommertag. Morgen würde Lily wieder in die Schule gehen, und die ersten Gäste würden im Refugium eintreffen. Mum und ihr neuer Freund lagen noch im Bett und genossen es, ein letztes Mal auszuschlafen. Mum hätte Lily nie alleine zum Fluss gehen lassen. Und auch sonst nirgends hin. Das war völlig in Ordnung. Lily wollte nirgendwo hingehen.

Aber sie hatte noch etwas zu erledigen.

Während sie zum Fluss ging, dachte sie über Lucas nach. Er war okay, auch wenn er nicht ihr Dad war, denn er machte Mum glücklich. Außerdem stritten sie sich nicht, jedenfalls nicht ernsthaft.

Sie lachten auch viel. Lily hoffte, dass er Mum fragte, ob sie ihn heiraten wollte, dann konnte sie Brautjungfer sein. Und das wäre echt cool. Solange er nicht von ihr verlangte, ihn Dad zu nennen. Sie hatte einen Dad.

Jedes Mal, wenn sie an den Grund für seinen Tod dachte, hatte sie das Gefühl, innerlich zu verbrennen. Sie versuchte, das vor Mum zu verheimlichen, und sie glaubte, dass es ihr auch gelang. Aber das Feuer zog Motten an. Schwarze Motten, die sie nachts umschwirrten. Jede einzelne ein dunkler Gedanke. Sie nisteten sich zu Dutzenden, zu Hunderten in ihrem Kopf ein. Eine Mottenpest aus schlimmen Gedanken, gegen die sie machtlos war.

Sie fragte sich, ob sich Rhiannon – die Frau, die sie später die Rote Witwe nannten – auch so gefühlt hatte, nachdem ihr Mann gestorben war. Ob sie deswegen die Stadt verflucht hatte.

Hunderte von schlimmen Gedanken, die nur ein Ziel hatten: Rache.

Rache für Dads Tod. Und für die beiden Jahre, die sie in dem unterirdischen Raum eingesperrt gewesen war.

Sie erreichte den Fluss. Es hatte die ganze Nacht geregnet. Er war grau und aufgewühlt und strömte mit hoher Geschwindigkeit um die Biegung – als hätte das Wasser es heute besonders eilig.

Lily stellte sich vor, wie ihr Dad an dieser Stelle ertrunken war. Sie wandte sich ab und sah Megan auf sich zukommen.

»Hi«, sagte Lily.

Megan war so nervös wie gestern, als Lily sich durch den Wald an ihr Haus herangeschlichen hatte. Sie hatte Glück gehabt. Am Ende der Straße hielt ein Bus, aus dem ihre ehemals beste Freundin heraussprang. Megan japste, als Lily plötzlich hinter einem Baum hervortrat und ihr Hallo sagte.

»Ich möchte mit dir reden«, sagte Lily. »Morgen um neun? Unten am Fluss. Ich muss dir was sagen. Was Wichtiges.«

Lily hatte gewusst, dass Megan kommen würde. Sie war ein neugieriges Mädchen. Jetzt trat Megan zögernd näher.

»Wie geht's dir?«, fragte Lily. »Wie geht's Jake?«

»Dem geht's gut. Wenn er sich auch nicht gerade darauf freut, wieder in die Schule zu müssen. Aber wer tut das schon?«

Lily gab Jake keine Schuld an dem, was passiert war. Er hatte nur Megans Anweisungen ausgeführt.

»Ich freue mich darauf!«, sagte Lily. »Obwohl ich, warte mal, knapp drei Jahre verpasst habe und die Schlechteste sein werde.«

Sie ging wieder an den Fluss. Megan folgte ihr.

»Es tut …«, begann Megan. Sie verschluckte sich fast. Doch dann spuckte sie alles auf einmal aus. »Es tut mir so leid! Ich hatte einfach … so eine wahnsinnige Angst. Ich habe wirklich gedacht, dass es die Witwe gibt. Ich war doch noch so klein! Und als sie gesagt haben, dass du verschwunden bist, war ich sicher, dass die Hexe dich geholt hat.«

Lily starrte aufs Wasser und ließ Megan einfach reden.

»Ich habe mich so schuldig gefühlt. Vor allem nachdem … nachdem das mit deinem Dad passiert ist. Ich bin oft zu deinem Haus gegangen und habe mir gewünscht, dass du noch da wärst. Jake wollte alles erzählen, er wollte sagen, was wir gemacht haben, aber sie hätten ihn ins Gefängnis gesteckt. Und mich auch. Ich hatte so riesige Angst.« Sie versuchte, Lily in die Augen zu sehen. »Ich wollte dich ja eigentlich nicht … Aber hier gab es kein anderes Kind … Du warst die Einzige, die nicht in der Stadt wohnte, die wir einfach …«

»Schon in Ordnung«, sagte Lily. »Es ist ja gut ausgegangen.«

Megan starrte sie auf diese nervige Art und Weise an. Manche Dinge änderten sich nie.

»Echt jetzt? Meinst du das wirklich so?«

Lily nickte.

»Hast du deswegen …« Megan begann zu flüstern. Sie sah sich um, als versteckte sich vielleicht jemand hinter den Bäumen, der ihr Gespräch mit anhörte. »Hast du deswegen niemandem erzählt, was wirklich passiert ist? Was Jake und ich mit dir gemacht haben?«

»Ja, klar.« Die schwarzen Falter in ihrem Kopf bewegten die Flügel. Gleich würden sie wieder wie wild umherflattern. »Ich will nicht, dass Jake ins Gefängnis kommt. Und du bist sowieso noch zu jung dafür. Du würdest keine Strafe bekommen.«

Megan sah Lily verwirrt an. »Du bist immer noch meine beste Freundin«, sagte Lily lächelnd.

Megan versuchte gar nicht erst, ihre Erleichterung zu verbergen. »Ich tue alles, was du von mir verlangst, um es wiedergutzumachen.«

Lily hatte noch eine letzte Frage. »Weiß dein Großvater eigentlich, was passiert ist?«

Megan sah sie gequält an. »Ich glaube nicht. Aber manchmal sieht er mich so komisch an, als ob er einen Verdacht hätte. Aber er hat nie irgendwas in der Richtung gesagt. Und er wird es auch nie tun.«

Lily nickte zufrieden. Dann drehte sie sich um und fragte plötzlich: »Was war das?«

»Was?«

Lily deutete aufs andere Ufer und ging näher an den Fluss heran. »Da hinten, im Wasser. Da schimmert irgendwas.«

Megan machte ein paar Schritte aufs Ufer zu. »Wo denn? Ich kann nichts sehen.«

Lily zeigte über das gurgelnde Wasser hinweg. »Siehst du es wirklich nicht? Da drüben.«

Megan beschirmte die Augen mit einer Hand und beugte sich weit vor. »Ich kann's immer noch nicht sehen. Bist du sicher?«

Lily schlich sich hinter ihre ehemalige beste Freundin.

»Du solltest nicht alles glauben, was man dir erzählt«, sagte sie. Und dann schubste sie Megan in den Fluss.

Sie sah zu, wie Megan um sich trat, sah, wie die starke Strömung Megan hinunterzog, sah, wie sie mit weit aufgerissenem Mund noch einmal auftauchte und in Todesangst mit den Armen ruderte. Aber nur einen kurzen Moment. Dann nahm die Strömung sie mit.

Lily blickte sich nach allen Seiten um. Es war niemand da. Sie machte sich zufrieden lächelnd auf den Heimweg. Niemand würde je erfahren, dass es kein Unfall gewesen war. Sie legte die Hand auf den Kopf.

Die Falter gaben endlich Ruhe.

Brief des Autors

Liebe Leserin, lieber Leser,
vielen Dank, dass Sie sich für dieses Buch entschieden haben. Ich höre immer sehr gerne von meinen Leserinnen und Lesern und freue mich, wenn Sie mir eine Mail an markcity@me.com schreiben. Sie finden mich auf Facebook facebook.com/markedwardsbooks oder können mir auf Twitter @mredwards folgen. Außerdem bin ich jetzt auch auf Instagram (@markedwardsauthor). Schließlich braucht die Welt dringend mehr Fotos von Büchern, Katzen und Hunden …

Dieser Brief ist voller Spoiler. Lesen Sie ihn also BITTE erst, wenn Sie mit dem Buch durch sind.

Ein Zeitungsartikel über eine Familie, die von jemandem aus ihrem Haus vertrieben worden war, der fand, das Haus gehöre ihm, brachte mich darauf, ein Buch über ein Spukhaus zu schreiben, in dem ein Mensch sein Unwesen treibt.

Wie aus dem Nichts schoss mir dazu eine Szene von einer Familie, die an einem Wintertag an einem Fluss spazieren geht, durch den Kopf. Als die Eltern um eine Wegbiegung kommen, ist ihre Tochter verschwunden und ihr Kuscheltier wird von der reißenden Strömung davongetragen.

Aber was war mit dem Mädchen geschehen? Und wer spukte in dem Haus? Es dauerte eine Weile, bis es sich herauskristallisierte.

Moderne Mythen, Volksmärchen und Legenden, die sich Menschen weitererzählen, haben mich schon immer fasziniert. Kurz bevor ich mit der Arbeit an »Heimgesucht« begonnen habe, habe ich mir eine verstörende Dokumentation namens »Beware The Slenderman« angesehen, in der es um den Fall zweier junger Mädchen ging, die ihre beste Freundin umbringen wollten – inspiriert von einem Internetphänomen. Zur selben Zeit begann mich mein YouTube-süchtiger Sohn mit Fragen über den *Slenderman* zu löchern, und meine Tochter kam aus der Schule nach Hause und erzählte mir von der *Blutigen Mary*.

Erst da wurde mir klar, worum es in meinem Roman gehen sollte: Um Gruselgeschichten, die wir uns von Buhmännern, Hexen und anderen Figuren erzählen, Geschichten, die sich in Zeiten des Internets so viel schneller und weiter verbreiten und an die nicht nur Kinder glauben. In dieser Welt der postfaktischen Politik und Fake News ist es wichtiger denn je, dass wir darüber nachdenken, wem wir was glauben.

Wenn Ihnen dieses Buch gefallen hat, empfehlen Sie es doch Ihren Freunden. Vielleicht geben Sie es an jemandem weiter, der sonst nicht viel liest. Für mich gibt es kaum etwas Schöneres als die Nachricht von einem Leser, den ich mit einem meiner Bücher wieder zum Lesen animiert habe. Je mehr Leute wir mit der Freude zum Lesen anstecken können, desto besser wird die Welt.

Beste Grüße
Mark Edwards

www.markedwardsauthor.com

Danksagung

Ich danke den üblichen Verdächtigen – dem Team von Leuten, die immer für mich da sind, um mir zu helfen, meine Bücher an die Leserinnen und Leser zu bringen:

Emilie, Sana, Hatty, Eoin, Laura, Shona und allen anderen bei Thomas & Mercer – ihr arbeitet für einen fantastischen Verlag und wisst, was Autoren brauchen: schnelle Antworten auf E-Mails und Unmengen von Alkohol.

Meinem scharfsinnigen Agenten Sam Copeland, dessen Begeisterung für dieses Buch ansteckend war.

Meiner unglaublich klugen und großzügigen Frau Sara, die mich auf jede nur erdenkliche Weise, nicht zuletzt als Erstleserin, mit ihrer konstruktiven Kritik unterstützt.

Mein Dank gilt den folgenden Menschen – und da ich schrecklich unorganisiert bin, bitte ich im Voraus um Entschuldigung, falls ich jemanden ausgelassen habe:

Meinem Lektor Ian Pindar für seine unzähligen intelligenten Anregungen und das phänomenal unkomplizierte Lektorat.

Der echten Heledd Roberts, die mir ihren Namen zur Verfügung gestellt und mich auf das gruselige walisische Lied gebracht hat. Mit ihr, Suzanna Salter und Jackie Davies sind wir auf den Namen Beddmawr gekommen.

All den Mitgliedern meiner Facebook-Gruppe, die meinen Figuren ihre Namen geliehen haben:

Malcolm Jones und Olly Jones (die im echten Leben nicht verwandt sind!), Karen Holden, Ursula Clarke, Garry Snaith und Suzi Hastings. Lily Jenkinson hat mir bei der Suche nach dem Namen für den Kater Chesney geholfen, und Julie Baugh bei ein paar weiteren Charakteren.

Allen auf meiner Facebook-Seite, bei Twitter und Instagram für die unermüdliche Unterstützung.

Meinen Töchtern Ellie und Poppy, die sich so für Dads Buch interessieren, obwohl sie es noch nicht einmal lesen dürfen, und die mir Nachhilfe gegeben haben, welche Ausdrücke Kinder und Teenager heute benutzen – und welche nicht. Ich verspreche euch, nie wieder LOL zu sagen!

Lisa Shakespeare und Rachel Kennedy von Midas PR, die mir helfen, meine Bücher bekannt zu machen. (Auch wenn ich noch auf einen Artikel über Rebel in dem Magazin »Your Dog« warte.)

Heather Large und Lisa Williams vom Express & Star für ihren Einsatz.

Und schließlich meiner Mutter, die in mir die Liebe zu Büchern geweckt und mich vor vielen Jahren, als sie mir den Roman von James Herbert gegeben hat, unbeabsichtigt auf meinen Weg gebracht hat. Ich danke dir nicht nur dafür, sondern auch für all deine Ermutigung und Unterstützung. Ich muss dir immer noch den Bungalow kaufen …

Druck:
CPI Druckdienstleistungen GmbH
im Auftrag der
Zeitfracht GmbH
Ein Unternehmen der Zeitfracht - Gruppe
Ferdinand-Jühlke-Str. 7
99095 Erfurt